LA SOURCE AU TRÉSOR

DU MÊME AUTEUR

aux éditions Robert Laffont

LE VRAI GOÛT DE LA VIE
UNE ODEUR D'HERBE FOLLE
LE SOIR DU VENT FOU
LA GRÂCE ET LE VENIN

dans la collection « Ailleurs et Demain »

LE TEMPS INCERTAIN
LES SINGES DU TEMPS
SOLEIL CHAUD POISSON DES PROFONDEURS
UTOPIES 75
(en collaboration avec Ph. Curval, Ch. Renard
et J.-P. Andrevon)
LE TERRITOIRE HUMAIN
LES YEUX GÉANTS
L'ORBE ET LA ROUE
LE JEU DU MONDE

dans la collection « L'âge des étoiles »

LE SABLIER VERT
LE MONDE DU LIGNUS

aux éditions Seghers

LE CRÊT DE FONBELLE
(coll. « Mémoire vive »)

MICHEL JEURY

La source au trésor

ROMAN

ROBERT LAFFONT

Couverture : A. Sisley : *Une rue à Louveciennes,* 1883
Nice, Musée Masséna — Cliché Paris Giraudon

ISBN 2-221-07799-7

A Nicole,
ma première lectrice,
pour nos presque vingt ans

LES LAJARLAUD

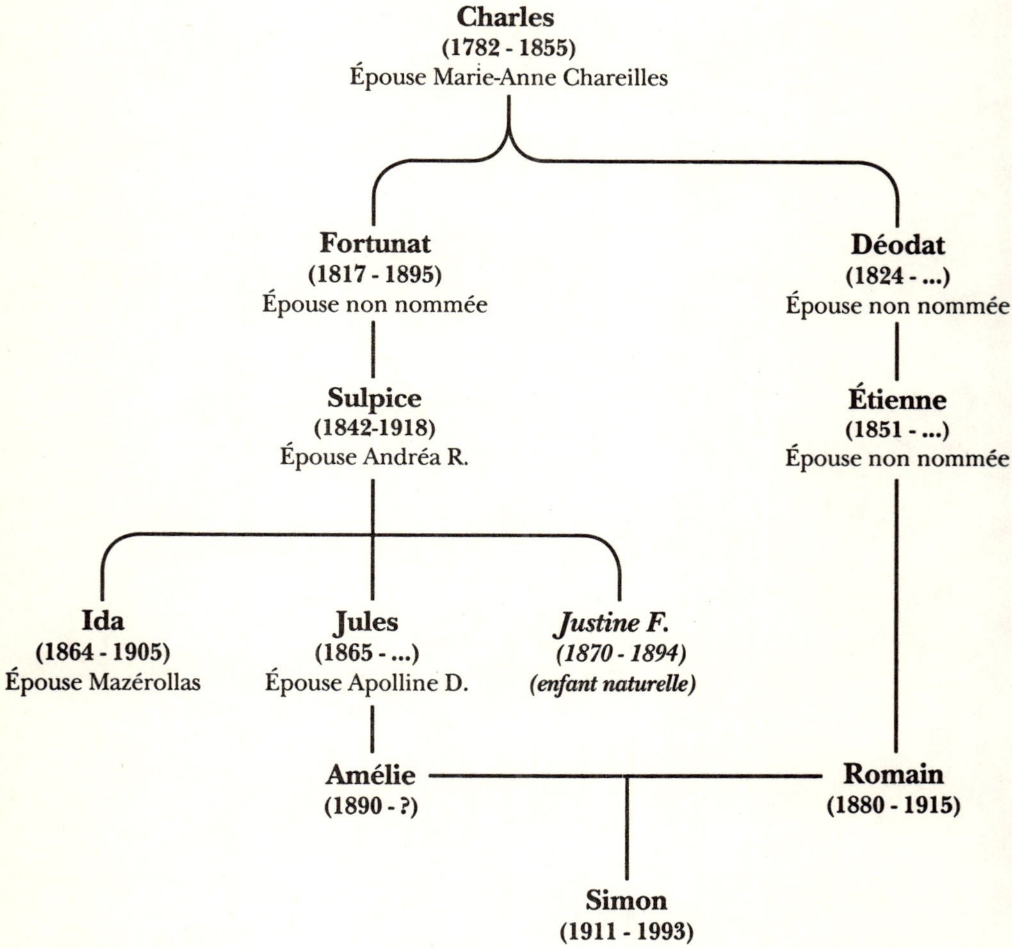

LES MANIN

Évariste
(1774 - 1858)
Félicité Rilhac - Lastours
(1799 - 1827)

|

Louis
(1820 - 1892)
Faustine Sénon
(1851 - 1927)

|

Joseph
(1869 - 1931)
Justine Fayat
(1870 - 1894)

|

Angéline
(1890 - 1944)
(enfant naturelle)

PREMIÈRE PARTIE

1.

Constance Sénon et sa fille Faustine, âgée de six ans et demi, arrivent au bourg de Saint-Priest de Lafaux, un soir de décembre 1856, peu avant la tombée de la nuit. Le bourg est un tas de maisons, à peine plus hautes que les fermes du voisinage, qui serrent la route et la font éclater en deux venelles autour de la place du marché.

La jeune femme et la petite fille errent depuis plusieurs semaines de métairie en presbytère, mendiant parfois leur pain. Constance évite les asiles et les couvents, craignant par-dessus tout qu'on lui prenne son enfant. C'est une femme d'environ trente ans, vêtue d'un manteau en bon tissu de laine marron, presque luxueux, mais usé jusqu'à la trame. Un fichu à pois gris lui couvre la tête et les épaules, cachant plus qu'à demi son visage amaigri, fin, pâle, aux grands yeux fiévreux. Faustine porte une longue cape trouée, qui l'enveloppe jusqu'aux pieds, chaussés de sabots de paysans. Des boucles brunes frisottent sous le bonnet qui protège son front et ses oreilles, mais elle a les joues rouges, le nez pincé et les lèvres gercées. Un mouchoir d'homme, tout déchiré, est noué autour de son cou d'oiseau.

Constance n'a plus un franc, plus un sou. Pourtant elle ne veut pas mendier, ce jour-là, car elle se croit à destination ou presque. La ferme d'Exeïdious ne peut être loin, elle en est sûre. Elle n'a voulu traverser le bourg de Saint-Priest que pour demander son chemin. Elle évite la taverne du Bœuf limousin, par crainte des regards d'hommes qui toisent, goguenardent ou dévêtent. Une commerçante, debout sur le pas de sa boutique — à la fois boulangerie, cabaret, épicerie, mercerie —, est la première personne qu'elle rencontre.

Fille d'un bourgeois de Limoges, Constance espère que la femme pourra la renseigner en français. La tentation est forte de lui demander d'abord un morceau de pain. Non, pas ici, dans un pays où il leur faudra peut-être rester... Elle s'arrête, presse la menotte de sa petite sous son manteau, fixe la boulangère cabaretière dans les yeux.

— Je cherche la ferme Lajarlaud, au lieu-dit Exeïdious, si je ne me trompe pas.

La femme les regarde un instant, les poings sur les hanches, en silence, puis lance un coup de menton vers le haut du village.

— Par là. Vous y serez guère avant la nuit...

Elle met un point d'honneur à répondre en français, comme on lui a parlé ; elle cherche ses mots et, d'instinct, recule vers sa boutique.

— C'est pas que ça soit loin, mais avec la petite... et le ciel se couvre, les chemins vont pas être clairs. A la sortie du bourg...

Constance écoute les explications de la boulangère, où se mêle beaucoup de patois. Elle est trop fatiguée, les mots n'entrent plus dans sa tête. Faustine cogne ses sabots l'un contre l'autre.

— J'ai peur du loup !

— Vous verrez la lumière, ajoute la femme. Les Lajarlaud ne sont pas économes de l'huile. Ils allument la grand' lampe sitôt les poules couchées. N'aie pas peur, petite, il n'y a pas de loups si près des maisons. Autrefois, oui, mais c'était il y a longtemps... quand j'avais ton âge, sous l'empereur, le grand.

A ce moment, quelqu'un ouvre une porte au fond de la boutique. Une odeur de farine et de pâte chaude flotte jusqu'à la rue. Constance se mord les lèvres pour ne pas crier. Elle serre si fort les doigts de Faustine que l'enfant se plaint à mi-voix.

— Maman, tu me fais trop mal !

Constance recharge son baluchon d'un coup d'épaule. La petite passe le sien dans son autre main. En sortant du village, mère et fille longent un carré de choux. Constance respire soudain une odeur de soupe au lard. Elle ferme les yeux. Non, l'odeur n'existe que dans sa tête.

— Vite, marchons. Il faut arriver à Exeïdious avant la nuit !

Signe de pluie ou de neige, une pie attardée sautille dans un pré, devant une maison. Constance lève la tête vers le ciel. Dans l'air un peu radouci, les nuages roulés, bas, préparent la neige pour la nuit. Tirant sa fille épuisée, elle s'engage dans un chemin qui serpente à flanc de colline, au milieu des bois. Elles écrasent les glands sous leurs pas. Les feuilles mortes des hêtres, des chênes, des bouleaux voltigent dans le vent du soir. Les feuilles des châtaigniers collent à la terre gelée. Une brume violette monte du sous-bois.

Une étoile se lève par-dessus les hautes branches.

Faustine se serre contre sa mère.

— Maman, j'ai froid.

— On va bientôt arriver à une maison, ma chérie.

— Il fera chaud ?

— Il y aura un grand feu et tu pourras te chauffer.

— Et manger du pain, aussi ?

— Oui, et même une bonne soupe !

A une croisée de sentiers, une lueur apparaît entre les arbres. Constance se rappelle la réflexion de la boutiquière sur la lampe des Lajarlaud. « Ça doit être Exeïdious... » Elles redescendent vers une petite vallée noyée dans l'ombre et arrivent à proximité d'une clairière où brûle un feu de camp. Les bohémiens ! Des hommes, des femmes et des enfants vont et viennent entre le foyer et les deux roulottes. Un cheval hennit, un chien aboie.

Faustine s'accroche au manteau de sa mère.

— Les *boumians*, maman ? Les boumians ?

Constance hésite. Elle sait que ces gens partageraient avec elle et son enfant leur soupe et peut-être leur viande. Mais la pensée de manger du hérisson ou du blaireau lui soulève le cœur. Elle avance quand même au bord de la clairière. La blancheur des bouleaux nus donne au lieu un air de féerie.

Une grande femme en robe vive, rayée, aux longs cheveux noirs, vient vers les visiteuses. Faustine se cache derrière sa mère. La bohémienne prononce quelques mots dans sa langue. Constance recule d'un pas.

— Je cherche la ferme d'Exeïdious, s'il vous plaît.

La femme tend le bras vers la vallée, sans un mot. Un homme assis près du feu, en train de cuire une brochette, lance un appel guttural. Un chien s'approche en grondant. La nuit monte le long des arbres comme une fumée noire qui jaillirait de la terre.

Constance se sent une intruse et se dépêche de fuir. Un bruit de pieds nus sur les feuilles mortes la poursuit dans le sentier. C'est la bohémienne. Elle se retourne. La grande femme se tient en face d'elle. Ses yeux brillent. Elle touche le bras de Constance et s'écrie d'une voix rauque :

— N'y allez pas ! N'y allez pas !

Puis elle court vers son campement. Constance tourne deux ou trois fois sur elle-même, cherchant la lumière d'Exeïdious, entre les bois. « N'y allez pas... » Qu'a voulu dire la bohémienne ? Autrefois, les Lajarlaud ont accueilli avec générosité Pierre Sénon, le mari de Constance, le père de Faustine. Et maintenant, ont-elles le choix ? A moins de demander l'hospitalité aux bohémiens ! Mais cette tribu paraît spécialement rude et sauvage. Constance est partagée entre la crainte et une secrète attirance. Enfin, elle dévale le sentier, sans trop savoir où elle va.

Elle distingue presque aussitôt une lumière nettement au-dessus du sol, sûrement une fenêtre éclairée à l'étage d'une maison haute. Elle presse le pas. Oubliant sa fatigue, Faustine trotte sur ses sabots.

— C'est là, maman ? On arrive bientôt ?

— Oui, ma chérie. On arrive.

— Est-ce que les bonnes gens vont nous donner de la soupe ?

— Une grosse soupe chaude avec du pain !

Dès qu'elles sortent du bois, la clarté diffuse qui tombe de l'ouest révèle une grande bâtisse à l'abri des arbres. Chênes, ormeaux, sapins l'entourent de tous côtés et penchent leurs têtes sur ses toits. On dirait presque un château.

Est-ce bien Exeïdious ? Constance est prise d'un doute, mais elle avance. La maison se compose de deux corps soudés en équerre. Un mur d'enceinte de deux mètres de haut, hérissé de végétation sauvage, ferme le creux de l'angle en l'arrondissant ; on devine là une cour avec des dépendances. Une porte en bois clouté se niche dans le mur, au coin du corps de gauche. Au fond de la cour, on voit le haut d'un escalier de pierre, heurté, rugueux, qui se hausse à la porte de droite, en passant sous un auvent à colonnettes. Cette entrée domine le chemin de l'ouest, par où les visiteuses sont arrivées. Trois ou quatre pans de toitures mal ajustés, mêlant tuiles brunes et lauzes presque noires, recouvrent le tout, comme un chapeau mou enfoncé, raide de crasse et aux bords effrangés. Une grange et des étables occupent le rez-de-chaussée.

Sur la façade sud, haute et nue, le crépi décollé révèle la pierre de granit. A l'étage, deux grandes fenêtres s'ouvrent sur une prairie en pente où se dressent quelques bouquets de trembles gris pâle. Au-dessus encore, les lucarnes du grenier. Au bord du chemin, l'angle du bâtiment a été coupé jusqu'à trois mètres de haut, pour empêcher les charrettes d'écorner le mur. Le coin, au-dessus, forme une petite trompe élégante qui donne à cette aile un air de château.

Ce n'est pas un château, plutôt une sorte de petit

couvent perdu dans la campagne, comme il en existait autrefois. La maison attire Constance par cet air de refuge hors du temps.

Elle appelle en vain, elle se sent terrifiée à l'idée de repartir dans la nuit qui tombe. Puis elle aperçoit une cloche au-dessus d'une porte et la tire. Un son grêle et triste sautille dans le crépuscule. Un chien aboie, dans la cour, derrière les hauts murs, un second donne de la voix à son tour. Les aboiements se rapprochent de la porte. Constance recule de deux ou trois pas pour guetter par-dessus le mur. Une femme en bonnet blanc apparaît en haut de l'escalier, sous l'auvent ébouriffé de rosiers grimpants qui domine la cour.

— Qu'est-ce que vous voulez ?

Elle a crié en patois. Constance répond en français.

— Nous cherchons Exeïdious..., chez Lajarlaud.

— Ici, c'est Mauval, chez Manin. Mais vous n'êtes pas loin.

— Je vous en prie, madame Manin...

— Je suis pas madame, je suis la Marie Corrèze, la servante de Messieurs Manin !

Faustine, effrayée, pleure doucement, la figure enfouie dans les plis du manteau de sa mère. Constance recule encore de deux pas et se place tout entière dans le champ de vision de la servante.

— Ma petite fille a très froid. Est-ce que nous pourrions entrer une minute pour nous réchauffer ?

L'avertissement de la bohémienne tourne encore dans sa tête. « N'y allez pas... n'y allez pas ! » Mais la Marie Corrèze a l'air d'une bonne personne. Elle tripote sa coiffe, appelle les chiens, se penche pour mieux observer les visiteuses.

— Et votre drôlette a faim aussi, je gage ?

— Maman, j'ai faim, dit Faustine.

Constance approuve d'un signe de tête.

— Montez donc, dit la Marie Corrèze. On verra plus tard.

2.

La Marie Corrèze, une femme encore jeune, au visage fin et sans rides, vêtue d'un tablier à bavette sur sa robe de laine bleu foncé, accueille la mère et la fille en haut de l'escalier, sous l'auvent à colonnettes de bois, ses fortes mains rougies nouées sur son ventre. Après avoir reniflé les visiteuses, les deux chiens de la maison font fête à l'enfant. La servante pousse Constance dans la cuisine de Mauval, la petite toujours accrochée à son manteau. La pièce est vaste, avec un âtre large, un tournebroche et un petit fourneau en briques. De grosses poutres noircies barrent le plafond, la clarté des fenêtres, étroites et longues, ménage plusieurs recoins obscurs. La Marie Corrèze allume adroitement le quinquet à long verre, fixé au mur près de la porte. La lumière de la lampe éclaire le visage cendreux de la petite fille. La servante tire un banc de sous une grande table.

— Asseyez-vous là, en attendant notre jeune maître, Monsieur Louis Manin.

Les voyageuses posent leur baluchon au pied de la table. La petite Faustine respire l'odeur acide du jambon et les larmes lui montent aux yeux. Il y a si longtemps qu'elle n'a pas mangé de viande... Constance lève les yeux. Les flammes qui dansent dans le foyer jettent des lueurs sur les formes oblongues et lourdes, pendues autour de la cheminée. Elle sait bien que les mendiantes n'ont pas droit au jambon. Qu'elle nous donne seulement une grosse soupe, mon Dieu !

La servante, d'un geste brusque, pose une assiette d'étain et une cuiller sur la table. Une assiette pour elles deux, c'est bien assez. Constance a l'habitude.

— Merci, madame.

La Marie Corrèze secoue ses larges épaules de paysanne.

— Me dites pas madame, vous qu'êtes sûrement une ancienne dame. Ça me fait vergogne. Je viens de Chamberet, dans le département de la Corrèze, c'est pour ça qu'on me nomme de même enseigne.

Elle a parlé en un français rocailleux, avec deux ou trois mots de patois mêlé. C'est une femme plutôt petite, forte et bien plantée. Elle a des mouvements vifs de la tête et du regard, elle va et vient avec des gestes courts et adroits. Elle relève souvent ses manches sur ses avant-bras musclés. Ses yeux ne cessent de guetter. Elle paraît entre trente et quarante ans.

Enfin, elle sort une moitié de tourte d'un profond tiroir au bout de la table et la tend des deux mains à la visiteuse.

— Taillez-vous !

Elle veut dire : « Taillez le pain de votre soupe. » C'est une façon d'éprouver les domestiques et journalières en demande d'une tâche. On voit leur façon de tenir la miche et le taille-pain, l'épaisseur des tranches, la quantité, toutes choses qui en disent long sur leur caractère et leur expérience du service.

Constance prend la miche, la serre contre sa poitrine comme un enfant. Mais le taille-pain lui échappe et tombe à grand bruit sur les carreaux de la cuisine. La servante est allée souffler la braise sous la marmite de la cheminée. La fumée de bois sec, sans doute du chêne, exhale une bonne odeur de tanin et ne pique pas les yeux. Les reflets du feu dansent sur le cuivre rouge des chaudrons pendus au mur. La Marie Corrèze se retourne. Constance pose le pain sur la table.

— S'il vous plaît, taillez-nous... Je ne sais pas combien il en faut... pour nous deux. J'ai un petit appétit. Ma Faustine...

La servante hoche la tête d'un air bougon, s'essuie les doigts à son tablier, le taille-pain en forme de faucille vole dans sa main, dessine la croix d'entame, et les tranches bien égales s'empilent dans l'assiette, qu'elles remplissent plus qu'à moitié. Enfin la servante renferme la tourte dans le tiroir.

— Ôtez donc sa pèlerine à votre drôlette, qu'elle va suer bientôt, avec le chaud qu'il fait dedans !

Constance obéit en hâte, mais hésite à quitter son manteau et garde quelques secondes la main sur le bouton du haut. Puis la Marie l'approuve d'un coup d'œil, elle se dévêt, pose l'habit à côté d'elle, sur le banc. Elle est vêtue d'une robe de cotonnade grise à rayures, bien mince pour l'hiver. Elle dénoue son fichu, libérant ses longs cheveux bruns qui roulent sur ses épaules, portant des reflets de soie allumés par la clarté du feu.

La soupe est trempée. Le fumet du lard est si fort que Constance retient son souffle, ferme les yeux. Faustine se lèche les lèvres, la cuiller tremble dans ses doigts. Avant de la porter à sa bouche, elle regarde longuement sa mère.

— Ça y est, maman, on est arrivées ?

Constance lève les yeux vers le christ aux bras ouverts, en haut de la cheminée. « Arrivées ? Peut-être... »

— Mange, ma chérie.

Elle laisse l'enfant avaler quatre ou cinq cuillerées avant d'en prendre une qu'elle garde le plus longtemps possible dans sa bouche. Faustine se serre contre elle.

— Je veux pas m'en aller. Il fait noir, maintenant, et puis froid.

— Mange ta soupe, ma chérie. Après, la Marie Corrèze te permettra peut-être de te chauffer un moment.

Faustine, serrant à pleine paume la grosse cuiller avale presque les trois quarts de l'assiette, et Constance finit le fond et boit doucement le bouillon. La servante les fixe toutes les deux avec attention. Elle se met à rire, s'approche de Faustine, pose sur sa tête une main maladroite comme ses mots.

— Tu as une bien grande bouche, ma drôlette, et de jolis yeux. Tu ressembles tout à fait à ta maman, de corps et de figure. Quel âge as-tu bien ?

Faustine laisse son cou ployer sous la fatigue et le sommeil.

— J'ai six ans et demi. Je m'appelle Faustine Sénon.

— Moi, c'est Constance, dit Constance.

La servante se détourne avec une moue, l'air de penser : « On ne vous demande rien. » Elle retourne à la marmite, remplit une deuxième fois l'assiette d'un bouillon épais, où on reconnaît des morceaux de citrouille, de pomme de terre, du chou et quelques couennes. Elle dit en français, sur un ton appliqué, comme en tâtant les mots au bout de la langue :

— Monsieur Louis sera peut-être *consent* de vous donner un lit pour la nuit, sitôt qu'il rentrera. Il est bon homme. Bourru comme un vieux chien, fort comme un bœuf, mais bon homme !

Elle réfléchit en tripotant les ciseaux attachés à son tablier.

— Ne vous faites point trop souci. Il y a d'autres jours derrière le mont Gargan !

Constance somnole quelques minutes sur le banc, sa fille dans ses bras. Elle est réveillée par des coups violents frappés au plafond ou sans doute au plancher d'au-dessus. La Marie Corrèze se lève de son tabouret, au coin de la cheminée.

— On vient ! On vient !

Puis à Constance :

— C'est Monsieur Évariste, le vieux maître. Il peut pas descendre à cause de sa mauvaise jambe... c'est la pierre du genou qui lui roule plus... Il passe ses heures à *soriller*, à guetter de l'oreille. Il nous a entendues causer français. Il veut savoir qui vous êtes. Je dois monter lui dire.

Elle allume un bout de chandelle au feu, elle sort en protégeant d'une main la flamme vacillante, monte l'escalier à petits pas. Le vieux maître continue de frapper, sans doute avec une lourde canne. La pierre du genou, c'est la rotule. L'homme doit être perclus de rhumatismes... Faustine, se réveillant à moitié, échappe aux bras de sa mère.

— Le monsieur a une jambe de bois ! J'ai peur, maman !

Constance feint de rire.

— S'il a une jambe de bois, il ne pourra jamais t'attraper !

Elle vient de comprendre que la Marie Corrèze est la seule femme de Mauval. Louis Manin doit être célibataire ou veuf...

Elle a à peine trente ans, et se croit avenante malgré les dures épreuves qu'elle a subies. Il lui suffirait de quelques mois de bonne nourriture pour mettre un peu de graisse sur ses os et plaire à un homme. D'autant qu'elle est bien, comme l'a vu la servante, une « ancienne dame ». Alors, il y aurait peut-être une place pour elle et sa fille dans cette maison.

Elle se dit : « Attendons de voir le *jeune maître...* » Elle est prête à tous les sacrifices pour ne pas repartir sur les chemins avec sa petite fille, même à se vendre sans contrat à un sauvage hobereau. Puis elle se rappelle l'avertissement de la bohémienne, et un frisson lui crispe tout le haut du corps.

Monsieur Évariste arrête enfin de taper. La Marie Corrèze doit être près de lui, à lui expliquer qu'elle a accueilli deux mendiantes, la mère et la petite fille... Pour rester, c'est peut-être au « vieux maître » irascible qu'il lui faudra se donner !

A ce moment, un souffle froid traverse la pièce, couche les flammes du feu, soulève un tourbillon de fumée et étouffe la lampe. Une sorte de halètement paraît sortir du tréfonds de la grande bâtisse. Un relent cru, âcre et piquant monte des caves, des fondations ou de Dieu sait quels souterrains. Les vêtements accrochés aux patères du couloir flottent et battent. Constance s'est levée, une main sur la poitrine, et regarde par la porte ouverte ce tohu-bohu de choses secouées que la lueur du feu éclaire vaguement. Un gilet se décroche, tombe, est emporté vers l'escalier. Faustine se blottit contre la jupe de sa mère.

Le courant d'air chargé de salpêtre brûle soudain la gorge de Constance. La jeune femme se met à tousser, une longue quinte la plie en deux. Faustine se pend à son bras.

— Tu as froid, maman ?

— Non, non, ma chérie, je n'ai pas froid. C'est la poussière.

Pourtant, malgré la chaleur du feu, l'humidité colle un

moment à sa peau, à travers ses vêtements. Elle est près de suffoquer, comprime sa gorge de sa main ouverte.

Prise de vertiges, elle doit s'asseoir, Faustine serrée contre elle. Le courant d'air envahit les étages, avec un vacarme de crierie, s'infiltre dans les combles en tirant une longue plainte. La maison grelotte comme une bête mouillée. Puis le souffle redescend, apportant une autre odeur, plus sèche, de débris et de fiente. Enfin, il s'apaise, laissant derrière lui une bouffée d'air presque pur. Le feu ragaillardi se met à flamber.

Une minute après, la Marie Corrèze rentre, serrant son bougeoir éteint, et trouve les visiteuses affalées sur le banc.

— Ah ! vous avez eu peur de l'*expir* ? Il m'a tué ma chandelle. Quand il est si fort le soir, c'est signe de mauvais temps. Ça se pourrait que la neige vienne avant demain !

Elle rallume le quinquet à huile avec un tison.

— Monsieur Louis aime bien trouver la maison éclairée quand il rentre à la nuit tombée.

Constance se retourne, l'haleine encore sifflante.

— L'expir ? Qu'est-ce que c'est que l'expir ?

— L'expir de la source qui est en bas dans les caves. Je sais pas bien le dire en français...

— Dites-le en patois, s'il vous plaît, pas trop vite.

— C'est que voilà, ça remonte à plus loin que l'almanach. Il y a bien des cent ans que le bon Dieu fait, Mauval était habité par de saints hommes de moines. Et les moines avaient sous le monastère un souterrain en deux conduits, l'un qui menait à notre bonne église de Saint-Priest, l'autre qui s'en allait sortir aux champs, vers les hauts de la *plane*...

Constance ne saisit que des bribes de l'histoire à travers le parler fleuri de la servante. Mais les jours suivants, elle entendra de la bouche des maîtres tous les détails d'une péripétie devenue légendaire.

Au XVe siècle, Mauval est donc un monastère, construit sur les ruines d'un « repaire noble », et possédant ce fameux souterrain dédoublé. Le seigneur de Saint-Priest, petit baron belliqueux, toujours en conflit avec les moines, s'empare du monastère, démantèle les murs d'enceinte et fait sauter avec deux barils de poudre l'entrée du souterrain... Une autre version attribue le saccage du monastère à une « bande huguenote ». Là aussi, les protestants font sauter le souterrain *avec deux barils de poudre*. La mémoire populaire conserve le détail des deux barils de poudre, ce qui a dû être considéré comme une charge énorme.

L'explosion éventre les parois d'une rivière souterraine, dont les eaux envahissent la galerie jusqu'aux caves... La tradition veut que la mystérieuse source de Mauval ait été ouverte ainsi.

A peine la Marie Corrèze a-t-elle fini son histoire que Constance se remet à tousser comme une poitrinaire. Faustine essaie de la calmer en lui fermant la bouche avec sa petite main. La servante les regarde en hochant la tête, puis elle vient vers le banc, ramasse le manteau de la visiteuse et le pose sur ses épaules secouées par la toux.

— Tâchez de vous retenir, pauvre femme. Vous allez vous sabouler la barre de l'échine !

Puis, après un moment de réflexion :

— C'est bien vrai que l'air de la maison n'est pas trop sain par ces temps. Mais vous souciez pas. Après la neige, le sec va tomber, ça vous adoucira le souffle.

Constance marmonne qu'elle n'attendra pas la Saint-Étienne — le lendemain de Noël — pour s'en aller d'ici. « Qu'il bise ou qu'il gèle, je ne resterai pas à Mauval le temps d'un Pater après le jour ! »

Elle a garde, pourtant, de jeter sa parole à haute voix. La nuit porte conseil. Courir les chemins de neige entre les cherche-pain, les bohémiens, les Gris-Manteaux et les loups faméliques est une affaire à désespérer les plus braves.

La Marie Corrèze soupire, vaque à travers la pièce, attise le feu, remue des seilles et les ronds de tôle du fourneau. Un long moment après, elle vient poser un bol fumant devant la petite Faustine, que l'odeur du lait chaud réveille tout de suite.

— Merci, Marie.

— Dieu vous le rende, dit Constance en se signant du pouce sur le front.

La servante s'en va en grommelant.

— Il ferait bien de le rendre à nos maîtres qu'en ont plus besoin que moi !

Le lait bu, Faustine embrasse la main de sa mère et se renfonce dans ses bras.

Le scintillement du givre sur les vitres, une lumière plus pure et plus blanche qu'à l'ordinaire tirent Constance d'un sommeil lourd. Elle a dormi d'un trait, presque sans cauchemars. Un nom trotte dans sa tête, mille fois répété : Exeïdious. Avant même de se demander où la Providence l'a menée, elle tend la main droite pour s'assurer que sa fille est près d'elle. Elle touche le petit corps tiède, roulé tout au bord de la paillasse, sous l'édredon.

— Ma Faustine, mon petit enfant.

Exeïdious ? Mauval ? Elle se remémore peu à peu les événements de la veille. La Marie Corrèze, les Manin... Évariste, le vieux maître à la jambe de bois. Finalement, cet homme a-t-il ou non une jambe de bois ? Elle ne sait plus. Monsieur Louis, le jeune maître qui n'est pas rentré hier soir... Et puis cette réflexion de la Marie Corrèze : « La bienfaisance m'est à charge dans la maison et je n'ai point besoin de mon maître pour vous donner un lit jusqu'à demain ! » Un lit, merci mon Dieu, quasiment une place au paradis. Elles sont montées à l'étage, Faustine dans les bras de la servante, qui marmonnait un mot d'enfant : « Motus, la cane pond ! » Elle-même portait le lumignon, un calel de cuivre. Elle revoit la flamme minuscule trembler dans sa main. Elle se rappelle soudain l'expir de la source, ce courant d'air terrifiant qui monte des sous-sols de Mauval... Dieu sait combien de fois par jour. Cette nuit, elle est sûre d'avoir entendu, dans son sommeil, un sifflement suivi d'une espèce de fredon musical, au tempo lent... Et tout un vacarme pour accompagner la musique : des craquements de charpente, des battements de volets, des trépidations de plancher, un charivari de bêtes dérangées... Elle a même senti — ou bien elle a rêvé — une odeur d'eau, de terre, de gouffre et, plus tard, un relent de fumée, transporté de la cuisine à l'étage.

Constance ne peut s'empêcher de guetter à nouveau le souffle de la source. Combien de fois par jour ? Combien de fois ?

« Oh ! mon Dieu, jamais je ne forcerai mon petit ange à vivre dans ce caveau de moines. Pas même un hiver, pas même jusqu'à la Noël ! » Pourtant, le caveau est douillet. Faustine, le petit ange, dort comme une marmotte. L'air glacé du dehors pénètre juste assez dans la chambre pour vous donner envie de plonger sous l'édredon. Mais Constance résiste à la tentation, elle s'emplit les yeux de l'éclat laiteux du jour par la fenêtre nue. Un rameau se balance devant les volets ouverts, enrobé d'un manchon immaculé... La neige. Ainsi, la Marie Corrèze avait raison, elle est venue. Elle est là, sans doute pour un bon moment.

Un vol de corbeaux cingle le ciel plombé et pique vers la plaine blanche, quadrillée par les haies, les bosquets. Une fumée monte, droite, dans l'air figé. La forêt poudreuse frise comme une perruque au flanc des collines. Les Gris-Manteaux, fameux bandits qui hantent le pays au profond de l'hiver, vont sortir de leurs tanières et disputer aux loups les chemins et les bois...

Constance se retourne, s'enfouit la figure sous le traversin, serre sa fille contre sa poitrine et tire l'édredon sur elles deux.

« Au diable l'expir de la source. Si ces gens veulent bien te garder, reste au moins jusqu'à ta fête, le 12 décembre... dans deux jours, trois, quatre ? » Elle se rend compte qu'elle a perdu le fil du calendrier. « Et d'autres fêtent la Sainte-Constance le 19 septembre. D'ici là, tu seras loin ou tu seras morte ! »

3.

Louis Manin, le jeune maître, est enfin là.

En sortant de sa chambre, Constance a aperçu une silhouette d'homme, de dos, massive et lourde, dans le couloir puis l'escalier. Elle s'arrête à la porte de la cuisine, sa fille derrière elle, pousse doucement le battant et voit enfin Louis dans la clarté du jour. De taille moyenne, mais râblé, il a les épaules larges, le torse épais et les jambes un peu courtes. Son visage est dur sous la fine moustache tombante, et assez laid : arcades sourcilières saillantes, yeux enfouis sous le rebord du front bossué et dégarni, paupières bouffies, nez droit, à l'arête épaisse d'un doigt, lèvre inférieure charnue, ronde, avancée, cheveux blond-roux, rares et raides, une envie, une tache de vin rosâtre sur la joue. Il se tient immobile, adossé au foyer, mais ses mains puissantes, aux doigts courts et calleux, se nouent, se ferment et se serrent, comme pour pétrir une pâte de pain, à son insu dirait-on, ou contre son gré.

Tête nue, il est vêtu d'une grosse veste de drap jaunâtre, enfilée sur une blouse noire, et d'un pantalon de velours rapiécé. Il est chaussé de houseaux en peau de mouton, la laine à l'intérieur. Son chapeau mouillé sèche sur un chenet hâtier. Le feu brûle clair, presque sans fumée. Une douce chaleur rayonne dans la cuisine.

Louis fait un geste vers Constance, figée à l'entrée de la pièce.

— Fermez la porte, femme !

La Marie Corrèze pose *deux* bols. Constance est sensible à l'attention et remercie la servante d'un sourire. Louis hoche la tête à sa façon, de droite à gauche, comme pour dire non, mais plus lentement.

— Ah ! donc, vous avez dormi la grasse matinée, vous deux, et quasi fait le tour du cadran !

La Marie Corrèze sert du bouillon gras à Constance et du lait chaud à sa fille, puis se met à tailler de larges tranches dans le rond de la tourte. Le maître regarde les visiteuses manger, une moue à la bouche. Constance rougit jusqu'au front et se tait.

Son bol vidé, Faustine se lève, va à la fenêtre, se dresse sur la pointe de ses sabots pour coller le nez à vitre. Puis elle se retourne vers les grandes personnes et croise le regard embué et fiévreux de sa mère.

— Est-ce que je peux aller dehors lancer des boules de neige ?

Constance hésite, quête d'un signe de tête l'avis de la Marie Corrèze et du maître des lieux. Louis Manin sort lentement sa pipe de sa bouche, regarde l'enfant les yeux plissés, la lèvre gonflée, et dit d'une grosse voix :

— Oui, tu peux y aller. Tu pourras même bombarder le coq noir qui est fier comme un paon et va, de colère, monter sur ses ergots !

Faustine regarde l'homme, qui est secoué par un rire contenu. Elle se tourne vers sa mère, et Constance la rassure d'un sourire.

— Vas-y, ma chérie.

Louis rappelle l'enfant à la porte.

— Petite, c'est un brave coq qui nous donne beaucoup de bons chapons. Ne me le tue pas !

Faustine sortie, il vient s'asseoir à la table, croise les bras, tire sur sa pipe. Constance ne peut saisir son regard par les fentes de ses yeux. N'importe, elle le fixe plus haut, entre les sourcils.

— Monsieur, je dois vous parler. Vous nous avez accueillies avec générosité, mais vous ne savez même pas qui je suis...

— La belle affaire !

— Si je ne vous disais pas la vérité, je croirais abuser de votre hospitalité.

Louis penche la tête, se caresse la barbe et marmonne, la pipe au coin du bec : « Ah donc ? ». Constance se lance bravement dans une confession qu'elle voudrait courte et sans fard.

— Je m'appelle Constance Sénon et je suis la veuve du « bandit » Pierre Sénon. Ce nom vous dit-il quelque chose ?

Louis ôte sa pipe de sa bouche, prend un air réjoui.

— Si fait, si fait. Votre défunt était un républicain, un révolutionnaire !

Constance baisse les yeux.

— Oui, monsieur. Il était membre du groupe « néobabouviste », avec Dézamy, Laponneraye, Lahautière et le vieux Bossabut, que vous avez sans doute connu...

— Si je l'ai connu ! C'est lui qui est venu s'installer à Exeïdious à la révolution en amenant les Lajarlaud. La femme était sa maîtresse et les enfants, au moins Charles, ses fils.

Constance reprend à voix basse.

— Je suis la fille d'un riche marchand drapier de Limoges. Mon père possède, à côté de l'hôtel de la Boule d'or, une grande boutique bien achalandée. Mais il m'a reniée et chassée quand j'ai voulu épouser Pierre Sénon, quoiqu'il ne fût pas encore le « bandit Sénon ». C'était en 1847. J'avais vingt ans...

Louis Manin hoche la tête de côté, son regard brille sous les paupières un peu boursouflées.

— Je vous demande pas où vous avez connu Sénon !

— Simplement à un bal populaire où une tante un peu folle m'avait conduite à l'insu de mes parents. Alors, je me suis enfuie avec lui...

— Aux yeux de la loi, il vous a enlevée.

— Ce ne serait pas juste pour lui de le dire ainsi.

— Dites-le comme vous voudrez.

— Il a payé sa dette à la société, s'il en avait une.

— Je crois qu'il était fort bel homme.

— Sa fille lui ressemble.

— Je pensais qu'elle vous ressemblait, à vous, et la Marie Corrèze pense comme moi. Ma foi, vous n'êtes pas vilaine... Continuez donc.

Tête basse, mains jointes comme pour une prière, Constance poursuit son récit.

— Pierre Sénon est né en 1814. Il a été sergent dans l'armée d'Afrique, il a déserté vers 1845, s'est laissé convertir aux idées par Mathurin Bossabut...

— Dit Babeuf à bosse !

— Si vous voulez. Maître Bossabut vivait alors à Limoges, et il venait de temps en temps visiter sa famille à Exeïdious. Il a demandé à Charles de cacher Pierre Sénon.

— Le Manchot de Lutzen n'a guère apprécié la mission, cependant il a accepté pour remercier son vieux papa de tous ses bienfaits...

— Vous savez donc ?

— Ah ! bah, j'imagine. Ni Charles ni ses fils ne m'ont jamais parlé de cette histoire. Nous sommes proches voisins, pourtant nous ne nous fréquentons guère, surtout depuis la mort de Charles, il y a deux ans.

— Pierre était alors poursuivi par la justice comme déserteur, et sans doute pour quelques faits touchant à son action révolutionnaire. Il s'est caché plusieurs semaines ou peut-être plusieurs mois à Exeïdious. Nous nous connaissions, mais nous n'étions pas mariés...

— Les « idées nouvelles », comme on dit, vous chatouillaient le fond de l'âme, ma belle ? Qui m'aime me suive !

— Peut-être, et je ne suis pas sûre d'avoir tout à fait changé. Mais je ne suis pas *votre belle* !

— S'cusez-moi.

— Pierre a été arrêté en 1849, peu après ma fuite et notre mariage. Faustine est née en 1850. Son père a été gracié par Napoléon à l'occasion du plébiscite, en décembre 1851, donc, et libéré en janvier 1852. Sa fille avait un peu plus d'un an. L'argent que Pierre m'avait laissé avant de partir en prison était épuisé. Mon père ne voulait pas voir la « fille du déserteur », à plus forte raison nous aider.

« C'est à ce moment que Pierre a formé sa *bande républicaine*. Par malheur, il avait réuni plus de vauriens et de chenapans que de vrais républicains. La lutte politique contre l'Empire s'est vite révélée un prétexte à maraude et brigandage...

— Votre Sénon est donc devenu le chef des Gris-Manteaux !

— Je crois que sa bande n'avait rien à voir avec les Gris-Manteaux, mais faisait, hélas ! presque la même chose.

— Pourquoi me racontez-vous tout ça ? Vous pouviez me le cacher et personne ici ne vous aurait reconnue.

— Vous nous avez reçues et nourries. Je n'avais pas le droit de vous tromper. Et vous auriez une juste raison de me chasser !

— Ah ! bah...

Il lève haut le poing, puis l'abat sur la table.

— Je vous gracie, femme, au nom de l'Empereur !

— Vous êtes trop bon.

La Marie Corrèze, qui faisait semblant de guetter à la fenêtre, est venue se placer debout derrière son maître. Constance poursuit son récit avec effort, les yeux baissés.

— Non, je ne crois pas que Pierre ait jamais été un de ces Gris-Manteaux que tout le pays redoute. Il a peut-être voulu imiter les Gris-Manteaux, pour son malheur et le nôtre. Seulement, eux s'échappent toujours. Lui a été bientôt traqué, surpris, cerné. Comme vous savez, les gendarmes ont fini par le fusiller dans la grange où il se cachait, aux environs de Montibus. Ma fille et moi nous sommes retrouvées seules, sans un sou vaillant, le mépris et la rancœur des gens sur nos têtes.

« Le nom que Pierre nous a laissé n'est pas facile à porter. Toutes les portes se ferment devant nous. Ma famille nous rejette. C'est pourquoi je n'ai pas voulu reprendre le nom de mon père. Tant vaut celui du bandit Sénon ! Ça fait des mois que nous allons de ci, de là à la recherche d'anciens amis de mon mari. Je ne vous le cache pas. Mais ne vous souciez pas, nous n'en avons jamais trouvé. Nous vivons de menus travaux, dans les champs et les maisons, et même de mendicité. Quand nous avons frappé à votre porte, c'était ni plus ni moins pour mendier le vivre et le couvert !

— Et un jour, vous vous êtes souvenu des Lajarlaud d'Exeïdious qui avaient caché votre mari ?

— Je m'aperçois que j'ai trop parlé et que je vais peut-être causer du tort à ces braves gens.

— Ah bah ! J'ai mes défauts, mais je ne suis pas un mouchard. De plus, même si nous ne nous voyons guère, les Lajarlaud et nous, nous restons fort liés par des affaires de famille et de biens. Je vous redis votre mot : ne vous souciez pas pour eux.

Constance se lève brusquement, va regarder à la fenêtre. On ne voit pas le soleil, bien qu'il soit près de midi. Au lieu de tomber du ciel, la lumière jaillit de l'immense nappe blanche qui recouvre la terre. La neige ne tombe plus. Quelquefois, un souffle de vent arrache une poignée de flocons aux branches des arbres. Des bandes de pies sautillent dans les prés. Les chemins sont effacés par une couche épaisse d'un pied. Une brume scintillante brouille l'horizon. De petits nuages poudreux montent du sol, de loin en loin, trahissant un mouvement. Constance prête l'oreille, elle a cru entendre un loup hurler. Non, les fenêtres sont fermées et les loups, s'il y en a, ne viennent pas tout près des maisons le premier jour de neige. Ce qu'on entend, c'est un fracas de sabots cognés, sous l'auvent et au bord du couloir. Puis une bûche à demi brûlée s'effondre en craquant et en grésillant dans l'âtre. Le bruit du foyer, de la sécurité, du bonheur, qui remue Constance jusqu'au fond du corps...

Elle revient au milieu de la salle à petits pas, se campe la tête levée, les épaules droites, l'allure fière, en face de Louis Manin et de la Marie Corrèze.

— Je pense que vous ne voulez pas nous garder une heure de plus maintenant que vous savez qui nous sommes. Eh bien, nos baluchons sont prêts. Nous pouvons partir tout de suite.

La Marie Corrèze vaque à son ménage, tête basse, en silence. Louis a quitté la table pour s'asseoir près de l'âtre, un pied sur un chenet, l'autre pendant. Ses chiens l'entourent, couchés en rond. Il a rallumé sa pipe, qu'il avait laissé s'éteindre, et il serre le fourneau dans sa main, en bougeant les doigts, comme s'il pétrissait une pâte lourde. Enfin, il tourne lentement son regard vers Constance et se mâchonne la lèvre.

— Votre histoire m'est entrée par une oreille et sortie par l'autre. Vous êtes la veuve de Pierre Sénon ? La belle affaire ! Je vous dirai d'abord qu'un bandit, un vrai, a vécu douze ans à Mauval, au début du siècle. A côté de Léchoisier, votre Sénon n'était qu'un brigand de comédie.

— Léchoisier !

— Oui, Léchoisier, qui a tourmenté et assassiné plus de braves gens dans cette maison que vous n'en croisez en un jour sur une grande route... Laissez-moi vous raconter l'histoire de Mauval sous la Révolution. Si vous craignez les morts, vous aurez une bonne raison de déloger sans demander votre reste. Et, ma foi, je ne vous retiendrai pas.

Il se lève, fait le tour de la table, s'assoit à califourchon sur sa chaise, sans arrêter de fixer Constance, puis croise les bras sur la traverse du dossier, pointe le tuyau de sa pipe.

— On vous a déjà expliqué que le seigneur de Saint-Priest avait miné le souterrain de Mauval avec deux barils de poudre et que l'explosion avait ouvert la source des caves. Chassés par le seigneur, les moines ont dû abandonner les ruines. Beaucoup plus tard, un certain Bersac, marchand de vin, a acheté la propriété et reconstruit la maison. Selon la rumeur, il a profité largement de la source pour mouiller son rouge... Ses descendants se sont fixés là. En 1792, fortune faite, ils sont allés s'installer à Limoges après avoir vendu Mauval, « pour une poignée de pièces », dit-on, à un nommé Joachim d'Ahun, venant d'Ahun, en Creuse. C'était un boiteux et un sans-culotte, farouche partisan de Robespierre. Il fréquentait des meneurs redoutés, Léchoisier, Bussereix. Des bandes de sans-culottes dînaient à sa table et couchaient dans sa grange. Le bruit a vite couru qu'on tuait à Mauval des aristocrates et des « traîtres à la patrie en danger ».

« Peu après Thermidor, le boiteux a disparu, et la maison est restée fermée un certain temps. Le sieur Léchoisier, qui s'était prudemment éclipsé, a acheté Mauval en 1798, et il est venu y vivre avec beaucoup de monde. Sa réputation valait celle du boiteux. Léchoisier de Mauval, disait-on, est le chef des " Chauffeurs de la Queue d'Âne "...

— La Queue d'Âne ? Une petite rivière de Dordogne ?

— Une très jolie petite rivière. Et Léchoisier n'arrêtait pas de passer d'un département à l'autre, pour dérouter les gendarmes. Il aurait eu aussi un repaire dans les montagnes de Vieillecour et une cache au mont Gargan, à vingt lieues d'ici. Il faisait des incursions jusqu'à Brantôme et Nontron en Dordogne, Saint-Yrieix et Rochechouart en Haute-Vienne, mais revenait toujours à Mauval. Il passait pour brûler sans pitié les pieds de ses victimes, qu'il refroidissait en les trempant à la source de la cave, qui est en réalité une rivière souterraine, et souvent les y noyait. On repêchait leurs corps de ci, de là, des mois après !

« En 1812, la bande est anéantie, mais Léchoisier s'échappe et vit dans les bois pendant environ une année. Puis un corps sans tête, retrouvé à propos dans l'étang de la Gourgouse, est identifié comme le sien.

« Et voilà.

Louis tète sa pipe en regardant Constance, les yeux plissés, à sa façon. Il se tait. La jeune femme prend son visage dans ses mains. « Non, jamais je ne forcerai ma petite à vivre dans une maison où tant de sang a coulé. Une maison que les âmes du purgatoire continuent peut-être de hanter ! »

Au moment où le valet de ferme et les journaliers entrent pour le repas, l'expir de la source jaillit par l'escalier en gémissant, balaie le couloir et pousse ses relents dans la cuisine. Constance se met à tousser. Elle noue ses bras sur sa poitrine, en vain. Ses larmes coulent, le souffle lui manque. Elle veut se lever pour sortir, la tête lui tourne, elle se trouve mal. Louis la rattrape de justesse avant qu'elle ne tombe. Il la transporte sur son lit avec l'aide de la Marie Corrèze.

4.

Constance doit garder la chambre plusieurs jours. La Marie Corrèze la soigne à la tisane de pulmonaire et des « quatre fleurs ». Louis vient lui rendre visite tous les jours, sans avancer plus loin que le pas de la porte. Il l'observe, secoue la tête en silence et soupire. La troisième fois, il fait un pas ou deux dans la direction du lit, secoue la tête.

— Vous pouvez aussi bien rester jusqu'à la fin de l'hiver. La Marie Corrèze trouvera à vous occuper quand vous serez guérie.

Constance ne répond ni oui ni non. Remise de sa bronchite, elle ne part pas. Elle s'est accoutumée à l'expir, elle retient sa respiration quelques secondes quand monte le souffle de la source et tousse moins souvent. Elle n'est plus dérangée la nuit par la pensée des malheureux que Léchoisier a assassinés. Elle a aussi pris l'habitude d'avoir chaud, de manger à sa faim et de ne plus craindre pour sa fille le soir, le lendemain, l'heure qui vient.

Elle partage avec Faustine une grande chambre, meublée d'un lit bien fermé. Il y a une cheminée et des chenets, une table et un tabouret, des gravures sur les murs : presque la Jérusalem céleste ! Le courage lui manque pour repartir à l'aventure. Au printemps, oui, elle s'en ira. Elle sait qu'elle doit quitter Mauval, pour son enfant. Ce sentiment est très fort en elle, bien qu'elle soit tout à fait incapable de l'expliquer.

Elle aide la Marie Corrèze à la cuisine et au ravaudage, mais la servante ne cède pas facilement l'aiguille ni la queue des toupines. Un matin, Louis, en fermant son couteau d'un geste solennel, se retourne vers Constance.

— Pourquoi vous ne donneriez pas la main à la Marie Corrèze pour le soin de mon père ? Je vous le dis parce qu'elle n'ose quémander. Et puis vous avez votre chambre pas loin de la sienne, ça vous sera facile d'aller chez lui s'il vous appelle...

Plus tard la Marie Corrèze toise Constance, un air de scrupule sur sa bonne figure.

— Ça vous dit que vaille de gouverner Monsieur Évariste ? Je serais soulagée un *petit*, mais je vous en souhaite. Il va vous donner par-dessus les oreilles, avec son beau parler, le vieux maître. Ce n'est pas un homme facile, comme notre Monsieur Louis !

Monsieur Évariste reçoit Constance debout à sa fenêtre, le dos tourné. Il est vêtu d'une redingote serrée à la taille et d'une culotte de cheval ; coiffé d'un bonnet, il porte de simples chaussons aux pieds, mais une cravate de dentelle orne son cou. Constance respire l'odeur rance et fade qui flotte dans la chambre trop fermée. Le vieil homme pivote en s'appuyant sur sa canne, d'un geste théâtral et maladroit.

— Voilà donc ma belle gouvernante ? Savez-vous que je fus sous-préfet en ma jeunesse, jeune femme ?

— Je veux bien veiller sur vos aises tant que je serai ici, monsieur. Mais je dois partir à la fin de l'hiver.

— Vous ne saurez pas me tailler la barbe !

Elle le regarde dans les yeux.

— Je saurai bien, monsieur le sous-préfet. J'ai souvent rasé mon défunt mari, le bandit Sénon, quand il se cachait des gendarmes !

— Pardi ! Vous êtes la veuve du bandit Sénon. C'est bien ce que j'avais cru comprendre. Je vois que nous accorderons nos vielles, tous les deux.

Il pose sa canne, sort de sa poche une tabatière en or, prend une prise, avec ses doigts jaunes aux articulations déformées, tout en lorgnant Constance derrière ses lunettes à verres épais.

C'est un homme plutôt grand, maigri et courbé par l'âge, la figure osseuse, longue, fripée, des cheveux blancs, plats qui tombent en mèches sur son front et ses joues. Il marche en boitillant, appuyé sur sa canne, une main derrière le dos, les épaules un peu voûtées.

Les coins de sa bouche se relèvent soudain en un rictus goguenard.

— Oh pardon !

Il ôte précipitamment son bonnet, se coiffe d'un vieux bicorne affaissé.

— Voilà qui est plus convenant... Il faut bien que vous ayez donné dans l'œil de mon fils pour qu'il vous ait gagée, lui qui ne peut souffrir d'autre femme dans sa maison que la Marie Corrèze !

— Mais je ne suis pas gagée, dit Constance.

Elle prend quand même son service sur-le-champ. Évariste Manin se met en frais pour elle. Quoi qu'en dise la Marie Corrèze, ce n'est pas un homme difficile à contenter. Et il ne déplaît pas à Constance d'entendre deux ou trois fois par jour son « beau parler » d'ancien sous-préfet.

Elle s'habitue à ses yeux globuleux, qui roulent derrière ses verres, à son nez qui goutte à cause du tabac, à sa canne ferrée, en bois des îles, dont le bout, quoique émoussé, martèle et creuse le plancher de sa chambre et du couloir.

Il fait de son mieux pour être propre. Il s'excuse des mauvaises senteurs de sa chambre. Constance voit bien qu'elle devra prendre à tâche tout le nettoyage, seulement pour respirer sans avoir la gorge qui pique et l'estomac levé.

Après deux jours, il en vient aux confidences.

— Ne jetez pas la pierre à mon fils pour ses façons de

sauvage. Il vous traite mieux qu'il n'a jamais traité une femme. Et puis s'il est comme vous le voyez, malappris et butor, c'est par ma faute. Je suis le seul coupable. Comprenez que je me suis retiré à Mauval pour expier les péchés de ma tardive jeunesse !

Constance ne répond pas, elle se moque des messieurs Manin et de leurs histoires, mais elle se laisse bercer par la voix claire et bien posée du vieil Évariste. Il vient la regarder sous le nez, en tournant la tête de côté, comme une poule qui guette. Puis il commence à parler de ses campagnes et aventures, au temps de Napoléon le Grand, qu'il a loyalement servi sans jamais l'aimer.

— Et comme je ne celais guère mes sentiments, je n'étais que capitaine en 1813. Je tiens à dire que je me suis rallié au roi légitime, Louis XVIII, dès avant l'abdication de Fontainebleau.

« Mon Dieu, songe Constance, comme tout cela est loin. Bientôt un demi-siècle... »

Un jour, pourtant, elle se met à l'écouter avec intérêt.

Il revient sans cesse sur l'enfance de Louis, qu'il s'accuse avec force démonstrations d'avoir gravement délaissé...

— ... tant du vivant de ma pauvre femme que plus tard, après sa mort. J'ai passé beaucoup trop de mois et d'années loin de ma famille, de 1820 à 1830. Dans ces années-là, mon petit Louis a grandi en sauvageon, avec les enfants Lajarlaud et les petits paysans du voisinage. Ma Félicité souffrait déjà de la maladie de poitrine qui allait l'emporter à l'âge de vingt-huit ans. Mon fils ne me voyait guère et, quand je m'occupais de lui, à mes rares passages, c'était pour le punir de ses colères terribles. Il adorait sa mère, qui refusait de le mettre en pension. Une vieille demoiselle du village, qu'on appelait « gouvernante », venait une heure ou deux par jour lui apprendre le peu qu'elle savait.

« Félicité elle-même complétait son instruction.

« Il se montrait cruel avec les autres enfants et avec les

animaux. Tout ce qui pouvait tenir dans ses paumes, il le serrait, l'écrasait, le broyait. Moi, cela me comblait. Quand sa mère ou sa gouvernante voulaient le punir, il écumait et se roulait par terre en hurlant. Alors, elles renonçaient. Mais quand j'étais là, je le battais à coups de ceinturon, à la militaire, et Félicité se jetait entre nous pour le protéger. Une fois — il n'avait guère plus de cinq ans — je me souviens l'avoir pris par son fond de culotte et enfermé une heure entière à la cave de la source. Il étouffait de rage, mais n'a pas lâché un pleur. En fait, je crois bien l'avoir enfermé à la cave à chacune de mes visites. Quand on allait le chercher, il prétendait avoir entendu les « voix de la source » qui lui avaient confié toutes sortes de secrets. Je lui faisais rentrer ses mensonges dans la gorge à coups de ceinture.

« Il a découvert que sa mère s'inclinait toujours devant mes décisions, ce qui était juste — ou du moins qui eût été juste si j'avais tenu ma place à la maison — et il s'est mis à la mépriser. Félicité n'avait toujours pas la petite fille qu'elle souhaitait tant. Dans sa famille, on a régulièrement six ou huit enfants vivants. Tout occupé à mener une vie de garçon, je la délaissais, si bien que son état de santé a empiré très vite. Elle est morte en 1827 d'une fluxion de poitrine, aggravée par l'ennui et la tristesse.

« La mort de ma femme ne m'a pas ramené tout de suite à la raison... ni à la maison. J'ai mis Louis en pension chez les frères de Rochechouart, d'où il n'a pas tardé à s'échapper, et je suis reparti. Plus tard, je l'ai confié au curé de Saint-Priest et à des domestiques, jusqu'à mon retour définitif à Mauval, en 1831.

« Toutefois, auparavant... Ah ! mieux vaut peut-être un récit de ma bouche que les mensonges de la populace qui viendraient fatalement à vos oreilles un jour ou l'autre. Voici donc.

« C'est à la fin de l'an 1829 ou au début de l'an 1830, je n'en saurais jurer, juste avant, grâce à Dieu, la prétendue monarchie de Juillet. Mon petit diable a alors neuf ans et demi environ. Le curé lui donne deux ou trois heures de leçons par jour, lecture, écriture, un peu d'arithmétique et du latin de messe. Charles Lajarlaud, le « manchot de Lutzen », lui apprend le tir, l'équitation et l'histoire de Napoléon. A Mauval, une jeune servante nommée Rosine s'occupe de lui quand elle ne court pas les galants. Et, justement, un de ses galants la serre de près. Elle le rejoint tous les jours à la grange de la Plaine, à la cabane des bohémiens, dans les bois, n'importe où. Par curiosité ou jalousie de petit homme, Louis suit Rosine et guette les amoureux. Pour se débarrasser de lui quand elle va courir le guilledou, elle l'enferme ou même l'attache, mais il s'échappe presque toujours et, connaissant ses habitudes, la rejoint près de son amant.

« Une fois, Rosine, exaspérée, lui ôte ses effets, le boucle tout nu dans un placard, en compagnie d'un chat peu amène. « Si tu bouges, lui dit-elle, Roussou aura grand peur, il te sautera dessus, et il te mangera la boutique ! » La voilà tranquille, qui part à son affaire. Quand elle ouvre le placard, deux heures plus tard, le chat s'enfuit en miaulant de colère. Mon Louis est recroquevillé tout au fond, griffé de la tête aux pieds. Rien de très grave, en fait ; Rosine le soigne à sa façon, qui doit être assez bonne, puisque les blessures guérissent vite, la bonne santé aidant. Mais elle l'a menacé en même temps des plus cruelles représailles s'il venait à parler. Il se tait et décide de se venger. A quelques jours de là, avec l'aide de Fortunat Lajarlaud, de deux ou trois ans plus âgé, et d'autres galopins des environs, ils s'emparent de Rosine, la lient pieds et poings et la jettent dans la soue d'une truie aussi coléreuse que le chat Roussou, mais cent fois plus grosse. La loi du talion, en somme, et je ne puis trop en vouloir à mon fils de cette vengeance. Les garnements s'enfuient à toutes jambes. Un moment plus tard, le vacher de Mauval entend par bonheur la servante crier et vient la délivrer. Elle a été mordue au visage, aux cuisses, au ventre, enfin rien qui mette sa vie en danger. Il est clair qu'à l'avenir les galants seront moins empressés, car la truie a quelque peu taillé dans son joli minois.

« Les Lajarlaud soignent Rosine de leur mieux. Ils savent que si l'affaire s'ébruitait, leur aîné Fortunat pourrait passer plusieurs années à la prison pour enfants. Mon petit Louis échapperait sans doute à la sanction, vu son jeune âge... A mon retour, il me faut donc régler les comptes de Rosine. Après avoir crié et menacé comme si leur fille était une innocente victime, les parents de la donzelle acceptent un dédommagement en or, que je suis trop content de leur verser, avouons-le, en puisant dans mon... disons dans mes réserves. Qu'elle aille se faire pendre ! Nous ne l'avons jamais revue. Je maintiens que mon fils n'avait pas commis une grave faute. Rosine était une servante dévergondée. C'est elle qui avait commencé. Louis, qui n'avait pas dix ans, a suivi ce vaurien de Fortunat Lajarlaud... Toutefois, l'affaire aura eu le mérite de resserrer les liens entre nos familles, et Louis aura appris à se méfier des filles de peu. »

Constance et Évariste sont assis, chacun d'un côté d'une petite table au dessus laqué, elle en face, lui de biais, à cause de sa mauvaise jambe qu'il ne peut plier, un seul coude appuyé, le regard généralement tourné vers la fenêtre. A portée de sa main, une tasse de grog et sa chère tabatière. Il boit à grand bruit, prend une prise, renifle comme une mule, tousse et larmoie. Une toux contagieuse, et Constance doit souvent serrer les mâchoires, comprimer sa poitrine à deux mains, pour éviter la quinte qu'elle sent monter.

Elle écoute en silence. Évariste se tait parfois pour méditer ou rêver, il lève les yeux comme s'il cherchait au plafond des souvenirs perdus. Puis il reprend son récit.

— Cette triste histoire ne porte guère remède à la sauvagerie de mon fils. A mon retour, j'ai voulu l'envoyer en pension, mais ce fut impossible. Il apprendra un peu plus de latin et la multiplication, il aura une écriture assez déliée, ce qui peut surprendre quand on voit ses mains de laboureur...

Durant toute sa jeunesse, il passe des heures à errer au bord des étangs, à pied et, plus tard, à cheval. Que diable cherche-t-il près des étangs ? Personne ne l'a jamais su. On le plaint. « Pauvre garçon, il a l'esprit dérangé. Ce n'est pas étonnant, sans mère, avec le père qu'il a et la vie que lui ont fait mener les servantes ! »

« Certes, il sait se méfier des gigolettes, mais il fuit aussi bien les jeunes filles à marier et semble décidé à rester vieux garçon, ce qui serait dommage. Oui, oui, j'aimerais le voir avant ma mort conduire à l'autel une demoiselle de bonne famille ou quelque... pardi, je le verrais bien épouser une veuve !

— Pourquoi me dire tout cela, monsieur, à moi qui suis presque une inconnue pour vous, une malheureuse passante ?

— C'est que j'ai une grande confiance en vous, ma fille. J'admire que vous n'ayez jamais renié Sénon, bandit ou pas. Sitôt chez nous, vous avez avoué votre nom et votre histoire, alors que vous vous attendiez à être chassée, pour seule récompense de votre franchise. D'ailleurs, si je m'abusais sur vos mérites, la Marie Corrèze, elle, ne se tromperait pas. Elle a le don de voir clair dans l'âme des gens. Elle tient trop son quant-à-soi pour vous dire le bien qu'elle pense de vous, mais moi qui suis sans vergogne, je vous le dis. Et puis il se pourrait que la Providence vous ait conduite à dessein jusqu'à notre maison. Ainsi, j'aurai à la fin de mes jours le bonheur de confesser à une bonne et belle femme les faits et les pensées que mon curé ne connaît que trop bien !

5.

Constance écoute, mais ne pose jamais de questions.

Évariste se décide bientôt à raconter ce qu'il appelle « le secret de Mauval » :

— Environ l'époque où Joachim d'Ahun s'installait à Mauval, l'abbé Mathurin Bossabut, qui venait de défroquer à la faveur de la Révolution, achète une propriété au lieu-dit Exeïdious, à un kilomètre, dans les collines, au-dessus de Mauval. Agé alors de trente-cinq ans, il se fait appeler Maître Bossabut. Partisan de Gracchus Babeuf, il est mêlé de loin à la conjuration des Égaux.

« Quand il arrive à Exeïdious, il est accompagné d'un couple, les Lajarlaud, et de leurs enfants. La jeune femme est gentille, le mari simple et heureux. Des trois garçons, âgés de huit à deux ans, deux au moins seraient ses fils. Exeïdious compte une centaine d'arpents : les Lajarlaud en seront tenanciers. L'ex-abbé vit maritalement avec la mère de ses enfants.

« Il se dit guérisseur et sourcier. Auprès des bourgeois, il affirme pratiquer le magnétisme animal. Vers 1795, il enlève à Teyjat, du côté de Nontron, une “ pierre bénite ”, miraculeuse, sans doute un morceau de dolmen, et la fait traîner par deux paires de bœufs sur sept ou huit lieues, jusque chez lui, où il la transforme en banc de jardin. Cette pierre a le pouvoir de rendre fertiles les femmes qui ne peuvent avoir d'enfant.

“ Asseyez-vous sur ma pierre, brave femme (ou noble dame), et Dieu fera le reste ! ” Tiens, pardi !

« Le banc sera pendant vingt ans une très bonne source de revenus pour Bossabut. Les jeunes femmes viennent de loin y poser leur fondement, en payant un denier. Bossabut dit en conclusion une prière, païenne ou chrétienne. “ Si ce n’est un beau garçon de dix livres, je veux y perdre mon nom ! ”

« Des garçons, il en a lui-même trois de la femme Lajarlaud. L’aîné, Charles, engagé fin 1804, l’hiver du sacre, est caporal à Austerlitz, sergent à Auerstedt, sous-lieutenant à Eylau, lieutenant à Friedland..., grade dont il ne bougera pas jusqu’en 1813. C’est un homme un peu aigri qui est nommé — enfin — capitaine à Lutzen. Il étrenne aussitôt son nouveau grade avec un boulet de canon prussien qui lui arrache un bras. Le Manchot de Lutzen rentre à Exeïdious, au printemps 1814.

« Effrayé par ce qu’il a vu dans les étoiles, ou dans sa boule de cristal, Mathurin Bossabut part chercher fortune aux États-Unis, à l’automne 1814, à près de soixante ans, ce qui n’est pas banal. A cette époque, Napoléon est à l’île d’Elbe, et le calme règne en France, malgré une active opposition bonapartiste.

« Charles Lajarlaud accompagne son père au bateau. “ Enfin, père, qu’avez-vous donc vu ? — Des couleurs, répond Mathurin Bossabut. Noir, blanc, rouge... Des années noires pour la France, une nouvelle terreur blanche et beaucoup de sang versé. ”

« Maître Bossabut laisse Exeïdious à Charles et à sa famille. Après avoir adopté à la bonne époque les opinions républicaines et égalitaires de son père, Charles suit le vent dominant et devient légitimiste. Après les Cent-Jours, Mauval sert de refuge à des “ amis de Buonaparte ”, qui sont délogés bientôt par une bande “ blanche ”, et certains sont pendus pour avoir résisté... »

Assis dans son fauteuil de bois garni de coussins, sa

mauvaise jambe allongée, le pied posé sur un petit banc, Évariste tient sa canne d'une main et frappe le plancher pour souligner les moments dramatiques de son récit.

— En 1816, Me Faurias, notaire à Javerlhac, achète la maison, saisie par l'administration royale. Il se vante d'avoir eu Mauval pour « une poignée de pièces ». Les voisins le mettent en garde. « Vous verrez, quoi qu'on fasse, il y a toujours des courants d'air à Mauval ! Ça vient de la rivière souterraine. — C'est une maison de poitrinaires, avec la source qui passe dessous et les grands arbres tout autour ! »

« Il est vrai que la maison se tapit au pied d'une longue croupe et que les grands arbres, chênes, ormeaux, sapins dévorent sa lumière. Mathilde Faurias, l'épouse du notaire, est de santé délicate, et se plaint qu'un violent courant d'air se produit dans la maison, plusieurs fois par jour, depuis les caves. " C'est l'expir de la rivière, lui dit-on. — C'est le siphon de la source. — Bah, une invention des moines pour effrayer les pauvres gens ! "

« Mais la jeune femme refuse de passer l'hiver suivant dans une maison qu'elle croit hantée.

« Mathurin Bossabut rentre en 1819, après cinq ans d'Amérique. Le notaire l'appelle en consultation . Le " sourcier " passe plusieurs jours et plusieurs nuits à Mauval, campe dans les caves avec un falot, et donne finalement son rapport au notaire. " Mon bon maître, la source de Mauval — qui n'est pas une vraie source — est presque sûrement née de l'explosion provoquée par les deux barils de poudre. Cette terrible déflagration a ouvert plusieurs brèches dans la rivière souterraine voisine. En deux siècles, des concrétions calcaires se sont accumulées. Un beau jour, elles ont atteint une épaisseur suffisante pour transformer un siphon d'écoulement en une sorte de pompe foulante et aspirante. Alors, votre maison s'est mise à bâiller comme un chien repu, exhalant la même odeur de pourriture ! — Eh, mon cher confrère, que pouvons-nous tenter pour remédier à cette déplorable situation ? — Peu de chose, je le crains. Il ne faut pas *étouffer* la source, mais au contraire la laisser respirer, en maintenant les portes au moins entrebâillées jusqu'en haut de la maison et même agrandir les lucarnes du grenier. Et enfin ne plus y penser ! »

« L'épouse du notaire ne se laisse pas convaincre. Le couple renonce à habiter Mauval, qui est mis en vente en 1820. Mathurin Bossabut prévient son fils, Charles Lajarlaud. " Cette maison est assise sur un tas d'or ! — Ah ! le trésor de Léchoisier ? Vous y croyez donc, père ? — Je sais qu'il est là. — Alors pourquoi ne pas avoir acheté Mauval ? — Par le temps qui court, c'est bien trop dangereux pour toi et moi. Je me suis lié d'amitié avec ce notaire pour le surveiller et examiner les lieux, tout en menant une enquête. J'ai acquis la conviction que le trésor était toujours là : pas le moindre bijou volé n'est reparu dans la région, les survivants de la bande doivent ignorer la cache de leur chef. Mauval est libre maintenant, mais cela ne nous avance guère. Je crois que le magot de la Queue d'Âne est constitué pour une bonne part de bijoux identifiables. Avec ma réputation, je ne peux me risquer à les monnayer. Trouve donc un imbécile puissant et bien en cour, qui pourrait écouler pièces, bijoux et barres sans risque — et partager, bien sûr. Tu es mieux en situation que moi pour dénicher cet oiseau rare. "

« L'imbécile, ma chère Constance, ce sera moi, pardi. Nous étions deux imbéciles ensemble. Et voici comment cela s'est fait.

« Charles Lajarlaud s'est installé à Limoges, avec sa jeune femme, épousée à Châlus, en 1817. Il a trouvé un emploi de bureau, grâce à sa réputation de bien-pensant. En 1819 naît un garçon nommé Fortunat.

« C'est à ce moment que je me lie avec lui. Nous avons connu sous l'Empire des carrières presque parallèles, bien lancées puis étales de longues années. Ce n'est pas un hasard. Après 1805, les mœurs ont changé. Le courage et les capacités militaires ne suffisent plus pour réussir dans l'armée de

Napoléon. Les officiers subalternes qui n'ont ni entregent ni relations stagnent au bas de l'échelle.

« Tous les deux, nous avons reçu notre grade de capitaine à la fin de l'épopée, quand les hommes étaient fauchés par bataillons. J'appartenais à une famille royaliste, je me suis engagé sous le Directoire, pour voir du pays, connaître l'aventure, en attendant le retour du roi... mais surtout pour échapper aux conséquences de certaines frasques et aux poursuites judiciaires qui me pendaient au nez. Un cas classique. J'avais vingt ans.

« Nous nous sommes rencontrés après les Cent-Jours, la similitude de nos situations nous a rapprochés. Mieux en cour près des nouveaux puissants, j'ai promis à Charles de l'aider. En 1818, j'avais épousé Félicité Rilhac-Lastours, d'une bonne famille limousine. Je me croyais promis sur le tard à une belle carrière dans l'administration royale. Nommé sous-préfet de Rochechouart, j'ai pris Charles comme chef de bureau.

« Ce garçon jouissait d'un heureux caractère, malgré son infirmité. Il aimait les femmes et la bonne vie et n'avait guère d'ambition. Étant mon cadet, il a accepté sans sourciller mon autorité, et quoique mon subordonné, il est resté mon ami.

« Voilà qu'un jour, il me parle de Mauval et de son trésor. " Les légitimes propriétaires de cet or sont tous morts. Quant aux héritiers... bah, qui voudrait s'amuser à chercher les héritiers ? Toutefois, la plupart des bijoux et objets précieux sont identifiables. Il faudrait les monnayer avec prudence, à l'aide de relations bien placées. Qu'en pensez-vous, mon capitaine ? — Je pense que l'affaire est scabreuse, mais ni toi ni moi ne sommes nés de la dernière couvée. Il faudrait en avoir le cœur net. "

« Il réussit à me persuader, je le suis bientôt dans son projet et achète Mauval au rabais, car personne n'en veut. Nous voilà en campagne. Je me pique au jeu. Ma femme est en mal de neuf mois, comme on dit, notre petit Louis naît au début de 1820. N'importe, je les abandonne quasiment tous les jours, de même que ma sous-préfecture, pour me rendre à Mauval en compagnie de Charles Lajarlaud : sept ou huit lieues à cheval. Non contents d'y passer plus de la moitié des jours, nous y restons souvent la nuit, nous poursuivons nos recherches et dormons à peine quelques heures.

« Nous sondons les planchers, les murs, les plafonds, nous explorons tous les recoins des combles et des sous-sols. Cette fouille enragée dure des mois, un an peut-être. Charles s'amuse au début et se lasse bientôt. Mais je m'acharne, je délaisse ma femme, mon enfant, mon travail. J'en perds pour ainsi dire l'esprit. " Je mettrai la main sur ce magot quand le diable le tiendrait dans sa besace ! " Et Charles me regarde avec une sorte de commisération. " J'envie votre patience, mon capitaine. — Cesse donc de m'appeler mon capitaine ! — Je ne partage pas votre patience, monsieur le sous-préfet. — Quel âne tu fais ! Il n'y a plus de capitaine ni de sous-préfet ! Il n'y a que deux coquins ensemble. Je gage que nous sommes désormais attachés l'un à l'autre pour tous les jours que Dieu fera. Et qui sait si nos descendants ne le seront pas de même ! " »

Constance écoute, en laissant son esprit vaguer et divaguer. Au printemps... au printemps, oui, elle partira, en avril au plus tard, ou bien en mai, et elle oubliera les secrets du vieux maître.

— Monsieur, dit-elle, votre confiance m'émeut et m'embarrasse aussi. J'ai peur qu'elle m'attache trop à vous et à cette maison.

Évariste sirote une gorgée du grog que Constance fait réchauffer tous les quarts d'heure sur le trépied de la cheminée.

— Je ne vous ai pas choisie, ma belle. Saint Georges, mon patron — car je m'appelle Georges Évariste — vous a envoyée à Mauval pour y rester. Il n'est pas un saint à se tromper sur une femme. S'il vous plaît... s'il vous plaît, écoutez mon histoire jusqu'au bout. Nous touchons enfin notre filon. Je ne vous dirai pas où ni comment nous avons trouvé l'or. Du moins, pas aujourd'hui !

« Nous sommes à l'automne de l'an de grâce 1820. Nous avons, Charles et moi, mis la main sur un vrai pactole. Je m'estime assez riche pour vivre sans souci. Les contraintes d'une fonction officielle me pèsent trop. Et il me faut entreprendre démarches et voyages pour négocier au moins une partie du magot. Je résigne alors mes fonctions et nous nous fixons à Mauval dès que les travaux que j'ai commandés sont achevés.

« Mais je voyage, Paris, Nice, la Suisse, l'Italie... Je fais la *bamboche*, laissant ma femme et mon fils à Mauval. Si je suis puni de mon égoïsme aujourd'hui, voyez-vous, je n'ai que ce que je mérite. J'ai donné une petite part du trésor à Charles, ce qui lui permet de racheter Exeïdious à son père, en 1822. A quarante-deux ans, veuf de sa première femme, et père comme moi d'un garçon, Fortunat, il se remarie avec une fraîche paysanne de dix-huit printemps. Viennent alors un deuxième garçon, Déodat, et quatre filles.

« Quant à moi, je me suis vite lassé de cette vie. Le remords m'a pris, un peu tard, puisque ma femme était morte depuis plusieurs années et mon fils avait grandi presque sans me connaître. Lorsque je venais à Mauval, ce n'était que pour le corriger ! Je suis rentré en 1831, après avoir vécu ces journées de Paris, en juillet 1830, qu'on a appelées bien à tort *glorieuses*. Mais j'étais du mauvais côté des barricades, par fidélité à la monarchie légitime. J'ai alors dans l'idée de mener une action politique contre l'usurpateur, en puisant dans le trésor de Mauval, à peine écorné, grâce à Dieu. Il faut dire que j'ai toujours été économe, même quand j'étais en goguette !

« Pourtant, je ne parviens pas à réaliser mon projet de carrière politique. Mon corps a moins bien résisté que mon or à dix ans d'inconduite, je me retrouve usé avant l'âge, la goutte et les rhumatismes me clouant bien souvent à la chambre. Ma soudaine fortune a éveillé les soupçons, et je comprends vite que j'ai intérêt à me faire oublier. Enfin, Charles Lajarlaud, bien installé sur ses terres d'Exeïdious, me rappelle ses droits sur une part du trésor, et n'a cesse de me prêcher la sagesse. Les temps, dit-il, ne sont pas venus. Viendront-ils jamais ? Nous disposons enfin que l'or de Mauval sera conservé en grande partie pour servir à une cause patriotique, quand les soupçons seront éteints et les circonstances plus favorables. Toutefois, une part raisonnable de cette richesse aidera à doter quelqu'un de nos petits-enfants, car il nous paraît prudent de sauter une génération.

« Lorsque Louis atteint l'âge de vingt-trois ans, sachant presque tout de ma fortune et de mon infortune, mais indifférent à l'une comme à l'autre, je lui fais part de mon accord avec Charles. “ Tu es moins dépensier que moi, fils... — Encore heureux. — Oh je m'en confesse. Mais j'ai à peine entamé le trésor, sais-tu ? Sais-tu que Charles et moi avons trouvé plus d'un million ! — Ah ! donc ? Portez vos chandelles à un autre saint ! — N'empêche. Nous sommes convenus, Charles et moi, que la plus grande partie de l'or serait conservée pour servir un jour à une grande cause patriotique. — Mais après avoir puisé dedans à pleines mains ! — Pardi, il y en avait tant. Nous avons été grisés. Surtout moi, j'en conviens... Comme tu sais, une part de l'or a été versée dans la rivière souterraine, et, de temps en temps, quelques pièces sont emportées et sortent à la fontaine des Hauts de la Plaine, où les Lajarlaud les récupèrent. Charles l'a voulu pour se protéger de la tentation et en protéger ses descendants. J'en ai été d'accord. Une autre part, minime, a été remise au notaire, pour constituer une rente que tu trouveras dans ton *hoirie*. Et pour le gros du trésor, qui est intact dans nos caves, mais encore taché du sang des victimes de Léchoisier, tu feras comme tu voudras. Il est sûr qu'une bonne cause se présentera un jour, et qu'il te faudra la servir. Ce pourrait être le retour en France du roi légitime. Ce qui ne t'empêchera point d'en garder un peu pour doter tes filles... ” Cela se passait il y a plus de douze ans. Nous n'avons, depuis, plus jamais parlé de l'or. »

Maintenant, Constance écoute Évariste avec une grande

attention. Puis elle se décide à poser la question qui la tourmente.

— Monsieur Évariste, vous m'avez dit une fois que vous étiez revenu à Mauval pour expier les fautes de votre jeunesse. Mais est-ce bien la seule raison ?

Évariste prend une prise dans sa tabatière, rumine son affaire, puis rattrape ses lunettes qui avaient glissé sur son nez.

— Non, ce n'est pas la seule raison. Même pas la bonne ! Sous la prétendue monarchie de Juillet, je n'étais plus *persona grata*, et mes ennemis tenaient le haut du pavé. J'ai pensé que le trésor de Mauval était menacé et je suis revenu pour le garder !

Il se penche sur la table, la figure entre ses coudes posés, puis relève la tête, tend le cou, se rapproche de Constance à front touchant et la fixe longuement dans les yeux.

— C'est vrai, je suis revenu pour le trésor. Et vous, vous allez rester à cause du trésor !

DEUXIÈME PARTIE

1.

Constance n'est pas partie au printemps, ni au mois de mai, ni à la fin de l'été, ni avant l'hiver. Elle est restée pour de bon.

Un jour de l'année 1858, Évariste, pris d'on ne sait quelle lubie, tente de descendre aux caves, malgré sa mauvaise jambe et sa tête pas très solide. Il n'arrive même pas au rez-de-chaussée ; il tombe dans l'escalier et se fend le crâne sur les tommettes du couloir.

Le voilà mort. Il laisse à son fils une propriété agrandie, des rentes chez le notaire et, dans quelque cachette mystérieuse, ce qui reste des bijoux et de l'or volés par Léchoisier. Louis est désormais le seul maître de la maison et du domaine. Il vit comme un paysan aisé, c'est-à-dire assez pauvrement.

Son père mort, il propose à Constance d'être chez lui une sorte de gouvernante. Peut-être espère-t-elle un moment qu'il l'épousera. Il a trente-sept ans, elle trente-deux ou trente-trois, elle est de bonne famille, quoique reniée par son père, et certes pas vilaine, puisque le beau Pierre Sénon l'a aimée. L'union peut même sembler bien assortie.

Mais Louis fait d'elle une maîtresse servante, comme on en a toujours vu à la campagne, et plus servante que maîtresse, à mesure que les années passent.

Pour mieux tenir Faustine le moment venu, ou par simple

conviction, il interdit à sa mère de lui apprendre à lire. La jeune femme ayant désobéi, elle est punie comme il l'a été lui-même dans son enfance, par un séjour dans la cave de la source. Ce n'est qu'un des nombreux tourments qu'il lui infligera pendant les dix ans de sa vie à Mauval, si l'on en croit la plupart des témoignages.

A quarante ans, vers 1866-1867, elle « paraît déjà d'un grand âge », d'après les mémentos de l'abbé Brégéras, qui a consacré plusieurs pages de notes aux gens de Mauval. Elle meurt en septembre 1868, dans son lit qu'elle ne quittait plus depuis plusieurs mois. Mauval, avec son étang et ses grands arbres qui maintiennent dans une ombre permanente les façades ouest et nord, n'est certes pas un endroit salubre. Mais Louis a sans doute bien aidé la nature, en restreignant le chauffage dans la maison et en s'ingéniant à créer des courants d'air entre caves et greniers.

Heureusement, Faustine a une très bonne santé.

Constance s'en va donc au moment où sa fille est devenue femme, et bonne à marier. Faustine ne pleure pas au cimetière. Elle ne pleure jamais. Louis a le choix entre deux solutions : se faire nommer tuteur de la jeune fille, ce qui lui permettrait de disposer d'elle, mais avec certains risques, ou bien l'épouser, ce qui lui donnera le même pouvoir, mais sans risque. Il choisit donc la deuxième solution. Faustine a trente ans de moins que lui.

Il la prend par le bras, après l'enterrement, lui pétrit l'épaule dans sa lourde pogne.

— Nous voilà seuls, ma petite, comme Dieu l'a voulu.

— Oui, monsieur.

— Puisque Dieu l'a voulu, nous vivrons ensemble.

Pas de réponse.

— Tu veux bien m'épouser, ma petite Faustine ?

— Non, monsieur.

— Comment non ? Dieu l'a voulu et tu ne peux pas t'en aller !

Faustine secoue la tête d'un air buté.

— Je veux aller en ville.

— Tu ne connais aucune ville.

— J'en ai entendu parler.

Et Louis, triomphant :

— Mais tu ne peux pas, parce que tu ne sais pas lire !

Faustine bat des mains, moqueuse et un peu provocante.

— Si, je sais lire !

— Je ne te crois pas. Et la belle affaire, si tu sais !

— Vous allez voir.

La jeune fille prend l'*Almanach du Limousin* et montre sa science, qui n'est pas grande. Mais enfin elle lit les titres, les nombres, déchiffre les lignes. Elle en sait peut-être assez pour fuir en ville. Louis maudit la mère qui l'a trompé et bat la fille qui essaie de lui échapper. Il la rosse tant et si bien qu'il finit par la mater, car elle n'a nulle part où aller et elle le sait.

Le notaire de Châlus, consulté, se pince la barbe.

— Vous ne pouvez pas épouser cette jeune fille sans l'accord des grands-parents. Je ne sais où trouver la famille de Pierre Sénon, mais le grand-père maternel de votre, euh, fiancée, est quelqu'un d'honorable et bien connu. Je crois pouvoir le persuader. Seulement cela sera... Ce pourrait être coûteux.

Le père de Constance donne enfin son accord moyennant une forte somme d'argent. Louis puise dans le trésor de Léchoisier. Les paysans commentent. « L'argent maudit paie le malheur ! »

Un beau jour, la jeune Faustine épouse son seigneur et maître en 1868. Elle a dix-sept ans, lui quarante-huit.

— C'est le bon âge, disent les gens, et la bonne différence.

Les épousailles sont célébrées par l'abbé Brégéras, curé de Saint-Priest de Lafaux. Une photographie sépia, écornée et pâlie, immortalise les époux et le petit groupe de leurs invités. Faustine semble mince et figée dans sa robe blanche. Elle a de très grands yeux, un visage allongé, rêveur, encadré de cheveux bruns, une bouche mince au sourire très doux. Elle est mieux que jolie. La photo est juste assez nette pour laisser deviner la tristesse de son regard et la fossette enfantine du menton. Elle fixe l'horizon par-dessus le photographe, comme si elle songeait à fuir...

Louis Manin se distingue peu des paysans qui l'entourent par l'air ni par la mise. Il apparaît de taille moyenne, les épaules larges et les jambes courtes. Son visage est dur, sans l'ombre d'un sourire. Détail curieux : un bras passé au bras de sa femme, il tient ses deux fortes paumes ouvertes, comme s'il se préparait à empoigner un sac de seigle ou une bête rétive... Les invités ont aussi de drôles de poses, ce qui est peut-être dû à la lenteur et à la maladresse du photographe.

Après la cérémonie, Faustine prend les mains du prêtre pour les baiser, puis, dans un souffle :

— Monsieur le curé, venez me voir souvent. J'ai peur toute seule dans cette maison !

— Toute seule ? Mais ton mari doit-il s'en aller ?

— Je veux dire depuis que ma mère est morte.

L'abbé promet de fréquentes visites à Mauval, mais Louis le chasse dès son deuxième passage.

— Venez donc toucher le denier aux premiers beaux jours et une charrette de *regain* pour votre âne, monsieur le curé. Quand on aura besoin de vous, on sait où vous trouver !

Le curé remonte sur sa carriole.

— Merci d'avance pour mon âne. Mais vous pourriez avoir besoin de moi plus tôt que vous ne pensez !

Louis pousse un gros rire de rustre en foire.

— Pour le baptême, curé ! Pour le baptême !

Louis Manin a connu une enfance de brutalités, de sévices, de passions et d'expériences au-dessus de son âge. Il a perdu à sept ans une mère qu'il méprisait. Il détestait son père qui le punissait férocement et qu'il a séquestré sans pitié à la fin de sa vie. Il a pris l'habitude de passer une grande partie de ses jours entre bois et champs, à guetter les étangs, à errer, à chasser au hasard, à hurler avec les loups. Un vieux dicton en patois d'Auvergne et du Limousin se traduit à peu près ainsi : « Qui avec les loups passe son temps, loup devient avec le temps. » Dans ses éternelles pérégrinations à travers les deux ou trois cantons voisins, il a rencontré plus souvent *la bête* — sanglier ou loup — qu'une bergère de roman, et les bergères s'enfuyaient à son approche.

Les contes de bonnes femmes ont nourri sa tendance à la crédulité. Il redoute tout ce qui peut ressembler à un mauvais augure. Il a pris la réflexion du curé pour une menace, à peine voilée, de vengeance divine. Il la tourne longtemps dans sa tête.

Perdue de solitude, Faustine est prête à aimer cet homme. Elle aimerait le diable pour être moins seule !

Elle attend son enfant et sort peu de la maison, voire de sa chambre. Louis passe le plus clair de ses journées dehors, avec les valets, les métayers, les marchands de bois et de bétail, ou seul, à la chasse, ne se mêlant guère aux bruyantes battues de ses voisins. Il rentre rarement pour le repas de midi et presque toujours trop tard pour le dîner. Faustine a pris l'habitude de grignoter dans son lit le plateau que lui monte la Marie Corrèze. Elle ne se lève presque plus. Appuyée à ses oreillers, elle fait du crochet ou de la broderie, elle file, essaie de lire les livres et journaux de sa mère, ou du moins ce qu'elle a pu sauver du feu.

Elle enfile par-dessus sa chemise de nuit une veste de son mari, qu'elle remet en place dans l'armoire avant qu'il rentre.

« Seigneur ! raconte le curé dans ses mémentos. Exactement comme une bête qui se couche sur un vieil habit de son maître quand celui-ci est absent... La malheureuse ! »

Un jour, elle s'endort avec la veste de son mari, et il la trouve ainsi en rentrant. Elle doit être merveilleusement émouvante, cette femme enfant, grosse et pourtant menue, enfouie dans sa veste d'homme. Comment imaginer qu'il ne soit pas attendri ?

Or il est pris d'une terrible colère, il se met à hurler et à trembler de tout son corps. Il secoue Faustine, sans égard pour son état, lui arrache la veste et la jette sur le plancher.

— Je t'interdis de toucher à mes vêtements. C'est la Marie Corrèze qui brossera tous mes habits !

La Marie Corrèze a si peur qu'elle se signe en se mordant les lèvres au sang. Faustine gémit, les mains sur son ventre.

— Pardonnez-moi ! Ne me frappez pas !

— Je te frapperai si tu le mérites !

— Pensez à notre enfant !

Louis la regarde avec une grimace qui lui tord la figure et fait saillir l'*envie* de sa joue. Il n'est plus lui-même. Il soulève la veste du bout des doigts, fouille la doublure.

— Je me demande bien ce que tu voulais combiner !

Il emporte la veste dehors et, pour finir, la brûle dans un tas d'herbes sèches. « Mais qu'est-ce qui a pu le piquer ? Craignait-il quelque manigance de sorcellerie ? » se demande l'abbé Brégéras. Le curé de Saint-Priest approche quarante ans, c'est un homme d'expérience, curieux de l'âme des gens et passionné par la vie de sa paroisse. On sent parfois qu'il aimerait bien tout mettre sur le compte du diable, mais qu'il s'en défend bravement, cherchant en bon raisonneur les causes passées des effets qu'il observe.

Louis a des accès de grande mélancolie. Il ne fait jamais de sieste l'après-midi, même au plus chaud de l'été, et il demande qu'on le secoue si on le voit commencer à somnoler. Quand il s'endort, malgré tout, il se réveille hagard. Il gesticule comme pour écraser un insecte têtu. Faustine, effrayée d'abord, finit par hausser les épaules avec indifférence. « Il a ses mouches ».

Le reste du temps, Louis est ce que la vie a fait de lui : un être timide, égoïste, brutal, avec ses bons côtés, ses bons moments. Le bon curé attribue sa méchanceté à la peur. A vivre en sauvage, il a aggravé sa terreur des femmes. Adulte, il n'ose les affronter qu'après les avoir asservies. Il les méprise, comme il a méprisé sa mère.

Et puis un détail que le curé mentionne sans y attacher d'importance : Louis a peut-être le cœur d'un loup mais pas l'estomac. A manger debout, souvent à cheval, les provisions de ses fontes, vieux croûtons, lard rance, viande mal cuite, le tout arrosé de piquette aigre ou de cidre tourné, il a attrapé ce que l'abbé nomme, d'un mot savant pour l'époque, une *Gastrite*, avec majuscule. Ce mal dégénère bientôt en un ulcère qui le tourmentera toute sa vie.

L'enfant est attendu en mars ou avril 1869. On ne sait si Louis désire un héritier, mais il veut un baptême. Garçon ou fille, il s'en moque. Par contre, il se soucie des parrains et des prénoms, et consulte à ce sujet ses amis Lajarlaud.

— Si c'est une fille, Fortunat sera parrain et on l'appellera Angéline.

Ce sont toujours les démons qui rêvent d'anges !

— Si c'est un garçon, ce sera Joseph, et Déodat sera parrain.

Mais Déodat quitte Exeïdious et on n'entend plus parler de lui. Fortunat serait donc parrain dans les deux cas.

Cependant, le maître de Mauval craint plus que jamais la vengeance du ciel. Environ un mois avant la naissance, il embauche Étiennette Lajarlaud, une nièce de Fortunat. Puis il prend des dispositions pour l'accouchement et le baptême... en chargeant Fortunat de s'occuper de tout à sa place. Il entasse quelques vêtements, ustensiles et menus objets dans un coffre, le hisse sur une carriole et s'en va avec les deux chevaux de Mauval, le percheron tirant la carriole et le tarbais suivant derrière, au bout d'une longe.

Il confie à la Marie Corrèze en la quittant :

— Toi qui sais beaucoup de prières, tu pourras en dire une pour moi de temps en temps.

— Monsieur Louis, répond la servante, ça vaudrait mieux si vous les disiez vous-même.

Il baisse les yeux sur ses bottes crottées.

— La belle affaire ! Je n'en sais plus aucune.

Et il fouette sa carne qui enlève la charrette. Son ami Fortunat l'attend à la route de Châlus, par Montibus.

— Je suis là comme vous me l'avez demandé.

Louis lui tend une lettre.

— Voici mon testament. Si je ne suis pas revenu à la Pentecôte, tu l'ouvriras. Un de tes fils non mariés épousera ma veuve et sera le maître de Mauval jusqu'à la majorité de mon enfant. Si l'enfant est mort-né, ton fils aura tous mes biens par son mariage. Telle est ma volonté !

Fortunat jure qu'il en sera ainsi, pour ce qui tient à lui.

Louis s'installe à l'entrée de Châlus, route de Nontron, dans une grange qu'il a louée pour lui et ses chevaux. Il vit là, des mois, dans une bauge de paille, se montrant peu, dépensant plus pour ses animaux que pour lui-même. Au bout d'un certain temps, il s'enhardit et se loue avec son attelage pour des charrois dans les environs. A la date prévue pour la naissance, il lance des incursions vers Dournazac, Valleix, Lafaux. Il lie parole avec des inconnus dans les auberges, ce qui lui coûte sûrement beaucoup.

— Savez-vous si le propriétaire de Mauval, par Saint-Priest de Lafaux, a eu un gars ?

C'est une façon de parler qui n'attire pas l'attention.

— Pourquoi qu'il n'aurait pas eu un gars, ce brave homme ?

Personne ne sait au juste, à Dournazac. Il paie un trimardeur pour se renseigner. L'homme revient quelques jours plus tard.

— C'est un gars. Le poupard et sa mère se portent comme charmes. Mais le père a disparu. Ça serait-il pas vous ?

Louis attend encore un bon mois pour rentrer à la maison. Il reprend sa place sans explication. C'est tout juste s'il jette, en rentrant, un coup d'œil au « poupard ».

Joseph est un bel enfant. Tout de suite la ressemblance avec sa maman frappe les servantes, les voisins et le curé — surtout le visage et les yeux. Mais il est blond et le restera. De plus, il paraît à tout le monde aussi frêle que son père est trapu et vigoureux. Il parle tôt et d'abondance.

2.

A cinquante ans passés, Louis Manin charge toujours, d'un seul coup de rein, un sac de froment de cinquante livres, et le monte à l'échelle du grenier sans reprendre son souffle. Mais il se tord de douleur, les poings serrés et les yeux hors de la tête, quand ses maux d'estomac le prennent. Et dès qu'il somnole une minute pendant le jour, il a *ses mouches*...

Un jour, au cours d'une crise de colère silencieuse, il a écrasé dans sa paume le fourneau d'une pipe en terre.

Il ne quitte plus sa maison et ses terres qu'une fois par saison, tout au plus, pour aller aux foires de Châlus et Nontron. Il se met à élever des taureaux de pure race limousine, et l'abbé Brégéras note dans ses mémentos : « Il se trouvait heureux avec ces bêtes qui lui ressemblaient. » Il pratique bientôt la « monte payante » pour les vaches des voisins et reçoit même des clients venus des communes proches. Il ne laisse à personne le soin de s'occuper des taureaux, mais se montre si brutal avec eux qu'il se fait blesser plusieurs fois.

Il devient, si possible, encore plus solitaire et rude. Il se fâche bientôt avec Fortunat Lajarlaud, au sujet d'Étiennette. Louis a gardé la jeune fille à son service après la naissance de Joseph, à condition qu'elle travaille aussi à la propriété, s'occupe du jardin et des bêtes. La Marie Corrèze se fait vieille pour « tout cet ouvrage », quoiqu'elle ait seulement deux ans de plus que son maître. Pourtant, Louis voit d'un mauvais œil naître une certaine intimité entre Faustine et Étiennette. Il traite fort mal la jeune servante. Étiennette se plaint à son oncle Fortunat, qui ose faire une petite remontrance à Louis. Le jour même, la fille fait ses paquets. Elle se marie bientôt et quitte la commune, dotée, paraît-il, « comme une reine ».

Elle a été pour Faustine, pendant trois ans au moins, une compagne gaie et dévouée. Elles allaient parfois à Saint-Priest, en cachette de Louis, et montaient tous les jours à Exeïdious. Après son départ, Faustine connaît une solitude très cruelle. Louis lui a interdit de quitter seule les abords de la maison et, bien sûr, d'aller à Saint-Priest ou à Exeïdious. Elle s'occupe de son fils et seconde la Marie Corrèze dans les travaux du ménage et de la basse-cour. Les distractions qu'elle aimait lui sont désormais interdites. Louis a fini par brûler tous les vieux journaux et *magasins* de Constance.

Mais Faustine a son fils et, grâce à lui, trouve la vie presque douce. Joseph est intelligent, sensible, beau, ardent, rêveur : tout le portrait de son grand-père, le « bandit » Pierre Sénon, ce qui ne plaît pas du tout au père. Louis avertit donc Faustine que le gamin ira en pension chez les frères, à Rochechouart, dès l'âge de six ans. La jeune femme tourne et retourne cette pensée dans sa tête, jour après jour, nuit après nuit. L'échéance lui semble tantôt très proche, tantôt encore lointaine.

Elle commence alors à ébaucher des plans d'évasion. Elle partira quand son fils aura un peu plus de cinq ans, qu'il pourra trotter longtemps à son côté. Et si elle se voit rattrapée, elle se jettera dans un étang ou par la fenêtre, selon l'endroit, Joseph dans ses bras, comme sa mère aurait dû le faire avec elle !

L'enfant a maintenant quatre ans, elle ne peut résister à l'envie de le mettre dans la confidence. Que risque-t-elle ? Joseph sur ses genoux, elle lui souffle à l'oreille, chaque jour ou presque :

— Mon chéri, quand tu auras de plus grandes jambes, tu suivras bien ta petite mère au bout du monde ?

L'enfant n'est guère allé plus loin que l'église de Saint-Priest, pour la messe des Rameaux. Le bout du monde ?

— Quand est-ce que j'aurai de plus grandes jambes ?

— Bientôt, mon chéri, bientôt.

— Demain ?

— Il faut attendre encore un peu. Je te dirai le jour.

— Après-demain ? Dis, maman, après après-demain ?

Et ainsi, de semaine en semaine.

— Quand est-ce que j'aurai les jambes assez grandes pour partir, maman ? Quand est-ce que...

Enfin, au bout de deux ou trois mois :

— J'ai les jambes grandes, maman. Quand c'est, le jour ?

Il se tait dès qu'il voit son père. Mais la Marie Corrèze ne peut manquer de surprendre une fois ou l'autre ses réflexions.

La Marie est entrée à Mauval alors qu'elle était une jeune veuve de trente ans. Elle aime Louis à sa façon bourrue. « M'sieur Louis et sa famille, c'est tout mon monde, pauvre monde ! » Elle a témoigné une certaine affection à Constance, de veuve à veuve. Puis leurs rapports se sont aigris.

Elle laisserait bien partir Faustine, à condition de garder le petit Joseph. Elle tient à ce bout d'homme, son « bonhomme », jamais elle ne permettra à sa mère de l'emmener de Mauval.

Faustine a compris le danger. Elle considère les jambes de son petit garçon et décide de précipiter leur fuite. Elle économise sou à sou, depuis longtemps. Elle ne fait jamais de commissions au village, ce qui est l'affaire de la Marie. Les commerçants apportent leur marchandise à domicile, avec leurs voitures tirées par un cheval ou un mulet et même, pour l'un, par des chiens, et Louis se charge de régler la note deux ou trois fois l'an. On cuit le pain à la maison, avec les métayers. Faustine ne dispose que d'une petite somme annuelle pour les achats aux colporteurs, et la Marie surveille les pièces disposées dans une assiette de buis, sur un rebord de cheminée, dans la salle à manger. Faustine a souvent cherché le trésor de Léchoisier, dont elle a plus d'une fois entendu son mari, la servante ou les journaliers parler à mots couverts.

Toujours en vain. Elle n'a pas tout à fait renoncé à mettre la main dessus, mais elle n'a plus guère d'espoir.

C'est quand même par les colporteurs qu'elle peut se faire un peu d'argent, en bradant quelques dentelles et bijoux de pacotille de sa pauvre mère. Pas assez encore pour payer la patache jusqu'à Rochechouart ou Nontron, sans parler de Limoges, sans parler d'un billet de chemin de fer. Et après, où aller ? Si elle parlait au curé ?

Elle profite de l'absence de la Marie Corrèze, partie avec une carriole livrer des volailles au *cocassier* de Châlus, elle laisse Joseph jouer dans le jardin avec la petite chienne bassette Paprika et court à Saint-Priest, une corbeille de linge sur la hanche pour donner le change. L'abbé Brégéras, en rentrant de tournée, doit la réconforter avec un petit verre de *prune*.

— Je sais que votre mari vous empêche même de venir à l'église, sauf aux Rameaux. Je lui ai déjà parlé et je ne désespère pas de lui faire comprendre qu'il est comptable de votre salut.

— Mon père, aidez-moi. Si je reste dans cette maison, je vais devenir folle !

Elle mêle supplications et sanglots. Le curé ne lui marchande pas l'absolution, mais son projet de fuite l'embarrasse.

— Réfléchissez, ma fille, avant de commettre cet acte d'une extrême gravité, quitter votre mari et briser votre foyer.

Faustine se dresse, farouche et désespérée.

— Si je ne peux pas m'en aller, je me noierai avec mon enfant !

— Et où comptez-vous aller ?

— N'importe où !

— Vous savez qu'il y a de nouveau, après des années de paix, des brigands dans nos campagnes ?

— Les Gris-Manteaux ? Bah, s'ils existent, je ne les crains pas. Je suis la fille du bandit Sénon !

— Il se peut que les Gris-Manteaux en veuillent au trésor de Mauval. On dit que les caves de votre maison sont pleines d'or.

Faustine sourit rêveusement.

— Et je crois que c'est vrai, bien que je n'en aie pas vu la couleur. Mon mari garde jalousement son magot.

— Votre beau-père, Monsieur Évariste, destinait le trésor, prétend-on, à une grande cause patriotique, comme le retour du roi... Mais les brigands pourraient enlever votre fils pour demander une rançon au père. C'est là un réel danger, ma fille.

— Je ne crois pas que Louis paierait un sou pour son fils, mais je ne me ferai pas prendre, soyez tranquille.

Sur le chemin du retour, Faustine rencontre Joseph, qui croise les bras et fixe avec désespoir les grands yeux gris de sa mère.

— Je te croyais partie sans moi. Ne recommence jamais !

Faustine le serre dans ses bras.

— Mon chéri, jamais, jamais je ne partirai sans toi !

Joseph hoche la tête d'un air grave.

— Si tu me laisses, je tuerai mon papa !

Cette promesse — cette promesse trahie — hantera Joseph toute sa vie. Cela se passe durant l'été 1874. À cette époque, Faustine se trouve enceinte et retarde son projet. Elle continue de nourrir sa minuscule cagnotte et songe qu'elle partira avec sa fille dans les bras (car c'est une fille, elle en est sûre). « Ça ne sera pas plus difficile et j'inspirerai plus de pitié aux gens ! » Sur les images, on voit quelquefois une pauvre femme donnant la main à un petit enfant et serrant contre sa poitrine, de son bras libre, un nourrisson. Les miséreuses qui demandent la charité ont donc, au moins, deux gosses...

L'enfant doit naître en mars-avril. Elle partira en mai ou juin, au moment où on fauche et rentre les foins : Louis sera occupé avec les journaliers et métayers. Et les Gris-Manteaux, comme les loups, ne se montrent pas en été. La voilà quelques mois presque heureuse. Une fausse couche au milieu de l'hiver vient déranger son programme. Elle demeure alitée plusieurs jours. A cette occasion, Louis permet à l'abbé Brégéras de lui rendre visite pour l'entendre en confession.

Faustine avoue au prêtre qu'elle est décidée à quitter Mauval, coûte que coûte, et qu'elle n'a retardé sa fuite que pour attendre la naissance de son enfant. Le curé revient une deuxième fois, en cachette de Louis, et remet à Faustine un mot de recommandation pour les sœurs de Sainte-Marthe, à Périgueux.

Au début de l'année 1874, Faustine a réuni vingt francs et juge que c'est suffisant pour tenter l'aventure. Elle profite d'un matin sans neige, en février, pour partir deux heures avant l'aube. Les Gris-Manteaux ne chassent pas le matin, et elle espère être en ville quand viendra le soir.

Joseph l'attend, assis dans son lit, bien éveillé, quoique elle ne l'ait pas averti, du moins volontairement.

— C'est le jour ? J'ai les jambes grandes !

Il tient à porter son petit baluchon. Faustine a décidé de se cacher d'abord dans la grange de la Plaine, sûre qu'on la cherchera pendant ce temps du côté du village, à l'opposé. Dès les premières lueurs de l'aube, elle s'enfoncera dans les bois, avec Joseph.

Les ennuis commencent tout de suite à cause de la chienne Paprika, qui les rejoint en aboyant de joie. Joseph réussit à la faire taire, mais la Marie Corrèze les guette depuis des semaines. Alertée par les aboiements de la chienne, elle les suit dans le brouillard et les voit se diriger vers la Plaine. Elle tombe à genoux. « Je ne peux pas la laisser emmener mon bonhomme. Seigneur Jésus, inspirez-moi. » Elle prie et l'inspiration lui vient.

Joseph appelle la chienne, est tout excité et joyeux. Sa mère s'inquiète. « Comment va-t-on nourrir cette bête ? »

La Marie Corrèze se décide à réveiller Louis qui part chercher en renfort le métayer de Garenno et ses deux grands fils.

Faustine et Joseph, arrivés à la grange de la Plaine,

s'assoient dans le foin et attendent. Joseph somnole dans les bras de sa mère. Tout à coup, Faustine s'inquiète. Les chiens... Les chiens de chasse de Louis ! Il va les mettre sur la piste, et ils auront vite retrouvés les fugitifs. Comment les dérouter ? De toute façon, elle ne se sent plus en sécurité à la grange. Elle réveille Joseph, tous deux ramassent leurs paquets. Ils prennent le sentier d'Exeïdious, bifurquent vers la clairière des bohémiens, Paprika sur leurs talons. Joseph demande si on va chez *Lazarlaud*.

— On va à la clairière des bohémiens, répond Faustine.

— On part avec les boumians, maman ?

— Peut-être, mon chéri.

— Je veux monter dans une roulotte de boumians !

Faustine a déjà pensé à s'enfuir avec les romanichels. Mais elle craint qu'ils la chassent et lui volent son fils. Mais pourquoi pas faire un bout de chemin avec eux, en restant sur ses gardes ?

Ils approchent de la clairière. Un grincement de roues, un claquement de fouet, un appel étouffé percent le silence de l'aube. Une roulotte s'en va. Joseph tire le manteau de sa mère.

— Les boumians, maman ? Les boumians ?

— Oui, on va les suivre. Empêche Paprika d'aboyer !

Joseph prend la chienne dans ses bras. Faustine se charge du baluchon de son fils. Pourquoi les bohémiens s'en vont-ils de leur campement avant le jour ? Sans doute ont-ils commis de grosses rapines dans la nuit, et il leur faut quitter le pays avant que les paysans découvrent les vols.

Faustine et Joseph arrivent au chemin creux qui monte à la route de Saint-Mathieu. Une tache jaune luit faiblement dans la clarté blême du petit jour : la roulotte qui s'en va, tirée par un cheval nerveux. Une silhouette d'homme se détache de la carriole.

Un chien jappe. Paprika échappe à Joseph, saute à terre et se met à glapir. Faustine s'arrête pour réfléchir. Elle a songé un moment à suivre la roulotte de loin, sans se montrer, dans l'espoir de tromper les chiens de Louis. Paprika a fait échouer ce projet. Rejoindre les bohémiens ? Si ce sont des voleurs, ce qui est presque sûr, elle ne sera pas bienvenue... L'idée lui vient de se cacher un moment dans la cabane de la clairière pour brouiller ses traces. Joseph se met soudain à pleurer. Elle l'entraîne.

— Viens, mon chéri, on va voir la cabane des boumians.

C'est une misérable cahute au sol couvert de morceaux de sacs et de vieux chiffons puants. Faustine en ramasse des poignées, frotte avec rage ses chaussures et celles de Joseph.

— Fais comme moi, mon chéri, frotte-toi fort !

— Mais, maman, ça sent mauvais...

— Frotte la chienne aussi !

En hâte, elle déchire quelques bouts de chiffons, enveloppe les pattes de Paprika. Si ça tenait seulement un quart d'heure, les chiens de Louis perdraient peut-être leur trace... Trop tard.

Un oiseau traverse la clairière en poussant un cri apeuré. Les hommes et les chiens sont là. Ils ont suivi la piste des fugitifs jusqu'à la grange de la Plaine, puis dans le bois. Paprika, incorrigible, se manifeste de nouveau par ses aboiements. Et reconnaissant son maître, elle se précipite pour le fêter. Joseph la poursuit dehors. Louis cueille la bestiole par les pattes de derrière. Elle gigote et lance deux ou trois jappements pointus et lugubres. Il lui fracasse le crâne contre les pierres du foyer que les bohémiens ont construit au milieu de la clairière. Dans le brouillard glacé, Joseph regarde Paprika agoniser. Les quatre hommes cernent la cabane en brandissant leurs fusils.

Faustine sort à son tour, son châle ramené sur son visage, comme si elle voulait cacher ses traits. La bise se lève, courbe les herbes sèches et caille le sang de Paprika. Le soleil d'hiver apparaît au-dessus des cimes, éclairant les bouleaux laiteux. Les branches nues qui surplombent la clairière se dessinent lentement sous le ciel gris. Un chat-huant rentrant de chasse jette un dernier rire. Et Louis rit comme en écho.

— Vous voilà donc ? Allez, vos affaires sont faites !

Il pétrit d'une main la crosse du fusil accroché à son épaule et, de l'autre, écrase une poignée de terre.

Il commande d'un geste les deux garçons du métayer.

— Ramenez cette femme à la maison !

Le métayer esquisse un autre geste pour arrêter ses fils. L'aîné ne bouge pas, mais le cadet crie pour se donner du courage et attrape Faustine par le bras. Joseph se précipite pour défendre sa mère et frappe le gars de ses petits poings.

Faustine se libère d'un mouvement souple.

— Je n'ai besoin de personne pour rentrer chez moi !

Le métayer de Garenno rappelle son cadet comme un chien.

— Second, au pied !

Joseph caresse le corps de la chienne, et rejoint sa mère. Louis les suit sur le chemin du retour en secouant lentement la tête.

Faustine ne tente plus de s'enfuir. Va-t-elle mourir avec son fils ? Elle manque de courage ou elle n'est pas encore assez désespérée. Elle enjambe deux ou trois fois le rebord de la plus haute fenêtre en se demandant si c'est assez haut pour se tuer.

En tout cas, c'est assez haut pour qu'elle soit terrifiée.

Et puis Joseph n'est plus un bébé. Une fois, elle l'a pris dans ses bras, avant de tenter son acrobatie. Il a cru un instant à une manière de jeu, puis il a croisé le regard de sa mère, et ce qu'il a vu dans les yeux de Faustine l'a épouvanté. Il s'est échappé, il a sauté sur le plancher et s'est mis à la tirer par sa robe.

— Maman, maman !

Faustine décide de changer sa méthode. Elle le prendra par surprise, le jettera par la fenêtre et sautera aussitôt pour aller s'écraser avec lui sur les pavés de la cour. Or Joseph se méfie d'elle, il s'accroche à sa robe pour la tirer loin des fenêtres, et il a une façon de la regarder, les yeux si chargés de reproche, qu'elle tourne la tête et le serre dans ses bras, suffoquée.

— Jamais ta maman ne te quittera ! Et toi, mon Joseph, mon chéri, jure-moi que tu ne me quitteras pas !

L'enfant, étonné, lève sa petite main comme elle le lui a appris.

— Je le jure, maman !

Au cours de cette année 1875, chacune de ses tentatives manquées l'enfonce davantage. Elle se rend compte qu'elle n'aura pas la force de se tuer avec son fils. Elle se réfugie dans le délire et tient à tout le monde des propos sans suite, coupés de bouts de chanson et psalmodiés d'une voix monocorde.

— Mon petit, mon tout-petit qui ne grandira jamais... On partira, on partira au pays de... la, la, la, la. Au pays de la, la, la, la ! Mon petit bonhomme qui ne sera jamais un homme !

Et Joseph, dressé, inquiet, sourcils froncés :

— Qui c'est qui sera jamais un homme, maman ?

— C'est mon petit chéri, mon petit poupon, chantonne Faustine.

Joseph proteste. Cette femme échevelée, au regard perdu, n'est pas sa mère. Il tape du pied, mais retient ses sanglots.

— Je suis plus un poupon !

Faustine n'en a cure. Elle chante :

— *J'entends le tambour qui bat — Et maman m'appelle !*

— Quelle maman, maman ?

— *Maman m'appelle... au pays de la, la, la, la !*

La Marie Corrèze parle à Louis.

— Il faut lui sortir vite le petit. Elle finira par se jeter d'une fenêtre ou dans un étang avec lui !

— Elle est folle, dit Louis. La belle affaire.

Il se caresse la barbe d'un air pensif. La servante acquiesce.

— Que décidez-vous ?

— D'envoyer Joseph en pension, tranche le maître de Mauval.

— C'est bien tôt pour notre bonhomme.

— Il a besoin d'être dressé. Il est en train de tourner en fillette !

Joseph se laisse enlever sans résistance à sa mère qui n'est plus sa mère. Elle l'embrasse sur le front, distraitement, sans arrêter de chantonner. Au pied de l'escalier, l'enfant se retourne et lève les yeux. Il voit sa mère, debout sous l'auvent, en haut des marches, retenant son chapeau d'une main, esquissant des entrechats dans le vent qui gonfle ses manches bouffantes.

Il a cinq ans. Il tient dans une main la « panière » d'osier qui enferme ses biens les plus précieux et qu'il ne lâcherait pas pour un empire. Narcisse, le « frère voiturier » de Rochechouart, lui serre le bras gauche dans sa rude poigne. L'école l'a envoyé avec sa carriole parce que Louis a proposé de payer la pension en nature, et le frère a dû choisir et ramener la valeur de six mois en provisions. Joseph réussit à dégager sa main pour envoyer un baiser d'adieu à sa jolie maman qu'il va peut-être perdre pour toujours. Narcisse et son père échangent quelques mots.

— Je me suis laissé dire qu'il y a un cheval *malet*, dans vos bois.

— Ce sont des marchands, ou peut-être des voleurs, qui ont échappé un étalon. Il commence à devenir sauvage, voilà tout.

Joseph a entendu. Comme il aimerait attraper le cheval malet, ou du moins lui courir après en mourant de peur. Mais le frère Narcisse lui a fait un signe. Il doit partir. On l'embarque dans la voiture de l'école. Le frère, bon bougre, sort de sa poche un morceau de sucre, qu'il gratte de l'ongle pour faire tomber quelques miettes de tabac, et le tend à Joseph.

3.

Joseph revient passer un mois à Mauval l'été suivant. Sa mère n'est plus là. On lui dit qu'elle est partie en ville pour se soigner.

Il se tait longtemps puis questionne la Marie Corrèze.

— Qu'est-ce qu'elle a, ma maman ?

La Marie grommelle une réponse qu'il n'entend pas. Il insiste.

— Dis, Marie, elle est malade, ma maman ? C'est la poitrine ?

Il a souvent entendu parler de gens qui s'en vont de la poitrine. « A Mauval, dit-on, les femmes s'en vont de la poitrine. » Il a cru comprendre qu'une maladie de la poitrine oblige à s'en aller.

— Où elle est partie, avec sa poitrine, ma maman ?

— Tu le sauras quand tu seras grand, pauvre monde.

— Elle est morte ?

— La dernière fois que je l'ai vue, elle était éveillée comme une potée de souris !

— Mais elle est malade ?

— Si on veut.

— Où elle a mal ?

— À la tête !

Joseph croit deviner que sa mère est folle et qu'on l'a enfermée dans une sorte d'hôpital, une prison pour ceux qui ont perdu l'esprit. C'est ce que Louis raconte, ce que disent les gens du pays, mais pas tous.

Joseph a appris chez les frères à se débrouiller tout seul et il essaie de recourir le moins possible aux services de la Marie Corrèze. La servante tient son bonhomme, mais se montre assez habile pour ne pas afficher son triomphe.

A l'automne, Joseph repart chez les frères. Il apprend vite à lire, écrire, compter et se révèle dès six ans un élève bien audessus de la moyenne. Il lui vient une passion forcenée pour la géographie. Il sera officier de la coloniale, comme Thomas Bugeaud, Louis Faidherbe et Francis Garnier, ou explorateur, comme ce jeune Savorgnan de Brazza dont on commence à suivre les audacieux voyages dans le centre de l'Afrique. Un jour, il disparaît, on le retrouve dans la réserve aux livres, plusieurs manuels de géographie pour les grands étalés autour de lui. Il a à peine sept ans. Les frères sont bientôt obligés de sévir contre sa manie, car il ne peut s'empêcher de tracer des cartes sur les murs et les planchers. Ou bien il en arrache aux livres des grands pour les emporter dans son lit et les contempler à la lueur de la chandelle.

Au cours de sa deuxième année de pension, il attrape une grosse bronchite et on l'envoie se soigner chez lui ; il passe trois mois à Mauval, sous la garde de la Marie Corrèze.

La servante gagne son affection en lui procurant du papier d'emballage pour dessiner ses cartes. Il invente mille pays, qu'il affuble de noms à sa façon, ou bien il se contente de modifier un peu la géographie officielle et l'Asie devient Asorie.

— Là, c'est une grande, grande rivière. Et large, large, large... Là, je vais construire un pont haut, haut, haut !

Ses munificentes créations exigent le triplement des adjectifs. Et ce n'est pas encore assez, il écarte les bras d'impuissance.

— Tu traverses le pont avec moi, Marie ? Il est long, long. Tu vois l'eau, tout en bas, bas, bas ? Après, on va prendre nos chevaux pour aller dans la montagne attaquer les Gris-Manteaux et sauver Francis Garnier.

Marie hoche la tête. Elle cherche ses mots, car elle se fait un devoir de parler français avec lui, autant qu'elle sait.

— Tu crois pas que tu ferais mieux de prendre des mulets ?

— Mes chevaux sont des chevaux de montagne, terribles, terribles. Ils peuvent grimper haut, haut, et même sauter par-dessus les ravins pour attraper les Pavillons-Noirs ! Dis, Marie, les Gris-Manteaux et les Pavillons-Noirs, c'est les mêmes ?

Elle réussit à le garder enfermé deux ou trois semaines, puis il s'échappe pour aller courir les champs et les bois. D'ailleurs, il est guéri, mais elle n'en dit rien à Louis, car elle ne tient pas à le voir repartir trop vite chez les frères.

Il se lie ainsi d'amitié avec un petit berger des Lajarlaud, Nollet, dit Nollet la Goutte. Les bergers, des gamins de neuf à douze ou treize ans, sont embauchés à l'occasion de la foire aux bestiaux, à Nontron ou Châlus, logés le plus souvent avec les animaux, vêtus de hardes qui servent trente ans, nourris plus ou moins bien suivant les maisons et parfois gratifiés d'une pièce ou deux, à la Saint-Michel ou à la Saint-Jean. Vers treize ans, les plus solides deviennent valets, journaliers, laboureurs.

Nollet est un *simple,* et les bons Lajarlaud, Fortunat et son fils Sulpice, l'ont engagé par charité, dit-on. Charité bien ordonnée, car Nollet la Goutte, pour bête qu'il soit, est un berger des plus fiables et assez facile à vivre, si on lui passe quelques bizarreries. Enfin, il sait diriger mieux que personne les deux chiens de la maison, Gaspar et Brutus, qui l'adorent.

Joseph trouve enfin quelqu'un qui veut bien croire à ses chimères. Nollet croit tout ce qu'on veut. Limoges et Pékin, pour lui c'est kif-kif bourricot. Pavillons-Noirs et Gris-Manteaux, kif-kif bourricot ! Il a adopté l'expression, répandue en Limousin par un ancien zouave passé au trimard. Il écoute

Joseph lui raconter les fleuves, les montagnes, les forêts vierges, les pirates, les brigands, les chevaux malets. Il s'esclaffe en jubilant.

— Kif-kif bourricot !

Il a l'air plus âgé que la moyenne des bergers, bien que de petite taille. Quand on lui demande son âge, il répond, comme à la plupart des questions qu'on lui pose, l'air malin :

— Ma mama a l'a pas disu !

En toute occasion, il réclame de l'eau-de-vie à boire : « La goutte ! la goutte ! » Il se campe les mains aux hanches, la tête et les épaules en arrière, et tire une langue comme une pelle. Les paysans qui connaissent son péché mignon attrapent la bouteille de gnôle et lui versent une lichée sur les papilles. Il fait « âââh » et laisse l'eau-de-vie s'écouler lentement dans son gosier, sans même ciller. Enfin, il se redresse, les larmes aux yeux, rentre la langue et gratifie les présents d'un sourire béat.

Il a un don pour parler aux bêtes et se faire obéir d'elles. Il calme avec son baragouin les taureaux en rut, les chevaux, les chiens, les truies mères... et les ânes, kif-kif bourricot. Il se vante même de faire manger les loups dans sa main, mais Joseph n'en voit jamais la queue d'un. L'idée lui vient d'une sorte de marché.

— Apprends-moi à commander les bêtes, je t'apprendrai à lire.

— A lire ? fait Nollet éberlué. Mais à quoi ça sert ?

— Ça sert à être comme le curé, le notaire et mon père.

— Qui c'est, le notaire ?

— C'est quelqu'un qui dit si on est riche ou pauvre, qui donne les terres et les rentes à qui il veut.

— Les rentes, c'est grand ?

— C'est grand et gros, large, épais, tout !

— Quand tu sais lire, tu es riche ?

— Pas tout de suite. Après, tu apprends à écrire et, si tu veux, tu écris une lettre au notaire pour dire que tu veux être riche.

— Moi, je veux être riche ! dit Nollet en tirant la langue.

— Alors, je t'apprends tes lettres et tu écris au notaire !

En fait de lettres, Joseph ne réussit guère à fourrer dans la tête de son camarade que baba et coco. Mais Nollet lui enseigne à parler aux bêtes et à les tenir sous l'emprise du regard, une science qui vaut bien l'alphabet. Joseph se lamente de son échec.

— Si tu savais lire et écrire, tu pourrais être...

Il se creuse la cervelle. Qu'est-ce qu'on peut être quand on sait lire, écrire et parler aux bêtes ? Le maître du monde ?

Quand le moment est venu pour Joseph de retourner à l'école des frères, il s'estime nanti d'une riche expérience, mûri, prêt pour le choix d'une carrière. Il décide alors d'être explorateur ou officier de la coloniale. En attendant, il a pris du retard en lecture et en écriture, sans parler du calcul, et, de plus, il s'est habitué à flâner, à rêver, à courir avec les bêtes. Il travaille moins bien et supporte mal la discipline de l'école. Or il est maintenant un « grand » et les punitions lui pleuvent sur la tête : piquet, lignes, pages de la *Vie des saints* à ânonner au réfectoire... Il songe à son ami Nollet, à Gaspar et Brutus, à tous les animaux d'Exeïdious et de Mauval.

De temps en temps, il va rejoindre Narcisse, le frère voiturier, dans les communs, qui sont vastes et communiquent avec l'école par un passage interdit aux élèves. Et un soir de printemps, après de minutieux préparatifs, il s'échappe pour de bon.

Le chant limpide des grenouilles, le lent crissement des insectes, le souffle du vent dans les feuillages, le gazouillis frileux des oiseaux au fond des haies, les froufrous des bêtes qui trottent et rampent sur la terre, emplissent la nature d'un chœur musical fiévreux et berceur. La lune ronde court au-dessus des nuages. La poitrine de l'enfant se gonfle de joie.

Il perd quelques minutes à cueillir des cerises précoces, moins qu'à moitié mûres, et en remplit ses poches. Il se cachera quelque part dans les bois, puis il rejoindra son ami Nollet. Il n'a pas peur des Gris-Manteaux ni des bohémiens.Les brigands restent chez eux quand ils ont trop chaud avec leurs manteaux. Les bohémiens, il a souvent rêvé de les suivre dans une roulotte. Il pourrait même se vendre à une tribu jusqu'à l'âge du régiment. Les loups, le frère directeur dit qu'il n'y en a plus. Le frère voiturier prétend qu'on en voit encore, seulement en plein hiver. Joseph craint surtout les chevaux malets et serre les dents à la pensée d'en croiser un sur son chemin. Le cheval malet n'est pas seulement un cheval échappé et devenu sauvage, comme le chat haret. C'est une bête du mal, souvent possédée par le diable, seuls les sorcières et les magiciens peuvent le chevaucher. Joseph entend beaucoup parler du diable au pensionnat. Enfin, il a rassemblé son courage, il est parti, le plus dur est fait, il serre dans sa poche la croix de son chapelet. Il se sent fort.

Il parcourt une dizaine de kilomètres la première nuit et s'endort, épuisé, dans une meule de paille. En s'éveillant, au milieu de la matinée, il mange les cerises qu'il a cueillies et une partie de ses provisions, économisées avec soin depuis un mois : miettes de biscuits, croûtons de pain, morceaux de fruits secs et petits bouts de sucre, plus le quart d'une tranche de pâté de tête, chapardée la veille... Il sait qu'il a une trentaine de kilomètres à parcourir, plutôt une quarantaine avec les détours obligatoires.

Il a huit ans. Il dort dans la forêt, puis attend des heures, guettant le moment propice pour rencontrer Nollet. Il a faim et froid. Il possède quelques allumettes de contrebande, qui s'enflamment aisément en les frottant sur le bord d'une semelle. Il fait cuire de vieilles châtaignes que les mulots et les sangliers ont négligées. Il déterre, dans un champ, des pommes de terre tout juste plantées qu'il grille sur la braise. Tout cela est encore pire que la nourriture des frères, mais ça garnit l'estomac. Il rejoint enfin son camarade, qui le salue d'un joyeux kif-kif bourricot ! Le simple ne s'étonne de rien.

— J'ai volé des biscuits et une tranche de pâté avant de

partir, raconte Joseph. Je suis sûr que les Pavillons-Noirs me cherchent. S'ils te posent des questions, tu n'auras qu'à faire l'imbécile !

Nollet se met à danser en levant les bras au ciel de joie.

— Mama a l'a pas disu !

Joseph frappe dans ses mains.

— Et à mon père aussi, à tes maîtres, à tout le monde !

Le simple obéit à Joseph avec servilité et bonne humeur, il joue à lui seul le rôle d'une section de « naturels » dévoués, d'un homme à tout faire et d'un confident.

— Tu seras mon factotum.

Joseph emploie avec jubilation ce mot qui vient d'entrer dans son vocabulaire.

— Tu fais tout pour moi. Je suis ton général de la coloniale !

De joie, Nollet cabriole sur le pré, grimpe dans un arbre où il se met à pousser des cris d'oiseau. Joseph le menace du poing.

— Tu vas nous faire prendre par les cochons de Chinois !

C'est une façon plaisante, à l'époque, de parler des Cochinchinois. Les Français occupent Saigon depuis vingt ans, et cette région du monde nourrit les rêves des futurs explorateurs.

Les retrouvailles avec les chiens Gaspar et Brutus sont empreintes de familiarité et d'émotion. Deux ou trois vaches du troupeau montrent à l'évadé qu'elles le reconnaissent et qu'elles apprécient son retour. La Casta-Vieille lui passe sur la figure une langue fort râpeuse et la Casta-Jeune se laisse traire pour lui dans le bol en bois de Nollet : la première boisson chaude que Joseph avale depuis un bout de temps. En grimpant sur une butte, au-dessus du pré, on peut apercevoir le port de Saigon, avec des milliers de jonques et de sampans. Bref, le paradis.

Nollet conduit son camarade à la cabane des bohémiens, dans la clairière de la combe blanche. C'est une hutte grossière, bâtie entre quatre baliveaux, avec une charpente de branches liées. Les murs et la couverture sont faits également de mottes de gazon et d'herbes sèches, ce qui lui donne un air hirsute. Cette hutte ressemble à Gaspar le bourru, assis sur son derrière, la gueule ouverte. Les romanos, qui ont des roulottes, ne s'en servent guère que pour mettre à l'abri leurs chèvres, leurs cochons — des animaux volés, disent les gens du pays. Pour le moment, on ne voit aucune tribu dans les parages.

Bien que secouée et dépenaillée par les intempéries, la cahute est encore habitable, moyennant quelques réparations. Il y a même une paillasse crevée que les garçons bourrent aussitôt de feuilles de châtaignier et de hêtre. Joseph accroche son chapelet au-dessus du trou qui sert de porte. Pendant que Nollet court les bois avec son camarade, Gaspar et Brutus gardent seuls le troupeau.

Avec de la glaise rapportée d'une mare, les garçons construisent un four pour cuire les aliments que Joseph ramasse ou que Nollet lui procure d'une façon ou d'une autre. Le berger enseigne à l'apprenti explorateur la fabrication et la pose de pièges et de collets. Le résultat de ce braconnage est assez médiocre. Mais les cerises et les fraises des bois mûrissent. Les croûtons, les pommes de terre, les bouts de lard fournis par Nollet complètent les menus de Joseph. La Casta-Jeune donne régulièrement un demi-bol de lait.

Les bohémiens ont presque abandonné la cabane et la clairière. Ils ne se montrent plus beaucoup dans le pays. On dit à mots couverts qu'un des leurs s'était risqué à rôder près de la fontaine des Hauts de la Plaine, où tombent parfois les pièces d'or emportées par la rivière souterraine. Un Lajarlaud l'aurait surpris et tué d'un coup de fusil...

Louis Manin ne montre guère de souci pour son fils.

— Que le gamin de la Faustine aille au diable retrouver sa mère, dit-il en branlant la tête. Ça sera pas un grand malheur !

Il a donné aux gendarmes un signalement peu flatteur :

— Un blondinet de huit ans qui en paraît six, ni fille ni gars !

Le blondinet prouve quand même qu'il est capable de vivre dans les bois, en sauvage, pendant près d'un mois, en serrant les poings, la peur au ventre pour s'endormir.

Il mange des fruits rapinés, des châtaignes de l'année d'avant et les croûtons de Nollet, mais il se voit grand général d'Asorie, capitale Saigon, et l'empereur de Chine n'est pas son cousin. Nollet l'écoute bouche bée, bavant un peu sur le côté, décrire les merveilles du monde qu'il a créé dans sa tête.

— Alors, je monte sur mon cheval volant d'Asorie, sus aux Pavillons-Noirs et aux Gris-Manteaux ! Hue, hue !

Nollet applaudit de confiance.

— Kif-kif bourricot ! Hue ! hue !

Joseph s'exalte.

— Je me cramponne et en avant, je saute par-dessus la montagne. Mon puissant cheval est capable de voler plus haut qu'un ballon dirigeable et plus vite qu'un faucon... Voilà l'île du Rocher-Noir. Je vais me poser sur le rocher avec mes puissants chevaux volants. J'en ai quatre-vingts... (ou cent, cent cinquante, la flotte hippique asorienne ne cesse alors d'augmenter) et mille hommes d'équipage. Les plus gros ont cinquante canons, les plus petits quinze (ou vingt ou trente, selon l'humeur du jour), et deux cents (ou trois cents ou quatre cents...) hommes d'équipage, plus les tirailleurs nègres ! Voilà la flotte chinoise qui fonce sur l'île, et le vent alizé qui les pousse vers nous à... combien de nœuds, Nollet la Goutte, à ton avis ?

— Wououh, wouououh ! fait Nollet en soufflant à pleine bouche.

— Je dirai douze ou quinze nœuds. J'ai commis une faute, médite Joseph. Voilà ce que c'est d'être trop sûr de soi. Qui sait même si je ne suis pas tombé dans un piège des alliés !

— Kif-kif bourricot !

— Ça va être la plus grande bataille du siècle en Asorie. Un jour, on lira dans les livres d'histoire que j'ai soutenu le siège contre trois mille jonques chinoises. Tout le monde me croyait perdu. Mais ils diront : Joseph d'Asorie a tenu avec ses tirailleurs nègres, et Nollet, son factotum, était près de lui !

Joseph a bientôt une indigestion de puissance et de gloire. Il change de jeu et devient explorateur solitaire, genre Stanley-Livingstone. Comme le Christ a voulu être crucifié, il veut être prisonnier. Il tombe donc entre les mains d'une tribu anthropophage, les Makuruzus du Zambèze.

Un soir, à la cabane des bohémiens, il demande à Nollet de lui attacher les chevilles de façon assez lâche, pour qu'il puisse se libérer, puis les poignets derrière le dos, plus solidement. Le berger sacrifie de grand cœur toutes ses provisions de ficelle.

— Kif-kif bourricot, conclut-il, assez fier de son travail.

Puis il regarde le ciel.

— A va fa nègre !

— Tu peux partir maintenant, dit Joseph.

— A va te délier ?

— Non. Demain matin, tu signaleras mon évasion. Adieu !

Nollet s'en va à contrecœur. Joseph attend la nuit pour s'enfuir, les mains liées, dans la nuit fraîche du début juin, et marche au hasard à travers les prés et les bois, le long des routes et des chemins. Il patauge dans les fossés, au bord des étangs, déchiquette dans les halliers ses vêtements déjà en fort mauvais état. Il rampe dans l'herbe et dans la boue pour échapper à ses mystérieux poursuivants, s'écorche la figure, les mains, les bras, les genoux... Au matin, Nollet, qui a presque oublié les événements de la veille, retourne à la cabane des bohémiens et la trouve vide. Il cherche aux environs, appelle longtemps, mais en vain. Ses cris sont entendus et il doit s'expliquer devant ses maîtres. Il se rappelle cette recommandation de Joseph : « Tu signaleras mon évasion... » Il gémit, gesticule.

— A s'évada ! Kif-kif bourricot ! A s'évada ! La goutte !

Après une rasade de gnôle, le simple essaie de raconter

l'aventure. Les Lajarlaud comprennent que leur berger a attaché le petit Joseph, pieds et poings, pour le livrer aux bohémiens. Le gamin a réussi à se détacher et à fuir dans la nuit. Ils préviennent Louis qui alerte les gendarmes.

La belle aventure asorienne finit de la plus triste façon. Joseph est retrouvé à la fin de la journée, aux environs de Montibus, en haillons, les poignets liés, le visage couvert de sang et de croûtes terreuses, et tenant des propos insensés sur les Pavillons-Noirs et les Gris-Manteaux.

Plus tard, il tente d'expliquer que c'était un simple jeu, que Nollet ne l'a pas retenu pour de bon prisonnier, qu'il n'a jamais pensé à le vendre aux bohémiens, et que les bohémiens ne fréquentent plus la clairière — mais personne ne le croit. Quant à Nollet, il ne comprend rien à cette histoire et il est bien incapable de se défendre, dans son baragouin. On l'envoie donc dans une maison de correction, où il restera quelques mois avant d'être transféré à l'asile. Enfermé, privé des champs et des bêtes qu'il avait tant aimées, il ne sortira pas vivant de sa prison.

De retour à Mauval, Joseph souffre d'une fièvre maligne qui ressemble à la méningite. Soigné avec dévouement par la Marie Corrèze, il se rétablit en un mois et retourne chez les frères, où nul ne lui demande d'explications. Il ne rentre pas chez lui aux vacances d'août et passe l'été entier à l'école, avec un petit nombre d'enfants qui n'ont nul endroit où aller.

Louis continue ses élevages. Ses maux d'estomac le tourmentent toujours. Il serre les poings de plus en plus fort et secoue la tête à se l'arracher des épaules. Il se bat avec un de ses métayers qu'il blesse gravement. Un jour, il étrangle de ses mains une brebis qui rechignait à la tonte.

4.

Le bruit court au pensionnat que Joseph Manin a été séquestré plusieurs mois par un « berger maniaque » et qu'il a subi d'*affreux sévices*, comme ceux que les *naturels* infligent à leurs prisonniers. Son évasion lui donne du prestige et ses camarades acceptent pendant un temps son silence et ses airs chagrins.

Le directeur, frère Villars, dit Motus-Illico, l'a averti.

— Répondez le moins possible à leurs questions. Vous avez été assez puni de votre fugue. Nous voulons bien passer l'éponge, à condition que vous ne vous vantiez pas de vos méfaits. D'autant qu'il y a quelque mystère dans l'histoire que vous avez racontée, mais puisque les gendarmes s'en sont satisfaits, je n'insisterai pas. Après ça, toutefois, si vos camarades et surtout leurs parents apprenaient la situation de votre mère, nous ne pourrions pas vous garder au pensionnat. Motus, donc, je vous prie !

Joseph se rebiffe.

— Elle n'a rien fait, ma mère, frère directeur. Elle se soigne la santé. Qu'est-ce que ç'a de mal ?

— Hum, hum, grommelle le frère. C'est vrai, c'est vrai. Mais on dit aussi... Ma foi, dans un cas comme dans l'autre... hum !

Peu à peu, Joseph retrouve son entrain et sa passion pour les voyages, les colonies, la guerre. La France entière porte le deuil de l'Alsace-Lorraine et on commence à rêver de reconquête. Les garçons fixent le regard à la fois sur la ligne bleue des Vosges et sur les feux dorés de l'Orient, ce qui les fait un peu loucher. Sans parler de l'Algérie, notre « seconde France »... Parmi les camarades de Joseph, un certain François Desplaces de La Meyze est le fils d'un commandant au 2e spahis, cantonné à Sidi Bel Abbes, un nom de ville qui fait rêver presque autant que Saigon.

François a un an de plus que Joseph. Il sera officier de la coloniale, général peut-être. Il soutient l'idée que la France doit constituer d'abord un grand empire colonial. Il s'assoit sur un mur pour dominer ses copains et futurs troupiers.

— On formera d'abord des centaines de milliers de tirailleurs indigènes, algériens, sénégalais, annamites et beaucoup d'autres bientôt : tunisiens, tonkinois, madagascariens...

Joseph, tête basse, rectifie modestement :

— Malgaches.

D'être contredit en public sur une question coloniale, François de La Meyze se fâche tout rouge. Un grand s'interpose.

— On va appeler un frère pour savoir qui a raison.

Le frère professeur d'histoire-géo tranche net : c'est malgache qu'il faut dire. Et il tourne encore le fer dans la plaie.

— Madagascar ne sera jamais une colonie française. Les Anglais y sont déjà installés et ils sont bien trop puissants.

François s'incline en gentilhomme. La querelle apaisée, il bourre les côtes du petit Joseph.

— Qu'est-ce que tu veux faire quand tu seras grand, puisque tu es si fort en géographie ? Explorateur, peut-être ?

— Non, officier de la coloniale !

— Officier de la coloniale, voyez-vous ça ? Et à quel grade ?

Joseph, à son habitude, baisse les yeux.

— J'aimerais bien être lieutenant. Et peut-être capitaine, mais là, je sais pas si je pourrai y arriver.

Rassuré, François tapote l'épaule de son nouveau camarade.

— Ce qui serait bien, c'est que je sois ton colonel quand tu seras lieutenant et ton général quand tu seras capitaine !

Joseph est écœuré par tant d'assurance et de vanité. Tout ce qu'il peut faire pour prouver à François de La Meyze qu'il le vaut bien, c'est de travailler de son mieux à l'école. Il s'acharne, prend les premières places dans la plupart des matières et s'installe en tête de sa division. Mais il se fait détester, et les frères ne parlent pas de le monter dans la division au-dessus.

Bientôt, la rumeur court parmi les pensionnaires : le petit Manin est le fils d'une « folle enfermée » et « sûr qu'il en tient » !

François de La Meyze ne lui propose plus d'être son général. De fait, il n'a plus d'amis. La nouvelle vole de bouche en bouche.

— La mater à Manin est une sainte Berthe, une mange-lune !

Les plus belliqueux miment la folie en s'affublant d'oripeaux et en esquissant des gestes obscènes. Les plus ingénieux s'arment de marottes, avec un capuchon et des grelots, comme celles des bouffons de jadis, et poursuivent Joseph en criant :

— Mange-lune, mange-lune !

Joseph fait le coup de poing, rosse les malchanceux et reçoit en échange plusieurs raclées, d'où il sort les yeux pochés et les habits déchirés. Motus-Illico, le directeur, l'appelle à son bureau.

— Mon jeune ami, tel que j'ai la tristesse de vous voir illico, vous avez l'air d'un chenapan et d'une gouape !

— Frère directeur, ils disent tous que ma mère est folle et ils l'appellent mange-lune. Je suis bien obligé de me défendre !

— Vous êtes un petit imbécile, Manin, vous me décevez. Vous n'aviez qu'à les laisser dire et leur tourner le dos illico.

Joseph baisse la tête, les larmes aux yeux et les poings serrés.

— J'peux pas, frère.

Le frère directeur soupire, consulte le crucifix du mur, feuillette un dossier de ses doigts bagués et boudinés.

— Je ne sais pas ce qu'il y a de vrai dans cette histoire. J'ai essayé de me renseigner sur votre mère. Personne ne sait ou ne veut dire où elle se trouve. Il y a un mystère là-dessous.

— J' veux pas aller la voir !

— Vous avez raison. Il vaut mieux que vous ne la voyiez pas. En attendant, tous vos vêtements de rechange sont déchirés, je les ai donnés à réparer illico, mais ça ne peut continuer ainsi !

Il regarde Joseph avec un sourire indulgent. C'est un vieil homme fatigué et bon, plein de petites manies. L'affaire s'arrangerait sans nul doute, si Joseph pouvait se taire. Mais il ne résiste pas à l'envie de lâcher une réflexion provocante.

— Alors, vous allez me mettre à la porte *illico* ?

— Si je vous prenais au *mot*, mon ami ?

Louis accueille son fils en caressant sa barbe inculte. Il ne cache plus l'agacement que lui inspire ce blondinet efféminé qui ressemble trop à sa mère. Il prend dans ses doigts calleux et durs les oreilles délicates de son fils et les pétrit sans ménagement.

— A genoux, gredin !

Il espérait peut-être que le gamin allait se mettre à sangloter en implorant pitié. Joseph serre les dents, retient ses larmes et obéit. Louis le lâche à contrecœur.

— La commune vient d'ouvrir une école élémentaire. Tu iras le matin, et l'après-midi tu aideras aux bêtes. Et...

Il considère avec dégoût la tignasse claire de Joseph.

— La Marie Corrèze te coupera les cheveux deux fois le mois !

A genoux sur les tommettes fendues de la grande salle de Mauval, une main à son oreille blessée, Joseph regarde son père s'en aller à grands pas. Les gros croquenots de Louis sonnent dans le couloir. Joseph écoute le bruit décroître lentement.

— Je te tuerai !

La Marie plaide la cause de son « bonhomme » et obtient que le maître se contente d'une coupe de cheveux tous les mois.

Un peu plus tard, Joseph rejoint les quinze ou vingt fillasses et garnements qu'une demoiselle un peu bossue, nommée Chadefaine, instruit à la baguette, les jours de pluie, dans une pièce sombre, derrière la maison du maire. Près de cinquante élèves sont inscrits, mais il est rare que trente se retrouvent en même temps sur les bancs de la classe. C'est une école de garçons, et il existe dans le voisinage une école de filles, tenue par les sœurs... Mais le bon curé Brégéras a autorisé la demoiselle à recevoir deux gamines que les sœurs n'ont pas voulues : une enfant naturelle, Justine Fayat, et Adélaïde, la fille d'une veuve qui ôte le feu, arrête les saignements et soigne les vaches « gonfles » — une sorcière, quoi. Cela fait quelques sous de plus à la *damisello* qui en a bien besoin. Les filles sont confinées dans un coin sombre de la pièce et n'ont pas le droit de se mêler aux jeux des garçons. Toutefois, quand les récréations se prolongent trop, la demoiselle étant occupée à sa lessive ou à ses travaux d'aiguille, tâches qu'elle ne peut remettre au soir durant les petits jours, faute de lumière, Justine et Adélaïde rejoignent les gars en cachette, en espérant que monsieur le curé ne le saura pas.

Joseph a réfléchi à sa situation et il choisit une tactique pour se faire accepter par les petits paysans.

Pour commencer, pas question de *faire saluer le polichinelle* avec de brillants succès. Il se montrera médiocre dans toutes les matières, sauf en dessin. En histoire-géo, il racontera de grosses bêtises et tout le monde rira à ses dépens. Les malins et les imbéciles l'aimeront bien. En récréation, il n'y a qu'une cour : Joseph apprendra aux garçons à jouer à la guerre et il encouragera les deux filles à se joindre aux jeux. Elles seront cantinières, sœurs infirmières ou même espionnes.

Le premier jour, la demoiselle lui demande quel fleuve passe à Orléans, et il répond sans reprendre son souffle :

— La Seine, la Loire, la Garonne et le Rhône !

Les petits paysans n'en savent pas beaucoup plus que Nollet la Goutte, et un seul rire monte de la classe. Joseph ajoute à l'occasion que Louis XVI est mort sur l'*écheveau*, que Vienne est la capitale de l'*Autruchon gris*. Ces blagues tombent à plat, mais comme la demoiselle raille cruellement Joseph, il devient très vite populaire. Il s'applique en dessin. Il réussit de belles figures géométriques, il trace même un plan du village que tout le monde admire sans arrière-pensées. Il griffonne quelques caricatures qu'il met en loterie pour la caisse de l'école. Et il lit d'affilée cinquante ou cent livres que la demoiselle a bien voulu lui prêter.

La salle de classe, qui appartient au maire, Mazeaux, est un ancien logement de domestiques. Elle conviendrait mieux à l'élevage des porcs qu'à l'instruction publique. L'abbé Brégéras et le maire se partagent la direction de l'école, où la demoiselle Chadefaine exerce ses maigres talents. La cour de récréation commence par un verger, déborde sur un tas de fumier, se prolonge par un pré communal et quasiment par le monde entier, car il n'y a aucune clôture nulle part. Joseph organise des expéditions coloniales, des guerres et des « œuvres de civilisation », au nom desquelles il force ses petits camarades à se laver les jambes jusqu'aux genoux, à cracher dans une vieille boîte de biscuits et à faire la génuflexion devant une croix de bois en s'écriant : « Moi, bon nègre, bon Annamite ! » Et il salue en faisant claquer ses sabots :

— Vive la France, bon Dieu de Dieu !

Fatigué des colonies, il prépare la revanche contre les Prussiens et entreprend de construire une ligne de fortifications, hérissées de tessons de bouteilles. Pour se procurer des tessons, les garnements qui guignent un grade dans l'armée du général

Manin, cassent quelques litrons après avoir liché le contenu. Les animaux qui passent par là se blessent sur les fortifs. On distribue de belles rossées dans les chaumières, des oreilles s'allongent pour la vie, des derrières prennent le fouet ou le « vime », la baguette d'osier, sous les pantalons, peut-être même sous les jupons, sans parler des dimanches au pain et à l'eau et des chapelets de Pater et d'Ave.

Il faut vite enlever les bouts de verre. Joseph reçoit une gifle de la demoiselle et tient un discours plein d'aigreur.

— La France est infestée de traîtres et d'espions. C'est pour ça qu'on a perdu la guerre contre les Pruscos. Il ne faut pas qu'on perde la prochaine, en 1884, quand j'aurai quinze ans. Que ceux qui veulent pas reprendre l'Alsace et la Lorraine lèvent la main !

Aucune main ne se lève.

— Très bien, dit Joseph. En 1884, je serai trop jeune pour être sous-lieutenant et même sergent. Alors, je serai chasseur d'espions. On va s'exercer tout de suite.

— Pour de vrai ? demande quelqu'un en patois.

— Moitié pour de vrai, moitié pour semblant.

— Mais pour de vrai, y a pas d'espion !

— Moi, je dis qu'y a une espionne. Je vous laisse chercher. On verra bien qui c'est qu'est futé et qui c'est qu'est cruchon !

— Et pour de semblant ?

— On dira qu'y a un espion et on le fusillera !

Bien entendu, ces savantes discussions se tiennent dans un mélange effroyable de français et de patois. Joseph entend peu le patois, qu'il refuse de parler. Parmi les gosses de l'école, quelques-uns ne connaissent pas vingt mots de français. Joseph recourt à des traducteurs, comme un officier de la coloniale.

Une petite voix s'élève de la mêlée.

— Moi, je veux bien être espionne et qu'on me fusille !

Une fille. Elle ne devrait pas être là... C'est Justine Fayat, la fille d'une servante des Lajarlaud, une gamine un peu boiteuse, souffre-douleur attitrée de tous les garnements. Une souris gracile, joliette et finaude, mais mal tenue, toujours prête à se rouler dans sa honte et à tendre l'autre joue. Elle a un an de moins que Joseph et, en elle, quelque chose éveille à tout coup l'instinct protecteur du futur officier. Il la regarde avec un sourire de pitié, puis hoche la tête.

— Tu seras une héroïque Alsacienne, tu sauveras des Français.

On entend quelques grognements. Joseph ajoute :

— Mais tu te laveras toute, tu es trop sale pour être une héroïne. Et puis faudra t'habiller en Alsacienne !

Un autre Lajarlaud, Blaise, second fils de Sulpice, est choisi comme espion. C'est un énorme garçon, boudiné dans une blouse trop étroite dont il faut sans arrêt recoudre les boutons, et qui vient en classe un jour ou deux par semaine. Mais il sait se tenir dans les grands moments. On le fusille chaque fois qu'il est disponible. Bien protégé par son rembourrage naturel, il s'abat comme une masse, chaque fois que les balles imaginaires lui percent le cœur. Il tombe sur le côté, en avant et même en arrière, on ne sait jamais d'avance. Enfin, il met beaucoup de cœur à crier, les yeux bandés : « Perdon, perdon, la France ! »

Le peloton, formé de tirailleurs sénégalais ou annamites, danse autour de son corps en poussant des cris aigus. Enfin, Blaise se relève, souffle fort, hébété et content.

Joseph se veut le protecteur de Justine, la petite boiteuse. Un officier de la coloniale doit protéger les faibles, une fois soumis.

A sa façon, il est peut-être amoureux de son « héroïque Alsacienne ». Il lui court après et fait le coup de poing pour la protéger, lors même qu'elle n'est menacée que de moqueries, pantomimes et lazzis. Les autres se rient de lui, certains l'accusent de tirer la gamine derrière les haies ou les meules de paille.

— Mademoiselle, Joseph a troussé le jupon de la Banban !

Justine pleurniche mais ne nie point. La demoiselle fait semblant de croire ces calomnies, elle avertit les parents. L'affaire prend des proportions parce qu'il s'agit du fils de Louis Manin, que tout le village craint ou hait. Louis, qui s'en moque, envoie une taloche à son fils, pour le dit.

— Une souillon bancroche, enfant naturel et orpheline de surcroît, tu as bien choisi !

Une histoire fort banale. Adèle, la jeune servante des Lajarlaud, devint grosse un jour, par effet d'hasard. Les mauvaises langues jurèrent que Sulpice n'y était pas pour rien. Le fait est que les Lajarlaud gardèrent Adèle, alors que les paysans chassent presque toujours la servante en mal d'enfant. Mais la pauvre fille mourut en donnant le jour à la petite Justine. Sulpice garda l'enfant et la traita plus ou moins comme les siens.

Un soir, les aînés Lajarlaud, la grande Ida et le gros Blaise, guettent Joseph, sur le chemin de Mauval. A quinze ans, Ida est une grande bringue, assez jolie mais peu avenante, qui rebute déjà les galants par son franc-parler et ses airs d'indépendance.

Ida et Blaise rejoignent Joseph à la fontaine de la croix. Il s'enfuit, Blaise le rattrape, le fait culbuter par la jambe. Ida le remet sur pied par son col.

— On va pas te couper la quine. On veut juste causer.

Joseph attend la semonce. Cette grande fille lui fait un peu peur. Elle ramasse son béret par terre et le lui remet sur la tête.

— On est tes amis. Les Manin et les Lajarlaud sont amis depuis toujours. Mais tu vas bien m'écouter.

Joseph se dandine, essaie de crâner.

— C'est pour Justine, hein ?

— Je vais te parler comme à un homme, Joseph Manin, déclare l'Ida. Il te faut laisser la Banban tranquille. Sa mère, l'Adèle Fayat, était servante chez nous. Ce n'est pas une Lajarlaud, mais les Lajarlaud la protègent. Elle est orpheline et elle *cloche*. Vous ne pourrez pas vous fréquenter plus tard, alors tu ne dois pas t'occuper d'elle maintenant. Elle s'attacherait à toi et elle serait trop malheureuse quand tu te marieras avec une autre.

Joseph se dresse, bombe le torse.

— Et si je veux me marier avec elle ?

— C'est une idée de gosse. Si c'était possible, ça ne ferait que du malheur. Mais ce n'est pas possible. Toi, tu seras riche, Joseph, et elle sera toujours pauvre puisqu'elle n'a pas de parents.

— Moi, j'ai pas de mère, dit Joseph fièrement.

— Tu auras les propriétés de ton père... Et puis le trésor !

Joseph se rengorge.

— Le trésor de la Queue d'Âne !

— Même s'il ne reste pas tout, ça fait encore beaucoup d'or. Tu pourras épouser une demoiselle riche, peut-être une noble !

Joseph approuve d'un signe de tête.

— Et puis je prendrai la Banban comme servante !

Ida éclate de rire.

— Ça pourrait se faire. Mais il ne faut pas que tu l'habitues à être d'égale avec toi. Déjà qu'elle a un toupet de chantre ! Alors, le mieux c'est que tu ne t'occupes pas du tout d'elle. Promis ?

Joseph marmonne, fait la moue. Comme Ida insiste, il se laisse arracher la promesse. La fille l'embrasse sur les deux joues.

— Tu es un bon garçon.

Il rentre tout honteux. Le lendemain, il refuse de retourner à l'école du village et avoue tout, en sanglotant, à la Marie Corrèze. La servante se frappe le front

— Qui m'a fait ce Jean de benêt ? Sûr que tu n'épouseras pas la Banban. Si elle s'attache trop, c'est son affaire. Viens que je te lave, on dirait qu'un cent d'escargots t'ont couru sur la figure !

Joseph laisse la Marie Corrèze lui laver les pleurs.

— C'est vrai que je serai riche ?

La servante bougonne, comme elles le font toutes.

— Motus, la cane pond !

— C'est sûr que je pourrai épouser une riche demoiselle ?

— Non, c'est pas sûr.

La Marie ne peut s'empêcher de rire.

— Mais tu trouveras bien une belle fille pour t'aider à manger l'or qui n'aura pas coulé à la fontaine des Lajarlaud !

— Ça fait beaucoup d'or ?

— J'aime mieux pas le savoir et pas y penser !

Joseph ne veut toujours pas retourner à l'école communale de Saint-Priest. Il ne sait pas trop pourquoi, mais c'est comme ça. Il a le sentiment d'avoir trahi sa Banban. Il ne pourra pas la regarder en face. Il refuse même d'accompagner la Marie Corrèze à la messe et à vêpres. Mais il la suit de loin et, depuis la côte des Fougères, il regarde les gens sortir de l'église en un flot remuant, adultes et enfants mêlés. Les garçons, libérés, se poursuivent sur la place, le long des ruelles et jusqu'au fond des jardins. De temps en temps, un nigaud se fait pousser sur un tas de fumier ou dans une flaque de purin. Les filles, un peu guindées dans leurs toilettes, robes claires et capotes à rubans, se rassemblent en groupes affairés et bavards. Les poings serrés, le souffle retenu, Joseph tend l'oreille aux confidences et moqueries qu'elles échangent. « Trahi, trahi, Joseph Manin a trahi ! »

Puis il voit tous les gosses se bousculer devant la voiturette de la marchande de pain d'épice. Il hume l'odeur jusqu'au ventre, le sucre lui pique les dents. Il s'enfuit en glorifiant sa solitude.

« Je serai seul, toujours seul, c'est ma vie ! »

Il demande à la Marie Corrèze de le conduire à la cave de la source, qui est fermée à clé. La servante se fait tirer l'oreille. Un jour, enfin, elle se décide, avec un gros soupir.

— Prions que tu n'attrapes pas une fluxion de poitrine !

Elle noue un cache-nez au cou de Joseph, se coiffe d'un capuchon sur son bonnet. Joseph lève un regard inquiet.

— Alors, il fait très froid, là-dessous ?

La Marie allume une lampe à bascule, commode pour ne pas renverser l'huile en dévalant les marches.

— Ah ! on ne sait pas d'avance. Ça dépend de l'*espir* !

Joseph la suit au bout du couloir, puis dans l'escalier bas, tortueux, usé et glissant. Elle pose sa grosse lanterne, qu'elle appelle un falot, devant une porte massive, cloutée, attachée à un anneau par un cadenas et une chaîne. La chaîne tombée, la porte barre encore l'escalier, mais laisse un espace plus large que la main par où l'air circule. Une bouffée fraîche caresse la figure des visiteurs. La porte bouge de quelques centimètres, et la Marie s'engage dans l'ouverture en forçant un peu. « Faut être mince ! » Joseph rigole.

— Si tu grossis encore un peu, tu pourras plus passer.

— Eh bé, tant mieux, je m'en plaindrai pas !

Elle marche avec prudence, élevant et abaissant tour à tour sa lampe, puis se retourne, une ombre dansante sur la figure.

— C'est profond, hein ?

Elle traverse une première cave, où des dizaines de fûts ou de barriques pourrissent sur leurs supports de bois vermoulus. Elle balance un peu sa lampe pour montrer le décor à Joseph.

— La maison a servi à un commerce de vin, avant ta famille. Il y a un soupirail par où on pouvait pomper depuis le chemin de la Plaine. Baisse-toi et fais attention aux marches.

Elles sont dix ou douze, irrégulières, cassées, gluantes de poussière mouillée, serrées entre deux murs ruisselants. Le passage, une gorge en forme de S, oblige à courber la tête et à avancer légèrement de biais. Il conduit à une deuxième cave, petite, basse, avec une sorte de goulet, comme une entrée de grotte fermée par une clôture à jour, d'environ un mètre de large sur un mètre cinquante de haut. Des madriers étaient le plafond. L'eau gronde derrière la claire-voie, et son souffle froid coupe la respiration de Joseph, qui essaie de crâner.

— Hé, je me sens pas bien rassuré dans ce trou à crapauds !

La Marie Corrèze promène sa lanterne devant les planches.

— Tu vois, c'est un bras de la rivière souterraine. Ton père m'a toujours dit qu'il fallait pas murer cette ouverture et même pas la fermer en plein. Et pareil en haut... L'air doit pouvoir passer, sinon les fondations de la maison seraient minées !

Joseph s'approche de la clôture en tâtant prudemment le sol de la pointe du pied. La claire-voie paraît en si mauvais état qu'on l'enfoncerait d'une chiquenaude. La Marie Corrèze élève la lampe jusqu'à ce que l'eau se mette à briller, à un mètre environ au-dessous du niveau de la cave. La lumière jaunâtre s'écrase en reflets mouvants à la surface d'un bassin dont les bords restent dans l'ombre. On entend un clapotis régulier, assez proche, et de temps en temps un gargouillis de siphon, lointain et caverneux.

La Marie a un geste brusque, de sa main qui tient la lanterne, et les ombres s'envolent tout autour.

— La rivière est par là devant. Ton père a lâché des canards et ils sont tous ressortis deux jours après, à la fontaine des Hauts de la Plaine, celle qui alimente l'étang. Ça fait plus d'un kilomètre !

En écoutant la Marie, Joseph s'est encore rapproché du garde-corps. Un de ses sabots glisse sur la pierre humide. La servante le rattrape vivement par le bras. Il recule de deux ou trois pas avec elle. La main de Marie serre son poignet.

— Joseph, mon petit, mon petit...

Elle baisse la voix, murmure :

— Si tu savais..., si tu savais...

Joseph n'est pas sûr d'avoir bien entendu. Il dégage son poignet, prend le bras de la servante.

— Si je savais quoi, Marie ?

— Rien, rien, dit-elle. Faut pas faire attention, je me cause toute seule. « Ah ! la Marie, si tu savais... »

Joseph, pas convaincu, insiste.

— Si tu savais quoi, Marie ?

— C'est que j'aime pas venir dans cet endroit ! Même on a eu de la chance, y a pas eu d'*espir*.

— Marie, tu me prêteras la clé ?

— Certes pas. Si ton père l'apprenait !

— C'est à cause de la source que ma mère est devenue malade ? Elle écoutait les voix de la source, hein ?

La Marie Corrèze a finalement consenti à lui montrer la cachette de la clé. Il prend l'habitude de descendre à la cave pour écouter lui aussi les voix de la source. Il domine sa peur, s'assoit sur un morceau de bois, ou à même le pavé humide, et tend tout son esprit vers le murmure qui naît dans le tréfonds de la grotte. Au début, ce n'est qu'une rumeur lointaine, indistincte.

Puis viennent des soupirs, des espèces de sanglots qui donnent la chair de poule. Peu à peu, lentement, lentement, le chuchotis se rapproche. Joseph reconnaît de ci, de là, un appel, un mot. La source jase pour lui, ami, ami, Asorie.

— Asorie, Dindonnie, vite au Zambèze, Mama a l'a disu ! Nollet la Goutte ! Nollet la Goutte !

Soudain, des voix nombreuses se mêlent, pépiant et gazouillant toutes à la fois, comme si elles se disputaient pour parler à Joseph. Le garçon en a chaud au cœur. Les voix l'aiment.

— Hé, Joseph, Joseph... écoute-moi, écoute-moi, écoute-moi !

L'école lui envoie Justine Lajarlaud, en guise de délégation, un dimanche à midi. Il l'aperçoit du verger. Elle se déhanche dans le chemin. Il se rappelle les gestes goguenards des drôles qui s'amusent à contrefaire sa boiterie. « Cinq et trois fois font huit ! Cinq et trois font huit ! » Il a essayé de la défendre et voilà où son zèle généreux l'a conduit. Jamais plus !

Elle l'appelle bien avant d'arriver en vue de la maison.

— Joseph ! C'est la demoiselle et tous les autres qui m'envoient. Je t'ai acheté du pain d'épice à la sortie de la messe !

Joseph s'aplatit derrière une haie, sans cesser de la guetter. Il tremble de tout son corps. Il a une envie folle de courir vers elle. Pour ne pas céder, il se roule sur le sol hérissé de cailloux, perd sa casquette, mord la terre, déchire ses vêtements et ses mains aux buissons et, enfin, essaie de s'ouvrir les pommettes et les arcades sourcilières avec un morceau de silex.

Justine le rejoint, attirée par ses cris. Il se dresse devant elle, hirsute, dépenaillé, les mains terreuses et du sang sur la figure. La fillette le regarde bouche bée, hésitant entre rire et peur. Elle se gratte la lèvre supérieure, ce qui est un de ses gestes.

— Je... je t'ai acheté du pain d'épice à la sortie de la messe.

— Tu es trop bonne. J'aime pas ça. C'est un gâteau de fille !

Elle sort de la poche de son tablier un petit paquet enveloppé de papier journal et commence à déchirer le papier.

— Alors, je vais le manger.

— Non, attends... J'ai faim !

— On partage.

Elle garde une tranche, lui tend l'autre qu'il serre dans sa main, à l'écraser. Elle lui décoche un sourire timide.

— Tu as du sang à l'œil.

Joseph hausse bravement les épaules.

— Je m'entraîne au corps au corps pour m'engager dans l'infanterie de marine quand je serai grand !

Justine plante ses incisives blanches dans le pain d'épice doré et observe Joseph de son air grave et curieux. « Ah bon ? » C'est une assez jolie brunette, avec un visage mince qui disparaît à moitié sous sa coiffe du dimanche. Quand elle se tient droite, en effaçant sa mauvaise hanche, toute trace de son infirmité disparaît.

Joseph mord sa tranche de pain d'épice et avale une bouchée.

— Qu'est-ce qu'elle me veut, la demoiselle ?

— Elle veut que tu reviennes vite à l'école. On veut tous !

Justine grignote quelques miettes, se lèche les doigts.

— Je voudrais bien que tu reviennes pour me défendre.

Joseph relève une mèche de cheveux collée à son front.

— Je t'aime bien, Justine.

— Moi aussi, je t'aime bien, Joseph. Alors, tu vas revenir ?

Joseph sursaute, comme piqué par une mouche mauvaise.

— Moi ? Revenir à cette école de culs-terreux où ils ont tous des chandelles de morve qui leur pendent jusqu'au menton et même pas de mouchoir pour les souffler ? Jamais !

Le regard de Justine se voile un peu. Elle se gratte encore la lèvre. Puis elle tourne les talons et s'enfuit en claudiquant.

Joseph décide qu'il ne la reverra pas, mais qu'il lui écrira du Tonkin, pour lui raconter le monde, l'aventure et la gloire !

Les frères des écoles chrétiennes de Rochechouart acceptent de le reprendre. Les bons élèves ne sont pas légion, et le frère directeur compte sur le petit Manin pour le certificat diocésain et pour le brevet simple un peu plus tard. Moqueries et persécutions ne sont plus de mise pour le retour de l'enfant prodigue.

Le directeur se caresse le menton, puis baisse ses lunettes sur son nez et fixe sur Joseph un regard indulgent.

— Vous n'avez perdu que trop de temps à l'école sans Dieu, mon ami, et je n'ose parler de votre âme que vous avez mise en danger. Vous allez me bûcher illico votre grammaire et votre histoire ancienne qui sont toujours aussi faibles. Et je n'oublie pas votre catéchisme, car vous avez votre communion l'an prochain... Vous vouliez être cavalier, il me semble ?

— Maintenant, je préfère l'infanterie de marine, frère.

Le frère ne marque nul étonnement. A cette époque, où l'opinion se partage entre les rêves de revanche et de conquête coloniale, les vocations militaires sont nombreuses et précoces.

— Ma foi, la marine est la plus pieuse des armes...

A douze ans, en 1881, année de la mission du Haut-Niger et de l'expédition de Tunisie, Joseph fait sa communion solennelle et passe le certificat d'études diocésain. Parmi les témoignages subsistant de cette époque : une prière calligraphiée sur une image de communion, en petits caractères très secs, sans une faute : « *Seigneur infiniment saint, Père tout-puissant, Dieu éternel, donnez-nous une charité qui nous excite, en suivant votre exemple, à rendre le bien pour le mal & à nous réjouir, non de la punition, mais de la conversion de nos ennemis.* » Joseph M.

5.

Entre quatorze et seize ans, Joseph fréquente l'école des frères, par intermittence, passant à Mauval des périodes de plusieurs mois pour aider son père « aux bêtes » et aux gros travaux. Louis supporte mal son fils, et l'idée de nourrir une bouche inutile fait tourner en vinaigre son sang de paysan. Joseph, toujours fluet et à moitié perdu dans ses rêves, n'est guère taillé pour le métier.

Mais le garçon se débrouille bien avec les animaux. Il est même capable d'atteler et de conduire les vaches, de ramener une charrette du pré sans verser ni perdre la moitié du foin en route. Il sait panser les chevaux et les moutons. La Marie Corrèze apprécie son aide pour la volaille, les lapins et les cochons.

Quand Louis juge qu'il l'a assez vu, il envoie un mot à Rochechouart, et frère Narcisse vient chercher Joseph ainsi que la pension en nature pour deux ou trois mois. Au pensionnat, Joseph apprend l'algèbre, le dessin. Il disserte sur l'histoire ancienne et contemporaine, sur Corneille, Racine, La Bruyère, Boileau, La Fontaine et copie dans son carnet des exorcismes pour chasser les mulots. *Saillez d'élà, saillez, mulots/ Ou j'allons vous brûler les crocs !/Laissez pousser nos blés/Courez cheux les curés/Dans leurs caves, vous aurez/A boire autant qu'à manger !*

Après quelques mois à Mauval, Joseph rentre chez les frères pour passer le brevet, en 1885. Il écrit une lettre à sa mère — sa mère qui est peut-être chez les fous, qui a peut-être disparu, qui est peut-être morte. Une lettre qui ne partira jamais, qu'elle ne recevra, ni ne lira...

Ma petite maman chérie,

C'est avec un peu de retard que je viens te donner les résultats du brevet que j'ai passé à Limoges, ville où j'allais pour la première fois. Enfin, ça n'est pas Saigon! Mais je ne veux pas te faire languir une seconde de plus... Je suis reçu!

Ton fils a donc le brevet, ma petite maman, il pourra être officier! Je souhaiterais être au moins capitaine dans l'infanterie de marine. Pour aller plus haut, il faudrait que je continue des études ou que je rentre dans une école militaire, mais je suis un peu vieux. En tout cas, j'espère gagner des galons aux colonies. Je te promets, maman, de rester humain avec les naturels, même s'ils venaient à mutiler les prisonniers avec des raffinements de cruauté. Et si j'arrive à prendre une forteresse comme Son-Tay, il est certain que je monterai en grade. Je pourrai peut-être arriver commandant. Le professeur de mathématiques a dit que j'étais tellement bon en géométrie que je devrais plutôt choisir l'artillerie, mais ce n'est pas très intéressant, car on n'a pas beaucoup de canons aux colonies...

Après avoir raconté sa pauvre petite vie, il s'excuse soudain.

Pardonne-moi de n'avoir parlé que de moi dans cette lettre. Tu sais, je pense beaucoup à toi. Je te vois avec des robes somptueuses et des bouquets de toutes les couleurs sur tes hauts chapeaux. Je caresse par la pensée tes longs cheveux de soie et je respire tes parfums chics. J'espère que tu fais de belles sorties avec de gentils messieurs et d'autres dames. Je pense que tu vas souvent au théâtre et à l'Opéra de Charles Garnier (on en parle beaucoup, mais on ne dit pas si c'est le frère de Francis Garnier). Peut-être vas-tu aussi au Printemps et dans les grands bazars et les restaurants de luxe. Fais attention aux incendies, aux explosions de gaz et aux assassinats. Enfin, tu as une vie magnifique et je suis très fier de toi.

Je t'embrasse très fort sur ton front et tes mains. Ton fils qui t'adore. Joseph M.

Un jour, il glisse son bras sous celui de la Marie Corrèze.

— Tu me parles jamais, Marie.

La servante bougonne en triturant le coin de son tablier.

— Comme si j'avais que ça à faire !

— Tu n'as pas de temps pour moi ?

— Tu es presque un homme, maintenant, pauvre monde.

— Il y a des choses importantes que j'ai l'âge de savoir.

— Si c'est pour les filles, demande à... à...

Joseph la coupe d'un geste sec.

— Non, je veux connaître le secret de ma mère.

La Marie tire sur le nœud de son tablier.

— Motus, la cane pond. Y a pas de secret !

Joseph passe un bras autour des maigres épaules de la servante.

— Dis, la Marie, tu me jures qu'il n'y a pas de secret ?

Elle lâche un soupir rugueux.

— Je sais pas bien ce que tu veux dire, mais je te le jure.

Joseph a le sentiment que la Marie Corrèze lui ment, par affection. Mais il veut bien se laisser convaincre. Il essaie d'oublier sa mère, pour toujours.

La Marie Corrèze a passé soixante ans. Ses rhumatismes lui tordent les doigts et lui voûtent le dos. Elle ne se voit pas tenir seule, une année de plus, le ménage des Manin père et fils, sans parler des journaliers. Du moins, c'est ce qu'elle raconte à son maître un jour de février où la neige fond. Et Joseph, rentrant de la classe plus tôt que prévu, surprend leur conversation.

Louis regarde sa fidèle Marie en secouant la tête de haut en bas, ce qui marque chez lui une réflexion profonde.

— Hé, hé, ma vieille !

— *Lou soi bé*. Deux ans de plus que vous, Monsieur Louis.

— Ah ! hum, tu viendras à cent ans.

— *Bélou bé*. Peut-être bien !

Les discussions du maître de Mauval et de sa domestique se bornent d'habitude à quelques phrases courtes, accompagnées de soupirs pour lui et de quelques hochements de tête pour elle. Joseph est très surpris, il ne résiste pas à la tentation de les espionner un moment. Louis se tape sur les cuisses en riant.

— C'est que nous voilà pas bien frais, tous les deux.

— Il y a besoin d'une jeunesse dans cette maison.

— Parle pas de malheur !

— Si c'est les gages qui vous contrarient...

— J'en veux une laide comme un cul de bique, à cause du gars.

— J'ai mieux qu'un laideron : une boiteuse.

— Une boiteuse ? Ça serait pas la bâtarde des Lajarlaud ? Ceux-là visent mon bien, croyant que je n'aurai pas de descendance.

— Comment pas de descendance ? Et votre Joseph ?

— Ce drôle a peu de santé.

La servante grommelle.

— Les Lajarlaud, ce n'est pas votre bien qu'ils veulent. C'est leur part du trésor !

— Quelle part ? Ils n'ont aucune part à réclamer.

— Ma foi, ce n'est pas ce qu'ils pensent.

— Mon père et Charles sont convenus de garder l'or pour une cause patriotique. Si M. Thiers nous avait demandé le trésor pour payer l'indemnité aux Prussiens, je lui aurais donné... Et les partisans du roi, de même. Mais à présent, il est trop tard pour le roi. En tout cas, je n'ai pas dépensé un sou de l'or en barres ni des rentes que mon père m'avait laissées. J'ai juste disposé de quelques pièces, de temps en temps, sans parler de celles que les Lajarlaud vont pêcher à la fontaine des Hauts. Ça, c'est leur droit, mon père l'a toujours dit. Qu'ils s'en contentent !

— Motus, la cane pond.

Justine fait des places à droite et à gauche. Elle n'a pu tenir son apprentissage de repasseuse : c'est un métier debout, et il lui fallait trop souvent s'asseoir ou *s'appuyer*, à cause de sa mauvaise jambe. La Marie Corrèze la guette et lui fait signe quelquefois, à la sortie de la messe ou au marché.

— Viens chez nous, tu pourras t'appuyer.

— J'ai pas besoin de m'appuyer.

— Pour sûr. On sait ce qu'on sait.

Elle insiste pour affrioler la boiteuse.

— Tu pourras t'asseoir en pelant la légume. On n'est pas chien.

Un jour, Justine, qui vient encore de perdre une place, demande sur un ton mi-rieur, mi-chagrin :

— Vous avez beaucoup de légumes à peler ?

— Encore bien, avec les journaliers qui mangent.

La servante espère qu'en amenant l'avenante boiteuse à Mauval, la vie sera un peu plus gaie et qu'elle pourra garder son bonhomme un an de plus. Joseph parle tous les jours de s'engager. Il ne se presse pas de passer aux actes, mais elle ne se fait pas d'illusions : les garçons qui ont en tête les pays chauds finissent toujours par quitter leur village pour courir le monde.

Justine arrive à Mauval un matin de mars 1887, pimpante, une coiffe neuve, des sabots vernis, tout son linge passé au bleu et ses affaires dans une jolie corbeille de bohémienne. Mais elle est si intimidée qu'elle en cloche plus fort que d'ordinaire.

— Me voilà, Marie Corrèze. Bon pied, bonne santé ! Pour vous servir, les maîtres et vous !

Sur le moment, la Marie se mord les pouces d'avoir engagé cette brunette trop maligne. Bancroche, certes bien, mais minois coquin, et Monsieur Louis la supportera-t-il, lui qui voulait infliger un « cul de bique » à son garçon ? La tête à baguenauder plus qu'à besogner, ça se voit. Toujours renvoyée par ses patrons, c'est mauvais signe... Pour avoir la conscience en paix, la Marie décide d'imposer à la petite une semaine à la dure.

— On va voir si tu n'es pas trop musarde ni friande !

Justine considère la vieille servante d'un air goguenard.

— Mais je suis *friande*, la Marie !

La Marie Corrèze s'en va en grommelant. Justine accepte gaiement ses brimades. Elle monte dix fois l'escalier de la cour avec un panier d'œufs et un pot de lait. Elle jeûne toute la journée, sous prétexte qu'on est en carême, sans toucher aux plats, ni au beurre ni à la confiture que la Marie laisse traîner.

Le troisième jour, Joseph se fâche.

— C'est pas bientôt fini de persécuter cette pauvre drôlette !

La Marie Corrèze fait mine de se rebéquer.

— On n'a jamais persécuté un quelqu'un dans cette maison !

— Mais si bien, ça s'est vu ! dit Joseph.

La vieille servante rougit et n'insiste pas. Elle est plutôt contente d'elle. Son bonhomme a toujours un faible pour la Justine. Il la défend, il a peut-être envie de la caresser.

« Espérons qu'elle sera pas trop fière et se laissera lever un peu la chemise... Même si elle sait faire que ça, ses gages seront pas perdus. Et qu'elle s'avise pas de jouer au chardon béni ! »

Pour cacher son attirance, Joseph se montre offensant, autant qu'il peut. Il s'en prend à Justine de son allure et de ses gestes.

— Arrête de te gratter les babines, tu vas te faire un bec de lièvre pour aller avec ta patte folle !

Justine feint l'humilité.

— Oui, Monsieur. Je promets de ne plus me gratter devant Monsieur. Est-ce que je peux me gratter dans mon lit ?

— Tout ce que tu veux dans ton lit, même tes additions. Cinq-et-trois-font-huit ! Cinq-et-trois-font-huit !

Justine s'enfuit, un sanglot coincé dans la poitrine, soufflant et claudiquant. Au tour de la Marie Corrèze de sermonner Joseph.

— Je te trouve bien sans cœur avec cette pauvre nicette !

— Elle me lancine avec sa façon de se gratter la lèvre.

La jeune fille retient son geste en présence de son jeune maître. Mais alors elle le regarde avec un sourire moqueur et un peu tendre qui le met tout aussi mal à l'aise.

Elle a su bien vite s'y prendre avec Louis. Elle montre plus d'attentions pour lui que pour son fils. Il est encore le maître, et pour longtemps, qu'on sache. Elle veille à recoudre ses boutons, à lui servir les meilleurs morceaux de chaque plat de viande et à lui sourire gentiment chaque fois qu'il tourne les yeux vers elle. Au bout de quelque temps, on voit bien qu'il préfère son minois coquin à un cul de bique.

Un jour, elle lui touche la joue, comme par mégarde.

— Voulez-vous que je vous fasse la barbe, de temps en temps ?

— Ah donc ? Qu'entends-tu par là, péronnelle ?

— J'entends par là peigner et démêler tous les poils avec un peigne et couper aux ciseaux les trop longs et les mal placés.

— Mes poils n'ont pas besoin de peigner ni de couper. J'suis pas un damoiseau ! gronde Louis, mais elle sent bien qu'il est tenté.

Sa figure ressemble à une touffe de buissons où un troupeau entier se serait frotté, abandonnant au passage laine, crin et suint. Dès le troisième mois de son séjour à Mauval, Justine sort ses outils et commence à débourrer le hallier. Louis tend son mufle, la bouche ouverte et les yeux fermés. Justine a au moins réussi à rendre jaloux Joseph qui se fait quémandeur et presque câlin.

— Et pourquoi tu ne me raserais pas, moi aussi, Justine ?

— Y a rien à raser. Revenez quand vous serez un homme !

Joseph s'occupe à l'occasion des bêtes de Mauval, sauf des taureaux que son père lui a interdit d'approcher. Il se charge du dressage des jeunes vaches de travail et des bouvillons. Il soigne le piétin des moutons, le javart, qui est une inflammation entre les onglons, appelé aussi le fourchet, la morve, la teigne, la maladie rouge et quelques autres. Les bêtes en fièvre, souffrantes, nerveuses, se calment dès qu'il leur palpe le museau ou le flanc. Son ami, le maréchal-ferrant, se prend la tête à deux mains.

— Quelle pitié qu'un gars de chez nous, qui a la bonne façon avec les bestiaux, aye dans l'idée d'aller chez les biffins !

Ce grand rouquin à la figure et au buste tanné, aux mains puissantes, Chabert le Jeune, fils d'un autre géant qu'on appelait Chabert le Vieux, possède aussi un caboulot, tenu par sa femme, de l'autre côté de la rue : le café du Bœuf limousin. La *Chaberte* est menue, brune, plus jeune de quinze ans, muette à la suite d'un accident, on l'appelle la Souris. Son mari la soulève d'une seule main, la fait tourner autour de lui et passer par-dessus son épaule. Il la lance en l'air et la rattrape, la balance dans tous les sens, jupons au vent. On vient de loin dans l'espoir d'assister à cette attraction. La Souris ne parlant pas, on n'a jamais su si elle appréciait d'être maniée comme un ballot.

Rouleurs et gens de petits métiers et petite bourse se pressent au Bœuf limousin. Joseph est devenu depuis son brevet un habitué de la maison. Il s'assoit souvent au fond de la salle avec ses livres et ses cahiers, pour étudier, la tête dans ses mains. Il ne fréquente pas les garçons et les filles de son âge, il a un faible pour les déclassés, les gueux, les stropiats, les faiseurs de tours et les diseurs de craques.

On désigne souvent les familiers par un mot qui évoque un trait marquant de leur personnage ou de leur activité. Joseph rencontre Ponot Barbeloup, Gustou la Graisse, Simplice Coq, Martin Pauvre-Cheval. Ponot vend des dentelles et des chansons, Gustou des pommades, Simplice raccommode les coucous, Martin rempaille les chaises et envoie mendier sa gamine de dix ans. C'est Gustou qui a pourvu Joseph en onguents, élixirs et recettes diverses pour les soins des animaux. Gustou rit en montrant son unique dent de devant.

— Je croirais presque à mes *marmottines* et mes opiats à chien quand je te vois guérir des putains de méchantes mauvaisetés avec des fonds de boîtes rancies ! T'as la patte, mon maître !

Joseph rit aussi. Gustou insiste.

— Tu m'échangerais pas ton secret ?

— Ça dépend. Contre quoi ?

— Contre ma recette pour mener à mon pucier toutes les femmes qui me tapent dans l'œil !

Et les autres s'esclaffant :

— Le malheur, c'est que t'as même pas de pucier !

Sérieux, Gustou fait la leçon à Joseph.

— Gâche pas quand même le métier. Tu devrais jamais oublier qu'un cul-terreux est toujours prêt à payer deux fois plus cher pour sa vache que pour sa moitié !

Joseph rougit en pensant à Nollet la Goutte, car c'est le secret du petit berger : une foi d'enfant et un peu d'amour. Ça ne se commande pas. Il ose à peine accepter le verre de vin ou le croûton que lui offrent les gens pour les soins ou le domptage.

Il voudrait bien amener à Mauval ses quatre fidèles, Ponot, Simplice, Gustou, Martin, pour y faire la fête avec eux. Mais Louis a prévenu :

— Si je vois un de ces cagnards à moins de cinq cents pas de ma maison, je lui découpe les quatre membres à la chevrotine !

Justine a promis à Joseph de plaider sa cause.

— Vous ne savez pas vous y prendre avec votre père. Moi, il ne me refuse rien. Je vais le convaincre de laisser venir vos amis et je vous préparerai quelque chose de bon. Qu'est-ce que vous diriez de deux ou trois lapereaux en papillote, avec des brochettes de rognons de mouton, arrosé de ratafia de noyaux ?

Joseph, déjà, se méfie.

— Qu'est-ce tu diras à mon père pour le persuader ?

Justine se gratte la lèvre, un peu gênée.

— J'inventerai une petite affaire. Votre père est un bon homme.

— Tu as raison. Il sue la bonté !

Justine a vite trouvé sa « petite affaire ». Un jour, elle renifle en peignant la barbe de Louis.

— Vous sentez fort, Monsieur !

Elle tire quelques boutons, lui met la main sous la chemise. Il fait mine, pour le dit, de retenir le bras de la servante.

— Ah bah ! Qu'est-ce que tu cherches ?

— Si je vous donnais un bain ?

— Tu saurais pas ! Et puis je n'en ai aucun besoin !

— Je saurais. On parie ?

Les Manin possédaient autrefois une belle baignoire de cuivre, dont Constance et Faustine se servaient régulièrement. Louis en a fait une mangeoire pour les taureaux. Une chaudière à cochons et une large cuvette, appelée « tob », à l'époque, ne tardent pas à changer la buanderie en salle de bains comme une citrouille en carrosse. Justine monte l'eau, chauffe la chaudière. La Marie Corrèze se contente de hocher la tête, son temps est passé.

Un peu plus tard, Ponot, Martin et le reste de la bande entrent à Mauval par la grande porte. Ils font la bamboche, servis par Justine, Louis s'assoit même à leur table, au grand déplaisir de son fils, puis se mêle à la conversation et applaudit les chansons de Ponot Barbeloup : *Le Clairon, La Chanson des blés d'or* et un tout nouveau succès parisien, *En revenant de la revue*.

Il se frotte l'estomac, cache une grimace, mais vide son verre comme les autres à la santé du brav' général Boulanger.

— Vive Boulanger !

— Le général Boulanger au pouvoir !

Avec le chœur aviné des cagnards, il reprend au refrain *Les Bœufs*, une chanson qui date de sa verte jeunesse et probablement la seule qu'il sache un peu : *S'il me fallait les vendre — J'aimerais mieux me pendre !*

Il s'endort, se réveille, ses mouches le tourmentent et il menace de tout casser. Mais les autres rigolent. Ils sont chez eux.

Un dimanche à l'heure de vêpres, les cagnards traînent encore à la table de Mauval. Louis a eu ses mouches. Ponot chante faux en tirant sur la jarretière de Justine. Joseph s'aperçoit de son manège, à travers la fumée des pipes, et veut se précipiter sur Ponot, mais un croc-en-jambe de son ami Gustou le jette sur le carreau. La bande rit en chœur.

— Ha, ha, ha, notre Ponot est juste rond comme une futaille !

Plus tard, Justine baisse la tête sous les reproches de Joseph.

— J'ai rien senti, on était tous éméchés...

Puis elle se gratte la lèvre et, dans un élan :

— Je n'aime que vous. C'était pour vous rendre jaloux !

Joseph tend une main, son cœur bat, son bras retombe.

— Y a pas de mal. Embrasse-moi.

Elle l'embrasse et s'échappe.

Après la Toussaint, Justine se trouve grosse et ne sait ou ne veut dire par l'office de qui. Elle s'enfuit de Mauval au petit matin brumeux, sans aucun adieu. La Marie Corrèze soupire.

— Elle a fait comme sa mère. Elles font toutes comme leur mère. Celle-ci aura une drôlette qui fera comme sa mère et comme sa *grand*. Dieu lui donne un gars !

N'osant retourner chez elle avec la mauvaise nouvelle sous son tablier, Justine demande asile à l'abbé Brégéras, qui se sent responsable pour l'avoir admise autrefois à l'école des garçons.

TROISIÈME PARTIE

1.

Justine écrit à Joseph qu'elle est enfin sûre : l'enfant qu'elle attend est de lui et ce sera un fils.

La lettre atteint le jeune engagé à Rochefort, où il vient d'arriver. Il lui envoie dès qu'il le peut une carte postale du port.

Ma Justine, tu es partie chez le curé et moi chez les militaires. Je n'avais que trop retardé mon engagement : j'aurai bientôt vingt ans... J'espère que le curé te gardera et que, de mon côté, je deviendrai gradé. Affectueusement, Joseph.

Tous ces souhaits se réalisent sans coup férir. L'abbé Brégéras a une vieille bonne, plus âgée et plus percluse encore que la Marie Corrèze, et qui a elle-même bien besoin d'être servie à table. C'est aussi un homme sincèrement charitable, il engage aussitôt Justine Lajarlaud, bien qu'elle n'ait pas l'âge canonique.

Justine répond de son mieux aux lettres de Joseph. Elle a une façon de s'exprimer vivante et primesautière. Mais au bout de quelques phrases, elle étire ses lettres en accordéon et perd vite la ligne, sur le papier registre qu'elle utilise.

Je pense à toi, mon Joseph, quand je me lève et que je vois le soleil, qui brille aussi sur la mer de Rochefort, l'Océan, et sur ta caserne où tu es en train de devenir un bel officier comme je les aime, et puis je pense à toi dans la journée, je tourne la tête toutes les cinq minutes vers les grands arbres de ton Mauval. Il me semble que je te vois debout sur la plus haute marche de l'escalier en train de penser : « Est-ce que je m'engage ou je m'engage pas ? » Maintenant, c'est fait, je suis contente pour toi, c'est la vie que tu voulais, bientôt tu partiras au Tonkin combattre les méchants Pavillons qui sont les ennemis de la France, tu gagneras des jolis galons. J'espère seulement que tu m'oublieras pas et que tu viendras voir ton fils, il sera blond comme toi et peut-être qu'il aura mes yeux noirs de bohémienne, je ne sais pas si tu as pensé à un prénom, j'aimerais l'appeler Joseph comme toi, ça pourrait être son second prénom, et pour le premier on prendrait celui du parrain, je ne sais pas si monsieur le curé peut l'être ou s'il voudra, j'ai pensé alors au petit Romain, l'aîné d'Étienne Lajarlaud, orphelin et élevé par Sulpice, mais il n'a pas encore fait sa première communion... Et si la Marie Corrèze voulait bien être sa marraine, ça me ferait honneur.

Plus tard, Joseph a annoté cette lettre d'une plume un peu rageuse : « Et ce fut une blondinette, qu'on a appelée Angéline... du nom de sa marraine, dévote de la paroisse ! »

Dans ses lettres, Joseph ne parle presque jamais de l'enfant et il ne montre guère non plus d'enthousiasme pour la carrière qu'il vient d'entamer. Les classes sont dures, avec plus de contraintes que d'exaltation. Même un engagé doit en passer par là.

... *Mars 1890.*

Me voici donc avec la fameuse tunique bleue à épaulettes jaunes que j'ai tant désirée. Mais je dois dire que je n'ai pas beaucoup de temps pour en profiter. La plus grande partie de la journée, je suis complètement épuisé, je manque de sommeil et je n'ai même plus la force de manger. Le pire, c'est les appels, toujours, toujours des appels ! Toujours être prêt à répondre, même la nuit, je ne dors qu'à moitié, je rêve que l'appel sonne et je me réveille en sursaut. J'ai à peine le temps de me rendormir que l'appel sonne pour de bon. Non, il y a des choses bien pires encore. Par exemple, quand je suis en train de rêver que je suis à Mauval, à courir les champs, libre et tranquille, ou à me prélasser au lit, avec mes livres, tant que j'en ai envie. Et je me dis dans mon rêve que la vie militaire... n'est qu'un mauvais rêve. Puis tara-ta-ta-ta... ta-ta-ta-ta ! Le réveil ! Et les brimades, les façons des sergeots de m'appeler la fillette, le nain (à cause de mon nom, Manin) et même le petit blond à sa moman ! Tu te rends compte, moi qui n'ai jamais eu de mère !

Le temps passant, il accepte son sort avec plus de philosophie.

L'exercice est très dur, mais il aide à oublier l'ennui. Maintenant, je me ressaisis, le métier rentre. Je sais que je dois être bien entraîné pour affronter les ennemis cruels qui nous attendent outre-mer, pour ne pas tomber prisonnier des Pavillons-Noirs. Un officier nous a raconté ce qu'ils faisaient aux prisonniers. Plutôt la mort ! Enfin, on dit qu'ils vont sans doute se soumettre à la France. J'arriverai trop tard !

Un mois ou deux après :

Les dernières années que j'ai passées à Mauval, surtout les derniers mois où tu étais là, j'ai eu la vie trop douce. C'était comme des grandes vacances en attendant de m'engager. J'ai eu tort de ne pas m'aguerrir davantage pour l'infanterie. Je suis trop mince et presque fluet à côté de tous ces gars trapus et râblés. Mais la gymnastique me fait du bien et j'ai même commencé à faire du « sport ». C'est à peine si tu me reconnaîtras quand je viendrai en permission.

Une fois, il s'amuse à raconter la « douche au régiment ».

Tu rirais bien si tu voyais ces hommes, tout nus, debout sur un plancher à claire-voie, en train de se frotter comme s'ils voulaient s'enlever la peau, tandis que le jet les fouette l'un après l'autre. Un jeune soldat tourne le volant de la pompe (c'est quelquefois moi) et un caporal infirmier manie la lance. Un vieux sergent surveille les gars pour qu'ils n'essaient pas d'échapper au jet et qu'ils se frottent bien partout. Il crie de temps en temps : « N'oubliez pas les coins du singe ! » Tu rougirais peut-être aussi en voyant tous ces hommes nus !

... août 1890.

Maintenant que j'ai un peu plus de liberté, je ne sais pas quoi faire de mon temps. Je sors avec mes camarades, mais je n'ai pas de vrais amis et la ville est triste. Le dimanche, on va écouter la musique militaire et une polka de temps en temps au kiosque du jardin public, puis on traîne un peu dans les cafés. Les camarades m'ont forcé à boire de l'absinthe, mais je préfère le petit blanc de la cantine. On n'a pas beaucoup de distractions. J'aimerais le théâtre si je pouvais voir des comédies intéressantes et en parler après avec quelqu'un d'instruit. Mais ces rustres et leurs rires grossiers, leurs coups de poing dans les côtes, leurs blagues sales m'enlèvent tout mon plaisir.

Je vais quelquefois me promener seul dans la campagne, qui est plate et nue, souvent inondée, avec de vastes prairies, closes par des barrières, et de longs troupeaux de vaches laitières. La plainte des sirènes me serre le corps. En même temps, j'ai hâte de partir, de connaître les pays lointains, l'Annam, le Tonkin, l'Afrique peut-être. Je vais souvent du côté du port et de l'arsenal. J'admire les vaisseaux de guerre ancrés à l'entrée de la baie. Je regrette de n'être pas marin, mais c'est difficile lorsqu'on est un paysan du Limousin.

Parfois, un détail plus personnel et piquant.

Sais-tu que mes camarades m'ont emmené presque de force à une maison de « filles », comme il y en a dans toutes les villes de garnison. Là, j'ai été sommé de prouver que j' « étais un homme ». Ce sont leurs façons de parler. J'aurais préféré faire une démonstration de ma virilité face aux Pavillons-Noirs ! Grâce à Dieu, j'ai sauvé l'honneur !

De Justine à Joseph, août 1890.

Mon Joseph.

J'espère que tu as reçu le mot que monsieur le curé t'a envoyé pour la naissance de la petite. Je n'ai pas osé te le dire tout de suite, parce que j'ai eu peur que tu sois déçu. Je crois que tu l'es un peu puisque tu m'as pas écrit depuis quelque temps. Je te jure que j'avais dans l'idée que ça serait un garçon et ça m'a trompée. Mme Domps, la sage-femme, dit que ça arrive quelquefois. J'espère que tu m'en veux pas. C'est un joli bébé, bien portant, sans malfaçon ni tache. Elle a tous ses doigts et le reste, comme a dit la sage-femme. Comme monsieur le curé te l'a écrit, on l'a appelée Angéline, c'est le prénom de sa marraine, Mme Bourneix, qui est une paroissienne assidue et qui aime bien rendre service. On a pris comme parrain Sulpice Lajarlaud, parce que monsieur le curé a dit qu'on ne pouvait pas prendre le petit garçon, Romain, pour l'enfant d'une fille.

J'ai repris mon service chez monsieur le curé qui est très bon avec moi, ce qui n'est pas le cas de tout le monde, et il veut que j'élève ma fille en attendant que tu reviennes.

Je t'embrasse affectueusement. Justine.

Cinq mois plus tard, en guise de réponse.

Paris, le 30 octobre 1890

Chère Justine,

Tu vas sûrement t'étonner que je n'aie pas profité de ma première longue permission pour venir t'embrasser et voir la petite Angéline qui doit être un bel enfant. Je suis très content qu'elle ne boite pas, c'est certainement fatigant pour la marche, je m'en suis rendu compte en te regardant. Mais ça ne m'aurait rien fait qu'elle ait une petite infirmité, à condition qu'elle ait la tête solide comme sa maman !

Des camarades parisiens qui avaient leur permission en même temps que moi m'ont proposé de les accompagner pour me montrer la capitale. C'était une occasion unique de voir la tour de l'ingénieur Eiffel, construite pour l'exposition universelle de l'an dernier, avant qu'elle soit démolie comme il en est question. Je ne pouvais pas refuser, tu le comprends. En outre, j'ai visité les grands magasins avec mon camarade Berthier, un vrai « Parigot », comme on dit maintenant. Et on est allé au théâtre du Vaudeville voir une pièce à succès : Le Député Leveau, *comédie en 4 actes, de J. Lemaitre. C'était la première fois que j'allais dans un grand théâtre et que je voyais une comédie en 4 actes. Je ne raconterai pas la pièce, je ne crois pas qu'elle t'intéresserait, car c'est une satyre* [sic] *des hommes politiques de la République.*

J'ai passé une très bonne perm' comme on dit. Je profiterai de la prochaine, au printemps, pour venir à Mauval et j'irai te voir au presbytère, si monsieur le curé le permet.

Il y a une chose que tu ne dis pas dans tes lettres et que j'aimerais bien savoir : est-ce que tu donnes le sein à Angéline ?

Bien affectueusement, Joseph Manin.

Justine à Joseph, décembre 1890.

Je suis contente que tu aies passé une bonne permission à Paris en octobre. Il faut que tu voyages, que tu connaisses le monde, les grandes villes et la mer.

Je vais bien, Angéline aussi. Tout le monde dit qu'elle sera très jolie, avec ses cheveux blond doré et ses grands yeux bleu sombre. Monsieur le curé souffre un peu de sa goutte. Bien à toi, mon Joseph. Justine.

De Joseph à Justine, janvier 1891.

Je suis content que vous alliez bien tous. Moi, je commence à me faire à la vie militaire. Depuis que je suis allé à Paris avec Berthier, je suis plus considéré de mes camarades. Je vais passer caporal et après, je partirai sans doute au Tonkin.

Tu ne m'as pas répondu si tu donnais le sein à Angéline. J'aimerais bien le voir ! Joseph Manin, avec mon affection.

Justine à Joseph, février 1891.

Je suis contente que tu viennes en permission et de te voir bientôt. Monsieur le curé n'aurait jamais permis que tu me regardes donner le sein à Angéline. Mais la petite ne me tète plus depuis longtemps. Viens vite, mon Joseph. Ta Justine.

Avril 1891. Joseph, en permission à Mauval, se précipite au presbytère, son galon rouge sur la manche.

— Caporal Manin. Monsieur le curé, je suis venu présenter mes hommages à votre servante.

— Angéline n'est pas ma servante, imbécile, car elle n'a pas l'âge canonique. De plus, elle n'a pas besoin de tes hommages, mais de ta parole.

Joseph baisse la tête et tripote la visière de son képi.

— C'était une façon de parler.

— Tu as demandé dans ta dernière lettre à voir Justine donner le sein à sa fille. J'en déduis que tes intentions sont honnêtes. J'aimerais cependant une promesse de mariage en bonne forme.

La scène se passe dans le jardin de la cure sous le crépuscule doré du printemps. Joseph se balance d'une jambe sur l'autre : une façon de l'armée. Le curé Brégéras marche de long en large, retenant son chapeau que la douce brise du soir ne risque guère d'emporter. Justine guette les deux hommes par la fenêtre.

Joseph soulève son képi pour se gratter le haut du front.

— Je ne me souviens pas, honnêtement, monsieur le curé.

Le curé tire sur son chapeau.

— Ah ! tu ne t'en souviens pas ? Honnêtement !

Joseph jette un coup d'œil sournois vers les fenêtres de la cure.

— C'est qu'on dit... On m'a dit... Les gens racontent...

Le curé recule d'un pas. Ils se tiennent tous les deux au milieu d'un parterre de buis taillés, boules, carrés et têtes d'animaux. Le curé pose les deux poings sur ses hanches.

— C'est la Marie Corrèze, n'est-ce pas ? Eh bien, parle.

Joseph s'adosse à une touffe de buis et baisse le front.

— La Marie... d'autres aussi... pas de fumée sans feu !

— Tu n'avais pas envie pour de bon de voir Justine donner le sein à ta petite ?

Joseph rougit, se balance sur une jambe.

— Ma petite, ma petite, c'est vite dit !

— Que le Seigneur me pardonne, voilà l'affaire !

Le curé se met à marcher d'un pas furieux entre les buis, les menaçant tour à tour du geste et du regard, comme si c'étaient des personnes, des ennemis.

— Que le Seigneur me pardonne !

Il revient vers Joseph, plus grand d'une bonne demi-tête, le prend par le devant de sa tunique et le secoue comme un prunier.

— Joseph Manin !

— Monsieur le curé !

— Justine m'a assuré que cette petite était ta fille. Devant le Seigneur ! En confession, pour tout te dire, et ce n'est point trahir le secret que d'en exciper !

Joseph ôte son képi et s'essuie le front avec son mouchoir.

— D'en exciper ? Je veux bien, mais elle peut se tromper. Elle a connu d'autres hommes, à commencer...

— Au nom de saint Jean et des apôtres, tais-toi, pour ton salut ! La petite Angéline est ta fille, mon garçon. J'ai... nous avons... ah ! comment dire cela crûment à un jeune niais qui ne pense qu'à fuir ses responsabilités ?

— Je ne cherche pas à fuir mes responsabilités.

— Nous avons prié longtemps et demandé au Seigneur de nous inspirer la vérité. *Notam fac nobis, Domine, viam in qua ambulemus...* Nous pouvons t'affirmer que tu es père de cette enfant et que nous attendons de toi... que le Seigneur attend de toi, pour le moins, une promesse de mariage à la mère !

Joseph secoue la tête, l'air buté et le képi à la gouape.

— Il se chante ici que cette gosse est la fille de mon père, donc ma demi-sœur. Si j'épouse sa mère, je serai la risée du pays.

— Si ta pauvre mère t'entendait !

— Je n'ai pas de mère.

— Oh ! tu en as eu une. Je l'ai bien connue, elle avait confiance en moi et... Tu voudrais que ta fille dise un jour, sur le même ton : « Monsieur le curé, je n'ai pas de père » ?

— En tout cas, le mien s'est vanté que l'enfant était de lui.

L'abbé ouvre son bréviaire, le feuillette puis le referme.

— Sans tricher avec le secret de la confession, je peux te dire ceci, Joseph. Ton père ne veut pas que tu te maries, surtout avec une fille du pays. Il ne veut pas que tu reviennes ici, lui disputer Mauval. En se vantant d'être le père de l'enfant, il sait bien qu'il te décourage d'accomplir ton devoir. Il devra répondre de ce péché devant Dieu et devant l'Église !

Justine surgit à ce moment au bout du jardin, soulevant ses jupes pour clopiner plus vite.

— Mon père, ne le forcez pas ! Il est libre ! Je veux qu'il voyage, qu'il soit heureux, qu'il prenne une autre femme s'il en a envie ! Je vous en supplie !

Elle se laisse tomber à genoux aux pieds de l'abbé, lui serre la soutane sur les mollets en gémissant. Les deux hommes se regardent, le caquet coupé. Le curé essaie de se dégager, mais Justine le serre trop fort et il gesticule en vain.

— Tu ne mérites pas une fille comme celle-là, Joseph Manin !

Joseph ôte son képi et fait un signe de croix discret.

— Je promets d'épouser Justine à la fin de mon engagement.

Justine se relève. Le curé secoue sa soutane froissée.

— Tout est de ma faute. Je n'aurais pas dû permettre à cette petite de fréquenter l'école des garçons, c'était un affreux péché !

2.

Un matin, durant la permission de Joseph, une jeune femme d'à peu près vingt-cinq ans amène une vache à prendre, attachée derrière une charrette de mulet. Il est très tôt, les habitués savent que le patron de Mauval donne les taureaux au point du jour ou guère plus tard, et qu'il n'est pas accommodant pour l'heure.

« C'est le moment où les *messieurs* ont le moins de caprices, affirme Louis. Et ils sont à leur meilleur pour la *façon* ! » Il les aime, ses taureaux, il en est fier, il les veut libres, sans entraves. Il a toujours refusé de leur mettre une attache au pied ou un anneau dans le nez. On les sait puissants et dangereux. Ils n'en sont que plus appréciés.

Joseph arrive sur ces entrefaites. Comme la visiteuse est plaisante, il a envie de plastronner.

— Les femmes blanches et les vaches rousses, ça me manquera au Tonkin. Je pars dans un mois pour le bout du monde !

Dans un mois ou dans six, certes, il part. Elle le lorgne avec intérêt, il caresse le mufle de la vache, qui n'est pas rousse. Elle a le poil ébouriffé, pelucheux, d'un gris très mélangé, l'œil rond et fixe, de grandes oreilles qui remuent sans arrêt.

— Je suis Marguerite Labrousse, d'Abjat, dit la femme en patois. Je viens parce que mon mari, Cyprien Labrousse, est alité depuis six semaines et je ne sais pas s'il se relèvera jamais.

Elle sourit à Joseph et continue en français.

— La Grise est bonne au labour et au lait, mais on voudrait la couper avec un limousin pour avoir un veau bien charpenté...

Joseph, qui a par avance le mal du pays, bavarderait volontiers un moment avec cette personne charmante et délurée, mais son père arrive sur le fait, la démarche assurée, les mains aux hanches, et le chasse d'un signe de tête et d'un grognement.

Louis Manin, à soixante-dix ans passés, est encore un homme puissant, au corps à peine marqué par l'âge. Par contre, sa figure carrée, osseuse, s'est marbrée de rose. Ses sourcils, envahis par une épaisse broussaille grise, paraissent encore plus gros, plus épais, sur les petits yeux terreux, enfoncés dans les orbites. Sa barbe blanche, inculte, lui descend dans le cou, s'étend vers le haut jusqu'à sa tache de vin qu'elle cache à moitié.

Ses fortes épaules tendent sa blouse noire, courte et plissée. Une lourde chaîne de montre ballotte dans l'échancrure. Il salue la visiteuse, le poing au chapeau.

— Ah donc, pour vot' service, m'dame ?

Il a perdu la plupart de ses dents de devant et parle sur les gencives. La jeune femme le regarde froidement, recule d'un pas et recommence son discours, sans entrain.

Au même moment, trois gamins d'une douzaine d'années se tiennent derrière une haie, entre le verger et le petit pré, derrière l'enclos des taureaux : Jules Jourgnac, Romain Lajarlaud et Nestorine Peyrouteau. Les garnements du village poursuivent souvent Nestorine pour lui tirer les cheveux, la pincer sous son tablier, la barbouiller avec de la graisse de blaireau qui sent fort. Elle ne déteste pas ces jeux et ne tente pas de gros efforts pour échapper aux galapiats, surtout quand ils sont jolis garçons, comme Romain Lajarlaud, et plus taquins que méchants. Elle se contente de leur taper de temps en temps sur les doigts.

— Taise-tu, Jules ! Taise-tu, Romain !

Mais elle ne contrarie pas trop leurs entreprises, tant que celles-ci restent raisonnables. Les grands garçons et les grandes filles travaillent déjà dur avec leurs parents ou en journée. Le matin tôt est à peu près le seul moment où ils peuvent échapper à la surveillance des adultes pour se retrouver entre eux dans les sentiers, derrière les haies et les maisons.

Jules et Romain ont vu passer la jeune femme d'Abjat, avec son mulet et sa vache grise.

— Va y avoir une *façon*, tout à l'heure, chez Manin !

Puis ils ont rencontré Nestorine et l'ont entraînée pour profiter du spectacle, toujours apprécié même par ceux qui le connaissent bien. Nestorine a protesté, poussé de petits cris nerveux, et elle a fait semblant de se laisser traîner par les deux gars. Ils sont là, tapis entre les cerisiers blancs et les pommiers roses, ils respirent le parfum des fleurs, de l'herbe grasse, de l'eau vive et du fumier.

Ils surprennent alors une conversation entre Louis Manin et la femme d'Abjat, beaucoup plus intéressante que prévue.

— ... quatre francs ou une journée de travail, dit Manin. C'est le prix.

— Quatre francs, tout de même, ça met cher la journée.

Manin toise la jeune femme, les yeux plissés. Sa tache de vin devient très rouge.

— Une journée avec votre mulet, ça ira.

— Je ne peux pas. C'est trop loin et puis je tiens la propriété toute seule, vu que mon homme est comme perdu.

— Ah ! bah, on peut s'arranger. Je vous propose une sorte de paiement sans bourse délier.

Les gamins ont deviné. La femme aussi. Elle se tait. Elle ne dit pas non. Manin lui pose la main sur le bras, serre sa manche d'un geste pétrisseur.

— Si on allait en causer à la grange ?

Ils attachent la Grise à la barrière de bois qui ferme l'enclos des taureaux et rentrent à la grange. Les gamins se donnent des coups dans les côtes en se retenant de pouffer. Ce qui s'annonce est mieux qu'une façon de bêtes !

— On y va ? propose Jules, le plus hardi.

Nestorine se fait prier pour la forme. « Taise-tu, Romain ! Taise-tu, Jules ! » Les gars la pressent, la tirent. Ils perdent quelques minutes à chercher un passage dans la barrière de l'enclos, qui est vide, les bêtes étant à l'étable. Enfin, voilà les trois lascars à la grange, guettant de tous leurs yeux.

Pour commencer, ils ne voient rien, ils se contentent d'écouter la dispute entre Louis Manin et Marguerite Labrousse.

— Pas ça ! crie la jeune femme. Vous pouvez m'embrasser, si vous voulez..., pas ça !

Louis secoue la tête, et le mouvement gagne ses épaules, son buste tout entier. On dirait qu'il se berce. Il a l'air un peu fou.

— T'embrasser, petite ? La belle affaire !

Les gamins essaient de s'approcher, ils entendent des bruits de lutte, de souffle, de froissement. Aucun doute que le bonhomme essaie de se payer à son gré la façon de la vache. Mais la jeune femme résiste, s'échappe. Il la poursuit, l'attrape par sa robe. Elle va pour sortir dans la cour, il la retient par son corsage qui se déchire. Elle se réfugie en criant dans l'étable.

Louis la rejoint, elle se débat.

— Laissez-moi, je vous paierai en deux fois !

— Ah donc ? Une fois guère, une fois rien... Montre un peu ton porte-monnaie !

Affolé par ce bousin, un jeune taureau nommé Tzar force à reculons la porte de sa stalle, sans doute mal fermée, meugle, racle le pavé de ses sabots puissants et se précipite dans la cour.

Les trois gamins ont pris peur et s'enfuient au même moment. Mais Nestorine se trompe de direction, traverse la cour et se trouve face au taureau. Romain Lajarlaud revient sur ses pas pour lui porter secours en détournant Tzar sur lui. Les enfants crient. Louis et Marguerite sont toujours dans l'étable.

Joseph apparaît soudain, saute par-dessus la barrière de bois et s'avance, une main levée, pour s'interposer entre Tzar et les enfants. Les animaux lui ont toujours obéi. Tzar s'arrête net, baisse la tête, gratte le sol de son sabot. C'est un taureau limousin, très roux, court sur pattes, râblé, avec une tête énorme et des cornes droites. Joseph avance encore et lui parle avec douceur : « Ho, ho, Tzar ! Doux, doux... » Tzar relève la tête, puis la baisse de nouveau comme pour saluer. Nestorine se tient droite, à côté, sans bouger, paralysée. Joseph l'empoigne par le bras et commence à reculer, en l'entraînant. Il tend la main gauche, paume ouverte, à hauteur de son épaule, et ce geste suffit à contenir le taureau, qui souffle, tape du pied, mais n'avance pas. Joseph s'adosse à la barrière, balance Nestorine de l'autre côté et sort tranquillement par la porte qu'il referme avec soin.

Au lieu de s'enfuir, Romain Lajarlaud retourne à la grange, dans l'idée de porter secours à Marguerite Labrousse. Mais là, il est bien surpris. Marguerite et Louis n'ont plus l'air très fâchés. Louis brandit un gros bâton court, attaché à son poignet par une lanière de cuir. Il menace le taureau, depuis la porte de l'étable.

— Tu vas me chanter la gamme, sale petit démon !

Marguerite le retient de toutes ses forces.

— Je vous en prie, ne le punissez pas. Il n'a blessé personne !

— Manquerait plus que ça. Laissez-moi, je vais lui apprendre !

Louis Manin joue les tranche-montagne pour épater la jeune femme, faire oublier son âge et sa bouche édentée. Il feint de lui céder.

— Puisque vous le défendez...

Mais il se reprend aussitôt, fourrage dans sa barbe d'un geste furieux.

— Ce salopard l'emportera pas en paradis. Vous allez voir !

Un remue-ménage se produit encore au fond de l'écurie. Marguerite crie, supplie, Louis éclate d'un rire sonore, insensé, les taureaux meuglent, raclent le sol.

Romain Lajarlaud décide de filer. Au moment où il saute la barrière, Gaulois, un limousin coupé de charolais, plus haut, plus large et plus clair de pelage que Tzar, fonce tête basse dans l'enclos. Louis l'a lâché pour punir l'autre. Les deux bêtes commencent aussitôt à se *corneyer*. Romain les guette à travers les planches de la barrière. Louis se tient devant la porte de l'étable, tête nue, les mains sur les hanches, Marguerite cramponnée à son bras. Fine mouche, elle va payer la façon de sa vache sans donner beaucoup du sien !

— Mon Dieu, le gros va *échiner* le petit !

Louis hausse les épaules.

— Ma foi, ça se pourrait.

Alors, tout se précipite. Tzar, à la surprise de son maître, prend le dessus dans le choc, repousse Gaulois, plus lourd et moins combatif, et le blesse au mufle. Le vieux taureau lâche pied, le jeune le poursuit. Louis Manin pousse un juron, écarte Marguerite, empoigne son bâton et se jette dans la mêlée.

Il frappe Tzar à la tête, d'un grand coup, que le jeune taureau dévie de justesse. Gaulois le charge. L'homme est pris entre les deux bêtes furieuses. Il se bat avec elles au corps à corps. Tzar le renverse, Gaulois l'encorne sous les côtes. Les deux le piétinent.

Marguerite hurle, les enfants appellent. Joseph arrive, saute dans l'enclos, calme d'un geste les taureaux. Trop tard. Louis, la poitrine défoncée, baigne dans son sang. Il est mort et bien mort.

Les gendarmes accordent à Joseph une prolongation de permission pour assister aux obsèques, où même les pleureuses du village n'osent pas trop se moucher le nez.

La promesse de mariage de Joseph à Justine est enterrée en même temps que Louis Manin. Il faut conclure un arrangement précipité devant Me Lafarge, notaire à Châlus. Sulpice Lajarlaud devient régisseur des terres de Mauval, tandis que la Marie Corrèze se voit accorder jusqu'à sa mort la jouissance de son logement et la haute main sur la basse-cour. Jusqu'au retour de Joseph, le notaire, Sulpice et la Marie devront se mettre d'accord pour les décisions importantes.

Le cas se présente d'ailleurs à quelque temps de là, quand on décide d'engager un couple de domestiques intéressés au revenu de la propriété. La Marie Corrèze n'est plus assez valide pour surveiller les journaliers, et Sulpice Lajarlaud a beaucoup à faire chez lui. Un couple de Piégut-Pluviers, venu à pied sur la recommandation de l'abbé Brégéras, se présente pour la place. Ces gens se nomment Quentin et Delphine Roussine. Il a quarante-cinq ans, elle la trentaine, ils sont sans enfant, possèdent un mulet (mais pas de charrette), une vache laitière et un chien.

La Marie Corrèze écoute leurs explications avec bienveillance.

— Vous auriez pu emprunter une charrette et vous faire porter.

Roussine hoche la tête.

— C'est pas dans nos façons. Un jour de repos ne pouvait pas faire de mal à cette bête, qui est, comme nous, plus très jeune.

Delphine approuve d'un signe des paupières, elle rit des yeux en même temps. Elle ne se trouve pas si vieille. La Marie Corrèze fait de la bouche un signe d'assentiment.

— Voilà qui est de précaution, brave monde.

Ils sont engagés d'accord avec le notaire et Sulpice Lajarlaud et entrent à Mauval pour la moisson. Delphine est une grande femme, un peu forte mais avenante et propre. La Marie l'embrasse sur les deux joues pour sceller le contrat.

— Ma fille, c'est toi qui me remplaceras ici, je le jure.

— C'est-il Dieu possible ! s'écrie Delphine.

— Motus, la cane pond. Tu verras, mon Joseph est un

bon garçon. On va dire une neuvaine pour que les sauvages nous le tuent pas avec sévices !

Quant au mari, petit et sec, la moustache déjà blanche, il fait plus que son âge, mais il a les muscles noueux, le pied vif et on voit tout de suite qu'il n'a pas les pognes retournées. Un vaillant !

Le notaire informe Joseph par une brève lettre qui rejoint le caporal Manin à Haiphong (à cette époque, les marsouins ont les grades des biffins et non ceux des marins).

Le curé attend deux ans encore. Sa vieille servante est malade. Si elle vient à passer, il ne pourra pas garder Justine à la cure. La coutume interdit aux prêtres de vivre seuls avec une jeune domestique. Les servantes sont choisies si possible d'âge canonique, c'est-à-dire quarante ans au moins. Les accommodements entre le ciel et la terre ne sont pas rares, mais l'abbé Brégéras ne souhaite pas contrevenir à la règle, d'autant qu'un jeune vicaire, l'abbé Peytahout, a été nommé pour le seconder et le remplacer un jour prochain, vu son âge. Il a trouvé un prétendant pour Justine, un journalier agricole nommé Adrien Mesnieux, un gars sérieux et travailleur. Une fois mariés, ils pourraient prendre une place de valets chez un gros fermier, un bourgeois ou un châtelain. Justine verse un pichet de larmes, puis s'essuie la figure d'un coup de torchon.

— J'accepte pour donner un père à ma petite Angéline !

Comme l'abbé Brégéras, presque aveugle, ne peut plus écrire, l'abbé Peytahout informe Joseph par une nouvelle lettre qui rejoint le sergent Manin quelque part sur le fleuve Rouge.

3.

De Joseph à Justine, ... 1894.

Chère Justine,

Je voudrais te dire mes impressions du Tonkin. J'en ai vu, j'en ai vécu des aventures, dans cette lointaine colonie. Quand je reviendrai, bientôt, j'aurai des souvenirs pour le reste de mes jours. Le Tonkin est un pays de pluie perpétuelle, ou presque. Alors on marche dans la boue des sentiers ou des rizières plus de la moitié du temps. Et sur l'autre moitié, on en passe un bon quart à l'hôpital pour soigner les maux qu'on a attrapés dans la boue : fièvre, rhumatismes, dysenterie, morsures ou piqûres d'animaux, infections diverses...

De Joseph à Justine, ... 1895.

Ah ! ma Justine, comme je voudrais être près de toi et me mouiller la gorge à l'eau du pays ! On m'avait dit... la vie libre des colonies et, plus tard, on m'avait mis en garde contre les « traîtrises de l'exil ». C'est le mot. J'aurais pu rentrer il y a deux ans, mais j'ai préféré rester. Bon Dieu, j'ai préféré rester. *Ils appellent ça « la pâte de mort qui dévaste les peuples » ! T'ai-je dit que je suis maintenant sergent-chef ? J'aurais pu être lieutenant à trente ans, sans la pâte de mort qui dévaste la carrière des coloniaux ! L'absinthe pour chasser les fumées de l'opium et l'opium pour oublier l'absinthe !*

La congaï pour apprendre la langue du pays... Sais-tu comment on appelle ces filles annamites ou tonkinoises, souvent jolies ? Des dictionnaires de peau ! J'en sais, des mots de ce dictionnaire-là !

Et l'opium, tu ne peux pas imaginer ce que c'est, dans ta campagne heureuse. A peine si tu as entendu parler des « paradis artificiels », comme on dit, par monsieur le curé, qui est un grand lecteur de journaux. Même au fin fond du Limousin, on connaît ça aujourd'hui, j'en suis sûr. La question du Tonkin est désormais la question de l'opium ! Je ne suis qu'un petit sous-off, c'est déjà pas mal et, avec mon brevet, j'aurais pu avoir mes trois galons à quarante ans et j'aurais peut-être commandé des jeunes « de » ! L'opium, je connais. Tu veux une leçon ?

L'opium est un suc extrait de la capsule du pavot, une gentille plante que vous connaissez tous, mais qui vient mieux dans les pays chauds. Au fur et à mesure de la récolte, cette matière est déposée dans des pots et transportée dans des laboratoires où on la pétrit pour en faire une sorte de gros fromage rond. Les fromages sont recouverts de poussière de fleur de pavot pour ne pas qu'ils se collent. Après séchage, les boules sont envoyées sur les marchés. Une caisse de quarante boules pèse le poids d'un sac de blé et vaut deux mille francs. C'est donné ! Le fromage en question est de l'opium brut que les Chinois transforment en une mélasse brune appelée chandô...

Suit une description détaillée de la préparation des « crêpes » d'opium à la bouillerie française de Saigon, puis une discussion sur les mérites de la marchandise de contrebande, toujours préférée par les naturels et même quelques Blancs.

Et la pipe, rien à voir avec nos bonnes vieilles bouffardes à perlot. Elle se compose d'un tuyau de bambou, avec un fourneau fermé d'une calotte, avec un trou un peu plus gros qu'une tête d'épingle. Le fumeur indigène ou chinois, que les Français imitent aussi bien qu'ils peuvent, se couche sur une natte, une lampe spéciale à côté de lui... C'est une cérémonie compliquée. J'ai *une longue aiguille que* je *pique dans mon chandô pour en prendre gros comme un petit pois que j'approche de la flamme de la lampe pour le sécher. Le mal est fait, je suis un homme perdu, je ne pourrai plus m'arrêter !*

Joseph interrompt le récit de l'opération pour s'adresser soudain à l'abbé Brégéras.

Vous pouvez le dire aux enfants du catéchisme, monsieur le curé, ça leur servira, il faut qu'ils sachent, au moins les garçons qui iront en Indo-Chine, ils seront prévenus, je suis un homme fini, moi le sergent-chef Manin, de la coloniale, fini, perdu à cause de cette saleté de pâte de mort, ces saletés d'aiguille, de flamme, de pipe de chien !

Il reprend plus loin la description sur un ton impersonnel.

Alors, on colle le petit pois de pâte au fourneau de la pipe, on le traverse avec la pointe de l'aiguille et on laisse refroidir... Ça ressemble à une recette de cuisine, mais c'est une recette de poison. On s'allonge sur le côté, bien à l'aise, on place le trou de la pipe au-dessus de la pipe et hûûû, on aspire longtemps, on suce la fumée qui sent si bon, on suce la mort.

Je te dirai que les indigènes sont plus malins que nous. Ils savent se contenter de trente, quarante ou cinquante bouffées de pipe par jour, ce qui coûte environ 2 F 50. Mais nous, les Européens, je sais de quoi je parle, on ne peut plus s'arrêter quand on a commencé. Cent, cent cinquante, on ne compte plus. Avec du bon chandô, on ne s'en sort pas à moins de 5 F par jour, et encore. Seulement voilà, il faut vivre, aller au café avec les camarades, boire son absinthe comme si de rien n'était. Et puis la congaï qui demande toujours des sous, quand elle n'exige pas d'avoir son propre boy comme une Blanche ! Un jour, on ne peut plus payer ses cent ou cent cinquante pipes et même moins, alors on se met à fumer des cochonneries.

Ça s'appelle le dross, *dans l'argot du pays, en réalité c'est des déchets de pipe. Avec le chandô, tu restes un homme, au moins au début, mais avec le dross tu n'es plus qu'un esclave soumis à son vice ! Une loque humaine ! Et ces bouges enfumés qui font penser à la caverne du diable ! La pâte qui grésille à la flamme de la lampe ! La petite lampe innocente comme une veilleuse ! Et les autres, les fumeurs, tu n'as qu'à les regarder pour te voir ! Et puis tu prends une bouffée, deux, trois, et tu n'es plus qu'une chose sans corps, sans âme et presque sans nom ! A heure fixe ou presque, il te faut la pipe et la boulette de poison pour calmer le terrible besoin qui te prend le ventre et la tête... Le pire, c'est ça, quand tu ne peux pas fumer, pour une raison ou pour une autre. Le besoin te torture si fort que rien d'autre au monde ne compte plus pour toi. Ni l'amitié, ni l'amour, ni le devoir ! L'amitié, laisse-moi rire, le fumeur n'a plus d'amis, même plus de camarades, depuis longtemps ! Il faut laisser aux Asiatiques leurs pipes et leurs femmes !*

Justine, toi seule peux me sauver. Je te retrouve chaque jour ou presque dans la fumée, tu es plus réelle pour moi que n'importe quelle femme que j'ai connue.

Oh ! loin d'ici, je pourrais me passer de fumer, le besoin finit par s'éteindre quand on rentre au pays : un an, deux ans, cinq ans, c'est long, mais on peut se libérer, avec du courage.

Dans les histoires des Pavillons-Noirs, que je lisais gamin, on parlait toujours des « cruels sévices » qu'ils infligeaient à leurs prisonniers et je me demandais ce qu'ils pouvaient leur faire. Maintenant, je sais ! Un de mes hommes a été pris par les pirates et nous avons retrouvé son corps mutilé. Et nous avons trouvé une femme aussi, que les pirates avaient punie. *Ah ! oui, punie, pour trahison ou dénonciation...*

Vite, une bouffée ! Alors...

Un an après, Joseph écrit quelques lignes à la Marie Corrèze — qui ne sait pas lire — pour lui annoncer son prochain retour.

Je rentre, ma vieille chère Marie. Dans moins de six mois, ton bonhomme sera près de toi pour toujours, enfin pour le temps qui nous reste à vivre à tous les deux. Une lettre du notaire, reçue seulement il y a quelques jours, m'a appris que ta santé n'était pas bonne, la mienne non plus. Je me sens aussi vieux et usé que tu dois l'être toi-même. Enfin, je suis bien content de te revoir et de retrouver notre Mauval. Je t'embrasse et te dis à bientôt, vieille chère Marie. Ton Joseph.

4.

La Marie Corrèze accueille sous le porche de Mauval, un jour d'automne 1896, un jeune homme maigre, chancelant, imberbe mais mal rasé, qu'elle a bien du mal à reconnaître. Elle n'a pu descendre l'escalier seule, et la nouvelle servante, Delphine Roussine, la soutient à deux bras. Joseph se hisse lourdement jusqu'à l'entrée, marche par marche. Il porte une veste militaire, un pantalon civil, un képi bleu avachi. Il regarde longuement la Marie Corrèze. Elle paraît avoir cent ans : une petite tête allongée, sombre et ridée comme un pruneau trop cuit, plantée presque sans cou sur un sac d'os.

Elle essuie une larme avec le coin de son tablier, grommelle : « Pauvre monde ! » Et quand il la rejoint, en haut de l'escalier :

— Dieu merci, tu es là !

De loin, Joseph paraît plus jeune que ses vingt-sept ans. De près, on voit que son air de grand gamin tient non seulement à sa maigreur dégingandée, mais à son visage arrondi par la bouffissure, à ses traits tirés, qui lui rétrécissent la bouche. Il n'a plus d'âge. Un moment, il regarde la Marie en branlant la tête, puis un sourire éclaire son regard morne et fixe, il se met à humer en ouvrant les narines et en abaissant la lèvre, et il serre la vieille femme dans ses bras.

— Tu sens toujours bon le vinaigre ! Le bon vinaigre !

Il répète : « Le vinaigre ! Le vinaigre ! » Il écrase la Marie contre lui. Ni l'un ni l'autre ne tient d'aplomb sur ses pattes, et Delphine Roussine les prend chacun par une aile pour les empêcher de rouler ensemble sur les carreaux de l'entrée.

Joseph dort, d'affilée ou presque, trois jours et trois nuits. Il s'éveille souvent, en proie à des cauchemars qui le font bondir sur son séant, gémir, haletant et trempé de sueur. Il tord ses draps, rejette ses couvertures. Delphine s'occupe de lui à la place de la Marie, qui n'est plus assez valide. Il réclame à boire !

— Marie, du cidre ! De la piquette, n'importe quoi, vite !

— Motus, la cane pond !

La première fois que Delphine le trouve en train de se tordre tout nu sur la descente de lit en peau mal cousue et qu'il a déjà à moitié déchiquetée, elle recule de deux pas et manque de s'enfuir en criant. Mais c'est une forte femme de trente ans, elle a vu le loup et bien des animaux. Ce fauve a le fumet, sans le poil ni la dent. Elle le soulève par les épaules, s'aperçoit qu'il ne pèse rien, le porte sur son lit et le veille des heures.

Plus tard, il réclame son premier repas : des châtaignes bouillies et des champignons crus, le tout arrosé de cidre et de vin piqué si on en a sous la main.

— Du vin piqué ? Pourquoi piqué, s'il vous plaît ?

Joseph éclate de rire.

— Ça, c'est tout mon pays, ça me rappellera mon enfance !

— Des champignons crus, c'est pas bien sain.

— C'est comme ça que je les mangeais, dans les champs, avec Nollet la Goutte !

Marie et Delphine invoquent le Seigneur, chacune à sa façon. « Merci, Jésus, merci, Seigneur ! » Delphine s'émerveille.

— C'est-il Dieu possible !

Joseph, assis droit sur son lit, réclame aussi du fromage dur.

— Je ne sens plus les goûts, j'ai le palais comme brûlé. J'ai besoin des odeurs de la terre et de l'air, je ne sais pas, moi. L'air mouillé, les feuilles mortes, l'humus, l'écorce, le cuir des bêtes...

Tout ce qui est fort et âcre et même un peu puant. Les parfums et les relents que j'ai oubliés depuis longtemps !

Il retombe. Delphine se penche pour arranger ses oreillers.

Peu après, il tente de se lever.

— Je vais sortir !

Les femmes le retiennent encore un jour ou deux. Il se soûle au cidre, réclame des noix vertes, mais c'est un peu tard dans la saison. Le jeune Romain Lajarlaud, un beau gars de seize ans, lui apporte quelques fruits tardifs et salue militairement.

— Mon lieutenant !

Joseph ôte son bonnet de nuit en guise de salamalecs.

— Je ne suis guère qu'adjudant, mon pauvre Romain. Adjudant, avec le brevet et sept ans de campagne, pas de quoi se vanter. Et je ne veux plus entendre parler des colonies !

Romain se dandine sur ses courtes jambes.

— Moi, je voudrais bien être sous-off, au régiment, tous les Lajarlaud ont été au moins sous-offs !

Joseph peut enfin se traîner dehors, respirer l'odeur des pommes mûres et celle de l'eau croupie. Une cohorte de chiens, mi-accueillante, mi-fâchée, le suit partout. Bien nourris et braillards, les cabots profitent d'une rare distraction : un inconnu sur la route. La troupe grossit. Joseph se retourne et s'adresse aux chiens :

— Mes amis, la région me plaît. Il est vrai que je ne suis pas de bien loin, vous devez sentir mon accent limousin. J'en ai plus qu'assez des colonies, vous ne pouvez pas savoir ce que c'est. Je crois bien que je vais me fixer dans les parages, tant mieux si le journal n'arrive pas tous les jours. Et même ce que je devrais faire, c'est rester un an sans ouvrir un canard ni un almanach. Si la fin du monde devait arriver entre-temps, je le verrais bien. Et en sortant de cette cure, j'aurais peut-être la surprise de découvrir que les Français ont repris l'Alsace-Lorraine depuis six mois ! Bref, je crois que nous nous verrons souvent, autant devenir tout de suite de bons amis. Oui, j'ai besoin qu'on m'aime et, autant vous l'avouer, je n'ai pas de très bons rapports avec les gens. J'espère que les chiens me consoleront !

Le paysage ressemble à tous ceux du Limousin : abruptes collines, prairies vallonnées, grasses et vertes, terres longues et étroites, en chaumes ou en guérets, futaies opulentes, de chênes et de châtaigniers, taillis fourrés, landes d'ajoncs et, de ci, de là, un étang isolé de la taille d'une grosse mare à celle d'un petit lac, parfois deux étangs ou une demi-douzaine en cercle ou en procession. La route sinueuse, creusée de nids-de-poule, marie le brun de la terre, mêlée de bouse, au blanc de la pierre écrasée. Les fermes surgissent presque par surprise, au débouché d'un tournant, dans une trouée de bois, derrière un monticule, basses, grises, le tas de fumier masquant souvent les murs à mi-hauteur, dégorgeant le purin jusqu'au milieu du chemin, grouillantes d'animaux affamés et affairés.

Joseph marche, les mains nouées derrière le dos, les épaules un peu voûtées. Il s'arrête de temps en temps pour pousser un caillou de la pointe du pied. Il écoute le friselis du vent mouillé, le bruissement des feuilles mortes froissées. Chaque rafale jette une volée de glands sur la terre. Les châtaigniers, jaunes et déplumés, lâchent leurs derniers fruits, qui s'abattent, bogues ouvertes, avec un bruit mou, sur le sol épais du sous-bois. Les peupliers de la plaine sont pareils à des moines coiffés de capuchons jaunes, en procession le long des chemins.

Il monte, sensible à la dureté du sol sous ses pieds. Un paysage de roc gris et de forêt roussie sort du brouillard. Plus Joseph s'élève dans les collines, au-dessus de Mauval, puis d'Exeïdious, plus les odeurs deviennent légères, piquantes, fluides, mieux elles pénètrent son nez, sa gorge, ses poumons. Il traverse un pré, écrase d'énormes vesses-de-loup dont la chair molle s'étale sous ses pieds. Il s'engage dans les taillis, patauge pour le plaisir dans une mare de boue brune à reflets chatoyants, un *souil* où les sangliers se sont vautrés. Les feuillages font, au-dessus de lui, un bruit de fête et de cascade. Il s'enfonce dans un fourré et se déchire les mains et la figure aux buissons. Il s'arrête pour respirer à pleine gorge, la bouche ouverte, mâchant l'air humide et âcre. Il écrase sous ses pieds un tapis de lierre luisant.

Il arrive au sommet d'une colline.

Le brouillard s'élève derrière lui. Sous cette chape moutonnante et translucide, les vallées semblent plus vastes, presque sans fond. Le meuglement plaintif d'une vache monte des prés d'Exeïdious. Une cloche lointaine sonne midi. Joseph commence la lente reconquête de sa terre et de sa vie.

Depuis son retour, il n'a jamais posé une question sur Justine et sa petite. De fait, il les a chassées de son souvenir, mais sans le vouloir, dans l'écœurement et la désespérance. Penser à elles lui faisait trop mal. La plaie s'est fermée toute seule, et l'image de la femme et de l'enfant est restée enfouie dans la chair morte.

Soudain, la blessure s'est rouverte et leurs deux noms montent à ses lèvres avec un goût de sel et de sang.

— Ma Justine ! Et la petite... Angéline ? Quel âge a-t-elle, maintenant ? Quatre ans, cinq ans ? Et Justine a épousé ce type...

Impossible de retrouver le nom d'Adrien Mesnieux. Le couple est sans doute parti de la commune. Le mari n'était-il pas journalier ? Les journaliers s'en vont d'un côté et de l'autre, au hasard de l'embauche... A moins qu'ils n'aient trouvé tous les deux une place de domestiques à l'année ou une métairie.

— Pourquoi diable la Marie Corrèze ne me parle-t-elle pas d'eux ? Ni les Lajarlaud ?

Le moment est venu de renouer avec le passé. Questionnée, la Marie écarte les bras en un geste d'impuissance.

— Je crois que tu es assez guéri pour qu'on te dise la vérité. La *pauvre* Justine a fait comme sa *pauvre* mère...

— Comment ? Quoi ? Qu'est-ce qu'elle a fait comme sa mère ?

— Elle est morte en couches. Adrien Mesnieux lui avait donné un gros garçon, mais la Providence n'a pas voulu qu'il naisse. Justine avait bonne mine, bon teint et le cœur à l'ouvrage. Elle a travaillé jusque la veille...

— Elle aurait dû se reposer, se tenir tranquille.

— Pour un second, ça ne se fait guère. Et puis il n'y avait pas de raison. Quelquefois la femme-sage se fait du souci pour des clientes, mais là ce n'était pas le cas.

Joseph marche de long en large, serre les poings. « Et puis ? »

— Et puis, que veux-tu ? Elle s'est mise à pleurer...

— Pourquoi ? Elle avait bien ses raisons ?

— Va savoir. Il a fallu appeler la Monchapeix, la femme-sage, de Châlus, parce que la Domps était malade. Justine pleurait toujours. Le bébé est venu mort-né, personne n'y comprenait goutte. Et la pauvre Justine s'est laissé aller.

— Personne n'a pensé à appeler le docteur, bon Dieu ?

— Tout se présentait bien, et on n'a pas eu le temps. Ce n'est pas la peine que tu cherches un coupable. Le bon Dieu l'a voulu.

Joseph a le cœur serré en prenant le chemin d'Exeïdious pour demander d'autres explications aux Lajarlaud.

Exeïdious est situé sur une espèce de balcon à mi-hauteur des collines. De là, on voit Mauval par sa façade sud-est, la plus dégagée, et Saint-Priest en dessous. Plus loin, veillée par quelques sommets arrondis, touffus et bruns, s'ouvre une large trouée verte, en direction de Rochechouart.

Caché derrière une haie de grands chênes se dresse un vieux moulin à vent, qui écrase, quand il veut bien tourner, tous les grains que le meunier ne prend pas, des glands aux féveroles, et pompe à l'occasion l'eau de la rivière souterraine. La ferme dégorge moins le purin que celles des alentours. Le tas de fumier, contre les bâtiments, est protégé par un petit mur, et le purin s'écoule dans un trou adéquat, où les gamins de la famille le transportent presque au fur et à mesure, dans leurs seaux en bois, au verger et au potager.

Joseph est soudain entouré d'une bande de chiens, plus gueulards que vraiment hargneux, qui le flairent, montrent les crocs, s'engueulent avec son Gaspard. Il n'est plus du pays, il sent l'étranger, les cabots ne s'y trompent pas.

— Joseph, te voilà enfin !

Joseph se trouve en face d'un homme grand et sec, la cinquantaine passée, le visage maigre, de petits yeux rapprochés et brillants, le front dégarni et deux ou trois mèches blanches filant sous le chapeau rejeté en arrière. Il a lâché la paire de bœufs roux qui tirait sa herse, dans une « longe » de terre, à cent mètres de là. Joseph lève la main, esquissant le salut militaire.

— Bon pied, bon œil, sergent Sulpice ?

Sulpice sautille et trépigne pour montrer qu'il a ses jambes de quinze ans. Il touche son chapeau, s'aperçoit qu'il tient encore son aiguillon, le pose contre un arbre et s'avance à la rencontre de Joseph, les bras ouverts.

— Ah ! petit ! Ah ! mon drôle ! Ah ! mon camarade !

Il agite ses mains noueuses, ses manches pendent sur ses coudes.

— Tu peux pas savoir le contentement que j'ai de te voir chez nous, quoi. Évariste serait bien aise qu'un Manin *marche de ses pieds* la terre de Mauval soixante-quinze ans après !

Joseph esquisse un geste vers le ciel bleu.

— Je profitais du beau temps. Ne me parle pas des Manin. Je ne me sens pas grand-chose de commun avec ces gens-là.

— Ton grand-père n'était pas fier, sous ses galons. Lui et mon pépé étaient comme deux têtes sous un même bonnet. Tu restes à Mauval pour la saison ?

— L'envie de bourlinguer n'est pas près de me reprendre. Tu pourras continuer de t'occuper des terres. Je trouverai bien de quoi vaquer de mon côté. Je suis venu te parler de Justine.

Sulpice hoche la tête, baisse les épaules et s'en va vers la maison, triste et le caquet tombé.

— Je vois au soleil qu'il est l'heure de midi. Tu prendras bien un bol de soupe avec nous ?

Joseph le suit, un pas en arrière, sans insister.

Les deux hommes arrivent à la ferme d'Exeïdious, l'un derrière l'autre, en silence. Deux ailes principales, en équerre, forment les bâtiments de la ferme ; en face deux ou trois dépendances, au milieu la cour, pavée et sèche : on dirait presque une cour de château. Une bande de volailles mêlées, poules, canards, dindons, accourent en piaillant et en gloussant. Les cochons sont parqués dans une courette attenante à l'étable et se bousculent pour passer le groin par-dessus la porte. Une jument sabote d'un air amical à l'entrée de l'écurie.

Sulpice pousse Joseph vers une double marche munie d'un décrottoir. Tous deux raclent leurs semelles et entrent dans la cuisine qui sert de salle commune. Sulpice accroche son chapeau à une patère, exposant sa calvitie luisante.

— Miladiou, les femmes ! Je vous amène quelqu'un !

Aussitôt, ce sont des cris, des exclamations : « Joseph ! Ah ! le Joseph ! Notre Joseph ! » Puis des piailleries et des pleurs de gosses... Joseph ôte aussi son chapeau et le garde à la main. Une servante lange un gros bébé ; une jeune femme qui cousait s'arrête l'aiguille en l'air et bouche bée.

— Joseph, tu te rappelles de l'Apolline, ma belle-fille, la femme de Jules...

Apolline, une petite brune sèche et nerveuse, tend la main à Joseph sans se lever.

— Ma foi, on ne jette pas sa part aux chiens.

Andréa, la femme de Sulpice, se précipite pour débarrasser la table, encombrée des restes du repas du matin et des couverts sales. Sulpice se laisse tomber sur l'unique chaise paillée.

— Voilà la vie d'aujourd'hui, quoi. Trois femmes à la maison, je compte pas ma pauvre maman qu'est bien fatiguée, et, à none passée, la table sera encore sale et la vaisselle pas lavée !

Un bambin de deux ans, morve au nez, vient se cogner dans les jambes de Joseph. Sulpice l'attrape par le col de sa robe.

— Y a aussi l'aînée, Amélie, qui est à l'école, et deux gars. Le nom des Lajarlaud se garde bien !

Surgit d'une porte basse menant à l'étable une femme âgée, toute voûtée et cassée, la tête nouée dans un fichu de laine. Joseph a peine à reconnaître la mère de Sulpice, qui a l'air d'avoir cent ans. Elle s'approche de Joseph à tout petits pas de souris, tend une main d'os et de peau, qu'elle reprend avant qu'il ait pu la toucher. Elle tourne le dos et va s'asseoir au coin de l'âtre.

— Mon pauvre gars, notre Justine !

Sulpice pousse un verre devant Joseph.

— Pose tes fesses, petit. Tu boiras bien un coup de cidre, quoi. Justine, qu'est-ce que tu veux qu'on te dise ? Ça s'était si bien passé la première fois, pour la drôlette. Et puis ce gros gars, qu'on l'aurait cru taillé pour vivre jusqu'à nonante ans, à ce que disait la femme-sage, est sorti tout mort. Qu'il s'est étouffé, comme ça, paraît-il. Notre Justine n'avait plus envie de vivre, voilà ce qui est. On n'a pas pu appeler le docteur, mais qu'est-ce qu'il aurait fait de plus que la femme-sage, qui en a mis au monde des cent et des vingt ?

— Je comprends, y a pas de mal. Et la petite Angéline...

Sulpice et les trois femmes hochent la tête tous ensemble. L'homme se roule une cigarette.

— Oui, toujours chez l'Ida, qui s'en occupe comme des siens, quoique l'Adrien Mesnieux puisse pas bien payer. Enfin, on l'aide un peu, vu que la Justine était quasiment de notre famille.

Il lève sa main qui retombe d'elle-même sur la table.

Joseph songe toute la nuit. Il s'endort au matin, d'un sommeil coupé de cauchemars, se réveille la bouche amère, les yeux brûlants. Il a été long à se décider, mais ça y est.

Il appelle la Marie Corrèze.

— Je vais voir l'Ida tout à l'heure.

— La petite de la Justine est toute mignonne. Tu devrais lui demander qu'elle te la montre.

Joseph se prend la tête dans les mains. « La petite de Justine... ma petite ! » Il lève la tête, essaie de fixer la Marie Corrèze qui lui dérobe son regard.

— Oui, je lui demanderai.

La Marie a les yeux larmoyants et comme vitreux. Elle essuie une assiette qu'elle promène au ras de son nez pour en vérifier la propreté. Joseph renonce aux reproches qui lui montaient aux lèvres. La vieille servante est trop diminuée, il ne va pas se disputer avec elle maintenant. Il tire sa casquette sur son front.

— J'y vais.

Ida Lajarlaud, l'aînée de Sulpice, est née en 1864, elle a cinq ans de plus que Joseph. Elle a épousé un nommé Mazérollas qui se loue pour les charrois, avec ses bœufs et ses mules. Ils ont quatre enfants, plus la petite Angéline que leur a confiée Mesnieux. Le journalier est bien incapable de s'occuper de cette gamine de six ans, qui n'est même pas sa fille. Les Mazérollas ne sont pas parmi les plus pauvres de la commune, d'autant qu'ils ont un bout de pré et une longe de terre, où Ida fait paître une vache, deux brebis, trois chèvres, quelques volailles, et cultive assez de légumes pour *embecquer* sa nichée...

Joseph lorgne cette grande femme tout en os et muscles, mais encore fraîche et avenante à trente ans passés, un joli nez franc sur une bouche large et généreuse.

— Eh donc, l'Ida, la mort de la pauvre Justine vous laisse avec une bouche de plus à nourrir !

— En voilà une affaire, le Joseph ! On n'a pas besoin de se

saigner aux quatre veines pour une petite de six ans et demi. Mon père nous envoie par ci, par là un panier de patates qui nous fait de l'abonde. Et l'Adrien Mesnieux, qu'est pas dépensier, nous porte sa pièce tous les dimanches matin !

L'Ida s'esclaffe, mains sur les hanches. Joseph se sent rougir. Il détourne les yeux, regarde la maison, une chaumière au toit mi-chaume, mi-tuiles, près d'un hameau qui touche Saint-Priest. Coquette et propre, avec plusieurs fenêtres, au milieu d'un paysage riant. Vache, moutons, cochons, poules s'affairent entre cour et fumier. Les oies saluent le visiteur de leurs cris rauques Un dindon pansu glousse à gorge déployée. Joseph compare cette maison toute gaie au sombre Mauval que les grands arbres étouffent, et ne peut s'empêcher de faire la grimace.

Un bambin noiraud se cache derrière le tronc d'un cerisier en fleur, pour espionner le visiteur. Ida l'appelle en riant.

— Loulou, viens montrer ton museau !

Le drôle s'enfuit. Ida sourit à Joseph.

— Viens à l'abri, que tu as perdu l'habitude du pays !

C'est le premier printemps. De courts *abats d'eau* se succèdent depuis le matin, avec des éclaircies qui laissent percer un soleil blanc et tendre, au milieu des petits nuages fougueux. Ida tire Joseph par le bras, et ils se mettent à couvert sous un appentis de bois et de bruyère. L'odeur de la sciure fraîche se mêle au parfum vinaigré d'Ida. Elle a dû s'asperger en voyant arriver Joseph. « Elle veut encore jouer les jeunesses ! »

Il est tout près d'elle et il voit tout à coup deux larmes rouler sur ses joues tannées. Ida, la forte et dure Ida, ne peut se retenir de pleurer. Il se sent en faute. Elle lui serre le bras.

— Mon pauvre Joseph, elle ne t'avait pas oublié. C'est moi qui lui ai tenu la main, au dernier moment, pendant que la femme-sage *mascagnait* et *cigougnait*. Pour rien, c'était la vie qui manquait, l'envie de vivre, même. La pauvre Justine se laissait mourir, voilà tout. Je peux même te rapporter ses derniers mots, mais t'auras pas besoin d'en causer à l'Adrien Mesnieux. Elle marmottait à petit souffle, elle m'a regardée de ses yeux qui chaviraient. « Tu diras à Joseph... tu lui diras... à Joseph... que je lui demande pardon... » Et moi, je sais pas quoi te dire, maintenant. Avant de passer, elle a encore gémi : « Ah ! je vais faire comme ma mère ! Ma petite... ma pauvre petite sera toute seule ! » Voilà, bonhomme... C'est bien comme ça qu'elle t'appelle, la Marie Corrèze, son bonhomme ?

Joseph approuve d'un signe de tête et sort de sous l'auvent. Chassé par un petit vent folâtre, l'air lui bat la figure, moitié caresse, moitié gifle. Il a le cœur serré et respire avec effort. Il se retourne vers Ida et gratte la terre du bout de son soulier.

— La petite..., elle est à l'école ?

— L'Angéline ? A la prochaine rentrée, si on s'en accorde. Elle doit être au ruisseau, à garder les oiseaux.

Joseph hésite le temps d'avaler sa salive.

— Je... je voudrais la voir.

Ida tape dans ses mains et appelle : « Liline ! Viens montrer ton museau ! » Montrer son museau, c'est la formule.

La fillette accourt aussitôt, comme si elle n'attendait qu'un signe de l'Ida pour se montrer, grande et forte pour son âge, vive, décidée. Elle est vêtue d'une robe de drap bleu, à gros plis, coiffée d'une toile de sac en guise de capuchon et chaussée de sabots vernis. Les sabots sont le seul luxe de sa tenue.

Elle crie de loin : « Bonjour, monsieur. Monsieur, pas *moussu...* » Elle ôte d'un geste gracieux le morceau de sac qui lui couvre la tête et apparaît avec deux nattes blondes, attachées par deux rubans rouges. Elle avance à petits pas, un peu intimidée mais pas trop, coquette, déjà presque femme. Une petite Alsacienne, comme on en voit si souvent dessinées dans les livres et les journaux... Joseph tend une main timide pour lui caresser la tête, mais elle s'est arrêtée à bonne distance. Il sent l'émotion décomposer son visage.

— Bonjour, jeune Alsacienne !

Rien, dans ces dernières années du siècle, ne peut remuer davantage l'âme d'un Français qu'une blonde enfant d'Alsace.

Angéline lève les yeux sur l'inconnu, leurs regards se croisent, se joignent une seconde. Puis la petite rougit et fixe le bout de ses sabots pointus. Joseph ne se demande plus si cette gosse est sa fille. Il la veut. Une idée folle court dans sa tête : il est assez riche pour l'acheter à Mesnieux, à Ida, aux Lajarlaud. Il est prêt à la payer son poids d'or.

Sa gorge se serre, sa langue colle à sa bouche. Il ôte sa casquette, montre le ciel d'un signe du front.

— Il pleut, il fait soleil, c'est le temps des demoiselles. On me disait ça quand j'étais petit. Quel âge as-tu ?

Angéline observe Joseph en passant la langue sur ses lèvres. Il est tête nue, elle a remarqué ses cheveux, blonds comme les siens. Joseph est le premier homme blond qu'elle voit. Il n'y en a pas beaucoup dans le pays... Elle admire sa moustache, qui descend légèrement de chaque côté de sa bouche. Ses cheveux courts avancent devant ses oreilles, en pattes de lapin. Il a les yeux enfoncés, mais le regard très doux. Elle répond qu'elle a six ans. Ida rectifie : « ...Et demi ». Joseph fait un pas vers elle.

— Tu veux bien m'embrasser ?

Angéline quête du coin de l'œil une permission que sa nourrice lui accorde, non moins discrètement, en battant des cils.

Au lieu de la soulever dans ses bras, comme le font en général les adultes, le monsieur blond pose un genou sur l'herbe du pré pour se mettre à sa hauteur. Mmm, voilà, il l'a frôlée deux fois de sa fine moustache, elle a été un peu chatouillée.

Elle se retourne et court vers ses oies crottées, au bout du pré. La lumière du matin danse sur les feuillages, se pose sur les tuiles mouillées, coule dans la vallée, glisse le long des collines, éclabousse l'horizon... C'est une vision du paradis. Joseph fouille en hâte ses poches, trouve une petite pièce dans la doublure de son gilet, la tend à Angéline.

— Je viendrai te voir souvent, jeune Alsacienne.

— Je m'appelle Angéline Mesnieux. Je suis pas Al... Asal...

Ida cueille la pièce au vol.

— Reprends tes sous, bonhomme, on n'a pas besoin d'aumône.

L'enfant est déjà loin. Joseph s'enfuit, poursuivi par le rire d'Ida. Cette première rencontre avec sa fille l'a bouleversé. Il commence à tirer des plans pour l'avenir : « Tu seras à moi, petite. Et je te donnerai autant de soleil que tu en as ici, quitte à raser tous les arbres de Mauval ! »

Il marche comme un somnambule, s'en va n'importe où, en répétant : « Il pleut, il fait soleil... »

« Mon Dieu, aidez-moi. Je ne vous ai pas prié depuis bien longtemps. A la colonie, vous savez ce que c'est... Mais je jure que j'élèverai Angéline dans la foi de ses ancêtres ! »

Il s'arrête au milieu du chemin pour contempler les nuages, pareils à de grands vaisseaux blancs qui voguent sur l'horizon. Il a le cœur gonflé d'espérance. « Ma fille sera riche, elle voyagera dans le monde entier. Je lui montrerai Hanoi, le fleuve Rouge... »

Il se retrouve Dieu sait comment dans sa chambre de Mauval. La fièvre bat ses tempes. Il promène autour de lui un regard piteux. Les murs couverts d'immondes traînées de salpêtre, le plafond troué par places, un lit sombre et massif sur lequel se gonfle une paillasse à demi crevée, d'où s'échappent les « chemises » de maïs et les feuilles de bouleau, un placard mural, aux étagères rongées, puant de moisissure, une table boiteuse, une chaise dépaillée... Et tout à l'avenant dans la maison ! La Marie Corrèze n'a plus la santé, et puis elle avait peut-être perdu aussi, à un moment, l'espoir de revoir son bonhomme. Elle a tout laissé partir à vau-l'eau !

Vite, il faut commencer le nettoyage des murs et des placards, l'élagage des grands arbres, le rempaillage des chaises... Il a toujours entendu dire qu'on estime à prime vue une maison à ses chaises : chaises ou tabourets, chaises ou bancs, chaises paillées ou tout en bois, en bois blanc ou en bois dur, en hêtre ou en chêne... Où est donc passé Martin, le rempailleur ? Joseph court au Bœuf limousin, tombe comme par hasard sur les quatre cagnards, ses amis d'autrefois.

— Ah ! l' Joseph, bon pied, bon œil ! s'écrie Gustou la Graisse.

— Les colonies, c'est pas la mer à boire ! dit Simplice Coq.

— J'disais bien qu'il nous reviendrait, pauvre cheval ! philosophe Martin.

Et Ponot Barbeloup conclut à sa façon leste :

— Ah ! commerce !

« Ma fille... ma fille ! » Joseph n'a que ces mots à la bouche. Et tous de renchérir : « Elle est à toi, faut forcer l'Adrien Mesnieux à te la rendre ! » Ponot fourrage dans le buisson de poils bruns qui lui cache les trois quarts de la figure.

— A l'est à toi, fiston. T'as le droit !

Mais Martin hoche la tête, pensif.

— Attention à la veuve !

Les autres se regardent. Joseph fronce les sourcils.

— Qui est cette veuve ?

Martin lève les yeux au ciel.

— Ma tête sur le billot, je pourrais pas te le dire. Une dame de la ville... de Limoges même... qu'on voit de plus en plus souvent à Saint-Priest, avec sa voiture et son cheval.

— Un jeune homme de seize ou dix-sept ans l'accompagne souvent, on dit que c'est son fils.

— Du beau linge, mais tout noir !

— Voilée comme une moukère !

— Elle porte une voilette à son chapeau et personne ne peut se vanter d'avoir vu — ce qui s'appelle vu — sa figure, et personne ne peut même dire si elle est jeune ou vieille.

— Sauf l'Ida Mazérollas.

Martin, assis à califourchon, les bras croisés sur le dossier, abaisse le menton jusqu'à ses poignets, en mimant le doute.

— Paraît que Mazérollas a arrêté son cheval qu'était emballé, quéqu'part sur la route de La Coquille qu'est assez mauvaise.

— Il y a comme qui dirait sauvé la vie, explique Gustou.

Et Simplice Coq rit des deux ou trois dents qui lui restent.

— Mais y s'rappelle d'rien, j'veux dire Mazérollas, vu qu'il était soûl comme une grive !

Martin lève les yeux vers Joseph.

— La veuve vient voir l'Ida une ou deux fois par mois, elle y apporte plein de cadeaux, surtout des effets pour ses drôles et même pour ta petite, Joseph.

— Et puis, ma parole, conclut Martin, on sait pas ce qui se passe entre les bonnes femmes. Sûr qu'elles ont un secret !

— Ah ! mais je l'ai croisée une ou deux fois, dit Joseph. Il m'a semblé qu'elle me regardait d'un drôle d'air.

— Pour sûr qu'elle te guette. Et qu'elle pose des questions sur toi, sur ta santé, comme quoi si tu es bien guéri des fièvres !

— On n'y répond jamais, vu que c'est pas de bon augure !

En vue de la maison Mazérollas, le cœur de Joseph bat si fort qu'il en a le souffle pincé. Il doit s'appuyer au coin d'un mur, le temps que s'apaise cette cavalcade dans sa poitrine.

L'Ida le reçoit sur le pas de la porte, les deux mains dans la poche de son tablier de devant. Elle hausse les épaules et s'efface.

— Finis d'entrer, puisque tu es là, bonhomme.

Elle lui sert un verre de cidre.

— J'ai pas d'absinthe à t'offrir. A la tienne, Étienne !

Ils trinquent. Joseph a perdu la superbe qu'il affichait au Bœuf limousin. Ida lui coupe son boniment.

— En somme, tu veux payer la petite à l'Adrien Mesnieux ? Tu veux devenir père par le cul de ta bourse ?

Joseph doit en convenir, même si ce n'est pas galamment dit.

— J'ai des torts et je veux bien les réparer en bon argent.

Ida rit sous son bonnet.

— Bon argent, c'est vite dit. Enfin, j'en causerai à l'Adrien.

Joseph se reproche d'avoir mal mené son affaire. Il aurait pu trouver un biais pour leur faire tenir l'argent sans avoir l'air d'acheter la petite comme une génisse ! Maintenant, c'est trop tard, il a piqué au vif Adrien Mesnieux et les Lajarlaud !

Les semaines passent. Le printemps habille les vergers de dentelle rose et blanche, les prés d'herbe verte et de fleurs multicolores. Il pleut et il fait soleil, c'est le temps des demoiselles. Au renouveau, tout est beau.

Mais en cette saison, tout menace les fruits de la terre : les grosses pluies qui inondent les vallées, la sécheresse qui flétrit les jeunes plantes, et, de la lune rousse aux saints de glace, ces gelées tardives fatales aux arbres fruitiers et à la vigne. Plus tard, les premiers orages qui portent la tempête, la foudre et la grêle... Joseph voit l'avenir en noir. Que peut-il faire, puisqu'il ne sera jamais un vrai paysan ? Repartir aux colonies ?

« Et si j'enlevais ma petite, si je prenais le bateau avec elle, on ne nous rattraperait jamais en Cochinchine ou au Tonkin ! »

Il tourne autour du village pour essayer d'apercevoir, dans un pré au milieu des narcisses, derrière une haie d'aubépines fleurie, piétinant les soucis d'eau au bord du ruisseau, menant son troupeau d'oies bavardes par un chemin creux et boueux..., une enfant blonde avec deux rubans rouges dans les cheveux.

5.

Un soir, au début de l'été, Joseph s'est attardé à marcher par les sentiers des prés et des bois. Venant des hauteurs de Montbrun, il descend par un raccourci vers Exeïdious et Mauval, à travers la forêt de hêtres et de chênes, vaste fourrure sombre, bouffant sur le plateau et la vallée. L'ombre s'étend dans les fougères et les broussailles, monte peu à peu le long des arbres. Le vent se lève, fait craquer les hautes branches et gémit au fond des combes.

Joseph s'engage sous un taillis, perd le sentier et, à l'approche du soir, il ne sait plus très bien où il se trouve. Il continue quand même à la lune levée, et il finit par croiser un autre chemin qu'il ne reconnaît pas mais qui semble aller dans la bonne direction.

Il se met à trotter, comme s'il craignait les Pavillons-Noirs — et cette peur n'est pas tout à fait éteinte dans son cœur. Un bissac, à demi plein de champignons, saute sur son dos comme un singe sur une branche. Une grosse lune, plus jaune qu'un louis frotté, monte au-dessus des collines. On y voit comme à midi et on pourrait compter les petits cailloux sur le chemin, mais Joseph a oublié le paysage, il ne reconnaît rien, ni devant ni derrière.

Fatigué de galoper, il s'arrête pour reprendre son souffle, prête l'oreille. Il surprend alors un drôle de bruit au loin, un peu comme deux ou trois chèvres-bêlerelles, des chats-huants, qui rigoleraient tout d'un coup. « Des oiseaux qui se sentent seuls et chantent en chœur... » Ils sont bientôt une demi-douzaine à faire leur bousin en cadence, comme des noceurs à la bourrée. Hêê ! hêêê ! hêêêê ! Une crierie, un gueulement en mesure, qui monte, se traîne et repart le temps de compter à peine jusqu'à dix. Puis ça s'arrête, trente ou quarante pas... Hêê ! hêêê ! hêêêê !

Pour se donner du cœur au ventre, Joseph imagine qu'il raconte l'histoire à sa fille, dans cinq ou dix ans.

« J'ai senti que ça se rapprochait. J'avais la montre qui tapait dans la poitrine. J'ai dit : “ Tais-toi, je peux rien entendre ! ” Puis, en prêtant l'oreille, j'ai pensé : “ Ça n'est pas des diableries ni des cris d'oiseau. C'est des gens à deux pattes, comme toi et moi, qui font la fête pas bien loin ! ” D'un côté, j'ai envie de tricoter des jambes jusqu'au bout du bois. Mais s'il y a des gens à la fête, des nobles ou des paysans, je veux ma part de cuissot de chevreuil. Je commence justement à avoir l'estomac dans les talons... Je me mets les mains aux oreilles et me fais tout ouïe...

« Hêê ! hêêê ! hêêêê ! C'est des braves gens qui s'égosillent en mesure, et pas loin d'ici. Encore cinquante pas et je vois un sentier qui a l'air propice. Joseph Manin, il faut y aller, s'il y a des beignets gras, il y en aura pour toi !

« J'y vais, je fonce. Cent pas et je ne vois même plus la lune, tant les taillis de chaque bord sont épais et noirs. Où as-tu mis les pieds, Joseph ? Puis j'aperçois au bout du sentier une clairière éclairée comme un chœur d'église pour les pâques, avec des torches de résineux. Je m'approche, je vois trois ou quatre roulottes de bohémiens rangées au bord de la clairière... Bon Dieu, mais je la connais cette clairière, qu'on appelle justement la clairière des bohémiens, à deux pas d'Exeïdious, à trois pas de Mauval ! Alors, je suis presque arrivé !

« La crierie vient de là : Hêê ! hêêê ! hêêêê ! Angéline, mon Angéline, ce sont les bohémiens qui chantent et qui dansent... »

Joseph les devine, plus qu'il ne les voit, de l'autre côté des roulottes. Il fait le tour de la clairière pour trouver un meilleur poste d'observation. À la lueur des torches et de la lune, il repère une touffe de noisetiers au milieu des bouleaux blancs qui bordent ce côté de la clairière, vers la combe. Ça doit être une bonne cache et il se tapit dans l'ombre pour guetter.

« Ah ! je les verrai toujours ! Il y a presque une douzaine de bohémiens, hommes et femmes, qui dansent. Les longs cheveux noirs des femmes sautent sur leurs épaules, leurs jupons volent dans le mouvement. Un des hommes, le meneur de jeu, porte un grand chapeau de feutre qu'il baisse et relève, tour à tour. Il claque dans ses mains avec force, pour donner la cadence, relève son chapeau, claque dans ses mains, baisse son chapeau...

« Les autres, femmes, enfants, dansent sur l'herbe en criant : Hêê ! hêêê ! hêêêê ! Les hommes assistent au spectacle, alignés devant les roulottes. Et tout ce monde bat des mains à un rythme régulier, obsédant. Certains hommes agitent des espèces de crécelles, et lancent des exclamations dans leur langue de bohémiens. Les femmes et les enfants dansent de plus en plus vite, crient de plus en plus fort : Hêê ! Hêêê ! Hêêêê ! »

Et Joseph se prend à secouer la tête au même rythme. Un vertige le gagne, sa conscience s'obscurcit. Il se sent comme un somnambule à moitié endormi seulement. Il résiste à l'impulsion de rejoindre les autres, les bohémiens, pour danser et crier avec eux. Il résiste, mais il sait qu'il va céder, dans une seconde, une minute... La fumée des torches répand autour de la clairière une odeur entêtante. Joseph ferme les yeux, la tête lui tourne.

Il sursaute à peine quand une main légère se referme sur son bras. Une voix de femme chuchote dans l'ombre, derrière lui.

— Ça peut être dangereux. Venez, suivez-moi.

La femme le tire, d'un geste doux, le force à pivoter avec patience, prudence. La pantomime des bohémiens, la fragrance de la résine l'ont pour ainsi dire soûlé, et ses fièvres se sont peut-être réveillées. Le moindre choc suffirait pour qu'il tombe... Il se tient maintenant en face des bouleaux, fantômes blancs alignés au clair de lune. Il avance d'un demi-pas, d'un pas.

— Viens, dit la femme. N'aie pas peur.

Contre les bouleaux, il distingue une petite silhouette tout de noir vêtue. « La veuve... c'est la veuve ! » Il respire son parfum, mêlé à la senteur âcre des torches. Elle lui prend la main.

— Viens, mon Joseph. Ils ne peuvent pas nous voir ni nous entendre. Ils sont comme des somnambules !

Il se laisse conduire à travers le sous-bois. Dans la clairière, à quelques pas, la crierie continue : Hêê ! Hêêê ! Hêêêê ! Et Joseph ne peut s'empêcher de secouer la tête en marquant la cadence. Autour de lui, les troncs laiteux des bouleaux, baignés par la lune, semblent une tribu de *fades* processionnaires. Et cette femme en deuil qui l'appelle « mon Joseph »... Tout cela lui fait l'effet de déambuler dans une sorte de demi-rêve. Oui, il a dû somnoler, étourdi par la fumée des torches, et maintenant une songerie capricieuse lui chauffe la tête !

Il entend la veuve murmurer presque à son oreille. Mais sa voix lui paraît lointaine, comme si elle montait du troupeau des fades blanches, au fond du bois.

— J'habite en ce moment à l'auberge du Bœuf limousin, raconte la femme. Je marche souvent le soir autour de Saint-Priest. J'étais venue écouter les bohémiens de la clairière. Quand on les entend de loin, on est attiré, on ne peut pas s'empêcher d'approcher. Mais il faut se défier, ça n'est pas naturel. Tout à coup, je t'ai vu aller comme un perdu... toi aussi, tu les cherchais. On aurait dit que tu n'avais plus toute ta tête, alors j'ai eu peur pour toi. J'ai eu peur qu'ils te pincent dans leur manège et que tu partes avec eux demain matin !

Joseph marche dans le sentier au bras de la veuve. C'est une petite femme vive et menue. Ses cheveux noirs bouffent autour de son chapeau en forme de toque. Joseph secoue la tête, autant pour se réveiller que pour dire non.

— Je ne suis plus un enfant.

Elle lui serre la main.

— On ne sait jamais. Tu n'as pas vu comme leurs filles sont belles ? Et tu...

Elle n'a pas osé finir sa phrase. Il sait ce qu'elle pense. « Tu es seul, tu ne serais pas le premier jeune paysan qui suivrait une jolie romanichelle ! » Il connaît ces contes où un pauvre garçon a suivi les baraquins sur la route, pour les yeux noirs d'une belle. Les hommes de la tribu lui ont soutiré ses quelques sous, se sont servi de lui jusqu'à épuisement, l'ont humilié, quelquefois mutilé avant de l'abandonner tout nu au bord du chemin. Enfin, c'est ce que racontent les fables des bonnes gens. « Et moi, j'ai toujours rêvé de partir, un soir ou un matin, pour me perdre dans le vaste monde... »

Comment la veuve peut-elle savoir tout cela ? De nouveau, elle lui serre la main en réponse à une question qu'il a peut-être posée à haute voix. Ils marchent en silence. La pleine lune perce les feuillages au hasard et éclabousse le sous-bois de mouchetures blanches. Les silhouettes des chênes, au bord du chemin, se détachent avec une vigueur d'eaux-fortes contre le ciel violet. Les feuillages prennent un éclat de fer-blanc.

Joseph retire sa main de celle de la veuve et s'arrête.

— Pourquoi vous occupez-vous de moi ?

— Je t'ai retrouvé, mon Joseph. Je suis heureuse.

Elle essaie de l'entraîner avec elle sur le chemin. Il résiste.

— Comment m'avez-vous retrouvé ? Que voulez-vous dire ?

— Joseph, Joseph, mon petit garçon...

Maintenant, Joseph est sûr de rêver. Il s'est endormi dans le campement des bohémiens et il rêve que la veuve est sa mère. Cette pensée a dû le traverser, à son insu, quand il l'a vue de loin, dans son costume noir, sous sa voilette. Mais ce n'est qu'un songe. A quoi bon la questionner. « Puisque je rêve, elle me répondra ce que voudra le rêve... » Pourtant, il doit se réveiller pour échapper aux romanos. S'il ne sort pas en vitesse de ce mirage provoqué par la fumée de résine, il va se retrouver ligoté sur le plancher d'une baraque, et demain les romanos l'emmèneront comme un chien, un ours, un cheval volé !

Il lui faudrait se mouiller la figure... La fontaine de la croix ne doit pas être loin, sur le chemin de Saint-Priest. « Mais si je rêve, à quoi bon me tremper dans l'eau ! » Ils arrivent près d'une grange. Un cheval hennit sur un ton plaintif.

— J'ai attaché Malgache ici, dit la veuve. Je pensais revenir plus tôt. C'est un tout jeune cheval et il a peur la nuit.

Joseph essaie de s'écarter d'elle et titube. Elle le retient par la manche de sa chemise.

— Tu n'es pas trop d'aplomb sur tes jambes, mon Joseph. Laisse-moi te ramener chez toi avec la voiture.

Il voit, sous le clair de lune, briller les yeux de la veuve, de grands yeux, si beaux et si doux... et tellement réels. Comme il voudrait que tout soit réel !

— Non, dit-il, je ne vous connais pas. Je vais rentrer à pied.

Elle se pique devant lui, avance la main comme pour toucher son visage.

— Je suis revenue pour toi. Tu es malade. Je te soignerai.

Il recule pour échapper à la caresse.

— Non, je vais mieux. Je suis guéri.

— Je n'osais pas te rencontrer en plein jour. Mais je pensais que le sang parlerait quand nous serions réunis... et que tu me reconnaîtrais.

Joseph ne peut plus se réfugier à l'abri du rêve. La fumée des torches s'est dissipée, le vent frais de la nuit lui fouette la peau. Le cheval hennit. Il est bien réveillé, il doit accepter la réalité. Mais il n'est pas prêt, pas prêt... Il s'éloigne à reculons.

— Merci de m'avoir aidé. Mais je n'ai pas... pas besoin...

Il bafouille, baisse la tête, ses mains tremblent.

— Je ne suis plus malade. Je vous...

La veuve s'approche de nouveau, saisit le col de sa chemise.

— J'aurais aimé te soigner, mais tant pis. J'attendrai que tu sois guéri. A bientôt, mon Joseph !

Elle le lâche, s'enfuit pour rejoindre son cheval en fredonnant *Le Temps des cerises*.

6.

Joseph préfère oublier sa mère. Elle se cache, il ne la voit plus, mais il sait qu'elle est là, souvent, et qu'elle le guette.

Il va mieux. L'hiver et le printemps lui ont été cléments, mais l'été, il retrouve les nuits agitées et fiévreuses de la colonie, les réveils nauséeux, dans une atmosphère de fournaise. Il est allé chercher au grenier des paquets d'ails et d'oignons de l'année précédente et les a pendus au plafond de sa chambre. Le parfum, au réveil, ne le trompe pas : il est chez lui.

Il ôte la chemise de nuit qu'il se force à enfiler chaque soir, par convenance, et parce qu'il ne veut pas que Delphine le surprenne tout nu. Il rejette ses draps, noyés par la sueur mauvaise du besoin d'opium. Il s'étale, à plat dos, à plat ventre, les bras en croix, les jambes écartées, souvent pendantes hors du lit. Il marmonne, appelle Justine ou Angéline.

Il s'éveille tout à fait, hume longuement les parfums. Parfois, le désir de sa pipe à candô lui revient si fort qu'il donnerait les collines et les étangs de son pays pour une fumerie et dix bouffées. L'envie le tourmente à mort, s'adoucit et passe.

Souvent, il se lève après un cauchemar et sort de Mauval au moment où, en cette saison, des bruits de charrette et des aboiements annoncent le départ des moissonneurs pour les champs. Les chiens s'appellent, d'Exeïdious au village.

Il marche à travers la plaine. L'aube pointe sous les étoiles pâlissantes. Des trouées s'ouvrent au milieu du ciel. Le cri du chat-huant l'accompagne d'arbre en arbre. Un souffle de chaleur monte du sol, chargée d'une odeur de fenil ou de blé coupé.

Il a l'impression de porter une pierre dans l'estomac. Après un moment de marche, cette pierre lui écrase le cœur. Il rentre à petits pas, voûté, la main sur la poitrine. Il perd l'appétit, et ce qu'il avale, il le vomit la moitié du temps, avec des aigreurs affreuses. Delphine se désespère.

— Comme vous voilà fait, Monsieur ! Il faut *querre* le docteur.

— Vos docteurs ne connaissent rien aux maladies de là-bas !

— La Marie me maudira, si elle voit que je vous laisse *misérer*. Vous devriez aller voir un rhabilleur, ou une panseuse. Ou alors, ça serait encore mieux, si le cœur vous en dit, de faire dévotion à une bonne-fontaine. Il y en a tant dans le pays.

— Le cœur ne m'en dit pas, Delphine.

— Il y a aussi le pèlerinage du 15 août, à Notre-Dame du Bon-Secours, au mont Gargan, du côté de chez la Marie Corrèze. Pauvre Marie, elle m'en causait souvent, de sa montagne.

— Une montagne de sept cents mètres de haut ! J'en ai vu d'un peu plus hautes, à la colonie. Je ne crois rien de ces attrapes !

— Attrapes, attrapes... c'est vite dit. Moi qui vous parle, Monsieur Joseph, je suis allée à dix-huit ans à la fontaine Marian de Rochechouart, pour un rhumatisme dû à la rougeole. J'ai bu pendant neuf jours l'eau que la femme de dévotions m'a donnée et *je suis été* guérie pour toujours !

Souvent, Joseph descend aux caves chercher la fraîcheur et écouter la source. Il s'assoit torse nu, en caleçon, devant la grotte. Il attend le souffle de la rivière et provoque les voix sur un ton moqueur : « Pia, pia, pia ! Pschi, pschi, pschi ! » De temps en temps, les voix s'amusent à piailler l'annamite et évoquent pour lui des souvenirs chargés à la fois de dégoût et de tentation : Tonkin, Tonkin, Tonkin ! Ou encore : Justine ! Justine ! Elles lui posent souvent des questions perfides :

— Pourquoi tu la veux tant, ton Angéline ?

— Parce que c'est ma fille et que je l'aime.

— Il tenait qu'à toi de l'avoir. Pourquoi tu n'as pas épousé sa mère ? Maintenant, il est trop tard.

— Trop tard... trop tard... trop tard...

Il vomit l'absinthe aussitôt bue. Ça ne l'empêche pas de passer au Bœuf limousin, où il retrouve les cagnards, vieillis, délabrés par l'alcool et la mauvaise nourriture, mais toujours fidèles au petit verre et aux cartes. Gustou le salue, poing levé.

— Bon pied, bon œil !

— Ah ! pauvre cheval ! s'écrie Martin.

Il pose son gros doigt noir sur l'estomac de Joseph Manin.

— C'est pas que j'aye le don, mais je vois bien ce que c'est. Trop d'eau dans l'absinthe, les fièvres, les petites garces jaunes...

Les autres poussent des rires porcins. Mais Martin est sérieux comme un premier valet. Il insiste.

— Tu devrais essayer de t'faire relever la panse, l'Joseph !

Simplice Coq se tire les pointes de moustache.

— Y n'manque pas des panseurs de secret qu'a le don de remonter le jabot d'un zigue, Joseph Manin !

Ponot se frappe les cuisses.

— Ça tient pas. La maladie du Joseph est pas dans le jabot, elle est dans la cafetière ! C'est la bile noire, le ver de méninges !

Joseph hausse les épaules. Martin secoue sa tête carrée.

— Faut dire Joseph, t'as l'estomac qu'est quasi sous l'nombril !

— T'as le feuillet qu'a tombé dans la caillette, traduit Simplice.

Martin rit de ses dents de chien, à peine jaunies.

— C'est pas grand-chose à côté de ce que t'as sur la patate !

Le rempailleur pose sa pogne sur l'épaule de Joseph. Ses yeux fureteurs croisent le regard de son ami.

— Faut pas rester *à comme*. Faut que tu voyes une personne. J'vas t'emmener à un panseur ou à une femme de dévotions.

Les cagnards se concertent.

— Le mieux c'est d'aller à Saint-Yrieix, où il y a pas moins de sept bonnes-fontaines.

— La celle de Saint-Maur pour les maux de tête, dit Ponot.

— La celle de Pissarote pour le mal de cornes, rigole Gustou. Ceux qu'en portent. Les affaires de cocus, quoi !

— La celle des Amoureux, pour arranger les mariages...

Mystérieusement avertie de l'affaire, la Marie Corrèze fait appeler Joseph à son lit.

— Je ne suis pas encore défunte, mon bonhomme, et j'ai assez de tête pour songer à ton affaire. Je te vois penaud comme un fondeur de cloches. Tu vas aller voir de ma part la Léone Sans-homme, en profitant que je suis encore vivante !

Joseph se récrie qu'elle a vingt ans à vivre. La Marie Corrèze joint les mains sur sa poitrine creuse.

— Motus, la cane pond. Écoute-moi, les bonnes-fontaines, c'est juste pour les rhumatismes, les peurs des enfants et les querelles d'amoureux. Les femmes de dévotions ne sont que des bedeaux en jupon, chargées de rabattre les deniers du curé. La Sans-homme est une personne savante, avec juste ce qu'il faut de religion pour pas se mêler de diableries. Elle a quatre secrets : celui pour faire parler et marcher les enfants, celui pour les affaires de famille, celui pour se prévenir de la malveillance et le secret contre la maigreur de toutes bêtes...

— Contre la maigreur de toutes bêtes ?

— C'est bien ce que j'ai dit. Elle habite aux Petits-Moulins, près d'un étang, dans la commune de Piégut-Pluviers. Tu vas y aller un matin à jeun, comme pour la communion. Tu lui raconteras ton affaire, sans cachotteries. Elle ne prend pas d'argent, tu vas lui porter deux de mes canards, *pour l'espèce*, un mâle et une cane, que Delphine te les donneras. Avant de partir, tu diras une prière et la litanie des saints... tu as appris tout ça chez les frères, ça ne te fera pas de mal de t'en souvenir !

Les cagnards veulent bien reconnaître que la Léone Sanshomme est une personne de bon conseil et racontent des histoires flatteuses à son sujet. On l'appelle la « Chento », la sainte. Mais ce jour-là, ils ont un sujet plus intéressant à débattre : la veuve.

— Faut savoir que c'est mauvais signe, les veuves.

— Tant qu'elles portent le noir...

— ... elles portent la guigne !

— Même que c'est une dame de la ville.

— Alors, qu'est-ce qu'elle vient faire chez nous ?

— On lui voit même pas la figure derrière sa voilette.

Martin Pauvre-Cheval, qui en sait toujours plus long que les autres, hausse les épaules et vide son verre.

— C'est une dame patronnesse de Limoges, la veuve d'un juge à ce qu'on dit. Et une *de* !

— Elle te cherche, Joseph. Sûr qu'elle veut t'emmener d'où elle vient !

Joseph éclate de rire.

— J'aime bien les veuves et les orphelines.

Il part trois ou quatre jours plus tard, dans l'aube déjà tiède du plein été, à jeun, un almanach dans la poche de sa veste, pour réciter la litanie des saints, du 1er janvier au 31 décembre.

Il arrive aux Petits-Moulins vers le milieu de la matinée, avec sa jument et ses canards. Il a résisté dix fois à l'envie de plonger la main dans la musette qui contient son casse-croûte et sa chopine. Il s'aperçoit qu'il a les mains en sang, les doigts crispés et des crampes jusqu'aux coudes. Tout le long du chemin, il a serré les poings et s'est planté les ongles dans les paumes !

Il attache son cheval à un tilleul, devant la petite maison au toit de chaume. Une fumée odorante s'échappe par les fenêtres ouvertes. Il s'endort sur un tas de paille, à l'abri d'un auvent...

Il s'éveille en sursaut, les yeux le piquent et il respire l'odeur forte de la menthe d'eau. La Sans-homme est devant lui qui le regarde, penchée, un peu moqueuse. Il se lève d'un bond. Il s'attendait à une vieille toute ridée et cassée. Il a devant lui une grande bonne femme maigre et droite, environ la cinquantaine, bien conservée. Ses yeux clairs brillent de malice et de gentillesse.

Il passe une main dans ses cheveux et, de l'autre, chasse quelques brins de paille accrochés à son gilet.

— Je viens... je suis venu... Je ne parle pas bien patois.

Elle hoche la tête, répond en français, qu'il peut parler comme il veut, et, sourcils froncés, regarde ses mains sanguinolentes.

— Je parie que tu es à jeun. Viens boire un verre de ma source.

Ils entrent dans la petite maison au sol de terre battue, un vieux chien presque aveugle les accompagne et va s'asseoir près du foyer où se consument des herbes odorantes. La Sans-homme remue la cendre avec un tisonnier. Le parfum de la verveine sauvage, l'herbe à tous maux, se mêle à celui de la menthe d'eau, que la femme porte sur elle et mâche de temps en temps. Elle prend un pichet et deux gobelets d'étain qu'elle remplit d'eau claire.

— Bois, mon garçon. Tu as l'air tout chagrin, l'eau de ma source va t'égayer un peu. Tu aurais un deuil que ça ne m'étonnerait pas.

— Attendez, j'oubliais les canards !

Il se précipite à la charrette, ramène la panière d'osier avec les bêtes qui cancanent. La Sans-homme hoche la tête, sourit.

— Je vois bien que c'est la Marie Corrèze qui t'envoie.

Elle le questionne sur la santé de la Marie. Joseph répond brièvement. La leveuse de maux le scrute avec une moue.

— C'est une femme qui a beaucoup souffert. Elle t'a attendu longtemps... car tu es Joseph Manin, n'est-ce pas ?

Et Joseph raconte son affaire, avec embarras. La Sans-homme lui pose deux ou trois questions, joint les mains.

— Je te promets que tu l'auras avant l'hiver, ta petite.

— Avant l'hiver ? C'est bien loin.

— Peut-être avant l'automne, si tu m'écoutes bien. Dis-moi, qui est-ce qui va s'occuper d'elle, puisque tu n'es pas marié et que la Marie Corrèze, selon ce que tu crois, est au plus mal ?

— Notre nouvelle servante, Delphine Roussine. S'il faut, j'embaucherai une jeune fille instruite.

— Elle sera bien seulette, dans ta grande maison, cette drôle. Enfin, tu vas tout préparer pour qu'elle vienne. Tu vas faire comme si elle était déjà là, avec toi, dans ta tête et dans ton cœur. Tu as bien compris ? La meilleure façon de prier le bon Dieu, c'est de lui montrer que tu as la foi. Tu pourrais te procurer un animal pour elle, un chien, un chat... même si tu n'en manques pas déjà à la maison. Il faudrait que tu ailles le chercher assez loin de chez toi, au moins une lieue ou deux. Le plus loin sera le mieux... je ne te demande quand même pas d'aller à Marseille !

C'est alors que l'idée vient à Joseph. Il va aller à la foire à Rochechouart lui acheter une vache... Il calcule, sourcils froncés.

— Trente-cinq kilomètres, c'est assez loin ?

La Sans-homme lui décoche un sourire de malice.

— Avec un cheval comme le tien, ce n'est pas la mer à boire.

Joseph secoue la tête.

— Si je les faisais à pied ? Je suis un ancien fantassin de

marine. J'ai vu plus dur, au Tonkin, que la route de Rochechouart !

Elle tourne le dos, marmonne une formule, latin de cuisine et patois mêlés. Puis elle regarde Joseph dans les yeux.

— Si ta maison n'est pas trop saine, n'oublie pas de la faire bénir.

La foire aux bestiaux de Rochechouart tombe quelques jours plus tard, le 26 août. Joseph s'assure que la Marie Corrèze ne va pas plus mal et prévient Delphine de son absence, pour toute la journée du lendemain et la nuit suivante.

— Je tâcherai d'être de retour après-demain midi !

Il a préparé sa musette militaire avec un quignon de pain, un demi-saucisson et une bouteille de cidre. Il emballe en même temps une blouse de paysan qu'il passera en arrivant à la foire, pour ne pas avoir l'air d'un monsieur. Mais il change d'idée au dernier moment. Si son Angéline le voyait en blouse, elle rirait trop ! Il part avant l'aube, vêtu d'un gilet, son portefeuille bien garni dans la poche de dessous, la musette à l'épaule, un bâton ferré dans la main droite. Il retrouve son pas de marsouin.

La nuit est claire et douce. Les étoiles sont piquées comme des clous de tapissier au plafond du ciel. Orion, qui est un peu la Grande Ourse du sud, avec Sirius en guise de polaire, se balance très haut, dans son dos, comme pour le narguer. Le temps se couvre un peu avant le lever du jour. Le soleil monte bientôt au-dessus des collines, derrière Châlus, et roule à travers un halo rosâtre, de mauvais augure. « Rouge matin, temps chagrin », affirme le dicton. Conduits par des bergers en chapeau de paille, les troupeaux de vaches rousses arrivent au pacage, avec des bruits de sabots et de sonnailles. Le vent se lève et emporte les fils de la Vierge accrochés aux genêts, sur le haut du talus. Par des raccourcis, Joseph rejoint la grand-route de Rochechouart après Saint-Mathieu. La matinée est avancée, il souffle comme un phoque, et les jambes lui rentrent dans le corps. Où est donc passé le fringant marsouin des campagnes du Tonkin ? « Tu n'es plus ce que tu étais. Saleté de pipe ! Et que va penser de toi ta petite ? »

Il avait bien calculé, pourtant. Il pouvait être au champ de foire à midi, l'heure des bonnes affaires. Plus tard, il ne reste que les bêtes dédaignées. Il essaie de presser le pas.

« Bon Dieu, ça fait presque un an que tu te prélasses comme une vieille demoiselle ! Bien fait pour toi ! » La colère le stimule et il court quasiment une demi-lieue.

Voici la première charrette qui rentre ! Les paysans n'ont pas tous fini les moissons, ils ne s'attardent guère à la foire. « Quand tu arriveras à Rochechouart, mon vieux Joseph, il n'y aura plus que les ivrognes fieffés et les vaches avorteuses ! »

Vers midi, il est en vue du village de Vayres. Il a deux bonnes heures de retard sur son plan de route. Et pas la peine de se leurrer, il est sur le flanc, il n'en peut plus... C'est alors qu'il voit, à quelques pas de la route, un char de mulet arrêté près d'un bouquet d'arbres. Une vache, attachée à l'arrière de la charrette, en profite pour brouter une touffe d'orties. Un paysan d'une quarantaine d'années, assis sur le talus, le chapeau relevé, tranche à petits coups dans un quignon de pain.

Joseph s'approche et salue en patois. L'homme répond de même, puis boit une gorgée à sa fiole et s'essuie la moustache.

— Vous êtes pas marchand de bêtes, *par coup d'astre* ?

C'est-à-dire par hasard. Joseph s'assoit et sort son casse-croûte.

— Que non pas, enfin pas encore. Mais je connais assez les bovins pour vous dire que vous venez d'acheter une bonne vache.

L'homme se rengorge. « Ah ! ho, millodiou ! » Ils regardent la vache. C'est une bête de labour, une droitière — on le voit à sa corne gauche sciée à une main du crâne — de cinq ou six ans, rousse et plutôt grasse.

— Et vaillante ! dit le paysan.

C'est vrai qu'elle n'arrête pas de mâcher ses orties, en se battant les flancs de sa queue pour chasser les mouches. Elle aura dîné en arrivant à la maison ! Joseph regarde son voisin du coin de l'œil, et remarque, passé au ruban de son chapeau, un brin de buis sec, sans doute béni, en guise de porte-bonheur. Voilà quelqu'un de bien croyant, se dit Joseph, et sûrement honnête...

Il parle des bonnes-fontaines pour engager la conversation. Le paysan en sait long sur le chapitre.

— L'Adélie, ma défunte pauvre femme les a toutes suivies jusqu'au mont Gargan et encore plus loin, jusqu'à la fontaine Saint-Psalmet de Domps, qu'est pour ainsi dire à la limite de la Creuse et de la Corrèze. Celle-là a belle réputation pour les maux d'estomac, mais ça n'a pas empêché ma pauvre femme de mourir... ce qui fait que maintenant j'ai deux *droitières* !

Joseph papillonne des paupières, pas sûr d'avoir bien entendu.

— Ah donc ? Deux droitières ?

Le paysan tourne la tête vers sa mâcheuse d'orties.

— Celle-là, c'est point que je l'ai achetée. C'est que j'ai pas pu me décider à la vendre !

— Bon. Et... votre défunte femme ?

— Elle souffrait de l'estomac, il lui fallait du lait. Les derniers temps, elle ne prenait pour ainsi dire que ça. Elle avait deux chèvres et celle-ci, l'Estèlo, l'Étoile, comme elle l'appelait, une bien bonne laitière. Alors, j'ai dressé une autre droitière pour reposer l'Étoile, qu'elle garde son lait plus longtemps. Maintenant, je n'ai plus besoin de lait, je préfère le cidre, et mes *gouillats* sont grands. Alors, j'ai décidé de la mener à la foire. Ma pauvre Louise me disait tout le temps : « Mon Polyte, quand je serai plus là, vends donc l'Étoile, ça te fera des sous, que tu en auras bien besoin ! » Mais, voilà, j'ai pas pu la laisser partir...

Deux larmes coulent de ses yeux, il s'essuie la figure d'un revers de main. Joseph a senti la détresse du pauvre homme, mais il veut la vache et commence à tâter son portefeuille dans la poche de son gilet. Une heure après, l'affaire est faite.

L'Hippolyte a caressé la vache sur le garrot, sur le museau, entre les cornes. Puis il a soulevé la *péyère*, le garde-mouches fait de lanières tissées, qui protège les yeux de la bête, et il montre avec amour l'étoile blanche sur son front.

— C'est à cause de ça que ma pauvre femme l'avait baptisée. Paraît que c'est un signe de race.

Joseph sort une pièce et la fourre dans la pogne du bonhomme.

— Voilà pour la péyère et la corde. Ma petite, qui m'attend, sera toute ravie d'avoir une vache avec une étoile sur le front !

L'Hippolyte se plante au milieu de la route pour les regarder s'en aller. Après une vingtaine de mètres, la vache tire sur sa corde, s'arrête et se retourne. Les adieux se font d'un regard, entre l'homme et la bête. Ces deux-là s'aimaient pour de bon.

Ce n'est qu'à la porte de Mauval, le lendemain matin, que Joseph reprend ses esprits. Alors, il doit déchanter. Il a menti à l'Hippolyte. Il s'est menti à lui-même. Angéline n'attend pas la vache, Angéline n'est pas là, Angéline n'est pas à lui !

Il maudit la Sans-homme, montre le poing au ciel. Puis il se remet au travail, il fait le plâtrier, le maçon, le menuisier, le serrurier, le tapissier, le jardinier, le cantonnier...

Il a décidé d'aménager pour sa fille la chambre contiguë à celle de la Marie Corrèze. Les fenêtres s'ouvrent sur la « bonne façade », celle du sud, celle du soleil. Sa mère l'a habitée étant jeune fille. Mais Joseph l'a toujours vue fermée à clé, et les volets sont même cloués avec des planches. L'air confiné sent une odeur aigre de salpêtre, de moisissure et de pisse de rat. Mais plus dur ce sera, plus le bon Dieu sera touché de sa foi !

Joseph oublie la colonie, l'opium, les congaïs. Delphine l'aide de son mieux, avec des attentions et des petits plats. Elle lui lave ses quatre chemises tous les quinze jours et le fait changer deux fois par semaine. Les Lajarlaud rient de tout ce linge étendu dans le pré de Mauval. Delphine répond vertement aux réflexions.

— Je veux pas qu'il aye l'air d'un galvaudeux qui porte le deuil de sa blanchisseuse sur son col, Monsieur Joseph !

Elle ferait bien plus, s'il voulait. Elle se trouve encore assez jeune pour s'occuper d'un homme, et le sien a passé verdeur.

7.

Joseph a choisi de faire bénir la maison un jour où Delphine sera au marché à Châlus. L'abbé Peytahout écoute ses motifs en hochant le front à petits coups.

— Ça vaudrait la peine d'aller chercher l'abbé Brégéras à sa retraite. C'est un homme d'expérience, et il a sur moi l'avantage de bien connaître l'histoire de votre famille. Toutefois, il est bien vieux et las, et je le remplacerai de mon mieux.

— Merci, monsieur l'abbé.

— J'ai réfléchi à ce que vous voulez. Je dirai aussi des prières pour le repos des âmes de tous ceux qui ont souffert et sont morts entre les murs ou dans les caves de Mauval.

— Croyez-vous... Je me demande si...

— On n'est jamais trop méfiant avec Satan.

— Il existe vraiment des maisons hantées ?

L'abbé Peytahout tord ses grosses mains de laboureur sur le devant de sa soutane. Son embarras fait peine à voir. Son langage un peu affecté contraste fort avec sa silhouette de paysan, son visage rougeaud et sa tignasse frisée. Joseph lit sur ses traits à livre ouvert. « Il me dirait qu'il n'y croit pas, s'il ne craignait que j'ampute sa gratification ! »

— J'ai trouvé une réflexion à ce sujet dans la *Somme* de saint Thomas, répond enfin l'abbé. On lit en latin à peu près ceci : *Frequenter dœmones simulant se esse animas mortuorum...* « Pour réaliser les mauvais desseins, les démons feignent souvent d'être les âmes des morts. » Mais nous ferons comme si votre maison était bien fréquentée par les âmes du purgatoire.

Et l'abbé regarde Joseph avec un sourire candide, sans cacher son espoir d'une généreuse obole... Au jour dit, il arrive à Mauval, tête basse, sa bouteille d'eau bénite sous sa soutane. Il la vide dans un grand bol qu'il a demandé à Joseph.

— Si vous voulez bien m'accompagner avec une bougie pour m'éclairer, je dois lire certaines prières que je ne dis pas souvent, et il me faut une main libre pour le goupillon.

Joseph ouvre les portes et les referme derrière lui pour que les courants d'air ne soufflent pas la bougie. L'abbé lit une prière en français puis en latin, et tend son missel à Joseph pendant qu'il asperge les lieux. Et il recommence plus loin.

— Ô Dieu, daignez par un effet de votre miséricorde accorder le pardon de leurs péchés à vos serviteurs et à vos servantes qui reposent en Jésus-Christ dans cette pièce ou en quelque autre lieu de cette maison, afin que, purifiés de toute iniquité, ils jouissent avec vous de la félicité éternelle... *tecum fine lætentur, per eumdem Dominum nostrum Jesum Christum.*

Joseph conduit l'abbé à la future chambre d'Angéline.

— S'il vous plaît, monsieur l'abbé, j'aimerais que vous fassiez une prière spéciale dans cet endroit.

L'abbé hoche la tête, feuillette son missel. Les deux chambres de la façade sud enserrent un ancien cabinet de toilette devenu débarras, qu'on n'a pas ouvert depuis des années, peut-être des dizaines d'années. Joseph tire la porte à demi bloquée.

— S'il vous plaît, ici aussi.

Tout un bric-à-brac jeté en tas fait de ce réduit un capharnaüm de chiffonnier. L'abbé Peytahout balance le goupillon, répand quelques gouttes d'eau bénite sur la vieille literie, les chaises cassées, les rideaux froissés.

— ... *famulis et famulabus tuis, hic et ubique in Christum quiescentibus, da propitius veniam...*

Au moment où il sort de la pièce, un livre glisse d'une

niche haut placée dans le mur et s'abat sur le sol. Joseph le ramasse, le pose sur une table dans la chambre voisine, puis vient le reprendre après avoir raccompagné le curé, un peu plus tard.

C'est un vieux roman à couverture grise, qui date d'au moins trente ou quarante ans. Collection à 1F 50. *Evenor et Leucippe. Les Amours de l'Age d'Or, légende antédiluvienne*, par George Sand... Sa ficelle lui pend au derrière et des taches d'humidité rongent le papier. Joseph l'ouvre à la première page, sans beaucoup de curiosité. Et là, il voit tout de suite, en haut à droite, tracé à l'encre violette en grosses lettres maladroites, le nom de sa mère, Faustine Sénon.

Elle a dû posséder ce livre quelques années avant son mariage. Louis avait interdit à Constance d'apprendre à lire à la « fille du bandit Sénon ». Elles étaient obligées de cacher les rares livres et *magasins* qu'elles pouvaient se procurer par les colporteurs... Joseph cherche la date — 1861.

Il cache le livre sous sa chemise.

Le plancher de la chambre est comme martelé régulièrement. Certaines marques, plus profondes que les autres, sont de vrais trous comme on aurait pu en creuser avec un outil en fer. Mais quel outil ? Intrigué, il va poser la question à la Marie Corrèze.

La servante l'écoute en silence, puis ferme les yeux et laisse aller sa tête sur son oreiller, à croire qu'elle s'est endormie. Il est près de se lever pour sortir, lorsqu'elle lui fait un petit signe et qu'un sourire étire ses lèvres parcheminées.

— Mais mon Joseph, ton grand-père Évariste a vécu quinze ans dans cette chambre. Et sur les dernières années, il marchait avec sa canne ferrée, parce qu'il avait la pierre du genou qui ne roulait plus. Et il s'en servait à taper pour m'appeler ou bien appeler Constance, ta pauvre grand.

La servante parle avec effort, la voix sifflante, et quand elle se tait un instant, un râle monte dans sa poitrine. Joseph s'exclame :

— Une canne ferrée dans une chambre ?

— Ma foi, il était chez lui. Mais rassure-toi, il n'y est pas mort. Il se souciait de son trésor. Un jour, il a voulu descendre à la cave pour s'assurer que l'or y était toujours. Il s'est rompu le cou dans l'escalier. On n'a pas voulu le remonter et on l'a mis dans la salle à manger en attendant le cercueil.

La Marie Corrèze s'affaiblit peu à peu. Elle ne s'alimente presque plus. Joseph craint pour elle un hiver que les paysans prévoient rude et demande le Dr Champsac de Châlus. C'est un nouveau, un jeune, un de ceux qui « font les cimetières bossus ». Il voit tout de suite qu'il ne peut pas guérir Marie. Il s'assoit près de son lit, et la vieille servante se prend à raconter sa vie.

— Je m'étais toujours dit que si je passais mes septante, ça serait un miracle de Dieu. Je ne suis plus bien loin des quatre-vingts et c'est comme on dirait un petit rajout qu'Il m'a donné pour attendre le retour de mon bonhomme. Maintenant, mon Joseph est rentré après avoir vu le monde... A la grâce de Dieu !

Le médecin hoche la tête, prescrit une potion ferrugineuse et reconstituante et promet de revenir.

La servante se soulève sur les coudes et, adossée à une pile d'oreillers, fixe le jeune homme d'un air dominateur.

— Vous dérangez pas, monsieur. Je passerai toute seule !

La Marie Corrèze remet la potion à Delphine.

— Rangez-la, ça pourra vous servir quand vous serez vieille !

Un jour, elle sent approcher le dernier moment et demande à Delphine d'appeler Joseph, qui se présente, tête basse, les mains nouées devant lui. Elle l'inspecte longuement, laisse un sourire étirer ses lèvres sèches.

— J'ai essayé de remplacer ta mère de mon mieux.

— Tu as réussi, puisque je suis là.

— Elle t'aimait tant !

— Je sais qu'elle n'était pas folle...

Le silence tombe dans la pièce où ronfle le poêle. L'odeur du vinaigre, que Marie utilise pour cacher les relents de la maladie, se mélange à la fumée du bois de chêne, un des parfums que Joseph a retrouvé avec le plus de plaisir. La Marie soulève enfin ses paupières cireuses pour regarder son bonhomme.

— Qu'est-ce que tu crois donc, mon Joseph ?

— Ma mère est vivante, n'est-ce pas ? Que s'est-il passé ?

— Ton père était un homme brutal, même s'il avait bon cœur, au fond. En tout cas, ta pauvre mère n'en pouvait plus de vivre ici, elle a fait semblant d'être folle !

— Alors, dis-moi ce qu'elle est devenue.

La Marie Corrèze hésite. A un moment, son souffle se précipite, elle se mord la lèvre et marmonne :

— Ton père n'est pas si coupable. Dieu le jugera... On sera tous ensemble, au Jugement. Il faudra dire : *Pardonnez-nous nos offenses comme nous pardonnons à ceux qui nous ont offensés...* Ton père n'a pas chassé ta mère ni ne l'a fait enfermer.

— Dis-moi la vérité, enfin !

— Ta mère n'était pas folle. Elle t'aimait tant !

La Marie bat des paupières, ses mains tremblent sur le drap. Elle s'énerve, son souffle devient court, une grosse veine bat sur son cou décharné. Elle tourne la tête vers Joseph.

— Je te supplie de me croire, bonhomme. Fais-moi cette grâce !

Joseph croise les bras, gardant la tête toujours baissée, comme s'il voulait fuir maintenant le regard de la Marie.

La pauvre femme enfonce la tête dans son oreiller, halète, promène une main sur la couverture, à la recherche de son chapelet, qu'elle finit par atteindre et lâche aussitôt. Les perles de buis roulent sur le plancher. Joseph se penche, récupère l'objet, le tend à la Marie qui le prend d'un geste avide. Le mal de la fin tire ses traits, colle sa peau aux os des pommettes. Son regard chavire. Joseph s'agenouille au pied du lit.

— Marie... Marie !

Elle se calme. Des gouttes de sueur coulent sur son front hachuré de rides. Delphine pointe son bonnet par la porte entrebâillée.

— Faut pas trop la fatiguer, Monsieur Joseph.

— Je sais, je sais...

Joseph se relève, esquisse un geste vers la porte. Delphine s'en va. La Marie Corrèze baisse les paupières, ses lèvres tremblent. Elle prie. Puis elle ouvre les yeux, fixe son bonhomme.

— Je te demande pardon. Je n'aurais pas dû la laisser partir !

— C'est moi qui te demande pardon de te persécuter. A vivre des années avec les sauvages, je suis devenu sauvage aussi !

Il s'avance d'un pas, s'appuie contre le lit, très haut, encore rehaussé par une paillasse d'appoint, il saisit le poignet de Marie, d'un geste mal assuré, et serre dans sa paume les doigts crispés de la vieille femme. La Marie Corrèze se laisse aller, ses doigts se dénouent, son teint rosit, ses paupières battent, glissent. Une sorte de sourire flotte sur ses lèvres sèches.

Joseph appuie une hanche contre le lit, porte son poids sur une jambe, s'assoit à demi dans un creux entre les deux paillasses.

— Tais-toi, la Marie. Oublions le passé. J'ai ma fille, maintenant... Angéline... c'est elle qui compte, rien qu'elle.

— Tu as raison.

La figure de la vieille servante s'illumine, comme si un rayon de soleil, tombé de la fenêtre, s'était posé sur elle. Elle murmure, d'une voix adoucie, presque sans bouger les lèvres :

— Angéline... Angéline... Quel beau nom ! Merci, mon Dieu !

Le soir même, elle rappelle Joseph.

Elle se soulève sur ses oreillers avec l'aide d'Apolline, la belle-fille de Sulpice Lajarlaud, qui remplace Delphine, épuisée. Elle chasse la femme d'un geste, puis fait signe à Joseph.

— Approche-toi, mon garçon, et écoute-moi bien.

Sa respiration est devenue sifflante. Elle porte la main à sa gorge, reprend plusieurs fois son souffle.

— Dans une boîte que je te donnerai, tu trouveras des papiers importants. Il y a les comptes de ton père, ceux du notaire, des papiers de famille... et un dessin. Le dessin n'est pas bien bon, c'est moi qui l'ai recopié sur un de ton père, il y a longtemps. J'ai pas besoin de te dire que je tiens mieux la louche que le crayon. Ça montre la cachette du coffre où tu trouveras le reste du magot de ton grand-père. Peut-être même qu'il y a plusieurs coffres. Je ne sais pas si c'est de bien bon or ni combien il en reste...

« Tu verras, il y a une cache sous le plafond de la source, presque à la rivière souterraine. Il faut descendre dans l'eau, il paraît que ton grand-père, Monsieur Évariste, mettait ses bas de pêche quand il allait puiser dans le magot... »

Joseph relève la tête, détourne les yeux vers la fenêtre.

— C'est le trésor de Léchoisier ? Le trésor de la Queue d'Âne ?

Un sourire joue sur les lèvres exsangues de la vieille servante.

— Motus, la cane pond ! Vous, les Manin, n'êtes pas bavards sur vos affaires ! Les Lajarlaud t'en diront plus, et si tu as besoin de partager, il y en aura toujours un qui sera prêt à prendre sa part !

— Je n'ai pas envie d'en parler aux Lajarlaud.

— Tu feras comme tu voudras. Cet or, tu en as pas besoin pour vivre, le mieux serait peut-être de pas y toucher, ça te regarde. Tu as deux mille huit cents francs de rente chez le notaire, plus les revenus de la propriété. Mais ceux-là, une fois payés les gages des Roussine et des journaliers, il n'en reste pas lourd !

Elle précipite le débit de ses paroles, comme si elle comptait en minutes le temps qui lui reste. Les mots se cognent et s'attachent sur ses lèvres, qu'elle mouille en vain du bout de la langue. Joseph prend la tasse posée sur la table de nuit et l'avance près de sa figure. Mais elle secoue la tête en signe de refus.

— Pour l'or, il y a une promesse, un vœu, que je dois te dire. Ton grand-père avait décidé, avec Charles Lajarlaud, que la plus grande partie du trésor serait conservée pour servir un jour à une grande cause patriotique, c'est ce que ton grand-père a dit à ton père, et je l'ai entendu. C'était pour effacer le sang, la malédiction... Tu feras comme tu voudras, mon bonhomme. C'est ton or, maintenant !

Joseph avale sa salive avec effort.

— Tu crois que les Lajarlaud me rendront la petite ?

— Ils te font languir, mais ils te la donneront. Trop heureux, qu'ils sont. Et puis il faudra te marier. Ou alors tu n'as qu'à retourner dans tes colonies et prendre une négresse !

Joseph rougit, tire sur sa moustache.

— Pour le moment, je préfère ne pas y penser.

Un peu plus tard, la Marie tripote son chapelet, se met à marmonner en patois, puis reprend en français.

— Écoute-moi, il faut que je te dise, pour ta pauvre mère...

Joseph se penche vers la blanche figure abandonnée sur l'oreiller.

— Oui, je t'en prie.

La Marie essaie de se signer, n'y réussit pas tout à fait, sa main retombe, ses paupières s'abaissent.

— Écoute bien, je pourrai pas répéter, je suis trop fatiguée. J'aurais aimé que tu sois tout à fait guéri pour t'en parler, mais le bon Dieu l'a voulu autrement. Ta mère est revenue...

Joseph hoche la tête, il n'a pas rêvé.

— La veuve ? Je l'ai vue. On a parlé.

— Alors, tu sais !

La hâte pousse les mots dans la bouche de la Marie Corrèze.

— Elle ne t'a pas abandonné, elle a été obligée de partir.

Je l'ai adjurée de s'en aller et j'ai persuadé ton père de la laisser libre. Ce n'est pas qu'il ait été un mauvais homme, mais il avait souffert, il était sauvage comme tout, et ta pauvre mère avait eu le malheur d'apprendre à lire, elle ne pouvait pas vivre à Mauval. Elle commençait à perdre la tête, elle serait devenue tout à fait insensée si elle était restée encore un mois. Mais je suis témoin qu'il lui a donné de l'argent, des pièces d'or du magot, et même beaucoup. Et il lui a dit : « Je ne ferai rien de tout cet or. Reviens en prendre quand tu n'en auras plus, ça vaut mieux que tu l'aies, au lieu des Gris-Manteaux ! » Il ne voulait pas que ce soit dit que sa femme soit partie, il aurait été la risée du monde. Alors, il a raconté qu'elle était folle et qu'il avait dû la faire enfermer pour qu'on la soigne. Après, on s'est aperçu qu'elle n'était pas à l'asile, les gendarmes l'ont même cherchée.

« Elle est partie à Limoges. Elle s'est servie de l'or pour changer de nom, elle a commis de graves péchés... le pire étant qu'elle s'est remariée n'étant pas veuve. Elle a épousé un vieux juge, nommé Thouron de Nanthiat, et lui a donné cinq enfants. Mais la famille Thouron s'est doutée de quelque chose et l'a toujours *rebutée*. Maintenant que le juge est mort, c'est bien pire. Ils ne veulent plus la voir. Elle a trois gars au séminaire et sa fille va entrer au couvent. Il n'y a que Monsieur Marc qui reste avec elle. Il faudra que tu sois bon pour lui, et je te le demande sur mon lit de mort. C'est moi qui ai arrangé le départ de ta mère. Pardonne-lui. Je prends tout sur moi.

« Elle est bien veuve, maintenant, et même deux fois ! Elle attendait la mort de ton père pour te revoir, et après tu étais à la colonie. Elle est venue dès qu'elle a su ton retour. Elle a aidé Adrien Mesnieux et Ida Mazérollas pour ta petite. Elle t'aimait, elle ne t'a jamais oublié. Elle est revenue pour toi, pour son Joseph. Mais elle préfère garder le secret... »

Joseph a mal à la tête et l'estomac le brûle. La servante marmonne encore, il se penche, surprend quelques mots.

— Je te demande... il faut que tu répares... le mal que je lui ai peut-être fait... autrefois... sans le vouloir !

Joseph recule à l'entrée de la chambre, où il se tient un moment, les mains dans le dos. La Marie a l'air de dormir. Il s'en va en courbant les épaules et sort se promener dans la nuit.

La lune court derrière les nues, ronde et pleine. Sa lumière poudre de blanc le paysage, inonde le jardin givré, fuse sur les buissons nus et habille les lointains d'une brume incandescente.

Joseph fixe le ciel et ressent une forte impression de profondeur. Derrière les gros nuages blancs, au-dessus de la lune, il mesure la distance des étoiles et l'immensité du monde. Il baisse les yeux, humble et intimidé.

« Je ne peux pas oublier, mais je dois pardonner. »

Il s'approche du puits et se penche sur la margelle pour observer la lune dans le cercle d'eau qui fait comme un miroir. Un instant, la tentation lui vient de se jeter dans le puits pour en finir. C'est une de ces pensées fuyantes, aussi funestes que brèves, qui vous traversent la tête venant d'on ne sait où, pour s'abîmer aussitôt dans les limbes de l'âme.

« Et ta fille ? Tu dois penser à elle, d'abord ! »

Il tourne longtemps autour de la maison. Une chèvre-bêlerelle, un chat-huant, s'envole au-dessus de lui en lâchant sa crierie : hêêêê ! Un second lui répond de l'autre côté de la maison. Puis un troisième, et ils font rouler leurs rires en concert autour de Mauval. Joseph porte les mains à ses oreilles.

« Fichez-moi la paix, sales bêtes ! Tout le monde a des excuses à faire valoir, mon père, ma mère... Je ne saurai jamais si elle est revenue pour moi ou pour le magot de la Queue d'Âne ! »

Les chats-huants volent de ci, de là, tout autour de la maison. Hêêê ! hêêê ! hêêê ! Joseph se bouche les oreilles, monte se coucher. C'est l'Apolline qui vient le réveiller pour lui apprendre la nouvelle, une heure après.

— Ça y est, elle est *passée,* pauvre Monsieur, vous voilà bien seul, au jour d'aujourd'hui !

Les jours suivants, Joseph boit pour se soutenir. A l'enterrement, Sulpice et Romain Lajarlaud doivent l'empêcher plusieurs fois de tomber. Deux autres Lajarlaud portent le cercueil de la Marie, avec les métayers de Garenno, des nouveaux, que Joseph ne connaît pas. Les métayers de Garenno changent sans cesse. Joseph a l'impression que ces deux-là, le père et le fils, le regardent d'un sale œil. « Peut-être à cause du trésor... »

Le brouillard est épais, ce matin-là. Au-delà de dix pas, on distingue seulement les silhouettes. L'enfant de chœur qui a dû siphonner le vin de messe n'arrive pas à tenir la croix droite. Le curé appelle son camarade pour le remplacer.

On fait signe à Joseph d'avancer le premier vers la fosse où la caisse de Marie Corrèze vient d'être descendue avec deux cordes. La tête lui tourne. Il se baisse avec effort pour ramasser une poignée de terre qu'il écrase dans sa main et jette sur le cercueil, suivant le geste de toujours. Un caillou pointu reste accroché à sa paume. Le dernier souvenir de la Marie Corrèze...

Près de la famille Lajarlaud, en arrière et un peu de côté, il aperçoit le couple Mazérollas, Ida et son mari. Non loin se tient un homme maigre, plutôt petit, engoncé dans un costume du dimanche trop ample, tenant gauchement son chapeau sur son ventre. Adrien Mesnieux... Joseph ne l'a jamais vu, mais ce ne peut être que lui. Angéline se serre contre son père adoptif, l'air d'un oiseau transi de froid. Adrien Mesnieux lève une main, la pose sur l'épaule de l'enfant, d'un geste possesseur. Angéline frissonne sous un vieux manteau gris. L'Ida lui a mis un ruban noir à son chapeau d'été. La petite Alsacienne est devenue une petite veuve... Joseph lui sourit, mais elle ne paraît pas le voir. L'Ida rend un sourire, bref et dur, puis détourne les yeux. Joseph marche vers la sortie, la démarche raide et mal assurée.

La veuve Thouron est là aussi, toujours tout en noir, avec son col de fourrure, son manchon, sa voilette. Elle est tellement plus petite que dans son souvenir. Une petite femme insignifiante, vêtue sans recherche, mais bourgeoisement. Son fils Marc l'accompagne, un jeune homme mince, engoncé dans un gros pardessus... « Mon demi-frère ! » pense Joseph, et il se retient de pouffer. C'est l'alcool. « Et songe que tu en as trois autres, plus une demi-sœur. Tu ne manques pas de famille ! »

Sa mère lui adresse un léger signe de la main, du moins c'est l'impression qu'il a. Puis elle tourne les talons et s'en va, son fils la suit avec un certain retard. Les quatre cagnards se pressent devant la porte du cimetière pour saluer leur ami. Joseph est touché, son menton tremble, il regarde ses souliers. Ponot Barbeloup hoche sa trogne hirsute.

— L'a fini par renverser sa marmite, la Marie Corrèze, dit-il. Ah ! commerce !

Martin essuie le brouillard qui trempe sa barbe, exhibe dans un rictus ses dents carnassières, scrute Joseph au fond des yeux.

— Ma parole, pauvre cheval !

Simplice balance son chapeau crotté et s'en va l'épaule basse.

— Que le feu de Dieu me brûle !

Ponot envoie une bourrade dans les côtes de Joseph.

— Amis comme cochons, ça tient !

Martin souffle son haleine chargée d'absinthe.

— Ma tête sur le billot, j'ai vu ta petite avec l'Adrien Mesnieux.

Les gens s'éloignent du cimetière les uns après les autres et s'évanouissent dans le brouillard. Le claquement lugubre des sabots retentit longtemps. Un cheval hennit, les carrioles grincent en tournant. Joseph s'appuie au tronc d'un ormeau. On dirait que le brouillard s'épaissit encore. La vallée se bourre de coton, le village a presque disparu. Le curé, en surplis blanc, a l'air d'un fantôme, que la brume vite engloutit.

— Monsieur Joseph ?

Le petit homme s'approche, tête nue, tenant le bord de son chapeau à deux mains, devant lui. Il flotte dans sa veste gris souris, peut-être celle de son mariage. Joseph tend sa dextre. Les yeux baissés, l'Adrien n'a pas vu le geste, il garde ses pognes serrées sur son chapeau. Joseph laisse retomber son bras.

— C'est bien aimable à vous d'avoir amené la petite...

Adrien Mesnieux va pour se recoiffer, hésite, le chapeau devant la figure. Puis il dit en patois, très vite :

— Il faut qu'on se voie. Dimanche avant vêpres, ça vous va ?

Joseph acquiesce d'un signe, le cœur battant les cent coups.

— Ça me va. Chez l'Ida ?

L'Adrien hoche la tête.

— La Marie Corrèze, ma pauvre Justine l'aimait bien...

Delphine et Apolline ont préparé un en-cas pour que les gens de loin puissent se restaurer avant de rentrer chez eux. Les quatre cagnards retournent à Mauval pour y festoyer, en aiguisant leur couteau contre leur fourchette, ce qui produit un crissement affreux. Delphine et Apolline en ont les nerfs sciés. A la nuit tombée, ils font claquer leur lame en guise de merci et décampent sous le regard méprisant des femmes. L'Apolline les regarde partir, campée, les mains sur les hanches.

— Ha, ha ! On ne jette pas sa part aux chiens !

Delphine aide Joseph à préparer la chambre de la petite fille. Ils lessivent le plancher au vinaigre, badigeonnent plusieurs fois les murs. Malgré tous leurs efforts, il reste une drôle d'odeur dans la pièce. Joseph ne peut s'empêcher de penser que des prisonniers de Léchoisier sont morts dans cette pièce. Il décide de porter un louis au curé pour dire des messes.

— J'en voudrais une tout de suite, cette semaine.

L'abbé Peytahout, nouveau curé, incline sa longue tête osseuse.

— Qu'à cela ne tienne. Dès demain matin !

Et miracle, le lendemain à midi, l'odeur suspecte a disparu. Il est vrai que l'Apolline a évaporé le jour même une mère de vinaigre sur une pelle chauffée au rouge, et brûlé dans la cheminée de vieilles douelles de barrique, imprégnées de tartre...

La semaine passe à finir les nettoyages, à chasser les mauvaises odeurs, avec de l'esprit de vinaigre et des prières un peu païennes, à poser des jalons, à tirer des plans sur l'avenir qui finira bien par venir. Samedi soir, l'Ida envoie l'aîné de ses drôles, Louis, sept ans, chapeauté d'un sac, sous la pluie battante.

— C'est pour demain avant vêpres !

Joseph passe la moitié de la nuit à se demander comment il va s'habiller. L'heure est venue, la jument attelée depuis une heure au cabriolet à capote de toile cirée, qui date peut-être d'Évariste Manin — mais la capote est neuve ou presque. Joseph, tout endimanché, part pour le village entre deux averses. Il s'arrête devant la maison Mazérollas, met la jument à l'abri sous l'auvent de bruyère et va toquer à la porte. L'Ida ouvre brusquement, et il se trouve face à un conseil de famille réuni autour de la longue table de cuisine : Mazérollas, Sulpice Lajarlaud, son fils aîné, Jules et sa belle-fille Apolline, Adrien Mesnieux... L'Ida reprend vite sa place à côté de son mari. Mesnieux ôte son chapeau, Sulpice met sa pipe dans sa poche, sa femme hoche la tête, Mazérollas triture son col du dimanche. Les hommes et la patronne occupent les deux bancs, Apolline est assise sur une chaise, il en reste une pour Joseph, qui s'assoit, bien plus intimidé qu'il ne l'aurait jamais imaginé.

Une odeur de lard et de pomme cuite flotte dans la cuisine. Des verres propres font cercle autour d'une bouteille de *bouché*, comme les poussins autour de la poule. Mais on n'en est pas encore à arroser *ça*. On échange quelques réflexions en patois sur le temps, la saison, les semailles, les bêtes... Joseph approuve d'un signe. Ses mains tremblent, tout comme le menton de l'Adrien. Les deux hommes évitent de se regarder, et pourtant une espèce de complicité survient entre eux à ce moment.

Joseph baisse les yeux. Les tommettes de la cuisine ont été

lavées à la serpillière et un chien a distribué ses empreintes tout autour de la pièce. Sulpice Lajarlaud tape du poing sur la table.

— Miladiou ! On n'est pas des bœufs ! En voilà une affaire !

Adrien Mesnieux se racle la gorge pour montrer que c'est à lui de parler. Il a les pommettes osseuses, le menton en galoche, la peau tirée sur la figure, les yeux rouges et le teint cireux.

Il se tourne vers Joseph et ose enfin le regarder en face.

— L'Angéline, c'est ma drôle, même si elle avait presque trois ans quand j'ai épousé sa mère. Mais je suis qu'un pauvre journalier, j'ai juste la peine de mes bras pour vivre et pas même une forte santé. J'ai bien réfléchi que je pourrai pas l'envoyer à l'école, comme c'est de mode maintenant. Même si je mariais une veuve, c'est forcément une qui aurait de la marmaille après son tablier, je pourrais pas trouver mieux, vu mon âge, et c'est pas dit que l'Angéline serait bien heureuse avec les autres... Peut-être qu'elle aurait plus de contentement avec vous, Monsieur Joseph, qui êtes son vrai père, *belou bé*, peut-être bien, qu'il a fallu pour sûr qu'il y en ait un. Et qu'aussi vous avez les mains blanches et du foin dans vos bottes. Ma pauvre femme, je l'ai sur le cœur, je peux bien le dire, elle pensait tout le temps à vous quand vous étiez à la colonie. Je me suis dit : « Qu'est-ce qu'elle voudrait que je fasse, ma Justine, pour la petite ? » Vous m'avez fait savoir que vous me la prendriez pour de l'argent, et vous m'avez bien fâché. Je vous la laisse pour l'estime de ma pauvre femme et contre promesse de la traiter avec bon cœur !

Il parle lentement en regardant ses mains, soucieux de bien prononcer les mots français qui ne lui sont pas familiers.

— J'aimerais bien venir la voir assez souvent que mon tour, qu'elle quitte pas de me connaître, et pour me rappeler sa pauvre mère. C'est tout ce que je demande. Je sais écrire mon nom, je suis prêt à signer les papiers du notaire et du juge de paix.

La pendule se met à sonner, il sursaute, lève les yeux,

comme si le temps le pressait. Il doit retourner chez son patron, à des kilomètres, pour soigner les bêtes avant la nuit. Les quatre coups tombent. Il regarde Joseph, les larmes aux yeux.

— C'est une bonne gosse, l'Ida vous le dira mieux que moi. Elle sait déjà tenir l'aiguille et faire de petites coutures...

Il sourit tristement.

— Je crois même qu'elle veut apprendre à lire !

8.

Joseph remet de jour en jour l'exploration de la cave. Il doit s'avouer que l'endroit lui répugne et l'effraie. Après les révélations de la Marie Corrèze sur son lit de mort, il a décidé une visite immédiate au magot. Puis il a eu honte. « Tu ne penses donc qu'à l'or, mon vieux ? On verra après les obsèques ou plus tard. » L'hiver est passé. Angéline n'est toujours pas installée à Mauval.

Il se décide enfin à aller voir de près ce qui reste du trésor de Léchoisier. Il ira ce soir ou demain, le plus tôt possible. Mais il trouve toujours, au dernier moment, un bon prétexte pour retarder la descente. Il se rend compte qu'il a peur non tant de la cave, de la source, de l'obscure présence des morts, que du trésor même, trop petit ou trop gros. Il craint de trouver le coffre de son père vidé, pillé, réduit à quelques pièces, tout juste de quoi payer un tablier neuf à la servante, tous les ans ! Et il appréhende presque autant de mettre la main sur un énorme tas de cet or taché de sang !

Il a peur de la convoitise que la vue du trésor pourrait réveiller en lui et qui finirait par le changer en vieil avare tremblant sur son coffre ! Il ne sait que souhaiter. Il a décidé de descendre la nuit puisque, aussi bien, il lui faudra s'éclairer à la lanterne. Il se prépare deux soirs de suite.

Delphine le guette, il se sent gêné. Le troisième soir, il se persuade qu'elle dort avec son Roussine. L'heure de la grande aventure a sonné, son cœur bat la chamade. Il soustrait une bouteille de gnôle sur une étagère. Il roule une couverture qui lui servira à se réchauffer après le bain glacé qu'il sera obligé de prendre dans la rivière souterraine. « Allez, marsouin ! »

Delphine l'attend dans le couloir, une lampe à bascule au bout des doigts. Elle lui barre le chemin.

— N'y allez pas, Monsieur Joseph. N'y allez pas !

Joseph repousse vivement la servante.

— C'est toi qui vas m'empêcher d'y aller ?

— Alors, je vous suis, au cas qu'il vous arriverait malheur !

La servante baisse sa lampe, éclaire leurs pieds.

— Vous n'avez même pas de bottes !

— Il me faudrait un pantalon de pêche en caoutchouc. Tant pis, je vais me déshabiller et rentrer dans l'eau nu comme un ver... jusqu'à la ceinture... et en commençant par le bas !

— Vous allez attraper une fluxion de poitrine !

— J'emporte une couverture pour m'envelopper en sortant.

— Je vais y aller pour vous frotter !

Joseph reconnaît, au fond, qu'elle n'a pas tort. Il dispute un moment pour le dit, puis balance sa lanterne d'un geste décidé.

— Bon, venez, vous me verrez en asticot !

Elle trotte derrière lui dans le couloir, puis dans l'escalier coudé, aux marches rongées et glissantes. Joseph se souvient de son premier voyage à la cave, avec la Marie Corrèze. Il pose son falot devant la lourde porte cloutée, sort la clé du cadenas.

— Éclairez-moi avec votre quinquet.

Il pousse la porte, après avoir libéré la chaîne. Un courant d'air froid, portant l'odeur crue de la source, leur coupe le souffle une seconde. Delphine laisse échapper une plainte.

— L'*expir*, c'est-il Dieu possible !

Joseph se retourne, lanterne levée.

— N'ayez pas peur, c'est seulement le siphon qui dégorge.

L'écho de sa voix roule dans les profondeurs voûtées. Ils arrivent à la première cave, où fûts et barriques ont l'air d'animaux ronds et repus, endormis sur leur couche de bois.

Joseph tourne sur lui-même en levant et baissant le falot.

— Le soupirail, qu'on a muré, servait à pomper le vin depuis le chemin. Je le ferai peut-être rouvrir un jour.

La lampe vacille dans la main tremblante de Delphine.

— Attention, dit Joseph, il y a une seconde volée de marches. Et elles sont assez mauvaises, autant que je me souvienne.

Ils descendent entre les murailles humides, jusqu'au passage en S. Joseph courbe la tête et prévient sa compagne.

— Voilà, on y est. Ce n'était pas si terrible !

Il en a vu de pires, chez les Pavillons-Noirs. Delphine vient buter contre lui. Il pose son falot, serre le bras de la servante.

— Vous êtes en sûreté ici mieux que dans votre lit, avec le Roussine qui remue en dormant !

Il sait qu'elle a eu beaucoup de courage en insistant pour l'accompagner. Il lui lâche le bras, pose la main sur son épaule.

— Vous êtes une brave fille.

Cette deuxième cave, environ sept mètres sur cinq, est si basse que la tête de Joseph frôle le plafond au plus haut de la voûte. Il se baisse pour avancer vers le goulet, fermé par une barrière à claire-voie, d'un mètre de large sur un mètre cinquante de haut. Deux madriers de bois armé soutiennent le plafond. La rivière clapote de l'autre côté de la claire-voie. Un son plus assourdi, presque musical, monte de temps en temps du souterrain.

Joseph détache la claire-voie, fixée à un piquet, et la rabat contre le mur. Les reflets de lumière jouent à la surface de l'eau. Au clapotis régulier et proche, et au bourdonnement musical plus lointain, s'ajoute un gargouillis caverneux. Joseph soulève le falot et les ombres s'envolent tout autour de la cave

— Delphine, vous me le tiendrez comme ça pendant que je vais fouiller.

Delphine tire son maître par un pan de veste.

— N'y allez pas ! C'est profond ! Vous allez prendre la mort !

Il sort sa montre de sa poche de gousset.

— Il y a moins d'un mètre d'eau, sauf au moment de l'expir, où elle monte d'une petite coudée. Je vous promets de ne pas rester plus d'un quart d'heure. Regardez voir où est la grande aiguille !

— Je sais quand même lire l'heure !

— Si je ne trouve rien, on reviendra aux beaux jours, munis d'un pantalon de pêche et d'une lanterne à pétrole.

Il commence à quitter sa veste qui pourrait le gêner, déboucle sa ceinture, tombe son pantalon.

— Tournez-vous si vous voulez !

En pan de chemise, il s'accroupit au bord d'un bassin, appuyé sur ses paumes, il touche l'eau de la pointe du pied, grogne. Pour la saison, la température est plutôt douce dans la cave, mais l'eau de la source est glacée. Joseph se laisse aller, enfonce une jambe. Il appelle à lui toute sa fierté d'ancien marsouin et saute. Le plouf de sa chute couvre le cri de Delphine et son propre soupir. Il reprend son souffle, sa chemise ne trempe pas dans l'eau. Il avance un pied, se blesse un orteil. Le fond est couvert de galets et de cailloux, les uns glissants, les autres coupants.

Il piétine une minute, tourne en tâtant la muraille.

— Bon Dieu, quand je pense à mon lit ! Donnez-moi la lampe.

L'écho de sa voix gronde dans la caverne, devant lui. Delphine s'approche pour lui tendre la petite lampe.

— S'il vous plaît, ne vous éloignez pas.

— Soyez tranquille, je ne prendrai pas le chemin des canards !

Il s'avance sous la voûte, à gauche. Sa tête et ses épaules disparaissent aux yeux de Delphine, qui ne distingue plus que la tache blanche de son dos. Sa voix s'assourdit.

— Il y a un renfoncement ici, j'avais oublié. Ou alors, c'est un autre bras de la rivière... Non, je ne crois pas.

L'eau clapote quand il bouge. Delphine se penche au bord du bassin, le falot à la main, lui crie de revenir. Il ne répond pas. Le silence dure, coupé d'un raclement de métal sur le rocher.

— Delphine !

— Je suis là, Monsieur Joseph !

— J'ai trouvé deux coffres... ils sont vides !

— Tant mieux ! C'était de l'or maudit !

— Il y a beaucoup d'espace de ce côté. Les cailloux me blessent.

— Faites vite, je vous en supplie.

— Poussez-vous sur la droite pour m'éclairer.

Un léger souffle monte de la rivière, chargé d'une odeur vive et âpre. La lampe à bascule s'éteint. Joseph crie à Delphine d'abriter le falot. La servante se retourne contre le mur un instant, le courant d'air cesse, elle revient au milieu de la cave.

— Ne vous inquiétez pas, j'ai une provision d'allumettes. Des *contrebandes*, qui se frottent partout !

Joseph recule et pose sa lampe sur le bord du bassin.

— Attention, je crois qu'on va avoir l'expir !

— Si tôt ? On en a déjà eu un en descendant... Sortez vite !

— Non, j'aurais trop froid.

— On n'a qu'à s'en aller.

La voix de Joseph se fait haletante.

— J'ai encore beaucoup d'endroits à voir.

— Et si ça vous monte à la poitrine ?

— Je vais quitter ma chemise et mon tricot, pour qu'ils ne soient pas trempés.

— Seigneur Jésus, vous serez tout nu !

Il finit de se déshabiller, en hâte.

— Vous l'avez dit. Attrapez ça !

Il roule en boule sa chemise et sa flanelle et les jette à Delphine qui les cueille au vol.

— Vous êtes bien un ancien marin, vous !

— Vous vous confesserez de ce que vous avez vu.

Tous deux parlent haut et s'exclament pour se rassurer. Joseph s'appuie à la paroi glacée, son dos fait ventouse contre le rocher gluant. Il perd le souffle, s'accroche des deux mains à la voûte, remplit ses poumons jusqu'à sentir une brûlure dans la poitrine.

Delphine s'accroupit près de la source.

— Mon Dieu, si l'eau monte à ras bord, vous allez être noyé. Prenez ma main, je vous tirerai. Je suis forte, vous savez !

Joseph se force à rire. Il lâche la voûte d'une main, touche la main de la servante, puis son genou, et la pousse doucement.

— Mettez-vous dans un coin pour protéger la lampe. Vite !

L'expir approche, avec son courant d'air et ses bruits rauques, amplifiés sous la voûte. Le pépiage se mue en clameur. Un troupeau de vaches meuglent au fond de la caverne, des serpents sifflent et se démènent dans le flot de la rivière. Une troupe de laveuses frappent l'eau de leurs battoirs à grands coups. Une sorte de tohu-bohu naît dans les profondeurs, comme si les portes d'un château souterrain s'ouvraient sous une poussée brutale, puis se refermaient en claquant.

Joseph respire, la bouche ouverte, une bouffée froide et piquante, le courant d'air lui fouette le dos. Il ferme les yeux. L'eau se met à clapoter dans le renfoncement et monte le long de ses cuisses. Il pousse un cri plaintif quand elle vient lui lécher le ventre. Il a l'impression que tout bouge autour de lui, il se sent emporté. Le bruit s'enfle et lui remplit les oreilles.

Une vague roule, le couvre jusqu'aux épaules, s'étale dans la cave avec un clappement mouillé. Delphine hurle, le falot s'éteint. L'air refoulé s'échappe vers l'escalier en sifflant.

Delphine appelle, les mains en porte-voix :

— Monsieur Joseph, êtes-vous là ? Êtes-vous là ?

Joseph lâche son appui d'une main, s'ébroue et crache.

— Où voulez-vous que je sois ? Pas la peine de crier !

Le siphon produit à ce moment un fort bruit de succion, et l'eau reflue si vivement que Joseph, poussé en arrière, glisse et tombe. La rivière revient à son niveau normal, puis diminue encore. Joseph se retrouve à quatre pattes dans une petite coudée d'eau.

Il s'est blessé le genou à une aspérité du fond, presque sans vase. Il grogne, tâte le sol sous ses paumes. Ces drôles de cailloux... les uns tranchants comme des bouts de silex, d'autres lisses et ronds... Il les tâte machinalement, en essayant de se relever. Certains ressemblent à des débris de coquilles, d'autres, ma foi, à des pièces de monnaie. Les gestes de Joseph sont de moins en moins instinctifs. Une idée lui vient. Bon Dieu !

— Bon Dieu, Delphine, rallumez votre falot !

Une minuscule lueur rouge jaillit sous les doigts de la servante et s'éteint aussitôt. Delphine gémit.

— Je peux pas, mes allumettes sont mouillées !

Joseph a ramassé quelques cailloux ronds et s'approche du bord de la source, les pognes serrées.

— Dépêchez-vous ! J'ai besoin d'y voir ! Vite !

La servante retient ses sanglots.

— Je peux plus rien faire, M'sieur Joseph, j'ai eu trop peur !

Joseph essaie de se hisser jusqu'au sol, sans lâcher les cailloux qu'il tient dans ses mains. Il se râpe les coudes et les genoux. L'eau remonte maintenant sur ses jambes, en vaguelettes lentes et légères. Il claque des dents, il tremble des pieds à la tête, mais ne sent plus le froid. Soudain, il se rappelle.

— Le briquet, dans la poche de ma veste !

Delphine hoquette bruyamment et s'étouffe.

— J' sais... pas... pas... où elle est.

— Approchez-vous en tâchant de pas glisser. Tenez votre tablier ouvert, je vais mettre quelque chose dedans. Ne vous occupez pas de moi. Je sortirai quand j'aurai les mains libres. Voilà. Reculez, ne tombez pas, ne lâchez pas votre tablier !

Quelques minutes plus tard, la flamme du briquet jaillit

sous le pouce de Joseph. La lumière du falot paraît soudain claire comme l'aurore. Delphine se jette contre Joseph.

— J'ai eu si peur, Monsieur !

Puis elle s'aperçoit que son maître est tout nu, trempé de la tête aux pieds. Elle joint les mains, ouvre grande la bouche.

— C'est-il Dieu possible ! Faut que je vous sèche, vite !

Mais Joseph n'a cure du froid qui lui hérisse la peau.

— Approchez plutôt le falot, que je voie ces cailloux !

Delphine s'exécute. Joseph ouvre les paumes. Il le savait !

— Des pièces ! Des pièces d'or et d'argent ! J'ai trouvé le trésor de la Queue d'Ane, Delphine ! Des jaunets, de la blanche ! Et des bijoux, des bagues, des boucles, des broches, des bracelets, des colliers... Des pierres précieuses, des perles en chaîne ! Et des lingots d'or ! Dieu sait quoi encore !

Il ne peut s'empêcher de hurler pendant que Delphine le bouchonne avec la couverture.

— Le trésor, vous entendez, le magot ! Ça doit être mon père qui a tout vidé dans la source, une bonne cache. L'eau n'altère pas l'or ni l'argent... À preuve les trésors qu'on trouve encore au fond de la mer, dans le ventre des galions !

Il s'aperçoit à peine que Delphine lui frotte le ventre de toutes ses forces. Il danse sur place, elle lui crie de se tenir tranquille, qu'elle ne peut faire office s'il bouge tout le temps.

— La caverne d'Ali Baba, voilà ce que j'ai trouvé ! N'empêche que le trésor fout le camp ! A chaque reflux, l'eau emporte quelques pièces qui vont échouer à la fontaine des Hauts de la Plaine, où les Lajarlaud ont pris l'habitude de les récupérer ! Et de tirer des coups de fusil sur ceux qui approchent de trop près !

Delphine le regarde en hochant la tête, se signe.

— Vous avez trouvé le trésor, grâce à Dieu...

Joseph enlace la servante.

— Mais je n'ai visité que le bord. Tout le fond doit être plein !

Il l'entraîne dans un pas de danse. Elle le repousse.

— Vous allez attraper la mort. Pensez à votre petite !

Dégrisé, il se calme aussitôt.

— Ma chemise, mon caleçon...

— Vos affaires sont trempées. J'ai idée de vous *plier* dans la couverture et de vous mener chez vous pour vous réchauffer.

Joseph consent, abandonne ses vêtements, sauf la veste qu'il enfile sur la peau. Il fourre dans les poches la demi-douzaine de pièces qu'il a pêchées. Il embrasse Delphine qui se trémousse.

— Oh ! que je suis heureuse ! Que je suis heureuse !

— Tu avais prémédité ton coup, ma belle garce !

La couverture mouillée lui colle aux jambes, mais il s'en moque, il vogue sur un nuage. Dans la chambre, Delphine veut allumer le feu, Joseph lui déboutonne le corsage.

— Viens plutôt te mettre au lit avec moi !

Il lave quelques pièces avec l'eau de son broc de toilette. Assis dans le lit de Joseph, côte à côte, en chemise de nuit, ils examinent les plus propres. Pile, face...

— Ça, c'est un louis de Louis XIII, commente Joseph.

— C'est-il Dieu possible ! Alors, ça date d'avant... d'avant...

— Oui, de bien avant ! Tiens, voilà le roi. Ludo XIII. C'est Louis en latin. Et la date, là... 1640. Tu lis ?

Delphine ouvre des yeux ronds. Sait-elle seulement lire ? Il ne s'en est jamais soucié. Il frotte la pièce avec son pan de chemise. Sous la lumière, le métal exhibe son brillant mat et tendre, à nul autre pareil. L'or... L'OR ! Joseph glisse la pièce entre les seins de Delphine, en prend une autre sur sa table de nuit.

— Celle-ci est un peu moins ancienne. 1695, Ludo XIIII... Tu vois, ils écrivaient quatorze avec quatre barres au lieu d'une barre et d'un V. Et la tête du Roi-Soleil ! Le graveur ne s'est pas forcé ! En 1695, il avait à peu près soixante ans. J'ai déjà vu un tableau où il avait cet air pincé de vieux ronchon !

Delphine prend la pièce dans sa paume. Côté pile, toutes

sortes de signes s'entassent en désordre. Des fleurs de lys, des grands L, des couronnes massives, une espèce de W au centre... La servante gratte avec l'ongle. L'or suinte comme le sang sous la peau.

— Et vous pensez qu'il y en a en beaucoup comme ça ?

Joseph contemple le plafond avec un sourire rêveur.

— Oui, oui. Comme ça et autrement. Des bijoux, de l'or... Nous serons riches.

— Moi, je ne suis qu'une servante, dit-elle.

Ses yeux brillent dans la lumière de la lampe à pétrole. Joseph joue avec une autre pièce, d'argent celle-ci.

— Notaires royaux de la ville de Soissons, 1778... Celle-là a juste l'âge de mon grand-père, Évariste Manin. Il doit y avoir un fameux tas de camelote dans le renfoncement qui est tout creux. Ça roulait sous mes arpions !

Il serre Delphine dans ses bras, la berce doucement.

— Ma petite sera riche ! Ma petite sera riche ! Seulement, attention. Il y a une promesse de mon père. On ne peut prendre qu'une partie du trésor. La plus grosse doit être conservée pour servir une cause patriotique, le moment venu.

— Une cause patriotique ? Ah ! mon Dieu !

La nuit s'avance. Joseph tend les deux louis à la servante. Elle les fait rouler dans sa paume, un sourire très doux et un peu triste aux lèvres, puis les jette sur l'édredon, devant Joseph.

— Si je les prenais, ça serait comme si je me faisais payer !

Joseph se dresse sur le lit, repousse l'édredon, les louis roulent sur le plancher. Il tire la servante par le bras.

— Ma gosse aura une sacrée belle dot, Delphine.

Elle le regarde dans les yeux, longuement.

— Oui. J'espère que cet or fera son bonheur !

9.

Ida amène Angéline à Mauval, sous une pluie battante. Elles se hâtent dans l'escalier, en cape et capuchon, les bras chargés de ballots. Delphine court ranimer le feu.

— C'est-il Dieu possible !

Joseph accueille Ida à la porte du couloir. Elle lui jette sa cape mouillée dans les bras, en riant à pleine bouche. Elle a toutes ses dents, elle est encore jolie. Elle tend sa joue rougie par l'averse.

— Tu m'embrasses pas ?

Joseph les pousse toutes les deux dans la cuisine enfumée. Agenouillée devant l'âtre, Delphine presse le soufflet.

Angéline pose son petit baluchon, sort lentement une main de sous sa cape et la tend à Joseph qui la prend dans les siennes.

— Tu n'as pas froid ?

Elle pince la bouche pour dire non. Mais elle tremble et cache ses mains. Joseph la sent au bord des larmes. Elle baisse la tête et se tait. L'ombre de sa capuche cache un peu ses yeux, et Joseph ne peut distinguer leur couleur. Sa bouche, qu'elle mord de temps en temps sur le côté, exprime une longue expérience de la souffrance et du malheur. Sous sa cape noire d'écolière, elle porte une robe épaisse, informe, trempée devant. Elle est chaussée de petits sabots dorés, tachés par la boue des chemins. Une tresse blonde tombe sur le col de sa robe, une boucle s'accroche au drap sombre du capuchon.

Ida rabat le capuchon, déboucle le crochet de la cape, tâte les vêtements.

— Quitte ta robe et tes bas. Je vais chercher de quoi te changer.

Angéline se tourne vers Joseph et le fixe d'un air sévère. Il recule dans le couloir où Ida le rejoint un moment après.

— Tu crois que tu vas savoir t'occuper d'une fille ?

Elle rit un peu trop fort, baisse la voix aussitôt.

— La Marie Corrèze a eu le temps de te parler ?

— Pour ma mère ? Elle a eu le temps, mais juste. Il faut m'en laisser à moi aussi. Pour le moment, je veux m'occuper de ma fille. Je ne suis pas encore prêt à rencontrer ma mère.

Ils parlent un moment d'Angéline et de son installation. Pour les papiers, il faudra voir le notaire le plus tôt possible.

— Sulpice a déjà vu le juge de paix. J'aime mieux te dire que tu n'es pas au bout de tes peines !

Elle le toise de haut en bas, sourit.

— Quand tu es rentré de la colonie, j'ai cru que tu avais jauni pour de bon, à te frotter aux femmes de là-bas. Tu avais une figure à faire retourner une procession ! Avec tes couleurs...

Elle lâche un rire qui secoue sa poitrine bien plantée.

— ... je te trouve tout bellot. Ah ! si j'avais vingt-cinq ans !

Joseph hoche la tête, une moue à la bouche.

— Et que tu ne sois pas mariée...

Elle pose les mains sur ses hanches, guinde le buste, une épaule avancée, mi-moqueuse, mi-provocante.

— Et même mariée, donc !

Ils retournent à la cuisine. Angéline, séchée et changée, se tient à genoux devant le foyer, les mains tendues vers les flammes. Elle récite à voix basse des bouts de chanson pour se réconforter. Pauvre gosse, comme elle doit se sentir seule et abandonnée !

La chienne Lola, qui guettait à la porte, ose enfin s'approcher et vient lui lécher les mollets. Les chiens de Mauval sont craintifs, peu sociables. La Marie Corrèze les menait plutôt durement, sans parler de Louis en son temps. Les mâles sont confinés à la cour et aux étables. La Marie ne supportait que Lola dans la maison, mais depuis sa mort, Delphine, pour marquer sa prise de pouvoir, débusque la petite chienne sans pitié. On dirait que les deux orphelines se sont reconnues. Angéline prend Lola dans ses bras, et la bestiole tire une langue large comme la main et lèche la figure de la petite fille, de la bouche aux oreilles.

Joseph la rappelle doucement. « Lola, Lola... » Et la chienne se retourne, le regarde d'un air de supplier et d'exiger en même temps. « Tu vois bien que cette drôle a besoin de moi, bonhomme. Et moi aussi j'ai besoin d'elle... » Il consent d'un signe de tête, juge le moment venu de rompre la glace.

— Angéline, il faudra aussi que tu ailles voir ta vache. Elle t'attend... Je veux dire qu'on t'attendait tous les deux.

Angéline repousse à demi Lola, se retourne lentement.

— Où ça ? Quelle vache ?

— A l'étable, où sont les vaches... mais dans le meilleur coin, avec de la paille fraîche. C'est ta vache.

— Pourquoi, c'est ma vache ?

Angéline cherche ses mots, en français, et glisse dans son parler quelques syllabes chantantes de patois limousin. Joseph se dandine, gêné, force un peu le ton.

— Elle s'appelle Étoile. Elle est arrivée à Mauval, un beau jour, elle a dit : « Je suis la vache d'Angéline, je vais l'attendre ici. »

Angéline se lève, une main posée sur la tête de la chienne, hausse les sourcils et pince le nez.

— Vous mentez. Les vaches ne parlent pas !

— Je les comprends quand même.

— C'est sûrement une vache perdue. Elle est arrivée chez vous par coup d'hasard... Ça doit être la vache d'un pauvre homme qui l'a perdue et qui est bien en peine. Il faut lui rendre vite !

Joseph respire. La gosse est maligne, la langue bien

pendue, avancée pour son âge. Il se prend le menton, feint l'embarras.

— Mais si c'était vrai, comment retrouver le propriétaire ?

Elle fronce le nez, hésite une seconde.

— Oh ! moi, je le dirais à mon tonton Sulpice. Il sait tout !

— Je vais te dire la vérité : j'ai acheté la vache pour toi.

Elle lui tourne à demi le dos, caresse les oreilles de la chienne.

— Vous m'avez menti. Vous n'avez qu'à la mener à la foire.

Le chat Marron s'approche d'Angéline, se frotte à ses jambes. La chienne le chasse d'un coup de museau. Marron crache de colère. La petite fille les empoigne par le cou tous les deux.

— Pas de noises ! Attendez que je *save* votre nom ! *Si que* j'habite ici, les chiens et les chats doivent être amis !

Joseph s'esclaffe. Angéline lui jette un regard cinglant.

— Vous êtes encore là ? Qu'est-ce que vous avez à rire ? C'est vrai que vous êtes mon père ? Vos bêtes sont pas bien dressées !

Joseph fait quelques pas sur place, les mains derrière le dos, puis lance un coup de menton.

— Tu as raison. La petite chienne s'appelle Lola et le chat marron s'appelle Marron.

Elle remercie d'un signe de tête.

— Je m'en rappellerai.

Tout de suite, Angéline apprivoise les bêtes de la maison, non seulement Lola, mais les deux mâles, Gaspard et Noiraud, les chats Missi et Gros-Blanc, les cochons, les oies... Le vieux jars féroce, habile à soulever les jupons pour pincer les mollets des femmes à même la chair ou le bas, se laisse mater d'une œillade et trois mots, puis caresser le cou et le bec ! Après quelques mines, Angéline s'attache à l'Étoile, lui parle patois (ce qui est défendu à la maison), lui caresse le mufle et lui cueille des pissenlits. L'entente s'avère plus difficile avec Delphine, qui nourrit les partis pris de l'époque sur l'éducation des filles.

— Faut jamais passer fantaisie aux petites drôlettes, Monsieur Joseph. Si vous les laissez se moucher sur votre manche, elles veulent bientôt remplacer les garçons *aux* enfants de chœur !

Entre la servante et la gamine, les chicanes fusent comme les étincelles sous les fer d'un cheval. Delphine veut apprendre la broderie à Angéline « pour lui dénouer les doigts ». Angéline refuse d'un air de mépris.

— Je veux pas en faire. C'est pour les gens de la ville !

La servante en appelle à Joseph.

— C'est à vous d'ordonner soumission à votre petite.

Joseph plaide pour sa fille.

— Vous allez trop vite. Cette gosse se croyait fille d'un très pauvre homme et ne comprend pas qu'elle a changé de vie.

Delphine s'en va en grommelant.

— Vous le regretterez et elle aussi !

Mais Angéline a peur dans le noir. Elle veut garder la chienne Lola sur sa descente de lit, la nuit. Delphine croise les bras d'un air buté.

— Donnez permission, allez, Monsieur Joseph. Bientôt il lui faudra la vache pour dormir, et à seize ans un gars !

Angéline insiste, se suspend au bras de Joseph.

— J'ai peur quand ça souffle. *Ça souffle aussi dedans !*

L'expir de la source répand sa plainte dans toute la maison. A Mauval, le vent semble ahaner en permanence dans les combles et les greniers... Joseph, pris de pitié, caresse les nattes de sa fille.

— N'aie pas peur, ma belle. Je vais te montrer la maison, on ira même à la cave, et tu comprendras !

Delphine s'insurge, le chignon en bataille.

— C'est-il Dieu possible ! Vous allez pas l'emmener dans

cette saleté d'oubliette où tant de pauvres gens sont morts jadis ?

— Jadis, c'est jadis ! crie Joseph, l'air fâché.

Il prend Angéline par la main et la guide à travers les escaliers, les corridors, les pièces, les greniers. Ensemble, ils écoutent vivre la maison, hument ses effluves.

— Il y a le vent, comme partout, mais il est plus fort chez nous parce qu'il prend souvent la vallée en enfilade...

Et comme ci, et comme ça. Joseph dessine en l'air le val et les collines autour, le toit, les grands arbres qui cernent les murs, le creux de la plaine. Il s'épuise en gestes que sa fille suit du regard, l'air grave et inquiet. Il se penche à son oreille.

— La charpente bouge sous le vent du dehors. Tu l'entends ?

Serrés l'un contre l'autre, ils guettent l'infime tremblement qui habite la maison. Une sorte de palpitation naît dans la terre et sourd des murs dès qu'une rafale force les troncs.

— Et puis la maison respire de l'intérieur. Tu sens ?

Tantôt, la source souterraine jette son souffle au fond des caves, l'air monte comme une marée, portant une odeur d'eau, froide et crue, qui se charge au passage des relents de sel, de cire, de graisse, de fumée du rez-de-chaussée. Les cahiers et les livres ouverts se gonflent doucement, comme si leur substance se mettait à épaissir, les vêtements suspendus se remplissent, comme si des fantômes venaient les habiter.

— Écoute, Angéline. On dirait des battements de cœur !

Elle lève les yeux d'un air de prendre le ciel à témoin.

— C'est la maison ! C'est le vent !

Mais elle est pâle de terreur et se blottit contre Joseph.

Tantôt la maison inspire par les toits, percés de lucarnes et de crevasses. Un fort courant d'air balaie les combles, s'infiltre sous le bas des portes et par les chatières pour descendre aux étages, en chassant une poussière âcre, des feuilles mortes et des débris de toutes sortes qui envahissent les pièces une à une, avec une odeur de salpêtre et de fiente de chouette. Et cela fait des sonnailles musicales, mêlées de voix enfantines tour à tour joyeuses et plaintives. Le jour, on les distingue à peine, mais la nuit, clameurs et gazouillements tiennent éveillés ceux qui n'ont pas l'habitude de Mauval.

Joseph se souvient de son enfance. Certains soirs, en écoutant l'expir au fond de son lit, il voyait des rondes d'enfants perdus, moqueurs et cruels, tourner autour de Mauval, et il les entendait l'appeler de leurs chants pour un voyage sans retour.

Il fixe Delphine dans les yeux.

— Vous comprenez que cette pauvre gosse doit être morte de peur, toute seule dans sa chambre ?

— Elle fera comme moi, elle s'habituera.

— Vous, vous aviez Roussine.

— Oh ! celui-là, pour ce qu'il compte ! Mais je veux pas que la chienne couche dans la chambre. La Marie Corrèze me le pardonnerait pas. Si c'est comme ça, je rends mon tablier !

Joseph ne peut pas infliger un autre camouflet à la servante.

— Très bien. Je prendrai ma fille dans ma chambre.

Angéline accepte en rechignant.

— A condition que vous me regarderez pas me déshabiller !

Joseph passe une nuit blanche à écouter la respiration de son enfant, tantôt régulière et douce, tantôt saccadée et presque haletante. La colère lui vient, contre lui-même, Delphine, Ida et le monde entier. « Imbécile, tu ne vois donc pas que tu es en train de faire une petite malheureuse ! Ton Angéline est habituée à vivre au milieu d'une nichée, et la voilà toute seule d'enfant avec une domestique commandante et un ancien de la coloniale ! »

Depuis la rentrée dernière, Angéline va à l'école du village, où le *régent*, un nommé Maisonniau, dit Riquet à la houppe, terrifie ses élèves, cogne les gars et tire les cheveux des gamines pour un mot de patois lâché par oubli, une tache d'encre ou une *corne* à la page, et distribue généreusement retenues, punitions, corvées et *rançons*. Célibataire, il fait tenir son ménage par les filles. Les rançons, c'est une de ses inventions : les punis peuvent racheter lignes et retenues par un don en nature, le plus souvent un oiseau bon à manger. Les garnements dépeuplent les haies, les filles plument des passereaux en guise de piquet... Mais les parents apprécient un maître qui interdit le patois à l'école, fait apprendre la politesse, les dates, les départements et le ménage aux filles. Sans parler de lire et compter, pour les plus assidus !

En hiver, la classe unique du village se remplit d'une cinquantaine de gosses. Tous les matins, une bande d'écoliers descend à Mauval et appelle Angéline à la porte de la cour, en poussant des cris d'animaux.

Angéline guette depuis le couloir, car Delphine lui a interdit de se poster sous l'auvent ou dans l'escalier. Au premier cri, ses yeux brillent, sa figure s'éclaire, elle se précipite en sautant de joie et embrasse sa cousine Amélie Lajarlaud, qu'elle appelle Mélie. Amélie moque un peu Angéline, qui la traite en général avec une tendresse d'aînée, et n'oublie pas de lui faire la morale.

— Mon Angéline, comme tu es blonde, ce matin !

— Tu es toujours la plus mignonne brunette que je connaisse, ma Mélie. J'espère que tu sais tes leçons, aujourd'hui !

Amélie est une petite maigriote aux cheveux noirs et au teint mat, nonchalante d'allure et vive de repartie. Une méfiance boudeuse ternit un peu l'éclat de ses yeux noirs. On dirait qu'on l'a choisie pour le contraste piquant avec sa cousine, qui paraît à côté d'elle bien en chair et presque lourde.

Avec Mélie, Angéline est transformée, et Joseph, qui l'observe, a le cœur serré. Il songe pourtant à retirer sa fille de l'école communale, quitte à l'emmener en ville deux ou trois fois par semaine pour la confier à une demoiselle de bonne famille, qui lui apprendrait la musique et les manières. Car elle perd son temps avec ces pedzouilles. Mais il a peur qu'elle en fasse une maladie.

Il parle de son projet à l'Ida qui lui rit au nez.

— Je t'entends venir avec tes gros sabots, mon bonhomme. Tu veux sortir ta petite de l'école pour l'instruire à la maison ?

— Ma foi, oui.

— Mon petit doigt m'en avait déjà causé.

Elle le regarde sous le nez, défroisse son col, arrange sa cravate de gandin.

— Tu as raison. Le Riquet est un bon maître pour des petits paysans qui demandent juste d'être dégrossis en hiver. Mais à force de répéter le B. A.-Ba, il a semé en route les trois quarts de sa science ! Et puis...

Elle lève les yeux, ses lèvres bougent, elle bat des cils.

— J'ai peut-être idée de quelqu'un qui pourrait te *donner la main*. C'est un jeune homme de la ville qui en sait assez pour être curé ou instituteur, il fait des poésies et il lit la vie des saints. Mais il ne va plus aux écoles, à cause de sa santé... C'est juste les nerfs, il lui faut du repos et le grand air. Il a dix-huit ans et il pourrait donner des leçons à ta fille, avant de partir au régiment.

— Ça ne serait pas Marc Thouron, par effet d'hasard ?

Ida le fixe gravement, les mains croisées sous la poitrine.

— Et si c'était le cas ? Ton demi-frère, mon beau !

Joseph s'est habitué à être seul, et cette famille lui vient comme d'une autre vie. Il soupire. « Y a pas de mal... » Ida insiste.

— C'est un jeune homme comme il faut, instruit et pas fier. Il donnerait des leçons à Angéline, si tu lui demandais, c'est sûr.

— C'est bon, dit Joseph. Je veux bien faire la connaissance de Marc. Envoie-le-moi, nous parlerons.

Le soir même, à la cuisine de Mauval, Joseph cire ses bottes près du feu quand Delphine arrive en chemise de nuit, échevelée, sans bonnet, une lampe à long col dans une main.

— Vous savez, j'ai prié la Vierge et saint Antoine...

Joseph sourit. Ida et Delphine sont toutes les deux des mal mariées qui lorgnent sur lui... Il pointe l'index sur l'échancrure de la chemise de nuit.

— Vous allez attraper la mort, saint Antoine ou pas !

Elle serre son linge sur sa poitrine généreuse.

— C'est que saint Antoine m'a envoyé une idée. J'ai voulu vous en causer tout de suite. Le bon saint m'a donné l'idée de prendre en pension la fille de l'Apolline, Amélie, qui est à peu près du même âge que la nôtre.

Joseph connaît bien cette petite diablesse de Mélie.

— Il faut que l'Apolline *soit de gré*, poursuit Delphine. Je me charge de la persuader. On pourrait garder l'Amélie jusqu'à ce que votre Angéline soit un peu grandette. Bien sûr, il faudra la nourrir, la blanchir, peut-être lui acheter un tablier neuf. Mais on a beaucoup de provisions cette année et l'argent... l'argent n'a jamais manqué dans cette maison, grâce à Dieu !

Joseph rigole. « Ou au diable ! » Delphine se signe, lâchant le col de sa chemise qui s'ouvre un peu plus. Joseph décroche une veste, la jette sur les épaules de la servante.

— Venez donc voir dormir notre petite.

Ils montent tous les deux à la chambre d'Angéline et contemplent comme père et mère la petite fille endormie, le pouce à la bouche, les cheveux répandus sur l'oreiller. Joseph renifle les effluves rances des couvertures, se penche à l'oreille de la servante.

— Faudra peut-être changer la literie un de ces jours... Pour Amélie Lajarlaud, saint Antoine a eu une bonne idée. Ce n'est pas moi qui irai contre un si brave saint !

Delphine lève la lampe, une larme brille sur sa joue. Joseph l'entoure de son bras. Elle s'essuie la figure de sa main libre.

— Voilà une belle drôle. J'aurais bien voulu être sa maman !

« On ne jette pas sa part aux chiens ! » décrète l'Apolline.

Amélie emménage à Mauval deux jours plus tard, en charrette à bourricot, munie d'un barda de jeune mariée.

QUATRIÈME PARTIE

1.

— Doux Jésus !

Angéline repousse le drap chiffonné qui la couvrait, ôte d'un geste sa chemise de nuit, saute sur le plancher de la chambre. Par le volet entrouvert, la lumière de mai éclabousse la fenêtre. Il fait si doux qu'on a envie de caresser le soleil. Les pigeons trottent au bord du toit en gonflant leurs plumes. « Encore heureux qu'ils m'aient réveillée avec leurs roulades... Mélie a dû aller à sa préparation de communion du dimanche matin ! »

Les « filles Manin », comme dit Joseph, ont douze ans toutes les deux, mais Mélie jure qu'elle a un an de moins. L'année dernière, l'abbé Peytahout a dû s'incliner devant sa détermination et reculer d'un an sa communion solennelle. « Puisque tu le dis, ça doit être vrai, au moins dans ta tête ! »

Angéline a lu tard dans la nuit *Le Roman d'un spahi*, de Pierre Loti, que lui a prêté Marc Thouron, son oncle Marc. Elle a rêvé d'un pays brûlant, d'une ville nègre, d'une longue plage de sable chaud, et d'un beau cavalier en veste rouge. Ce matin, elle a dormi tout son soûl, ce qui ne lui arrive pas souvent. Elle bâille à pleine bouche, le plaisir de vivre chante sous sa peau, la journée s'annonce magnifique, et oncle Marc va arriver bientôt.

Elle court à la chambre de son père voir l'heure à la pendule. Delphine ne veut pas que les filles aient un réveil. « C'est trop commode. On lit au lit, on dort jusqu'à point d'heure et on compte sur la sonnerie pour se réveiller à temps ! »

— Doux Jésus, il est presque neuf heures, oncle Marc sera là dans dix minutes, et je ne suis ni habillée ni lavée !

Il lui faut cacher son livre et changer la bougie brûlée à ras. Elle en a un paquet dans le réduit, entre les deux chambres. Delphine ne sait lire que les chiffres et le calendrier, mais elle ne se trompe jamais sur la hauteur d'une chandelle !

Un trèfle à quatre feuilles marque la page où Angéline s'est arrêtée, entre deux chapitres. Vite, elle relit une page du début, qui l'émeut très fort. « Une femme surtout regardait Jean, une femme qui était plus élégante que les autres et plus jolie.

« C'était une mulâtresse, disait-on, mais si blanche, si blanche, qu'on eût dit une Parisienne... »

Il y a dans ce roman tout ce qu'on peut connaître sur la vie des hommes, des femmes et des négresses. Angéline pouffe en silence. Son père a dit qu'une jeune fille ne devait pas lire Pierre Loti avant dix-sept ans ! Elle glisse le livre dans sa paillasse, par une fente, le voilà disparu au milieu des chemises de maïs.

Un moment plus tard, elle se lave toute nue dans le cabinet de toilette, entre les deux chambres des filles. Un pas vif écrase les lattes du couloir, un poing d'homme cogne à sa porte. Marc est un homme, maintenant, il est rentré de son régiment... qu'il a fait, au 12e secrétaires d'état-major, à Limoges. Sa mère l'a voulu, il aurait préféré partir spahi au Sénégal.

Elle lui crie d'entrer, l'entend tirer la chaise et s'asseoir. Elle passe en hâte sa *main* de toilette sous ses bras, renverse un fond de broc sur ses épaules... Un claquement de molette, oncle Marc allume sa pipe. Elle le devine en train de tirer une bouffée, elle essaie de l'imaginer en veste rouge et fez musulman. De l'autre côté de la porte, le jeune homme s'impatiente.

— Tu vas te bichonner combien de temps, ma blonde ?

— Je viens, dit-elle.

Elle s'aperçoit que ses vêtements sont restés dans sa chambre. Elle noue sa serviette autour de ses reins, pousse la porte.

— Tournez-vous, s'il vous plaît.

Elle pourrait lui demander de s'en aller, mais ça ne serait pas poli et puis — pour ne pas mentir — ça serait beaucoup moins amusant. Il n'obéit pas tout à fait. Accoudé à la table d'Angéline, il tire son chapeau sur son front, baisse les yeux et grogne.

— Vous, les femmes !

Elle se doute qu'il ne la prend pas pour une femme *en vrai* : le jeu les amuse tous les deux. Est-ce un hasard s'il tourne la tête juste au moment où elle laisse tomber la serviette de toilette qui l'habillait ? Elle est nue devant lui, elle l'a cherché, pourtant cela a l'air d'un accident ; elle lui tire la langue et il rit. Mais il n'a pas ri tout de suite. Un instant, il l'a regardée pour de bon, comme si elle était une femme. Son cœur bondit dans sa poitrine.

Il se lève, pointe sur elle le tuyau de sa pipe.

— Passez muscade ! Je t'attends en bas avec ta cousine. Dictée dans un quart d'heure !

Et il sort. Angéline se hâte de le rejoindre avant que Mélie n'arrive du catéchisme. Elle voudrait être seule avec lui un moment... Elle descend l'escalier à petits pas, elle pince d'une main sa robe des dimanches, entre au salon de Mauval, devenu salle de classe. Il est assis dans son fauteuil de maître, tête nue, les jambes croisées. Il ôte sa pipe pour mieux la lorgner. Elle baisse les yeux, le guette sous ses cils.

Il flotte dans sa veste à carreaux, son pantalon remonte sur sa jambe levée, interminable. Il est plutôt grand, avec les membres grêles, les épaules étroites, la poitrine et les joues creuses, maigre comme un coucou. C'est vrai qu'il vient d'avoir une sale fièvre qui l'a tenu au lit plusieurs semaines. Mais elle l'a toujours connu gringalet, il était taillé pour être un secrétaire, pas un spahi.

Il tient sa pipe par le fourneau, se la fourre dans la bouche, tète le bout d'un air gourmand. Une crinière châtain roux — couleur de vache limousine — mal peignée, couvre sa tête osseuse, s'étale en pattes de lapin devant ses oreilles et jusque sur ses joues. Il avait décidé de se laisser pousser des favoris longs, les cris des filles l'ont dissuadé. « Ça va bien avec l'uniforme... à condition d'avoir des galons sur la manche ! » Il a le front haut, barré par une mèche, les yeux enfoncés, les cils longs, presque féminins, la bouche relevée d'un côté, pincée de l'autre, le nez charnu, le menton carré, les pommettes saillantes. Il n'est pas beau, mais quel regard guetteur et chaud !

Il tire une bouffée, souffle la fumée. Ses prunelles flambent.

— C'est bientôt fini, cette inspection ?

Angéline fait mine de s'indigner.

— Et vous, alors, vous ne me regardez pas ? Même toute nue !

— Ce n'est pas de sitôt que tu seras une vraie femme.

— Quand je serai une femme, vous, vous serez vieux !

Il griffonne des chiffres avec son porte-mine en or.

— Dans dix ans, je serai marié et j'aurai cinq gosses !

Angéline, outrée, lui arrache son cahier.

— Vous griffonnez sur mon cahier de devoirs !

— Ta cousine est au catéchisme ? Tant pis. Dictée !

— Oh ! zut !

Angéline se prend la figure entre les mains.

— Dix ans... Vous croyez qu'il me faut encore dix ans ?

Il grimace, retrousse la lèvre, montre ses dents de cheval.

— D'après ce que j'ai vu tout à l'heure, j'en ai bien peur !

Il feuillette son livre de français.

— Je te lis la dictée. Tant pis pour Amélie.

Angéline pose son porte-plume, pique le nez sur son cahier, enfouit sa figure entre ses bras. Marc arrête sa lecture.

— Qu'est-ce que tu as ?

Angéline ne répond pas tout de suite. Un sanglot secoue ses épaules. Marc passe derrière elle, tire ses nattes, elle tourne la tête, le regarde en se forçant à sourire, les yeux voilés de larmes.

— Je pense à l'avenir. La maison est triste, mon père est triste. Vous... nous...

Elle voudrait dire : « Ne gâchons pas ce moment où nous sommes seuls tous les deux ... » Mais elle n'ose pas. Marc serre ses gants de ville dans ses mains, nouées derrière son dos.

— Laissons la dictée, mais je te préviens, je serai absent toute la semaine prochaine. Je retourne à Paris avec ma mère, j'en profiterai pour chercher du travail.

Angéline s'essuie les yeux avec son mouchoir, d'un geste coquet.

— A Paris ? Sans mentir ?

— Sans mentir.

— Racontez-moi une histoire de Paris. Pour moi seule... Mélie n'avait qu'à rentrer à l'heure. Vous y êtes allé combien de fois, à Paris, oncle Marc ?

— Je ne les compte plus. Tiens, je vais te raconter un épisode dont j'ai été témoin à mon séjour... ou l'avant-dernier, en compagnie de mon camarade Jules Lambert, sous-officier d'état-major avec moi. Nous nous promenions avec sa fiancée dans une rue de Paris qui était, je crois bien, la rue de l'Observatoire, quand nous avons vu un jeune homme monté sur un tricycle se livrer à toutes sortes d'excentricités. Jules m'a serré le bras :

« Ce quidam fait peut-être de la réclame pour un cirque ! »

Puis le tricycliste s'est approché de nous, et nous avons vu que c'était une jeune fille habillée en homme ! Elle s'est mise à tourner sur sa machine et elle est venue vers nous en levant un pied en l'air, puis l'autre, et toutes sortes d'acrobaties de ce genre. Le spectacle risquait fort de créer un embarras de voitures, car plusieurs fiacres arrivaient à ce moment et même une automobile Delahaye. Des badauds se sont rassemblés et l'un d'eux nous a même interpellés :

« Alors, militaires, on se *rince l'œil* ! »

Mon camarade a répondu comme un vrai Parigot :

« Ça serait plus drôle si elle n'était pas habillée en garçon ! »

Puis un sergent de ville est arrivé à ce moment et s'est placé devant le tricycle pour l'arrêter.

« Mademoiselle, vous feriez mieux de rentrer chez vous ! »

La jeune personne a sauté de sa machine, s'est jetée sur l'agent et lui a aussitôt administré une volée de gifles. Les curieux, tout autour, semblaient s'amuser fort. Le pauvre agent avait grand-peine à se protéger la figure. J'ai voulu me précipiter à son secours, mais Jules m'a retenu. « A Paris, te mêle jamais de ce qui te regarde pas ! » C'était une bonne leçon.

Angéline fait la moue.

— C'est tout ? Quand me raconterez-vous une histoire de la princesse Margot des bois ?

— Margot des bois n'était pas vraiment princesse.

— Je croyais qu'elle avait épousé un prince ?

— Oui, enfin, un jeune noble de fortune princière.

— Et très beau ?

Marc hausse les épaules, se rassoit, se tait un moment, sous le regard d'Angéline. Il referme son livre avec un soupir, prend sa pipe sur la table et la fourre dans la poche de sa veste.

— Je sais pourquoi ton père est triste. C'est à cause de notre mère. Quand ils se rencontrent, chez les Mazérollas, ils restent à se regarder, ils ne trouvent rien à se dire. Et ça dure depuis cinq ou six ans ! Elle croit qu'il ne lui a pas pardonné d'être partie. Mais c'est tout autre chose...

— Et quoi ?

— Joseph n'a gardé qu'une image de sa mère : celle d'une très jeune femme. Il a rêvé à elle en secret pendant vingt ans. Elle est restée jeune dans sa mémoire. Et quand il la voit, il la trouve vieille. Et puis elle a vécu des moments terribles, elle a beaucoup souffert. Elle vit maintenant dans la crainte. Quand elle a épousé mon père, elle était déjà mariée sous un autre nom, le mariage n'était pas légal. La famille dit qu'elle pourrait attaquer le testament de mon père et même faire mettre ma mère en prison. Ils nous ménagent à cause de mes frères qui seront prêtres et de ma sœur qui va entrer aussi en religion. Ma mère est désespérée, et Joseph a peur d'elle. Mais il y a encore autre chose, qui est peut-être pire...

Angéline lève les yeux, retient son souffle. Marc sort sa pipe de sa poche, la considère longuement.

— Joseph n'est pas tout à fait sûr qu'elle soit revenue pour lui et non pour l'or de Mauval. Ce soupçon l'empoisonne. C'est une hantise qu'il a au fond de lui, il n'y peut rien. Tu permets que je rallume ma pipe ?

— Oh ! si vous voulez.

Marc se lève, s'approche du foyer éteint, où subsistent des braises sous la cendre. Sa pipe allumée, il marche à pas lents, les mains dans les poches de sa veste.

— Et toi, ma belle, qu'en penses-tu ? Comme je te connais, je suis sûr que tu as une petite idée.

Il retourne au foyer, pose le pied sur un chenet.

— D'après toi, notre mère est revenue pour son fils ou pour le magot de Léchoisier ? Voilà la question, n'est-ce pas ?

Elle le regarde, les larmes aux yeux, d'un air presque suppliant. Il l'apaise d'un geste.

— Ne t'énerve pas, ma douce. Depuis que je suis revenu du régiment, ton père me verse un salaire... Cinquante francs par mois que j'accepte volontiers, la famille Thouron nous ayant coupé les vivres. Mais je pourrais gagner ma vie ailleurs...

Angéline serre les poings.

— Je suis sûre que vous restez avec nous parce que vous nous aimez bien. Et je suis sûre que ma grand est revenue pour son fils et pas pour le sale or de la Queue d'Âne !

2.

1902. Amélie devait rester à Mauval quelques semaines ou quelques mois, pour tenir compagnie à Angéline qui avait peur dans le noir. Cinq ans après, elle y est encore. Angéline a toujours peur la nuit, et même un peu le jour, dans cette grande maison froide, pleine de bruits et de souffles mystérieux.

Amélie se sent chez elle. La rivalité des filles attise celle de Delphine et d'Ida. Angéline est assez maligne pour savoir que son père partage ses sentiments et son lit entre les deux. La nuit, souvent, Delphine abandonne son mari, qui dort d'un somme, en soufflant les choux, et rejoint Joseph dans sa chambre. Elle sait qu'Angéline n'a pas du coton dans les oreilles ni de la suie sur les yeux, dort en gendarme et trotte à travers la maison dès que la nuit est un peu tiède. Mais elle ne cherche pas à déguiser son affaire. Que la drôle voie donc qui est patronne à la maison !

Mais aussitôt que Delphine s'en va, au marché, dans les champs ou en visite, Joseph trouve un prétexte pour envoyer les filles au village, à Exeïdious, au château de Chavagnac, et tante Ida arrive en tenant ses jupes pour courir plus vite.

Angéline voit sa « grand Faustine » chez Ida, au bourg ou dans les chemins, une ou deux fois par semaine. Les gens du pays l'appellent encore la veuve, bien qu'elle ait quitté sa voilette depuis longtemps. La première fois qu'Angéline l'a rencontrée, la veuve a ôté un de ses gants noirs pour lui caresser les cheveux. Angéline a été bouleversée, elle garde ce souvenir en tête.

Quel âge a-t-elle donc, maintenant, la grand ? Cinquante ans ? Elle a le visage creusé, la bouche mince et de beaux yeux, mais son regard est presque toujours moqueur, parfois mordant. Elle a surtout de jolies mains. Souvent, encore, quand les doigts de sa grand-mère lui effleurent les joues, Angéline frissonne de plaisir.

« Tu viendras me voir à Limoges, petite ? » Marc a promis qu'il tâcherait d'arranger ça à la première occasion.

Doux Jésus, que serait la vie à Mauval sans l'oncle Marc ?

Une fois, elles avaient huit ou neuf ans, Marc leur a apporté en cadeau deux poupées, une brune et une blonde. Des poupées de la ville, chères et bien imitées, avec de vraies figures et une ressemblance de personnes. La blonde ressemblait à Angéline, il l'a donnée à Mélie ; l'autre, brune comme Mélie, a été pour Angéline, qui l'a adoptée tout de suite et l'a appelée Lilette.

Mélie a refusé de donner un nom à la sienne. « J'aime pas les blondasses ! » Elle lui parlait en patois, qui est une langue sale. Angéline, blessée, redoublait de soins pour Lilette. Elle aurait tant aimée être brune comme sa maman ! Puis Mélie lui a proposé un échange. Pour Angéline, c'était un crève-cœur, d'autant que la poupée blonde avait déjà souffert de mauvais traitements : mèches de cheveux arrachées, traces de griffes, taches de graisse difficiles à ôter... Pire : elle ne savait que le patois ! Tout de même, on ne pouvait l'abandonner à son triste sort. Angéline a accepté le troc, après des adieux en larmes à la brune Lilette. « On se verra souvent, ma Lilette, je ne serai jamais loin de toi, et j'espère que tu seras heureuse. » Lilette a répondu, en français : « Maman, je me sacrifie pour le bonheur de l'*autre*, mais je ne t'oublierai jamais ! »

Alors, quelque chose de terrible est arrivé. Dès qu'elle a tenu Lilette, Mélie l'a déshabillée, a jeté ses vêtements au feu, puis elle est partie en brandissant la poupée nue par une jambe : « Fan de chichou ! Je vais la noyer ! Je vais la noyer ! » Angéline s'est lancée à sa poursuite. Lilette appelait au secours. « Maman, maman, sauve-moi ! » Mélie l'a jetée dans le puits, d'où Delphine l'a remontée longtemps après, détrempée, *morte*.

Après, Mélie a fait mine de s'en prendre à la poupée blonde, qu'Angéline avait nommée Clotilde. Clotilde était une pauvre enfant trouvée, tellement martyrisée qu'elle avait encore peur de sa mère adoptive. De plus, elle avait un pied bot et souffrait de chlorose. Pour la mettre à l'abri des doigts cruels de Mélie, Angéline la cachait dans sa paillasse — là où elle met maintenant les livres que lui donne en secret oncle Marc. Elle la sortait quand Mélie n'était pas là pour la distraire et s'occuper de sa toilette. Elle lui parlait français et lui chantait des chansons.

Ma poupée a la chevelure — Couleur des blés. — Ses cheveux, jusqu'à la ceinture — Tombent bouclés. — Sous un beau front de porcelaine — Son œil est bleu — Sa bouche rose et sans haleine — Sourit un peu... Elle en profitait aussi pour lui faire la morale : « Il ne faut jamais parler patois. C'est vilain, c'est sale et c'est pas patriote, parce que les Alsaciens le comprennent pas ! »

Mélie ne se gêne pas pour se pendre au cou de Marc et lui souffler des bêtises en patois. Angéline est jalouse de ce culot, et plus encore du plaisir que Marc montre à écouter des bêtises de gamine. Elle ose quand même protester.

— Quand on est bien élevé, on se bouche les oreilles pour ne pas entendre le patois !

Et Marc joue les innocents.

— Le patois ? Je croyais que c'était du petit nègre !

Joseph leur enseigne l'arithmétique, le curé, l'éducation religieuse et le latin, et la baronne du château, la musique, le chant, les bonnes manières. Mélie réussit mieux en calcul. Joseph la complimente plus souvent que sa cousine. Elle se rengorge.

— Quand je serai grande, je tiendrai les *comptes*.

— Quels comptes ? Et tu les tiendras comment ?

— Les comptes du trésor de la Queue d'Âne. Je les tiendrai sur un gros cahier, avec un porte-plume à réservoir !

En l'absence de Marc, les filles ont moins à cœur de parler français, et Mélie se fait même un malin plaisir de lâcher comme un juron des mots de patois, et quelquefois des phrases entières. Un jour, Joseph se fâche.

— Puisque c'est comme ça, je vais vous emmener chez la Léone Sans-homme, des Petits-Moulins, qui vous *coupera le patois* !

Les filles croient d'abord à une badinerie, mais elles sont vite détrompées. Sulpice Lajarlaud vient à Mauval pour discuter l'affaire devant un pichet de cidre.

— Ma foi, ça pourrait profiter aussi à notre petit Antonin, *crésé bé*, je crois bien. Sa mère aimerait le voir aux chemins de fer ou aux postes. Il a pas encore ses neuf ans, c'est le bon âge pour lui couper le patois. Et pour les filles, il ne faut plus tarder.

Joseph lève son verre, le front plissé, le regard pensif :

— Il faut qu'elles parlent un français sans faute. Un seul mot de patois peut gâcher une conversation entre dames !

Sulpice tire son chapeau pour se gratter l'occiput.

— La Sans-homme a toujours eu le secret du parler des enfants. En plus, elle couperait maintenant le patois ?

— Il y a quelques jours, des clients qui avaient amené leurs vaches à *prendre*, en ont parlé entre eux, comme ça. L'un a dit, l'affaire faite, et bien faite : « Si ce veau n'est pas ci ou ça, je veux que la Sans-homme me coupe le patois, sans même me laisser *boun annado* et *lo gerbo baudo* ! » Ils m'ont raconté que des bourgeois de la ville amenaient leurs enfants aux Petits-Moulins et que des gens du pays évitaient de croiser la Sans-homme, de peur qu'elle leur ôte le langage de la bouche !

L'oncle Sulpice tape du poing sur la table.

— On peut voir à essayer. Antonin a encore de temps en

temps le parler paysan, ça ne fera aucun mal de lui rincer la langue.

Mais Joseph n'est pas tout à fait décidé.

— C'est que pour les filles, ça pourrait les gêner, plus tard, au marché ou avec les servantes qui ne sauraient pas le français.

Sulpice éclate de rire, tape des deux poings, vide son verre.

— Ha, ha, ha ! Plus tard ! Plus tard, tu trouveras personne à dix lieues pour te dire un mot de patois. Le dernier des valets aura à cœur de parler républicain !

Parler républicain ? Joseph n'est pas sûr d'aimer tant la république. Un autre doute lui vient.

— Ça se saura forcément, ça ne va pas nous faire que des amis, dans la commune.

Sulpice rougit, rejette son chapeau en arrière, lève le menton et serre les poings.

— C'est sûr que les culs-terreux tiennent à leur jargon comme un chien à sa queue ! Mais on s'en bat la paupière !

« Cul-terreux, donc, tu n'en es pas un ? » Sulpice Lajarlaud n'est autre que le petit-fils du Manchot de Lutzen ! Mais il n'est pas seul à éprouver ces sentiments. Bien des paysans, un peu instruits et avides de progrès, abominent le patois qu'ils voient comme un moyen pour les nobles et les bourgeois de maintenir le peuple dans l'ignorance et la sujétion. Joseph hoche la tête, soupire.

— Y a pas de mal. On fera comme tu voudras.

— Les secrets de la Sans-homme, j'y crois pas trop. Pour moi, c'est que des chansons de bonne femme. Mais ça peut impressionner les gamins, et ça coûtera pas des mille et des cents d'aller voir à Piégut... puisque c'est là-bas.

« Et en prime, se dit Joseph, je paierai pour ton drôle ! »

Il attelle la nouvelle jument, Carmen, et charge les trois enfants dans la carriole : Angéline grave, Mélie moqueuse et Antonin en larmes, plus la chienne Lola qui est de toutes les expéditions. On s'explique au cours du voyage. Suite à une farce d'un grand, le jeune Antonin est persuadé que la Sans-homme va lui ouvrir le ventre pour en tirer l'organe du patois et le jeter aux chiens, tout sanglant. Joseph s'occupe à le rassurer, et Angéline n'est pas si tranquille qu'elle voudrait en avoir l'air.

Ils doivent rester plus de deux heures assis tous les quatre sur une couverture, dans la cour de la Sans-homme, à l'ombre des ormeaux et des saules. Les clients arrivés avant eux se précipitent à leur tour et, sitôt *pansés*, sautent dans leurs carrioles ou filent sur leurs sabots, comme s'ils avaient le diable aux trousses. Angéline n'a jamais tant vu de malades et de bancroches, d'enfants croûteux et de filles chlorotiques. Elle est troublée et un peu dégoûtée, elle aimerait bien partir tout de suite. Au contraire, Mélie et Antonin s'amusent comme des fous à chercher les misères des pauvres gens qui arrivent, attendent ou s'en vont. Ils nomment les maux et infirmités dans un charabia qui arrache à Joseph des soupirs de découragement.

Enfin, les voilà devant la Sans-homme, dans sa cuisine sombre. Un épais rideau bouche la fenêtre pour qu'on ne puisse rien voir depuis dehors. La femme s'est un peu voûtée. Elle doit aller sur ses soixante. Elle sent toujours la menthe, et les herbes qui brûlent dans le foyer exhalent une fragrance un peu entêtante.

Les enfants essaient de se cacher derrière Joseph, qui tourne sa langue sept fois avant d'annoncer le but de sa visite.

— Mère Léone, il m'a été dit que...

La panseuse toise Joseph d'un regard brillant de malice.

— Ah ! je te reconnais, toi. Tu t'en faisais du mauvais sang pour ta petite, en ce temps. Je gage que la voilà, parmi ces trois ? On voit que ces demoiselles ne viennent pas de chez Chie-Poule !

Elle pointe son index long et osseux sur chacun des trois enfants, tour à tour. Puis à Angéline :

— Toi, tu es Angéline, si je ne me trompe pas ? Et tu parles patois ? Méchante drôle !

Joseph reste bouche bée, quoique averti.

— Justement, tous les trois...

Mélie prend son air effronté, regarde la femme dans les yeux.

— Faut pas faire attention à nos jolis souliers. Chez nous, c'est quand même Chie-Poule et Merde-d'Oie, et tout ça. Alors, on cause un peu patois, forcément !

La Sans-homme rit très fort, se tourne vers Joseph.

— La merde sous les pieds n'oblige pas à l'avoir à la bouche, sauf ton respect, Joseph Manin !

Elle a l'air plus sûre d'elle, mais aussi plus brusque, presque rogue, et elle parle mieux le français. Autrefois, elle se contentait de ses quatre « secrets ». Quelques années plus tard, elle panse n'importe quelle maladie, nettoie les yeux chassieux, force les boiteux à marcher droit, porte remède à toutes peines, traverses et détresses ! Elle tape sur l'épaule de Joseph.

— Je vois ce que c'est. Les trois drôles sont cousins et tu es venu pour leur faire couper le patois. Je te préviens que ça se paye, vu que ça n'est pas de nécessité mais du chiqué de riches.

Elle va attiser au soufflet son feu d'herbes, sourit à Joseph.

— L'avantage, c'est de me faire quelques sous pour soigner gratis les pauvres gens qui ont de vraies maladies et d'aider ceux qui ont de méchantes peines et la bourse plate. Y a jamais que les châtelains et les *galetteux* pour se soucier du patois !

Joseph lui fourre dans la main une poignée de pièces qu'elle pose sans les regarder sur le dessus de la cheminée. Elle remplit un verre, pas très propre, au pichet posé sur la table.

— Tes drôles vont boire un peu d'eau de ma bonne-fontaine, pour commencer. Elle a les mêmes vertus que la font du Montazand, à Rochechouart.

La source de jadis est devenue bonne-fontaine, pour les besoins de la cause. La Sans-homme guigne les enfants d'un air bourru.

— A genoux, petits bougres. Je vais dire le secret pour le

patois et vous faire les signes. Pour commencer, quand un mot patois vous viendra au bout de la langue, ça vous piquera très fort. Si vous le dites quand même, le bec vous puera tout un jour, et ce que vous voudrez manger sentira la punaise. Et quand on dira du patois devant vous, les oreilles vous corneront !

Elle-même doit parler patois plus de la moitié du temps, pour les clients ordinaires, paysans du Limousin ou du Périgord. Mais un seul bourgeois pécunieux lui paie sa journée.

Elle va se mouiller les doigts dans un récipient caché au fond de sa cuisine, puis revient, trace à la file une croix du pouce sur les lèvres et les oreilles des trois gamins et marmonne une espèce de prière, en latin de cuisine, qui est sans doute le *secret*.

— Vous pouvez vous lever, mes drôles.

Les trois gosses sont gentiment bousculés, poussés tout ahuris vers la porte.

3.

À partir du mois de juin, Angéline et Amélie aident régulièrement aux travaux de la ferme et du jardin. Elles binent les pommes de terre, les haricots, les féveroles. Elles ramassent tour à tour l'herbe pour les lapins. Elles cueillent les fraises, les groseilles, les framboises et participent à la préparation des confitures, que Delphine et Apolline Lajarlaud, la mère de Mélie, font ensemble. Mélie conduit les oies et les dindons aux champs. Angéline balaie les greniers pour chasser et tuer les charançons. Angéline ne craint pas la laine frais tondue qui sent le suint. Elle aide les métayères à nettoyer, plier, rouler et empiler les toisons, pendant que Mélie cueille les asperges, dépiste les poules qui cachent leurs œufs dans la fenière ou dans les haies et ramène au perchoir les couveuses attardées. Elles cueillent ensemble les haricots verts pour les salaisons, elles font les conserves d'œufs, qu'elles placent dans des pots en les séparant par des couches de cendre et de sciure...

Elles aident Delphine et Apolline à chaponner les coqs. Quand les jeunes mâles vont vers quatre mois et commencent à chanter, on trie les plus vifs, les mieux crêtés et membrés, qu'on gardera « pour les poules », et on met les autres dans des cages en osier, les mues. Un matin, *au potron-minette*, on prend les bêtes à jeun pour l'opération. Les deux femmes commencent par disputer des mérites de leur façon à chacune.

— Je travaille deux ou trois fois plus vite que vous, soutient Apolline. Sans parler des outils qu'il vous faut !

Delphine hausse les épaules et bougonne.

— Vous ne voulez pas que ce soit le dit de perdre des coqs. Et les miens sont mieux chaponnés et plus vite guéris !

Pendant que sa Mélie tient le coq, Apolline tire les *coyons*, en enfonçant son index bien huilé dans le trou du derrière. Elle est obligée, souvent, de s'y reprendre à deux fois. Il lui arrive d'écorcher l'anus avec l'ongle. Elle manque un poulet sur quatre, soit qu'il ne guérisse pas ou chie ses tripes et doive être tué, soit qu'il reste moitié coq et s'engraisse mal, tant en caisse que lâché.

Angéline tient les coqs pour Delphine et leur souffle dans les plumes pour que la servante trouve l'endroit, entre les côtes, où elle fait son incision avec un canif, puis ôte les testicules avec des pinces spéciales. Après, Angéline soulève la peau, tandis que Delphine coud les lèvres de la plaie avec une aiguille passée de fil ciré. Elle est assez adroite pour ne pas blesser les intestins, ce qui causerait la mort du sujet. Après, c'est encore Angéline qui saupoudre l'entaille avec de la cendre mêlée de sel. L'Apolline se campe, les mains sur les hanches, le sarcasme dans l'œil.

— Que d'instruments, sainte Vierge ! C'est presque une sacoche de vétérinaire ou de femme-sage qu'il vous faudrait !

— Ah ! bonnes gens, vous pouvez causer. Attendez que je leur fasse ma marque aux ailes, on les comptera dans trois mois !

Mélie, qui a essayé de chaponner, à la façon de sa mère, remue le doigt sous le nez d'Angéline.

— J'aimerais bien faire *la même* à Émile, René ou Pierrot !

Une brochette de prénoms, et sa cousine en a le souffle coupé.

— Des garçons ? Tu es folle !

— Ça serait facile, vu qu'ils les ont tout pendants sur le devant !

1902. Il y a eu cette année-là, si l'on se souvient bien, l'élection de la Chambre anticléricale, le petit père Combes en tête, la « guerre des apaches » pour la belle Casque d'or et l'éruption de la montagne Pelée, à la Martinique...

Un beau jour, vers la mi-août, les poules de Mauval, les Bresse, les Houdan, les Crèvecœur et les Cochinchinoises, sélectionnées au fil des ans par la Marie Corrèze, arrêtent de pondre, tout d'un coup. Les commères du voisinage y perdent leur latin. On essaie les remèdes habituels : soufflage des plumes à la cendre, nettoyage complet des deux poulaillers, que l'on garnit avec tiges d'ail sèches, des bouquets d'armoise et de tanaisie. On mêle à la pâtée du pain trempé de cidre et d'huile d'olive à l'eau, on répand de la fleur de soufre sur l'aire d'épouillage... Rien n'y fait. Delphine se lamente, puis s'en va donner une messe pour les âmes du purgatoire. Le résultat tardant à venir, Joseph propose de s'adresser à la Sans-homme.

Mais comme les grandes personnes sont très occupées en cette période de moissons et de battages, que Joseph, par respect humain, ne veut pas s'occuper d'une affaire de volailles, les filles se mettent d'accord en secret et s'offrent d'aller seules aux Petits-Moulins, avec la jument Carmen. Delphine se récrie.

— Bonne Vierge, lâcher deux drôlettes de douze ans sur les chemins, par les temps qui courent ! Avec cette république sans mœurs ! La Marie Corrèze me le pardonnerait jamais !

Joseph demande à sa mère d'accompagner les filles, qui sont un peu marries, mais font contre mauvaise fortune bon cœur. Les voilà parties, vêtues de robes claires et coiffées de capelines. La *grand Faustine* a mis une robe perle et un petit chapeau assorti, mais fort mal choisi pour le grand soleil. C'est une petite femme brune et menue, presque frêle de silhouette, mais pleine de santé et de vigueur, alerte, remuante. Elle a de beaux yeux gris, une grande bouche mince au sourire changeant, des gestes nerveux et un peu désordonnés. Angéline et Mélie sont convenues d'être devant, à côté d'elle, chacune son tour. On a pris la petite carriole pour ne pas fatiguer Carmen et, derrière, il n'y a pas de siège, seulement une botte de foin.

Après un moment de route, la grand se met à chanter : *Le voyage de Perlinké. Pour lors dernièrement/Maman me dit gentiment/Il te faut mon enfant/Faire ton tour de France...*

C'est un jour sans vent, une étuve close. Les peupliers tremblent à peine. La poussière soulevée par la voiture flotte en arrière sans retomber tout à fait. A huit heures du matin, les mouches et les taons piquent déjà. Les blés d'or sont tombés sous la faux, et les moyettes s'alignent dans les champs moissonnés, pareilles à des tentes indiennes. La grand attaque *La Paimpolaise*, les filles reprennent au refrain. *J'aime Paimpol et sa falaise/Son église et son grand pardon...*

On emporte quatre poules dans des panières, une Houdan jaune et gris, une Bresse toute noire et deux poules communes au plumage chamarré, de celles qu'on a mises à part pour être sûr qu'elles ont le cul cousu. Delphine a rempli un sac avec le contenu de deux nids, paille, crottes sèches et débris, et un autre avec trois ou quatre pelletées de colombine, ramassée dans les poulaillers. Tout ça fouette un peu, à l'arrière, mais les filles ont pris un flacon de vinaigre de toilette qu'elles respirent de temps en temps pour se rincer le nez, puis le tendent gentiment à la grand.

Une volaille, sans doute excitée par les chansons, n'arrête pas de s'égosiller sur un ton triomphal, comme une qui aurait pondu pour de bon. Mélie se retourne, tape dans ses mains pour la faire taire. Angéline étonnée, questionne sa cousine.

— Pourquoi veux-tu donc clouer le bec à cette pauvre *clouque* ?

— Elle nous moque, elle est ensorcelée ! Toutes nos poules sont ensorcelées, voilà pourquoi !

Dans un tournant, une voix mâle et bourrue arrête la jument.

— Holà ! Ho ! Halte ! Ah ! des dames, faites excuses.

Deux gendarmes à cheval se tiennent au milieu du chemin. La jument hennit, commence à se trémousser. Les pandores ont l'air imposants, la figure aussi rouge que les revers de leur veste. Ils portent encore le bicorne à cocarde, le baudrier doré, le pantalon blanc et les bottes noires qui montent au genou.

Le brigadier, un homme à moustache grise, s'avance jusqu'à la carriole, et s'incline, la main sur la poignée de son sabre.

— 'mand' pardon. Nous cherchons des voleurs de poules, qui ont l'habitude de cacher leurs larcins sous des bottes de foin. Mais vos bêtes, voyons-nous, sont dans des paniers...

— Et n'ont point été volées, monsieur l'officier !

Le brigadier porte la main à son bicorne.

— Les « codec » que nous avons entendus venant de votre charrette, madame, nous ont induits en erreur, 'mand' pardon.

Le gendarme s'approche à son tour, en tirant la bride de son cheval qui voudrait faire des mamours à Carmen.

— Faites excuses, mesdames.

Angéline risque une question :

— Est-ce que vous cherchez les Gris-Manteaux, monsieur ?

Le brigadier se tourne vers son collègue.

— Les Gris-Manteaux, n'est-ce pas, gendarme, je vous en ai souvent parlé. Grâce à Dieu, le dernier a disparu depuis au moins dix ans. Et ce n'étaient pas des voleurs de poules !

Angéline se sent rougir, mais fixe le brigadier dans les yeux.

— Ils ont donc existé ?

— Certes, certes. La preuve, c'est qu'on ne les a jamais arrêtés.

Drôle de preuve, pourtant le brigadier n'a pas l'air de se moquer. Il enfile en hâte un long gant blanc, maculé de traînées grasses, pour saluer la grand.

— Si vous vinssiez à croiser nos fripons, par un effet

d'hasard, ce serait bien aimable à vous d'en donner avis à la gendarmerie !

Il cabre son alezan et réussit un élégant demi-tour.

Angéline serre le bras de sa cousine.

— Arrête de trembler et de soupirer. Ils sont partis !

— C'est que j'ai eu bien peur, fan de chichou !

— Tu n'as pas la conscience tranquille ?

La jument trotte, le soleil monte dans le clair matin. La grand porte la main à sa gorge, fait rouler les perles de son collier.

— Les Gris-Manteaux ont existé. J'ai tremblé toute mon enfance de les voir à Mauval. Mais ils avaient encore plus peur que moi !

Angéline joue avec le fouet, excite la jument.

— Peur de quoi, grand Faustine ?

— C'est que, à l'époque, la maison avait mauvaise réputation, à cause de ce qui s'était passé autrefois. Le pire bandit du Limousin et de l'Auvergne réunis n'aurait pas osé toucher au trésor... Je crois qu'il y a une morale à en tirer. Une histoire sans morale, c'est comme un cheval sans fer : ça ne va jamais bien loin !

Angéline, assise devant, se retourne et guette Mélie, qui lui envoie une grimace.

— Quelle morale, grand Faustine ?

— Si bandit qu'on soit, on trouve toujours plus bandit que soi... Et même chose pour les honnêtes gens !

On entend les fléaux taper en cadence ou, parfois, gronder une machine à battre et sa loco. Une odeur rêche de paille écrasée flotte autour des fermes.

La carriole s'engage dans le chemin des Petits-Moulins, qui paraît très fréquenté, à voir les ornières qui le creusent. On vient sûrement de loin chez la *chento* ! Un passage boueux, malgré la sécheresse de l'été, a été comblé avec des fagots et des bûches. Une espèce de calèche menée par deux chevaux surgit derrière, le cocher fait claquer son fouet et crie : « Laissez passer madame la baronne ! Laissez passer ! » Angéline a tout juste le temps de tirer Carmen sur le bas-côté. La calèche les contourne à toute vitesse, dans une bruyante sonnaille de grelots, et les asperge de boue au passage. Mélie s'essuie la figure avec son mouchoir et tend le poing vers la voiture.

— Madame la baronne va faire couper le patois à ses chérubins. Je voudrais que le bec leur pue toute la sainte journée !

Angéline arrête enfin la jument devant la maison de la Sans-homme. Un cheval hennit, un âne brait, des chiens s'approchent en jappant. Mélie se dépêche de prendre une gorgée à sa fiole d'eau rougie.

— Au cas que la panseuse me *donnerait l'amer à la bouche* !

Une servante et un valet sont en train de conduire une jeune dame vers la maison, sans doute la baronne, en la portant plus qu'à moitié. Avec l'aide de grand Faustine, les filles déchargent les panières des poules et les sacs de crottes. Après un moment, un garçon d'une quinzaine d'années s'avance les mains aux poches, l'air effronté et les pieds sales, lève son chapeau de paille.

— Bien le bonjour, quoi c'est-y que vous avez à soigner ?

Il s'est adressé à la grand, mais Angéline répond, explique son cas. Le gamin hausse les épaules et crache entre ses pieds nus.

— J' m'appelle Zidore. J' sais pas si ça vaut la peine de déranger ma tante pour des poules qu'ont la chiasse !

Angéline rougit de l'affront.

— Nos poules n'ont pas la chiasse. Venez voir !

Elle soulève le couvercle d'une panière. Le garçon s'approche, se penche, observe et hume.

— C'est vrai qu'elles ont la plume brillante et pas de crottes au derrière. Y en a même une qu'a pondu, miladiou !

— Quoi ?

Mélie se précipite vers la deuxième panière.

— Là aussi, y a un œuf, fan de chichou !

Angéline referme la panière avant que la Bresse et la Houdan ne chaussent leurs ailes. Mélie se mord le pouce.

— On pourrait rentrer avec les poules, puisqu'elles ont pondu !

Le garçon est allé s'occuper de la femme à l'âne. Angéline se cache les yeux sous ses paumes pour réfléchir.

— C'est peut-être de les avoir secouées qui les a fait pondre, ou c'est peut-être autre chose. Je veux en avoir le cœur net !

La grand leur souhaite bonne chance en balançant son éventail.

— Vous vous débrouillerez toutes seules, mes petites ? Ce sont vos poules, et je n'ai guère envie de causer à cette Sans-homme !

Elle va s'asseoir sur un banc, à l'ombre, près d'une fontaine. La Sans-homme reçoit les filles dans sa cuisine où flotte toujours une odeur d'herbes. Mais des carreaux neufs ont été posés sur la terre battue et deux chaises neuves occupent le devant de la pièce. La panseuse est vêtue d'une robe droite, gris souris, avec des petits liserés de dentelle blanche au col et aux poignets, coiffée d'un grand mouchoir de tête, blanc à pois noirs, sur son chignon tenu par une épingle. Elle a troqué ses sabots pour une paire de bottines. Elle ferait presque dame si elle n'avait les yeux rougis, les pommettes marbrées de rose, et les mains qui tremblent.

Elle scrute les filles entre ses paupières mi-closes. Un sourire adoucit le pli de sa bouche.

— Vous êtes donc de retour, mes mignonnes. Je suis contente de vous voir grandettes et en bonne santé. Contez-moi votre affaire.

Mélie se lance la première, avec un beau toupet, les mains sur les hanches, le chapeau de travers et la voix pointue.

— Quatre-vingts gélines cul cousu ! On ramassait quatre douzaines, quatre douzaines et demie. Hier, on n'a même pas eu une demi-douzaine !

La Sans-homme écoute en hochant la tête. Angéline a un peu honte. Comparée à la misère des pauvres gens, son affaire semble une amusette de châtelains. Mais elle songe au désespoir de la pauvre Delphine, qui se voit déjà chassée de la maison. Elle prend la suite de sa cousine pour indiquer les remèdes et les soins qu'on a essayés. La Sans-homme appelle Zidore, tout le monde s'affaire. Angéline ouvre un panier, la Houdan saute sur le rebord, bat des ailes, pousse un généreux « cocococo » et se précipite au milieu de la cuisine pour lâcher une fiente que la panseuse, Zidore et les filles entourent aussitôt.

— Elle est sèche, c'est bon signe. Attrapez la bête !

Mélie, d'un bond, rejoint la poule, la prend par une patte. La panseuse hume, souffle sous l'aile pour écarter les plumes fines.

— Elles ont l'air brillantes au premier coup d'œil, lisses dessus, belles à l'œil, mais... voyez... elles ne sont pas très soyeuses sur le devant, le duvet est un peu collé, et la peau, par endroits, est comme une peau de saucisse. Et ça sent fort !

— Mais elle a pondu pendant le voyage, dit Angéline. Je reconnais un œuf de Houdan.

La Sans-homme hoche la tête, les yeux baissés, tâte le ventre de la poule, que les filles tiennent ensemble et qui se plaint avec des gloussements outragés. Lâchée, elle s'ébroue, se met à la recherche de nourriture, puis fatiguée, s'assoit à moitié comme pour couvrir une couvée de poussins. La panseuse se frotte les mains d'un geste machinal. Mélie recule, le doigt pointé.

— Je sais, je sais, on nous a jeté un sort !

Angéline rougit, se gratte la lèvre.

— Comment tu le sais ?

— Je le sais parce que je le sais. Quelqu'un a payé le chef des bohémiens pour *encharmer* nos poules !

Elle baisse la voix.

— C'est peut-être l'Ida qui la fait, on l'a vue à la clairière des bohémiens avec ta grand Faustine !

Angéline lève les bras au ciel.

— Mais tu es folle !

La Sans-homme, en train d'examiner le contenu d'un sac, se retourne, fixe Mélie d'un regard perçant et moqueur.

— Et peux-tu m'expliquer, jeune demoiselle, pourquoi cette Ida aurait fait jeter un sort aux poules ?

Mélie se met à trépigner, les pieds en dedans, se mord encore le pouce, roule les yeux.

— Elle veut nos sous, l'Ida ! Elle veut le trésor ! Elle veut qu'on parte de Mauval pour avoir tout l'or !

La panseuse se caresse la joue du bout des doigts, l'air pensif.

— Certes bien ! Et, à ton avis, c'est pour vous faire partir qu'elle a voulu empêcher vos poules de pondre ?

— Oui, m'dame.

— Et les bohémiens sont venus chez toi, à la basse-cour ?

Mélie hésite, lorgne sa cousine par-dessous ses cils.

— L'Ida leur a porté des plumes.

— Ah ! tu crois ça ? Moi, je penserais plutôt *qu'un quelqu'un* de chez vous aurait versé du poison dans l'eau de vos poules, si c'est point qu'elles boivent à la mare ou au ruisseau.

Mélie tord la bouche, tremble du menton, secoue la tête. La colère l'empêche de parler. Angéline répond, d'une voix douce.

— L'été, quand c'est sec, on met des baquets pour la volaille dans la cour et au bord du pré.

Mélie menace sa cousine de deux doigts pointés. Les cornes !

— C'est pas vrai, fan de chichou ! Ma mère l'aurait vu !

— Elle a raison, dit Angéline. Ou Delphine ou une de nous...

— Et puis si un quelqu'un avait mis du poison aux poules, elles seraient toutes mortes !

La Sans-homme pousse du pied le contenu d'un sac de crottes, à demi répandu sur les carreaux de la cuisine.

— Ça dépend du poison. Il y a des jus de plantes qui

serrent le cul des poules. Les pauvres bêtes ont des pleins boyaux de petits œufs, qui ne peuvent pas grossir ni sortir. Ça coupe la ponte un moment, et puis ça peut les tuer, mais longtemps après.

Mélie proteste encore en se tortillant et en tapant du pied. La panseuse dit une prière en messe basse, choisit une poule — une commune — qu'elle bénit à sa façon et remet dans la panière, tandis que son neveu emporte les trois autres. Elle vide un sac de débris qu'elle remplit de cendre raclée sur la pierre de son foyer.

— Vous en mélangerez une poignée tous les jours avec la vôtre, pour le grattage. Vous changerez l'eau à boire matin, midi et soir... Je sais, ça fait beaucoup de travail, mais il faut bien, en cas de malveillance. Ah ! soyez toujours deux ensemble, et changez-vous, je veux dire que ça ne soit pas les mêmes chaque fois. Demandez aux journaliers de vous aider. Et toi, ma petite...

Elle regarde Angéline en fronçant les sourcils.

— Tu diras à ton père qu'il me tienne au courant.

Mélie propose d'aider le jeune Zidore à emporter la fiente et les déchets dans une friche, derrière la maison. Angéline se trouve donc seule avec la panseuse. Elle se retient de gratter sa lèvre, joint les mains.

— Mère Léone, ce n'est pas vrai ce que dit Mélie, n'est-ce pas ? Ce n'est pas possible que l'Ida nous ait fait ça ?

La Sans-homme baisse les yeux, tourne le dos, revient près d'Angéline, lui prend un bras qu'elle serre très fort.

— Pour tes poules, crois-en une personne d'expérience, il n'y a pas de sort ni de malédiction, juste des huiles de plantes mauvaises, qu'on a versées dans l'eau... pas par magie, mais en douce, avec un flacon ! Je pense à des resserrants, la rue fétide, la feuille de noyer, la joubarbe... Comme je te vois, ma petite, tu es sans défense. Il te faudra apprendre le patenôtre du loup, façon de dire pour se préserver des mauvais, et savoir rendre une fève pour un pois !

Sur le chemin du retour, Angéline ne peut s'empêcher de chapitrer sa cousine.

— Mélie, crois-en les personnes d'expérience, il n'y a pas de mauvais sort, juste des huiles de plantes qu'on verse dans l'eau ou la pâtée des bêtes !

Mélie, qui conduit la jument, secoue les guides et se met à fredonner une vilaine scie de garçon : « *J'ai caché un tison-hon sous mon pan-han-talon !* »

A force de tourner dans sa tête les affaires du jour, Angéline finit par déchiffrer l'avertissement de la Sans-homme. C'est Mélie et sa mère, l'Apolline, qui ont empoisonné l'eau des poules avec les huiles du chef des bohémiens ! Mais pourquoi, bonne Vierge ? Pour faire accuser l'Ida ?

Angéline raconte ses doutes à l'Étoile, sa seule confidente, qui l'écoute avec de petits coups de museau et des remuements d'oreille, puis lui souffle une giclée de bave à la figure.

— Pourquoi veulent-elles du mal à Ida, mon Étoile ? Et si c'étaient elles, Apolline et Mélie, que l'envie pousse et qui essaient de mettre la main sur notre or ?

L'Étoile regarde Angéline de ses gros yeux mouillés.

— Écoute, voilà ce qu'il me semble. L'idée, c'est de causer toutes sortes d'ennuis à la pauvre Delphine pour qu'elle s'en aille et que l'Apolline prenne sa place. Seulement, si Delphine s'en allait, il y aurait aussi l'Ida qui pourrait prendre la place. Comme elle dort avec ton papa, elle aurait sa chance. Les poules, ce n'était qu'un coup d'essai, mais si l'Apolline se voit soupçonnée, elle s'en tiendra peut-être là. Espérons toujours.

— Enfin, ce sont des manigances pour mettre la main sur l'or. Ma pauvre Étoile, il faudra que j'apprenne le patenôtre du loup !

Les filles ont rapporté les conseils de la Sans-homme, en s'envoyant au passage quelques vilains regards sous leurs cils. Angéline garde pour elle ses soupçons en se promettant de veiller nuit et jour sur l'eau des poules.

Le guet aux abreuvoirs s'avère une bonne précaution. Les poules de Mauval se remettent peu à peu à la ponte, sauf quelques-unes, boutonnées par le charme ou le venin, qui passeront au pot ou au confit.

Les filles ont une part de plus en plus grande dans le train-train ordinaire. Angéline s'occupe presque seule de la basse-cour et des conserves d'œufs. Elle a la charge des légumes d'assaisonnement : oignons, ails, échalotes, ciboulette, persil... Elle aide Roussine à la culture et à la récolte, elle a la haute main sur les réserves. Une buée de senteurs fortes l'enveloppe du matin au soir, les bonnes chassant les mauvaises, l'oignon mussant la fiente. Mélie pince le nez. « Tu *sens souillon.* Voilà la Sent-souillon ! »

Heureusement, oncle Marc se protège des effluves grossiers dans la fumée odorante de sa pipe.

4.

On est en 1903, la chasse aux congréganistes se poursuit, les religieux sont expulsés de leurs écoles dans une atmosphère d'émeute. L'affaire fait assez peu de remous en Limousin. Le premier tour de France se court en six étapes. Pressé par son notaire, Joseph refuse d'acheter des emprunts russes.

A Mauval, on lit *La Petite Gironde, Lectures pour tous, Je sais tout*, l'*Almanach du Drapeau* et des livres que l'oncle Marc apporte à chacune de ses visites. On se passionne pour la conquête du Tchad par Gentil, Foureau, Lamy, pour la guerre du Transvaal, qui prend fin avec la capitulation des Boers...

La maison de Mauval est un corps vivant, un cœur qui bat, une poitrine qui souffle, un ventre qui gronde. Angéline se surprend souvent à guetter l'expir. Quand elle ne l'a pas senti depuis un moment, l'inquiétude lui serre la gorge. Et s'il s'arrêtait ?

Au fond des caves, dans les entrailles de Mauval, il y a le fameux trésor, le trésor de Léchoisier ou de la Queue d'Âne, l'or, le magot. Un dragon le défend, l'expir est son haleine.

Angéline dit dans sa tête le patenôtre du loup. Elle ne se confie qu'à l'Étoile, à sa façon, cœur à cœur, bouche fermée.

— Le trésor est bien défendu. La preuve, c'est que les bandits ne sont jamais venus le prendre.

La vache s'arrête de ruminer, tourne la tête.

— Et, à ton avis, qui le défend ?

— Le dragon de la source, avec son expir !

Mélie et sa mère cultivent le « jardin bouquetier », mais Angéline porte les fleurs sur les tombes de la famille, au cimetière de Saint-Priest. Les Manin sont rassemblés dans un même caveau. Mais Constance Sénon est seule, dans un coin herbu. Et Angéline n'oublie pas les Lajarlaud. Les plus belles fleurs, fraîches d'avril à la Toussaint, sèches en hiver, sont pour sa pauvre maman qui dort du sommeil éternel à côté de l'enfant mort. Angéline va les visiter deux fois par semaine, le dimanche, à la sortie de la messe, et le jeudi, après le catéchisme de persévérance. Elle ne pleure jamais au cimetière, mais se mouche plusieurs fois sur le chemin du retour.

Les études, avec son père, oncle Marc, la dame du château et l'abbé Peytahout, lui prennent plus de la moitié de ses journées. Mélie assiste à toutes les leçons, mais n'étudie jamais le soir et ne lit presque pas. Elle court au village ou à Exeïdious, visite sa famille, s'amuse et cancane avec les garçons et les filles du voisinage ou combine Dieu sait quoi avec Apolline, sa mère. Angéline ne se plaint pas, elle n'apprécie rien tant que les moments de solitude. Elle peut avoir ces tête-à-tête avec l'Étoile, qui l'aident à mettre de l'ordre dans ses pensées et remplacent un peu les discussions à cœur ouvert qu'elle n'a jamais avec personne. Elle peut s'en aller à son tour rêver dans les prés ou les bois, avec la chienne Lola ou le chat Marron, tous deux vieillissants mais fidèles au poste, ou dans sa chambre, avec un livre de Pierre Loti, George Sand, André Theuriet, Jules Mary ou Georges Ohnet, ou un numéro de *Lectures pour tous*. Elle peut essayer de voler à son père un geste de tendresse, mais le maître de Mauval devient bougon, renfrogné, sauvage. Et ne préfère-t-il pas Mélie, qui réussit mieux en arithmétique et en géométrie, qui mord même à l'algèbre ? Angéline le déçoit. Il passe des heures plongé dans de gros livres de géométrie, de balistique...

— La balistique est la science du mouvement des projectiles.

Et Angéline, après bien des hésitations, a osé l'interroger.

— Pourquoi, père, apprenez-vous la science des projectiles ?

— Y a pas de mal : pour être artilleur quand il faudra.

— Alors, vous voulez retourner au régiment !

Il a daigné rire, d'un rire triste et las, et dur sur la fin.

— A l'armée, certes, quand nous aurons la guerre... car nous aurons la guerre, et l'artillerie sera la reine des batailles futures. Quand nous devrons nous mesurer une fois pour toutes avec les Prussiens, c'est le meilleur canon, servi par les artilleurs les plus savants, qui nous donnera la victoire. Notre 155 Rimailho est une merveille. J'étudie cette science pour être utile à ma patrie.

— Mais alors, vous nous quitterez pour aller vous battre ?

— Sans doute. Mais plus forte sera la France, plus courte sera la guerre. Ayez confiance, je reviendrai vite.

Oncle Marc, lui, doute que l'Allemand soit l'ennemi juré.

— L'ennemi de notre pays, c'est, depuis Jeanne d'Arc, l'Anglais, qui, en plus, ne nous a jamais pardonné La Fayette. N'oubliez pas Fachoda, mesdemoiselles ! Certes, les Prussiens nous ont volé l'Alsace et la Lorraine, qui devront bien nous revenir un jour. Mais l'Angleterre nous a raflé, dans le monde entier, en Asie, en Afrique, en Amérique, des territoires dix fois, cent fois plus vastes que l'Alsace-Lorraine. Un jour l'Allemagne aura besoin de notre alliance pour faire front à l'Empire britannique, décidé à dominer le monde. Le prix à payer pour elle, naturellement, sera la restitution des territoires chapardés en 1871. Cela dit, nous aurons besoin de canons puissants et rapides. Je fais confiance au 75 de campagne, en raison de sa vitesse de tir, vingt coups minute. Mais la guerre se jouera sur mer et nous manquons de contre-torpilleurs rapides. La vitesse, jeunes filles, voilà ce qui comptera, dans l'avenir. Un jour, même, la guerre se livrera dans les airs, plus haut que les montagnes, plus vite que le vent !

Après ce genre de tirade, Angéline se retient de demander

le rôle des secrétaires d'état-major. Elle s'en veut de cette pensée perfide. Elle aime bien oncle Marc : il est si beau quand il se dresse, héroïque, le menton levé, face à la toute-puissance de l'Angleterre. Ses yeux gris flamboient, sa moustache tremble sur sa lèvre, sa mèche vole sur son front et il braque sa pipe comme un canon de tourelle sur l'ennemi. Et son tabac sent si bon...

— A quoi rêves-tu encore, Angéline ? Angéline de mon cœur ?

Mon cœur, se dit-elle, il le briserait pour une mauvaise rime !

— Margot est toujours pauvresse. Est-ce que vous nous raconterez bientôt comment elle est devenue princesse en ville ?

Il marche une main dans le dos, l'autre serrant sa pipe.

— Chaque chose en son temps.

Cet hiver-là, Joseph se tient le plus souvent dans sa chambre, qu'il chauffe avec des vieilles souches lentes à brûler. La lampe à pétrole allumée tout le jour, une couverture sur les genoux, il se penche, crayon en main, sur ses manuels de géométrie et d'artillerie. Pour le rejoindre et rester un moment près de lui, Angéline lui monte du bois, de l'eau chaude, un grog...

Un matin, elle ose enfin le questionner sur le trésor.

— J'ai treize ans, père. Je suis curieuse et je voudrais savoir... ce qui retient les bandits de nous voler le trésor ?

— Il n'y a plus de bandits. Nous sommes au XXe siècle !

— Je suis sûr que les Gris-Manteaux le convoitaient. N'ont-ils pas essayé de le prendre quand vous étiez au Tonkin ?

Joseph sourit, écoute une souris trottiner dans la chambre, observe le ciel par la fenêtre, à sa façon habituelle, puis ferme les yeux et se pince l'arête du nez.

— Ah ! les Gris-Manteaux... On racontait mille histoires sur eux, autrefois. Pourquoi, s'ils existaient, portaient-ils ces manteaux gris qui intriguaient tant les gens ? J'ai entendu dire que c'étaient des manteaux d'officier de la Grande Armée, et que les bandits devaient être des descendants de ces officiers persécutés sous la Terreur blanche et désireux de se venger. Ou que leurs manteaux étaient noirs, mais qu'on les voyait presque toujours couverts de neige, et donc gris, car les Gris-Manteaux n'opéraient qu'en hiver. Une légende est née, disant que les Gris-Manteaux étaient les seuls brigands du pays et ne chassaient qu'en hiver. Mais derrière le théâtre des manteaux gris, des bandits sans manteaux détroussaient et rançonnaient en toute saison.

« Gris-Manteaux ou messieurs en veston, ils connaissaient forcément l'existence du trésor de Mauval et ils mouraient d'envie de mettre la main dessus. Mais ils avaient peur, ils étaient superstitieux. Les brigands le sont toujours. L'or de Léchoisier passait en ce temps pour être maudit...

Angéline se tait et approuve d'un signe de tête.

— Et maintenant ?

— Le curé a béni la maison. Si des gens sont morts ici, leurs âmes ont enfin trouvé le repos.

— Mais que voulez-vous faire de tout cet or ?

— Tu vas être bien surprise. Je veux acheter des canons !

5.

Après le torpillage de la flotte russe à Port-Arthur, 1904 est l'année de la guerre russo-japonaise. La France s'enflamme, et les Limousins, qui ont la fibre patriote, chantent aussi :

Et puisque la guerre vient de se déclarer,
Russe, mon cher frère, nous allons t'aider !

Ponot Barbeloup en profite pour se faire inviter à Mauval.

— Ah ! commerce ! A la santé des Russes !

Joseph lève son verre, sans joie. Si les Français se mêlent de cette guerre, ce sera surtout affaire de marine.

— De toute façon, on aura quand même besoin de canons !

A quelques semaines de là, au début de l'été, Angéline sort du cimetière où elle est allée poser, sur la tombe de sa mère et sur celle de sa grand-mère, deux bouquets délicats d'ancolies et de fleurs de lin sauvage. Soudain, elle se trouve nez à nez avec Adrien Mesnieux, qui se glisse le long du mur, en serrant dans sa main une grosse poignée de bleuets des blés.

Ils s'arrêtent tous les deux, se regardent sans trouver langue. Angéline se sent coupable envers ce brave homme. Elle ne lui a pas rendu visite depuis des mois, elle ne lui a même pas dit la bonne année au premier janvier. Et il ne vient plus à

Mauval depuis si longtemps. Quelque chose a dû le blesser.

Adrien ôte son chapeau, le prend sous son bras. Il a toujours les yeux rouges et la peau qui tire sur les os de la figure. Un sourire tremble sur sa lèvre.

— Vous voilà bien grande et belle, Mademoiselle Angéline.

Il prononce avec effort ces mots français qui ne lui sont pas familiers. Mais il a parlé sur un ton de moquerie et Angéline résiste à l'envie de se jeter dans ses bras. « Oncle Adrien ! »

— Ah ! tu m'appelles encore oncle Adrien ?

— Mais tu... Oh ! pardon, pardon, j'aurais dû aller te voir. Mais toi aussi, oncle Adrien, tu aurais dû venir à Mauval !

Il la regarde, les yeux voilés. Il passe son chapeau et son bouquet sous son autre bras, tend sa main droite, courte et calleuse, qu'elle serre de toutes ses forces dans les siennes.

— Je te demande pardon si je t'ai fait de la peine.

Il se recoiffe, baisse la tête. Il a pris son costume gris pour venir au cimetière. « Il n'oublie pas maman... » Comme s'il avait deviné les pensées d'Angéline, il lui offre le bouquet.

— Tiens, j'aime mieux que tu le portes, toi. Ah ! refuse pas, j'ai eu de la peine de savoir qu'on t'avait fait couper notre parler !

Angéline prend le bouquet, le serre sur sa poitrine et regarde l'oncle Adrien avec toute sa tendresse. Un petit homme maigre, dans une veste trop grande, si fluet pour ce rude gagne-pain de journalier. Elle l'a toujours vu flotter dans ses vêtements. Mais elle connaît sa vigueur tout en nerfs, son courage de chaque jour. Elle ne l'a jamais entendu se plaindre ou récriminer.

Elle s'approche de lui, pose la main sur son bras.

— Tu peux causer patois, si tu veux, je le comprends encore.

— Patois, patois... tu dis bien. On a son parler, quoi !

Il lâche un petit rire, une bonté familière éclaire son regard.

— Ça va te corner aux oreilles ! Bah, je peux parler français pour l'ordinaire, en faisant attention. Et puis on n'a pas beaucoup à se dire, hein ? Chacun sa vie, maintenant !

« Mon Dieu, qu'il souffre ! » Angéline est persuadée, au contraire, qu'ils auraient tant à se raconter. Mais rien ne lui vient. Elle s'approche un peu, en tenant le bouquet baissé.

— C'est à cause du parler que tu n'es plus venu à Mauval ?

— Ton père veut faire de toi une dame. Pour dire, il a bien raison. Si tu étais restée avec moi, tu aurais juste été servante ou journalière. Je suis content que tu aies une bonne vie.

Il regarde ses mains épaisses, déformées, hausse les épaules.

— Je ne voudrais pas te gêner, tu vois. Ça ne m'empêche pas de penser à toi. Et je suis bien content, bien content.

Mélie chante toujours : « *J'ai caché un tison dans mon pantalon-hon !* » Elle prétend qu'il y a un diable dans la cheminée de la salle à manger. Elle l'a vu entrer un matin pour s'enfuir, puis elle l'a vu sortir le soir, par-dessus le toit. Est-ce qu'il est resté dans le conduit toute la journée ? Angéline se retient de pouffer. Cette Mélie, un rien l'agite, l'enflamme. Tout le monde sait que le diable est dans sa tête, ou dans son cœur ! Peut-être même dans son pantalon, avec le tison !

Mais Joseph écoute l'histoire, questionne Mélie, qui se rengorge et se pavane. Il décoche un clin d'œil discret à sa fille.

— Y a pas de mal. Je vais étudier ce cas, faire une enquête.

A la fin de son enquête, il convoque les filles à la salle à manger, où il les reçoit en gilet et cravate. Puis il joint les mains, baisse ses lunettes sur son nez et regarde Mélie par-dessus. Il vient d'avoir trente-cinq ans, mais en paraît bien dix de plus.

— Ma chère Amélie...

Car il appelle Mélie « ma chère Amélie ». A Angéline, il dit tout sec : « Angéline ! » Et il lâche son explication.

— Ma chère Amélie, je ne crois pas que tu aies vu le diable. Non que je nie son existence... mais enfin la maison a été bénie, je suis sûr que les âmes du purgatoire sont parties, et le diable aussi. Ou alors, le curé m'a volé ! Ce que tu as vu, ce sont des tourbillons venus de la source, avec l'expir...

« J'ai fait réparer la porte des caves, à cause de l'or. J'ai fait changer la serrure, par manière de précaution, et je tiens la porte fermée dans la journée. Mais je l'ouvre matin et soir, pour que la circulation de l'air se fasse à travers la maison. Entre-temps, des saletés avaient bouché les lucarnes du grenier, et c'est pour ça que l'expir était obligé de passer par la cheminée. J'ai nettoyé les lucarnes et je vais faire percer la porte de la cave pour que l'air passe mieux. Tout rentrera dans l'ordre. Quant au trésor, il reste à sa place. J'en aurai besoin dès que je serai parvenu à un accord avec le ministère, au sujet des canons... »

Mélie, vexée de n'avoir pas vu le diable pour de bon, s'en va bouder Dieu sait où. Angéline s'avance, promène un chiffon sur la table, affaire de se donner une contenance.

— Père, vous voulez acheter des canons au gouvernement ?

Il pose les coudes sur la table, joint les mains sous son menton.

— Ne crois pas que si je songe à la guerre, c'est que je vous oublie, ta cousine et toi. Je pense à votre avenir, dans une France heureuse et forte. Je ne veux pas que vous viviez dans un pays diminué, avec cette plaie à son flanc, l'Alsace-Lorraine. Me comprends-tu ? La guerre est pour bientôt. Je crois que nous pouvons compter sur la Russie, moins sur l'Angleterre. Tant pis. Même seuls, nous nous battrons et nous gagnerons !

« Et nous gagnerons grâce à notre artillerie, le 120, le 155 et le 75. Je veux acheter une batterie pour la commander. J'estime en être capable, avec un stage pratique pour compléter mes études. J'ai écrit au général Decharme, commandant le 12e corps d'armée, à Limoges, et même au général André, ministre de la Guerre. Je leur ai mis le marché en main : je paie la batterie, avec les chevaux et un caisson d'obus, mais vous m'en donnez le commandement. La batterie de Rimailho compte deux canons à quarante mille francs environ. Je leur offre en prime une seconde batterie qu'ils feront commander à qui ils voudront !

« Ne crois pas, ma fille, que je pèche par orgueil. Je ne songe qu'à l'intérêt de notre pays... »

Il quitte ses lunettes, les pose sur la table.

— Mon grand-père, Évariste Manin, qui était officier de la Grande Armée et sous-préfet de Rochechouart, a trouvé le trésor de Léchoisier avec l'aide de son ami, le capitaine Charles Lajarlaud, qu'on appelait le Manchot de Lutzen. Ils ont décidé qu'une partie au moins de cet or serait dépensé dans un but patriotique, un jour. Je crois que le moment est venu. Bien sûr, vous trouverez le reste dans votre héritage, Amélie et toi. J'ai fait mes comptes : la moitié suffira pour payer deux batteries de Rimailho avec le matériel et les chevaux. Le reste vous reviendra quand vous serez grandes, que je sois vivant ou mort !

Angéline est désespérée à l'idée de voir son père partir à la guerre. Mais ses confidences la remplissent de joie. Il l'aime toujours, puisqu'il a pris la peine de lui raconter si longuement ses projets... Elle se laisse tomber à ses pieds, enlace ses genoux.

— Oh ! non, pas mort, s'il vous plaît, père ! Vivant, vivant... Je veux que vous reveniez quand vous aurez gagné la guerre !

Joseph caresse la tête de sa fille.

— Je reviendrai. Une part du trésor servira à ta dot et à celle d'Amélie, et vous ferez toutes les deux un riche mariage...

Angéline étreint plus fort les genoux de son père.

— Je m'en fiche ! Je me fiche du trésor ! Dépensez-le tout pour vos canons ! Achetez deux batteries, trois, quatre !

Joseph sourit, prend sa fille par les épaules pour l'aider à se relever. Il demande à voix basse :

— Tu m'approuves donc ?

Le sang d'Angéline bat dans ses veines. « Oh ! papa... » Elle n'a jamais prononcé ce petit mot, si tendre. Elle ose enfin.

— Oui, papa. Vous êtes un homme hardi et généreux. Je suis si fière de vous !

— Angéline, mon Angéline...

Des larmes de joie brillent dans les yeux de Joseph.

Avec l'oncle Marc aussi, Mélie trouve moyen de se rendre intéressante. Elle joue de la prunelle et cet idiot se laisse prendre à son manège ! Mieux : il s'en amuse. Comme Delphine prise, en cachant mal son vice, il lui offre de temps en temps une boîte de tabac. Un jour, il a donné la même aux filles.

— Essayez donc, mesdemoiselles, ça nettoie le nez, ça libère le cerveau et ça éveille l'esprit !

Dès qu'elle pose le plus petit brin de tabac sous sa narine, Angéline en a le souffle chassé et éternue sauvagement.

— Écoutez l'expir de la source ! s'écrie Mélie.

Elle, la petite garce, se fourre le tabac dans le nez, tête levée, un sourire d'extase sur les lèvres, respire en gonflant la gorge, tend la poitrine sous son corsage.

— Oh ! que c'est bon ! Tenez-moi, je vais m'évanouir !

Marc la lorgne sans honte, il la prend par les épaules pour faire semblant de la soutenir.

— Là, ma belle, là. Tu peux t'évanouir, je suis là !

Il lui a donné une jolie tabatière en forme de chat. Ça ne lui suffit pas, elle réclame avant les leçons de « goûter sa pipe », qu'il lui tend en riant et qu'elle tète avec des mines.

— Quand je serai grande, je fumerai devant tout le monde !

Elle raconte toutes les histoires qui lui passent par la tête.

Marc a l'air de la croire, même quand on voit qu'elle bouffonne comme le nez sur la figure. Un jour, elle annonce que les Gris-Manteaux sont revenus, elle les a vus !

— Comme je vous vois... enfin presque. Ils étaient trois !

Marc tire sur sa pipe, souffle la fumée.

— Trois, ma foi ? Avec leurs manteaux en plein été ?

Mélie lui roule une œillade éhontée.

— Ce n'étaient pas de vrais manteaux, plutôt des espèces de longues chemises. Et... je ne sais pas si je peux le dire ?

Elle rougit, elle sait rougir quand elle veut, se cache la figure dans les mains, respire très fort.

— Je crois bien qu'ils étaient tout nus dessous !

A quelque temps de là, elle arrive à la leçon du matin, affublée d'une espèce de houppelande grise, taillée dans une vieille couverture, avec un capuchon sommaire qui la masque à moitié. Elle s'agite, tend les bras, danse autour de la pièce.

— Je suis la fille des Gris-Manteaux !

Elle soulève le bord de sa capuche, guette Marc.

— Et je suis toute nue dessous ! Chiche que je le prouve !

Marc hausse les épaules. Elle ôte sa couverture comme une vieille peau et éclate de rire. Dessous, bien sûr, elle est tout habillée, avec son col et ses poignets de dentelle bien repassés.

Elle est tantôt l'enfant qui joue, tantôt la femme qui veut séduire. A côté, Angéline se sent gauche et commune. Il lui vient l'idée de raconter ses rêves.

— J'ai rêvé que je rencontrais le cheval malet et il m'a laissée monter sur son dos. A ce moment, il a disparu !

— Et alors, tu es tombée le cul par terre ? ricane Mélie.

— J'ai rêvé que je sautais par-dessus une barrière très haute...

— Tu es grasse, dit Mélie, comme toutes les blondes. Et tu ne pourrais pas sauter par-dessus une paire de bottines !

« Grasse, grasse ? Oh ! Seigneur, est-ce que je suis vraiment grasse ? » Angéline se regarde dans tous les miroirs et aussi dans les mares et les étangs. C'est vrai qu'elle adore grignoter un quignon de tourte en lisant dans un coin. Mais elle se trouve un air de maturité, douce et sans mollesse, qui ne lui déplaît pas. Est-elle grasse ? Bien en chair, oui, elle s'active beaucoup et mange peut-être un peu trop. Pourtant elle est grande, elle a déjà sa taille de femme...

Elle promène les doigts autour de sa bouche, triture son menton, pince la peau de son cou. Elle a un visage ovale et long, à peine joufflu, avec de jolies fossettes au coin des lèvres et, quand elle sourit, entre les pommettes et les yeux... Le calme de son regard, l'économie de ses gestes lui donnent peut-être une allure un peu lourde et lente, au lieu que Mélie bouge sans cesse, sautillante, délurée, fébrile, excitée. Mélie est tout son contraire, son inverse parfait. Il y a dans cette opposition comme un caprice du diable. Visage triangulaire, nez relevé avec un peu d'impertinence, bouche petite, belliqueuse, rouge carmin, rétrécie encore par une moue enfantine, voilà Mélie... « Une souris à côté d'un Rubens », a dit Marc un jour. Il s'amuse du contraste. Il y prend plaisir. Mais laquelle des deux préfère-t-il au fond de lui ? Laquelle choisirait-il s'il devait à toute force choisir et que le diable ne s'en mêle pas ?

Un jour, Marc est arrivé avec une flûte et a joué quelques notes.

— Amélie, puisque tu n'aimes pas le piano avec la dame du château, pourquoi ne pas essayer la flûte avec moi ?

Il sait la prendre. Elle se laisse convaincre.

— Oh ! montrez-moi, je vous en supplie.

Mais elle n'est pas musicienne pour deux sous. Elle n'a aucune envie de travailler un instrument. Et la moitié du temps, Marc oublie la flûte. Pourtant, un jour d'automne, à la fin d'une longue leçon de français, il tient ses mains en clocher devant sa figure, se met à rire, regarde ses deux élèves, pointe le doigt sur Mélie.

— Prête-moi ta flûte, Amélie, s'il te plaît.

Mélie lui tend l'instrument d'un air pincé. Marc en tire quelques sons étranges, puis le glisse dans sa poche de veste.

— Autrefois, j'étais un excellent preneur d'enfants et de jeunes filles. Voulez-vous essayer, en guise de récréation ?

Elles le regardent toutes les deux, bouche bée. Pour une fois, Angéline émerge la première de son saisissement. Elle se souvient d'une histoire qu'elle a lue, d'un poète allemand. Peut-être Heine ? Mélie, elle, ne lit jamais. Elle ne peut pas savoir. Elle bat des mains pour se rattraper.

— Oui, oui, prenez-nous !

— Prenez-nous si vous pouvez ! s'écrie Angéline.

Mélie tire la langue à sa cousine.

— Tu es si grasse que tu seras prise comme une poule au nid. Moi, je vais lui donner du fil à retordre !

Un moment plus tard, ils se retrouvent sur le chemin d'Exeïdious, le poulain de Carmen les suit un moment en bondissant dans son pré, de l'autre côté de la barrière. Un pâle soleil d'octobre cligne au milieu des nuages. Au loin, la forêt verte ou rousse, avec les flaques noires des résineux, marque à gros traits les bords de l'horizon. Mélie court devant. Elle se retourne, montre sous ses cheveux dénoués de grands yeux brillants et un bout de museau rougi par l'effort de la course. Elle est si belle qu'Angéline en a le cœur serré.

Marc porte la flûte à ses lèvres, joue deux ou trois notes.

— Je vous préviens, mesdemoiselles. Je vais jouer un air irrésistible pour les jeunes filles sages, comme vous l'êtes sûrement. Vous vous sentirez obligées de me suivre partout où j'irai. Et quand j'arrêterai de jouer, vous serez forcées de vous mettre à genoux à mes pieds. Attention !

« Quel drôle de jeu ! se dit Angéline Quel joli jeu ! » Marc joue son air, nostalgique et guilleret. C'est un virtuose de la flûte. Angéline colle à ses basques, mime de son mieux la soumission. Mon Dieu, comme cette récréation lui plaît. Elle respire à grands coups, son cœur bat la générale.

Mélie trottine dix pas derrière en chantonnant :

« *Connaissez-vous croquemitaine ? / Miton, miton, mitaine ?* » Et de temps en temps, elle pouffe de rire. Marc s'en va, flûte au bec, très droit, impassible, sûr de son fait. Les filles le suivront au fond du bois dans une clairière moussue. Elles se coucheront à ses pieds, soumises. Peut-être leur fera-t-il baiser le bout de ses souliers ? « Oui, je baiserai le bout de ses souliers, s'il veut ! »

Ça sera si bon, n'est-ce pas, d'être à plat ventre devant lui ? Angéline aura les mains et la figure griffées par les mauvaises herbes. La terre dure, un gros caillou peut-être, ou un morceau de bois mort, lui meurtriront le ventre. Quel plaisir exquis !

Angéline baisse les paupières, se guidant au son de la flûte.

Elle se cogne contre un arbre, ouvre les yeux. Marc a tourné dans un sentier, elle se rapproche de lui. Mélie est loin derrière.

En direction d'Exeïdious, la forêt de Mauval s'étend sur tout un coteau et la moitié d'un autre. Chênes hauts et droits, charmes en touffes, châtaigniers obèses ou maigrelets, bouleaux, érables, alisiers, troncs lisses et fourrés épineux, futaies et taillis, couvrent un épais sous-bois de bruyères et de fougères, propice aux champignons de toute espèce.

Une odeur forte d'humus, de débris pourrissants prend Angéline à la gorge : le parfum même du bois en automne.

Le vent balaie la terre avec un chuintement velouté. Les filles suivent le joueur de flûte le long d'un sentier, où les branches mouillées leur fouettent le visage. Postés dans les hautes frondaisons, les oiseaux s'égosillent pour répondre à l'air de Marc. La chienne Lola trottine et muse à flanc de colonne.

Angéline sent des frissons courir dans son dos et la chair de poule hérisser la peau de ses bras et de ses cuisses. La peur des vipères ou l'effet de la musique ? Il y a toujours un soupçon de peur dans le bonheur le plus vif. Elle entend *miton, mitaine* de plus en plus faible, de plus en plus loin.

Vierge bonne, serait-ce que Mélie se laisse distancer ? Par coquetterie, peut-être, pour mieux aguicher Marc ? Pour qu'il lâche sa flûte et lui coure après ? « Et moi, alors ? Tant pis pour elle, c'est mon jour ! » Elle aussi sait des chansons, elle a appris des passages de *Louise* avec la châtelaine. *Jour d'allégresse et jour d'amour / Sur la butte en liesse !*

Elle se répète dans sa tête. « C'est ton jour, Angéline, jour d'allégresse, jour de liesse... ton jour, ton jour ! » Une épine se plante dans sa paume, elle sent à peine la douleur. Mélie n'est plus derrière eux. « Mon Dieu, faites que Marc n'arrête pas de jouer pour lui courir après ! » Ils traversent une souille de sanglier boueuse et arrivent à une clairière. Marc se retourne brusquement, glisse la flûte dans la poche de sa veste, sourit à Angéline et s'assoit sur une grosse pierre, au milieu de la clairière, sans s'occuper de Mélie le moins du monde.

Angéline s'approche en faisant mine d'être encore envoûtée par l'air de la flûte. Elle s'aperçoit qu'elle est en cheveux, comme une gamine... Sur les gravures, les jeunes filles enlevées par des brigands ou des chevaliers ont toujours de longs cheveux dénoués qui flottent derrière elles... Elle marche à petits pas, les deux mains tendues, à la façon des somnambules. Marc relève sa casquette sur son front, une mèche châtain foncé lui tombe sur les yeux. Il l'écarte d'un geste, regarde Angéline en riant. Ses yeux luisent comme ceux d'un loup dans la nuit.

Angéline trousse vite sa jupe pour s'agenouiller sur son jupon, en essayant d'avoir l'air d'une jeune fille prise par un magicien. Elle a la gorge un peu serrée. Marc la fixe sans un mot. Elle ne sait comment se tenir en face de lui. Il sort sa pipe. « Bon... » Elle s'aperçoit qu'il a les yeux humides : c'est pour ça qu'ils brillent tant. « Mais Marc, tu pleures ? Ce n'est pas possible ! »

Il se relève brusquement, lui tend la main. « Debout ! » Il la tire d'un coup sec, elle retient un soupir. Elle est maintenant face à lui, si près qu'elle sent son souffle, avec le parfum amer du tabac. Il la force à se tourner vers le cercle des bois.

— Regarde ! Que vois-tu ?

Angéline scrute les environs, mais le décor se brouille

devant ses yeux, ses doigts tremblent, l'émotion fauche ses jambes.

— Qu'est-ce que je vois ? Qu'est-ce que je vois ?

— Tu ne reconnais pas la clairière des bohémiens ?

— La clairière des bohémiens ?

— C'est mon petit air de flûte qui t'a mise dans cet état ? La clairière où Margot se cache pour rêver, où elle rencontre de temps en temps les bohémiens et le montreur d'ours !

— Ah ! Margot...

Elle a grandi, les histoires de Margot l'intéressent moins aujourd'hui, et d'ailleurs Marc ne raconte presque plus d'histoires. Il lui serre le bras, insiste.

— Là, tu vois un foyer, avec trois pierres et quelques tisons charbonnés sur la cendre. Les bohémiens font du feu, pour se réchauffer l'hiver, pour cuire des pommes ou des pommes de terre, ou des bêtes qu'ils ont tuées : couleuvres, hérissons... Et là, tu vois cette croix sur le tronc d'un bouleau ? Elle a été tracée avec un fer chauffé. Il y a une autre marque ici..., lève les yeux. Tu vois le chiffon noir à cette branche de chêne ? C'est encore un signe de reconnaissance des bohémiens. Et ce trou, au milieu, derrière le foyer, ça pourrait être une entrée de souterrain éboulée. Un souterrain que les bohémiens connaissaient. Qui sait s'ils ne s'en servent pas encore... Et maintenant, viens !

Il la prend par la main et l'entraîne en courant.

— Touche ce morceau de fer avec ton pied.

Il se penche, lui prend le genou et lui fait cogner le piquet avec la pointe de son soulier. Une jambe levée, elle saute à cloche-pied, s'accroche aux épaules de Marc pour ne pas tomber. Elle rit, essaie de dégager son genou, qu'il tient ferme.

— Ça y est, j'ai touché. C'est un bout de fer, qui dépasse juste le sol. Si on butait dessus en marchant vite, on pourrait...

« Oui, oui... » Il ne l'écoute pas, mais la libère pour l'attirer un peu plus loin, devant un rocher arrondi, de la grosseur d'une demi-barrique. « Là... » Il désigne une face presque plate, grande comme un journal plié en deux et tachée de noir.

— Ils s'en servent comme tableau. Dieu sait ce qu'ils griffonnent là-dessus avec des morceaux de charbon de bois. Même pas des lettres, ils ne savent pas écrire. Des repères, des avis en langage convenu... enfin, je suppose.

Il ramène Angéline à la pierre moussue. Elle se sent flotter à plusieurs centimètres au-dessus de l'herbe. Oui, ça doit être un effet de la musique. Elle met sa main devant sa bouche pour ne pas pouffer. « Il m'a bien prise, avec son air ! » Elle s'assoit sagement près de lui. Comme la pierre est étroite, il l'enlace et la serre contre son flanc. « Il va sentir battre mon cœur ! » Elle essaie de comprimer sa poitrine du plat de la main. Mais au lieu de s'atténuer, les secousses de son cœur se transmettent à son bras. L'espace tremble de la terre jusqu'au ciel.

Angéline remplit lentement ses poumons pour essayer de calmer le chien fou qui tourne et saute dans son corps. L'odeur de Marc, laine mouillée, pipe, sueur d'homme, se mêle aux relents épais et gras de la terre.

Le vent d'ouest brasse cent bruits : froissements de branches, craquements des troncs, frémissements des feuilles mortes qui se détachent et tombent, cris grinçants des geais, appels plaintifs des oiseaux migrateurs au fond du ciel, fracas d'une fuite éperdue dans le sous-bois... Angéline n'entend plus son cœur.

Elle regarde Marc. Ils se taisent. Elle a la gorge collée à la poix. Elle sent sa main dans la main de Marc, elle voit bouger ses lèvres, mais il ne prononce aucun mot. Elle ferme les yeux et attend. Pourquoi cette petite éraflure de douleur au bord d'une joie si claire ? Elle préfère ne pas y penser.

Elle frissonne sous la fraîcheur du vent. Ses cheveux lui chatouillent la figure. Le fourmillement s'étend à ses bras, à ses jambes, à son dos. Elle a envie de serrer la main de Marc. Ses doigts se referment sur le vide. Elle ouvre les yeux. Il est debout, il s'approche du foyer des bohémiens, ramasse un morceau de charbon de bois dans la cendre. Elle se lève pour le rejoindre.

Leurs regards se croisent. Elle lui sourit, il détourne la tête et essaie de tracer quelque chose, signe ou dessin, sur le rocher déjà noirci. Son morceau de charbon, trop friable, s'écrase dans ses doigts. Angéline qui l'observe ne peut s'empêcher de rire.

— Vous auriez dû amener votre porte-plume réservoir !

Marc rejette sa casquette en arrière d'un geste menaçant.

— C'est plus difficile que tu crois d'écrire sur la pierre avec du charbon de bois ! Tu te demandes ce que je veux écrire ?

Il écarte la mèche qui tombe sur son front.

— Un message, *bélou-bé*, peut-être bien. Pour donner rendez-vous au chef des bohémiens devant le Gué de la Fade !

Il frotte ses mains noircies de charbon, puis, dans une poussée de colère ou en manière de jeu, il essuie ses paumes sur sa figure et se barbouille les joues. Angéline le considère sourcils froncés.

— Qu'est-ce qui vous prend de vous déguiser en charbonnier ?

— Je voulais te faire rire.

— J'ai bien ri, vous êtes content ? Et maintenant...

Elle s'approche, tenant son mouchoir qu'elle mouille de salive.

— Je vais vous nettoyer le museau, comme je faisais avec les petits de tante Ida, quand j'étais chez Mazérollas !

Il fléchit une jambe, penche la tête, tend une joue, puis l'autre.

— Tu es trop bonne avec ton vieil oncle.

— Ne dites pas de bêtises.

Il se laisse bouchonner, prend Angéline par le bras et l'entraîne vers le fond de la clairière. Elle fait mine de résister.

— Où m'emmenez-vous encore ?

Il désigne d'un geste la pente qui s'ouvre au bout du sentier.

— C'est un bois de bouleaux qui a donné son nom à la combe Blanche. La clairière des bohémiens s'appelle aussi clairière du sentier de la combe Blanche. C'est ici que ma mère a rencontré le cheval malet !

Angéline baisse les yeux et, une seconde, croit voir l'étalon noir se dresser debout au milieu des bouleaux blancs .

— Il a existé pour de bon ? Ce n'est pas une légende ?

Marc répond à chaque question d'un signe de tête. Oui, non.

— Non, ce n'est pas une légende. Tu ne connais pas l'histoire du cheval malet de la forêt de Mauval ? Pour les paysans d'ici, un cheval malet est un cheval *ensauvagé*, comme on dit d'un chat haret, qui s'est échappé et ne veut plus de maître. Quasiment un cheval endiablé, toujours un mâle, un étalon, porté sur la nature et qui est devenu fou à chercher les juments. Alors, bien sûr, les gens gardent leurs bêtes fermées, doublent les clôtures, guettent avec les chiens et le fusil, et tout à l'avenant. Et le cheval malet, de ne pas trouver de jument, il finit par courir après les jeunes femmes, enfin c'est ce qu'on croyait autrefois...

« D'où venait ce cheval échappé et réfugié dans les bois de Mauval ? Il y a une grande foire aux chevaux qui se tient deux fois l'an, au printemps et à l'automne, à La Latière, en Dordogne. A l'époque, elle se tenait même dans les bois, et les voleurs de chevaux amenaient leurs bêtes à vendre de plus loin que Limoges et Clermont. Celui-là, c'était à coup sûr un cheval volé qui n'obéissait pas à son voleur. Et pas moyen pour le voleur d'appeler à l'aide pour le rattraper sans se mettre les gendarmes sur le dos ! Il avait donc abandonné la bête.

« A Mauval, Exeïdious, Saint-Priest, tout le monde voulait prendre le cheval malet, car c'était un sacré bel étalon, qui valait un tas de louis. Et *pour le dit* aussi, à celui qui serait le plus fort... Louis Manin et Sulpice Lajarlaud étaient les plus acharnés, mais ils échouaient à toutes leurs tentatives.

« A cette époque, ta pauvre grand était encore à Mauval.

On lui avait enlevé son petit Joseph pour le placer chez les frères, alors, elle s'en allait courir dans les bois et pleurer de chagrin. A l'époque, les bohémiens avaient une cabane, que les gens du pays ont démolie depuis. Quelquefois, elle s'y cachait quand il n'y avait personne. Et un jour, en venant à la clairière, elle a rencontré le cheval malet... l'étalon qui tournait autour du lieu parce qu'il avait senti les juments des bohémiens.

« Alors, il était là. Ma mère venait peut-être aussi à la clairière dans l'espoir de rencontrer les bohémiens : elle se sentait si seule. Et un soir, les bohémiens n'étaient pas là, mais elle s'est trouvée en face du cheval malet, qui s'avançait vers elle, debout sur ses pattes de derrière, magnifique, terrible. Une minute au moins, elle a été paralysée par la peur. Le cheval avançait très lentement, il était si énorme, si puissant. Ma mère s'est rapprochée de lui, à petits pas. Oui, au lieu de reculer, de s'enfuir, elle a marché à sa rencontre ! Elle était fascinée, comme un oiseau par un serpent, et puis elle avait envie de mourir. Elle avait essayé plusieurs fois de se tuer, en se jetant dans un étang, en sautant par une fenêtre de Mauval ou en buvant du poison, mais le courage lui avait manqué au dernier moment. Alors, c'était une occasion. Et cette fois, elle a eu le courage, elle est allée jusqu'au cheval. Il s'est tenu au-dessus d'elle, très droit, il a henni, elle a glissé à genoux et s'est mise à prier. Elle attendait qu'il se laisse tomber sur elle pour la piétiner. Mais il a reculé. Quand elle a relevé les yeux, il était sur ses quatre pattes, plusieurs mètres en arrière et il reculait. Et elle n'avait plus envie de mourir !

« Elle est revenue plusieurs fois à la clairière pour voir le cheval, c'était un spectacle qui lui rendait le goût de vivre. Cet animal mâle, si fort et si beau, c'était pour elle la vie, dans sa force et sa beauté, elle s'est aperçue qu'elle voulait en jouir encore. Et elle a décidé de s'en aller, seule. Elle a offert un marché à son mari, ton grand-père Louis. “ Je vous aide à attraper le cheval et vous me laissez partir... ” Il a accepté. Il savait qu'elle partirait ou qu'elle se tuerait. Elle a conduit Louis et ses aides à la clairière des bohémiens. Ils s'étaient procuré une jument qui demandait le mâle. Le cheval s'était habitué à ma mère, il a été rassuré en la voyant, et c'est ainsi qu'ils l'ont pris.

« Ma mère avait honte d'avoir trahi le cheval, elle se le reproche encore. “ Si je n'avais pas commis cette vilenie, rien ne serait arrivé ! ” Louis a tenu parole. Elle lui a demandé de l'argent pour partir. Il est allé puiser dans son magot et il est revenu avec une besace de pièces. “ Je te paie le cheval... avec le trésor de la Queue d'Âne ! ” Ma mère n'a jamais voulu compter les pièces d'or, mais il y en avait sûrement beaucoup plus que le prix d'un cheval. Elle est arrivée à Limoges, cet argent lui brûlait les doigts. Elle a dépensé sans compter pour se faire des relations chez les mauvais garçons et les filles de joie. »

Marc titube, s'accroche à un arbre, parle d'une voix hachée.

— Je ne te raconte pas la suite... Sache quand même que ma grand-mère Thouron vient de mourir à l'âge de quatre-vingt-treize ans et que la famille m'a empêché de lui dire adieu. Ah ! que j'aime les bohémiens, je rêve de partir au loin avec eux !

Angéline se frotte les yeux, songe à Mélie. Où est Mélie ?

— Mélie... Mélie ?

Marc tourne sur lui-même comme un mouton pris par le ver-coquin. Il tète sa pipe vide, puis la remet dans sa poche, scrute les alentours, la main en visière sur les yeux. « Mélie ! Mélie ? » Il n'a pas crié très fort, et la réponse jaillit, tout près.

— Ici ! A moi ! Marc ! Marc ! J'ai été mordue !

Il se précipite dans les sous-bois. Mélie les a guettés, bien sûr, cachée dans un fourré, près de la clairière. Et, maintenant, qu'a-t-elle pu inventer ? Une vipère, en cette saison ? Angéline se retient de pouffer. A dix pas de là, Mélie, assise sur la mousse, a retroussé sa jupe et son jupon bien au-dessus du genou.

— Sucez-moi la plaie, Marc, je vous prie, vite ! Je vous supplie !

6.

La charrette longe un bosquet de sapins luisant de givre. La gelée a blanchi l'herbe. Un lièvre sort du sous-bois, grossi par son épaisse toison d'hiver, se tient debout un instant, curieux et presque moqueur, puis s'en va sans hâte.

Un paysage de hauts murs et d'arbres majestueux sort aussitôt du brouillard : le château de Chavagnac. Angéline tire sur la bride de Rosette, la nouvelle jument. Elle songe qu'elle ne sait pas son solfège et qu'elle s'en fiche. Mélie claque du pouce.

— Je ne sais pas mes convenances, mais je m'en fiche !

Angéline conduit la carriole sur les pavés glissants de la cour.

— La soirée de bal, le vestiaire, la *ladies room*..., le fumoir !

— Oui, à quoi ça sert tout ça, chez Chie-Poule ?

Le vent fouette les saules nus, dessine des plis de dentelle à la surface du bassin, glisse sous la capote de la carriole et jusque sous les manteaux des filles. Angéline sent le froid envahir tout son corps, de la nuque aux talons. Elle a beaucoup aimé les leçons de la baronne, et les visites au château l'amusaient. Maintenant, elle en a plus qu'assez des gammes avec dièses, des gammes avec bémols et des bonnes manières à savoir par cœur.

Angéline tire la jument vers la gauche et guette le valet d'écurie. Bertine, la grosse cuisinière, qui commande aux autres servantes, dévale l'escalier en pinçant sa jupe. Elle s'arrête à dix pas de la voiture et fait un grand signe par-dessus son bonnet :

— Non, non, pas aujourd'hui, les filles !

Angéline dégage son oreille de l'écharpe, se lève à moitié, passe la tête sous la capote. « Bertine ? »

La cuisinière se pique devant la jument, les mains sur les hanches, comme pour interdire à la voiture d'avancer.

— Madame la baronne ne peut pas vous recevoir aujourd'hui !

Mélie chuchote derrière son gant. Tant mieux ! Tant mieux ! Angéline baisse les yeux sous le regard insolent de la cuisinière.

— Est-ce que Madame la baronne est malade ?

— Ça te regarde pas, petite, comment se porte Madame. Mais je peux quand même te dire qu'elle se porte très bien !

— Est-ce que nous pouvons venir mercredi prochain, Bertine ?

Bertine tourne les talons, fait un pas ou deux vers l'escalier, puis tourne la tête de côté.

— Non, c'est pas la peine !

Une jeune servante nommée Octavie, mais qu'on appelle Blanchette parce qu'elle est toujours pâle comme un linge, les rejoint devant les communs du château et se hisse, le souffle court, sur le marchepied de la carriole.

— On vous a envoyées vous faire lanlaire comme des sales !

Mélie lui décoche un pied de nez de sa main gantée.

— Tant mieux, je savais pas mes convenances.

Mais Blanchette a son plan.

— Puisque vous rentrez chez vous, donnez-moi votre repas !

D'ordinaire, les filles apportent leur « panier » et le mangent avec une soupe chaude à la cuisine.

Mélie s'indigne, montre le blanc de l'œil à Octavie.

— Et pourquoi on te donnerait notre manger ?

— Sauf les pommes... Je vous dirai pourquoi la dame ne veut plus de vous deux dans sa maison. C'est un secret.

— La dame est malade, dit Angéline. Ou fatiguée. Elle ne...

— Des nèfles !

Elles cèdent finalement la moitié de leur panier contre le secret. Blanchette donne un coup de dent au lard, puis fourre les provisions dans une vieille boîte d'épices, sortie de sous sa cape.

— C'est à cause de votre grand-mère Thouron, paraît que c'est une voleuse, je le tiens de Monsieur Albert, le maître valet !

Blanchette élève la voix, Angéline lui met un doigt sur les lèvres. La servante fait mine de mordre sa paume.

— Et vous savez ce qu'elle a volé ? Une *ouarie* ! Rien qu'une petite, mais enfin c'était quand même une *ouarie*. Elle l'a volée !

— Mais qu'est-ce que c'est, une ouarie ?

— Ça, j'sais pas. Vous aurez qu'à regarder dans le livre !

Et elle s'enfuit avec sa boîte pleine de bon manger de riches. Les filles s'interrogent sur le chemin du retour. L'air sent la neige. Les premiers flocons de l'hiver 1904-1905 commencent à tomber et le vent les souffle sous la capote. Mélie abaisse son chapeau et tire sur sa figure les bords de son écharpe de laine.

— Je suis sûre que ta grand a été à la clairière voir le chef des bohémiens pour qu'il l'aide à voler l'*ouarie* !

— Qu'est-ce que c'est, une ouarie ? Je crois que Blanchette a inventé cette histoire. Ma grand n'est pas une voleuse !

Elles se taisent car la neige se met à tomber plus fort, Angéline a besoin de toute son attention pour guider Rosette, un peu novice et qui bronche pour un oui ou pour un non. Mélie, frileuse comme un vieux chat, préfère se couvrir la bouche de laine.

« Ouarie, houarie ? Comment cela peut-il bien s'écrire ? »

Rentrée à Mauval, Angéline cherche le mot dans le Larousse, mais ne trouve rien. Les domestiques ont peut-être mal compris. Et c'est, de toute façon, une vile calomnie !

Angéline se doute qu'elle ne retournera pas au château. Plus de dièses, de bémols ni de bonnes manières ! Elle devrait être enchantée, mais elle a le cœur défait.

Mélie, qui déteste les chants du solfège, fredonne de plus en plus de couplets inconvenants, du répertoire de son cousin Romain Lajarlaud : *Elle fit la vie / Elle eut des princes pour amants / Elle eut de l'or et des diamants / Elle fit envie... J'ai rencontré des Italiennes / Des négresses, des Madrilènes / De tendres almées, de brunes houris / Et des cocottes de Paris...*

Un jour, elle se frappe le front.

— Ouri... ouari ? C'est peut-être pareil ?

Nouveau recours au dictionnaire, essai infructueux.

— Et si ça prenait un h ? propose Angéline.

Cette fois, elles tiennent la *houri* et s'esclaffent.

— Nom féminin. *Femme du paradis de Mahomet* ! s'écrie Mélie. Ta grand a volé une femme au paradis de Mahomet !

Marc, questionné à la fin d'une leçon, fronce les sourcils :

— *Houri, ouarie, hoirie* peut-être. Où avez-vous pris ce mot ?

— On a entendu parler de quelqu'un qui a volé une ouarie.

Il feuillette le dictionnaire. « H... h, o, i... » Il rougit soudain, referme le livre.

— Non, ça n'y est pas.

Les filles ont surpris son trouble. Mélie est sûre qu'il a menti.

— Il a dit h,o,i. Ça doit être hoirie.

Elles cherchent le mot plus tard. Héritage...

— Par exemple, dit Mélie, ton père a hérité Mauval de son père. Nous hériterons de lui. Et ta grand a volé un héritage !

A Mauval, le repas de midi se prend à la cuisine, avec les Roussine et les journaliers s'il y en a. Le soir, Joseph, les filles et

Marc, quand il est là, dînent à la salle à manger. Roussine mange sa soupe devant le feu, été comme hiver, ainsi qu'une « portion au bout du couteau ». Delphine attend le retour des restes, qu'elle avale debout, au fur et à mesure, en vaquant à son ménage. C'est une façon héritée de la Marie Corrèze. « Si je faisais autrement, la Marie Corrèze me le pardonnerait pas ! »

Joseph l'appelle à la fin du repas pour partager le dessert, « confiture à l'assiette », la moitié du temps. Elle vient si elle n'est pas de trop mauvaise humeur. Si elle est très contente, elle s'assoit à un coin de table, mais en général, elle se tient debout, son assiette à la main, et trempe son pain dans la confiture pendant que Joseph pérore à la ronde.

Un soir, le maître de Mauval ajuste sa cravate, lève les deux bras pour faire remonter ses manches, d'un geste théâtral, prend une lettre dans la poche de son gilet, la déplie lentement.

— Le ministère de la Guerre a enfin retenu ma proposition !

Des exclamations fusent. Marc fouille dans sa blague à tabac, la pose sur son assiette, fait tomber sa pipe d'un coup de coude.

— Passez muscade !

Joseph se rengorge, défroisse longuement la lettre à en-tête officiel, se racle la gorge, commence sa lecture.

— Ministère... hum... 14, rue Saint-Dominique, Paris. Paris... hum... À M. Joseph Manin, domaine de Mauval, par Saint-Priest de Lafaux, Haute-Vienne. Monsieur. Monsieur... Hem, hem...

« *Je vous remercie des compliments que vous nous adressez sur l'excellent canon du Cdt Rimailho*. Hem, hem... *Votre offre, transmise par M. le député Marquet, de votre département, a retenu toute notre attention*. Toute notre attention, voilà, c'est écrit noir sur blanc. Quand je m'adressais seul au ministère, ils ne voulaient rien savoir. Avec l'appui de Marquet, ça n'a pas traîné. Voyons la suite. *Toutefois*... car il y a un toutefois ! *Toutefois, il n'a pas été procédé encore aux essais définitifs du nouveau canon de 155 court. Ce sera fait aux prochaines grandes manœuvres d'artillerie, qui auront lieu cet été dans la région de Langres.* Soyons patients. Hem hem... Je passe. *En ce qui concerne votre engagement, vous devez vous adresser à Monsieur le G*^{al} *commandant le 12*^{e} *corps, à Limoges.* Bien, on le sait. *Soyez assuré, Monsieur, de ma parfaite considération.* Encourageant, n'est-ce pas ? *Pour le G*^{al} *André, ministre de la Guerre, le Dir. de l'Artillerie et des Équipages, C*^{el} *Mengin.* »

Joseph replie la lettre avec soin, sous le regard respectueux des filles, le regard rêveur de Marc et celui, un peu rechigné, de Delphine Roussine. Il enfonce les pouces sous ses revers.

— L'affaire est en bonne voie, mais je ne m'engagerai qu'à mes propres conditions. Je veux commander la batterie de 155 que j'aurai payée, avec le grade de lieutenant au minimum. En cas de guerre, on manquera certainement de capitaines, et un lieutenant peut très bien commander une batterie. Je serai confirmé au grade supérieur un an après... si la guerre dure assez longtemps.

Angéline se cache la figure dans les mains. Mélie gémit.

— Vous risquez d'être tué !

— Je vous promets à tous de revenir avec trois galons sur la manche... et tous mes membres intacts !

Marc tire une bouffée de sa pipe, souffle la fumée qui s'envole dans le halo de la suspension.

— Il serait peut-être temps de faire un inventaire de l'or.

— Bah, l'achat de deux batteries de Rimailho entamera à peine nos richesses. Nous disposerons même de cent mille francs pour aider les Alsaciens et les Lorrains libérés. Et, mesdemoiselles, ce qui restera après la guerre sera partagé entre vous !

Delphine s'en va en grommelant.

— C'est quand même malheureux de payer des canons pour les Prussiens avec de si bon or !

A ce moment, la source jette son souffle, l'odeur d'eau traverse les pièces, les vêtements pendus se gonflent d'air, une main fantôme feuillette les journaux et almanachs posés ici et là, avec un froissement doux. Mais l'expir produit une espèce de crierie, accompagnée de secousses violentes. Joseph hoche la tête.

— Ce n'est rien de grave, les enfants. J'ai mis un nouveau cadenas à la porte de la cave, pour protéger l'or du gouvernement ! J'en ai profité pour serrer un peu la chaîne, et ça a suffi pour changer le bruit. L'essentiel est que l'air circule.

Delphine se pique sous la lampe, regarde Joseph dans les yeux.

— Sûr que c'est une bonne idée de mettre un nouveau cadenas. Y en aura besoin, et il faudra tâcher de bien garder la clé !

7.

Tout est perdu. Leur armée décimée en Mandchourie, les Russes capitulent à Port-Arthur. En France, les prêtres ne sont plus payés, car la séparation de l'Église et de l'État est désormais un fait accompli. Delphine se tord les mains.

— Comment va donc vivre notre monsieur le curé ?

Un matin, Joseph entre brusquement dans le petit salon qui sert de classe aux filles, en pleine dictée du brevet. Coupé au milieu d'une phrase, Marc grommelle. Joseph lève la main.

— Excusez-moi, c'est une affaire grave. J'ai besoin de votre avis à tous les trois. Notre brave curé est maintenant sans le sou, comme beaucoup d'autres. Pensez-vous que nous puissions distraire pour lui quelques écus sur le trésor de Mauval ? Marc ?

Marc pose un bras sur l'accoudoir de sa chaise, met le menton dans sa paume et regarde fixement son demi-frère.

— Vous me le demandez avec intention ? Je n'ai aucun droit sur cet or... Mais si vous voulez mon avis, c'est oui. Et comment !

Joseph approuve d'un signe de tête, puis se tourne vers Mélie. Angéline se sent rougir. Elle s'en fiche, mais son père aurait dû commencer par elle. Mélie baisse la tête sur son cahier, prend un air rusé, guette à travers ses cils, attend qu'on la prie un peu.

— C'est important, Mélie, dit Joseph. J'ai besoin de ton avis.

Elle se rengorge, soupire avec son air de faire trois morceaux d'une cerise, regarde Joseph par en dessous. Il se met à rire.

— Juste un petit bout du trésor. Ça ne se verra pas. Même si on payait au curé, pendant dix ans, le salaire que le gouvernement lui donnait, ça ne ferait pas un trou d'épingle dans notre tas d'or.

Marc pince l'air avec les doigts, la main levée, comme pour inciter son frère à parler plus bas.

— M'est avis qu'il ne faudrait pas trop le dire, quand même.

Mélie lorgne Angéline du coin de l'œil.

— Je propose qu'on prenne les aumônes sur le trésor.

Joseph se frotte les mains.

— Bon, bien. Mais ce ne sont pas des aumônes. Angéline !

Angéline sent le feu de l'indignation cuire ses joues. Son père se fiche bien de ce qu'elle pense, il n'est venu que pour le plaisir d'entendre approuver son idée. Après le oui des deux autres, son sentiment à elle ne compte pas. Elle donnerait volontiers sa dot à l'abbé Peytahout, mais elle a envie de se rendre importante en disant non. Elle a honte, elle résiste. Une larme roule sur sa joue.

Elle baisse la tête, s'arrache un pauvre petit « oui ».

Joseph lui caresse les cheveux, l'épaule, avant de s'en aller.

— Vous êtes de braves gosses, toutes les deux.

Un soir, au repas, Marc paraît préoccupé. Il joue avec la lame de son couteau, se caresse le nez, la tempe, puis se mord la lèvre. Ce manège finit par attirer l'attention de Joseph.

— Quelque chose te soucie, mon petit Marc ?

— Ma foi, oui. Autant vous le dire.

Joseph fronce les sourcils. La plupart du temps, il tutoie son jeune demi-frère, qui lui dit vous et en rajoute un peu sur le respect. Marc prend son souffle comme pour un long discours.

— Aux secrétaires d'état-major, on voit passer bien des affaires. J'ai eu à m'occuper d'enquêtes de moralité et de choses de ce genre. Je me demande si les officiers du ministère, étant intéressés par votre projet, ne vont pas en faire une sur vous.

Joseph pose les coudes sur la table, joint les mains en clocher, d'un air plein d'assurance.

— Eh bien, qu'ils fassent une enquête. Je n'ai rien à cacher.

Marc hoche la tête à petits coups.

— Oui, oui, oui. Ils vont se demander si vous avez de la fortune et assez d'argent disponible pour payer vos canons. C'est logique, n'est-ce pas? Les gendarmes recevront la demande et se renseigneront à droite et à gauche. « Joseph Manin ? Ah ! bien sûr, il a son or. — Quel or ? — L'or de Mauval ? Le trésor de la Queue d'Âne, comme on dit... » Et voilà. De fil en aiguille, le gouvernement apprendra qu'il y a un trésor à Mauval, qui n'est autre que le magot d'une bande de voleurs de la Révolution !

Joseph tape du poing sur la table.

— Cet or est ici depuis cent ans. Il est à nous.

— Le gouvernement aura peut-être une autre idée. Les familles qui ont été dépouillées par la bande Léchoisier pourraient aussi demander à récupérer leur bien. Votre père, Louis Manin, a vécu toute sa vie simplement, presque pauvrement. Pendant cinquante ans, on n'a guère parlé du trésor, autant que je sache, en dehors de la commune ou du canton. Tout le monde avait fini par l'oublier. Maintenant, je crains que vous jasiez beaucoup, au cabaret et ailleurs. A notre époque, avec le chemin de fer et le télégraphe, les nouvelles vont vite. Je crois que vous devriez arrêter de faire de la réclame pour votre or, Joseph, et même que vous devriez prendre quelques précautions, au cas où les gendarmes ou les gabelous le chercheraient !

— Ils peuvent venir, ils ne trouveront rien.

— Et s'ils vous demandent comment vous comptez payer vos canons, pourrez-vous nier l'existence de l'or ?

— Il est à moi.

— Si le ministère décide le contraire, vous lui ferez un procès ?

Joseph, qui a commencé à blêmir, appuie son menton sur ses mains jointes et fixe Marc.

— Quelles précautions veux-tu que je prenne ?

Marc tourne sa cuillère dans son assiette vide.

— Il faudrait mettre à l'abri tout de suite les dots et la part d'or que vous voulez garder, pour vos besoins ou vos projets.

— A ton avis, Marc, si les agents du gouvernement viennent à Mauval, ils fouilleront toute la maison ?

— C'est possible.

— Ils racleront le fond de la source et jusque dans la rivière ?

— Ça ne m'étonnerait pas.

— Aucune cachette ne serait bonne à l'intérieur de Mauval ?

— Je ne connais pas assez la maison pour le dire. Mais à votre place, je ne serais pas tranquille si je gardais ma cagnotte ici.

— Et où mettre cette réserve ? La déposer chez le notaire ?

— Les agents du gouvernement l'auraient vite appris. Le mieux serait de trouver une personne de confiance qui puisse vous cacher un coffre d'or dans un endroit sûr, si possible assez loin d'ici. Les gendarmes et les gabelous ne seront sûrement pas là demain matin, mais il vaudrait mieux y penser sans tarder.

Marc respire un grand coup, se sert un verre de vin qu'il vide aussitôt. Joseph croise les bras et regarde le premier papillon de nuit de l'année voleter autour de la suspension.

— Bon Dieu, Marc, j'ai bien peur que tu aies raison ! Le curé se vante partout du petit sac de pièces qu'on a lui a fait passer et ça risque de revenir aux oreilles du gouvernement !

Angéline qui, depuis un moment, regarde son père avec attention, l'a vu rougir, puis pâlir, devenir livide sous la clarté de la lampe. Ses traits se sont figés, puis décomposés, et un tic lui tire maintenant la paupière d'un côté et la bouche de l'autre.

— Papa, vous allez bien ?

D'un revers de main, il essuie la salive sur ses lèvres.

— Je suis frais comme l'œil, mais il faut que je réfléchisse...

Il se lève, sort.

Angéline le poursuit dans la cour, le jardin. Elle le rattrape en arrivant au chemin, il marche à grands pas en grommelant.

— Cent ans ! Avoir attendu cent ans pour en arriver là !

Elle a envie de rire et de pleurer. Il n'a pas attendu si longtemps, il n'a que trente-six ans ! Elle grimpe le chemin d'Exeïdious derrière lui. Il va donc chez les Lajarlaud ? A cette heure ? Ils se couchent comme les poules et doivent être au lit, tous... Non, il prend le sentier de la clairière des bohémiens. Elle le rejoint, dans un rond de lune, lui tire le bras.

— Père, où allez-vous ?

Il s'arrête, se retourne, prend Angéline aux épaules.

— Je cherche une grotte, un terrier, une cache pour mettre ta dot en sûreté. Il y avait une espèce de souterrain au milieu de la clairière, autrefois...

Elle se serre contre lui.

— Pourquoi vous tracasser pour ma dot ? Je sais tout faire à la maison, au jardin, à l'étable. Je peux me marier sans dot, quand je voudrai. Et puis, vous savez, je n'ai pas envie de cet or !

Joseph caresse longuement les cheveux nus d'Angéline.

— Oui, oui, tu sais tout faire, tu pourrais être une bonne épouse de paysan. Seulement, j'avais d'autres rêves pour toi, ma douce... Tu seras bientôt assez instruite pour rentrer à l'École normale. Mais trop d'institutrices restent vieilles filles, et c'est une pauvre vie. Avec quelque mille francs de dot, mettons cinquante ou quatre-vingt mille, tu pourrais épouser un fonctionnaire bien placé, un gros marchand, peut-être même un notaire.

— Je ne veux pas aller en ville. Si le gouvernement prend tout, on n'aura pas besoin de partager et on sera bien plus heureux !

Elle se dresse sur la pointe des pieds pour l'embrasser et s'aperçoit que des larmes coulent sur ses joues. « Oh ! s'il vous plaît... » Elle n'aurait jamais pensé que son père pouvait pleurer.

La nature s'arrache avec effort à un hiver de givre et de fange. Le ciel d'un gris pelucheux, plane sur Mauval comme un rapace qui guette sa proie. Un coulis de brume et de pluie mêlées se répand chaque jour sur la plaine.

Joseph tire la lippe en un rictus querelleur. Ses yeux s'injectent de sang, il oublie de se raser la moitié du temps. A table, il ferme son couteau à mi-repas. Et puis il s'est mis à boire : cidre, vin, eau-de-vie, liqueurs de toutes sortes à la maison et, au café, deux ou trois absinthes par jour. Il a abandonné ses manuels de balistique et d'artillerie, et Angéline a compris qu'il avait renoncé à son rêve : commander une batterie de gros canons. Elle voudrait lui dire de garder confiance, de prier avec elle. Mais il n'a pas souvent un air qui donne envie d'ouvrir son cœur.

Il a perdu aussi le goût des mathématiques et, peu à peu, cessé d'enseigner aux filles l'algèbre et la géométrie. Une heure ou deux d'arithmétique chaque semaine, voilà qui suffit bien à des paysannes... Marc, lui, n'abdique pas : il compte mener ses deux élèves au brevet. Il s'est mis à potasser la géométrie pour prendre la suite de son frère. Il prétend savoir assez d'algèbre et passe son temps à marmonner des théorèmes et des formules. Angéline se moque de lui pour le décourager. Elle n'a aucune envie de continuer l'algèbre et la géométrie, qui l'ennuient et la déconcertent. Pour quoi faire chez Chie-Poule ? Elle a pris son deuil du trésor et de sa dot. Elle n'aura pas un sou, elle se mariera avec un journalier ou pas du tout!

Mai est venu. Elle passe de moins en moins de temps à étudier, elle se prive même de lecture, car une vraie campagnarde ne passe pas une ou deux heures par jour dans les livres. Elle travaille beaucoup à la ferme, au jardin, à la cuisine. Elle est plus souvent avec les Roussine, tantôt Quentin, tantôt Delphine, qu'avec Marc Thouron, son dévoué précepteur. Dévoué, mais bien payé pour ce qu'il fait... Elle prend plaisir à le tourmenter.

— Je vais me chercher un mari, cherchez-vous un travail!

— Qu'est-ce que c'est encore que ce roman?

— Je ne peux plus épouser le notaire ni le sous-préfet puisque le gouvernement va se mettre ma dot dans la poche. Mélie tout pareil. Et nous n'avons pas besoin de vous, monsieur, pour devenir des métayères accomplies!

Elle montre ses mains qu'elle a omis de laver, paumes bouffies de cals et d'ampoules et doigts gercés. Et elle rit, elle tire la langue dès que Marc a le dos tourné. Il la rejoint un matin, dans sa chambre, où elle est allée changer de robe après avoir curé l'étable des cochons. En Limousin, les paysans appellent les porcs *habillés de soie*, n'empêche que leur fumier est très puant, surtout au printemps quand on les bourre de trèfle, et l'odeur imprègne à demeure les vêtements. « Je sens la métayère! » dit Angéline. Mais elle est obligée de se déshabiller pour ne pas infliger les relents de porcherie, deux ou trois heures durant, au « monsieur de la ville ». Le monsieur de la ville a gardé l'habitude d'entrer sans frapper dans la chambre des filles. Il trouve Angéline la tête passée dans la robe qu'elle est en train d'enfiler.

— On ne se gêne pas, dit-elle.

Marc se pince le nez.

— Mais tu fouettes. Il faut te laver et te changer complètement.

— Et vous resterez à me lorgner, pour être sûr que je

n'oublie rien ? J' vous demande pardon, not' monsieur. J'avons pris du retard à laver mon linge, pour cause de vot' diable de composition française, et j'en avons point de propre à me mettre.

Elle laisse glisser sa robe sur son jupon, tout en fixant Marc, d'un regard furieux, le rouge aux joues et la bouche pincée.

— Et puis, monsieur, les femmes de la campagne ne vont pas se laver chaque fois qu'elles ont touché du sale. Elles auraient la peau usée jusqu'à la viande !

Marc respire fort, croise les bras.

— J'ai assez entendu de bêtises pour ce matin, ma belle. Tu auras ton brevet, même si je dois te traîner à Limoges par les cheveux pour le passer. Et tu auras ta dot, même si je dois porter l'or dans mes souliers au fond d'une grotte. Tu auras donc le choix entre travailler en ville ou épouser un bourgeois avec du foin dans ses bottes et mener la vie à grandes guides. Ta cousine de même. Alors, ne commence pas à t'abîmer les mains pour le plaisir en faisant la besogne de Roussine et des journaliers !

Mélie, elle, ménage ses mains et le reste. Angéline la guigne avec un mélange de tendresse et d'agacement. « Elle est si jolie qu'elle épousera un daim huppé, même sans un sou de dot, comme Margot. Elle a bien raison de s'économiser la peau ! »

Et Margot des bois ? Marc finit par avouer que son histoire n'est pas le conte de fées annoncé.

— Quand elle est arrivée en ville, elle avait certes quelques écus dans sa bourse. Mais quand elle a eu payé son premier mois de pension et acheté des vêtements de dame, il n'en restait pas grand-chose. Alors, que faire ? Elle savait lire et écrire, mais tout juste, et ne voulait pas servir chez les bourgeois...

Mélie guette Marc sous ses cils.

— Moi, je sais bien ce que j'aurais fait !

Elle n'en dit pas plus.

Depuis que Joseph a changé le cadenas de la cave et serré la chaîne, l'expir produit un bousin de lavandière, cogne, chante, corne, lâche des rots punais. Quelquefois, la maison tout entière tressaute sur ses fondations. D'abord, Joseph ne veut rien savoir.

— J'ai entendu toute ma vie l'expir de la source grincer et gargouiller, un peu plus haut, un peu plus bas, ça dépend du temps, du vent, de l'eau qu'il y a dans la terre.

Mélie se plaint plus fort que tout le monde.

— C'est la nuit, on dirait une crierie de bohémiens !

Delphine secoue la tête d'un air mi-figue, mi-raisin.

— Je peux pas dire, je peux pas dire. La Marie Corrèze veillait toujours qu'on laisse passer beaucoup d'air à la porte de la cave.

Marc suce sa pipe, l'œil brillant, un sourire en coin.

— Quand ils viendront, les gabelous seront obligés de chercher l'or à quatre pattes dans les décombres de la maison !

Joseph tend le poing dans la direction du chemin.

— Que le diable les aide à peser l'or et à compter les pièces !

Angéline le rejoint, s'appuie à son dos pour essayer de le calmer. Elle a entendu dire que le souffle de la rivière souterraine pouvait, si on essayait de le contenir, jeter bas murs et charpente. Et son démon lui susurre : « Tant mieux si cette sale maison s'écroule. On ira habiter n'importe où, même dans une roulotte de bohémiens ! »

Au premier orage de la saison, il se fait un grand calme entre les murs épais de Mauval, comme si la rivière retenait son souffle pendant que le tonnerre gronde au-dehors, que le vent mugit dans les arbres et que la pluie ruisselle sur le toit. On se regarde, le nez froncé, l'oreille aux aguets. Marc est là. Angéline lui sourit.

— Quelle chance ! Vous pourriez être dehors, avec ce temps !

« Par exemple, à la clairière des bohémiens... » C'est vrai qu'il a une chambre à demeure, l'ancienne chambre de la Marie Corrèze, et ne quitte presque plus Mauval. Il se tait. Tout le monde se tait. A la tombée de la nuit, tandis que les feuillages et les toitures s'égouttent après l'averse, un grondement sourd monte des profondeurs, la chienne gémit, les vitres tremblent, la vaisselle danse, les boiseries craquent, les lampes se balancent, les flammes vacillent. Une plainte de sirène jaillit, dirait-on, des combles ou des cheminées.

Joseph vide son verre et pose la bouteille de vin.

— Quand même, cette fois, c'est un peu fort de chicorée !

Il fouille ses poches en hâte. « Ma clé ! » Il ne la trouve pas, il empoigne un falot, sort dans le couloir, monte l'escalier en trébuchant. La maison continue de trépider, la vaisselle de grelotter. Un courant d'air glacé balaie la cuisine, ploie les flammes du feu et souffle la lampe. Marc se lève brusquement et se cogne contre un banc.

On entend Joseph redescendre en hâte, marcher à grands pas dans le couloir, dévaler vers la cave. Quelques minutes plus tard, un nouveau coup d'air s'engouffre dans la pièce, puis s'élève sans bruit vers l'étage. On se sourit, on soupire. C'est fini.

Joseph entre, montre le cadenas qu'il tient par l'anse, entre le pouce et l'index, comme une chose sale. Il a l'air de brandir un cadavre de rat. Il le jette sur les carreaux de la cuisine.

— Et voilà. J'ai ôté la chaîne et ouvert toute grande la porte. Les gabelous peuvent venir si ça leur chante !

On parle à présent des « gabelous ». Le mot, plein à la fois de menace et de mépris, plaît à tous. On sait enfin qui vouer aux gémonies.

Les jours et les nuits qui suivent, l'expir cesse sa crierie. L'odeur de terre et d'eau froide continue de se répandre dans la maison, mais le bruit a tant baissé qu'on doit le guetter pour l'entendre.

Au cours des derniers mois, la rivalité entre Ida, Apolline et Delphine grandit encore. Ida et Apolline ne peuvent pas se sentir. Chacune essaie de mettre Delphine dans sa manche, en attendant de la remplacer. La servante se méfie de toutes les deux, mais prend un certain plaisir à jouer leur jeu. Joseph lui abandonne les affaires de la maison. Elle fait élever de plus en plus de bêtes, veaux, moutons, cochons, volailles. Roussine a besoin d'aide, les filles ne suffisent pas à tout, on appelle souvent l'Apolline.

Delphine n'aime pas sa façon de travailler, à la brusque et sans soin, ni sa façon de s'immiscer partout, de commander les filles, les journaliers et même Roussine. Les deux femmes se regardent en chiens de faïence, mais ne peuvent se passer l'une de l'autre. L'Apolline rêve de supplanter la servante et de tenir Mauval.

Face à face, elles s'abordent poliment, échangent quelques mots en patois.

— Alors, vous allez, l'Ida ?

— Je suis montée voir un peu.

Ou passée, ou descendue...

— Il y a bon air.

— Ménagez-vous.

— On ne jette pas sa part aux chiens !

Elles profitent de la parlote pour se toiser et se mesurer. Le défi passe comme l'éclair, mais tout est dit. Il n'y a pas place pour elles deux dans ce pays. Et elles s'en vont, dignes et raidies, en tapant de la bottine ou du sabot.

Angéline se retient de leur tirer la langue. Mégères ! Elle aime sa tante Ida, qui l'a recueillie à la mort de sa mère. Mais Ida a mis la griffe sur son père et serre sa prise. Si elle devait choisir entre Ida et Apolline, Angéline se rangerait du côté d'Ida, la mort dans l'âme... Ah ! qu'ils viennent, ces fameux gabelous, s'ils existent, qu'ils viennent vite ! Mais la saisie du trésor suffirait-elle à réconcilier les deux belles-sœurs ?

Apolline ne veut pas laisser aux chiens sa part de l'or pour

Mélie. Ida voudrait Joseph, quoiqu'elle ait déjà un mari et des enfants, et avec lui une part de l'or, pourquoi pas la grosse ? Et grand Faustine ? Elle veut rentrer à Mauval, qu'elle considère depuis toujours comme sa maison. Mauval, la maison de l'or !

De toute façon, la pauvre Delphine est de trop dans l'affaire. Les trois autres souhaitent à coup sûr l'évincer, la déposséder. Mais elle a bec et ongles et connaît ses patenôtres !

Un soir, Ida arrive à Mauval avec un paquet enrubanné dans chaque main. Les filles s'avancent. Ida lève les bras.

— Des cadeaux pour toute la maison !

Elle pose les paquets, tend une page de carnet à Mélie.

— Toi, Amélie, le facteur te l'apportera toutes les semaines.

— J'ai compris, dit Mélie avec une moue. Un abonnement...

— À *La Corbeille à ouvrage*. Je crois que ça te plaira. Et toi, Angéline, une boîte à toilette pour pensionnaire, avec des tas de brosses, de l'eau de senteur et du savon spécial pour la bouche... J'ai pensé que ça te servirait quand tu iras en pension en ville.

Angéline rougit et embrasse Ida, qui tend à Joseph un paquet d'une chapellerie de Limoges.

— Un chapeau melon, c'est la grande mode des bourgeois !

On ouvre la boîte. Le chapeau est en feutre noir, rigide, brillant, bombé. Joseph le trouve magnifique. Ida accepte un verre de cidre à la cuisine. Elle pouffe, les larmes aux yeux.

— Il y a longtemps que je voulais vous offrir des étrennes à tous. Et puis j'ai vendu mes agneaux la semaine dernière...

Joseph ne se déride pas.

— Des étrennes au mois de mai, Ida ? En quel honneur ?

Angéline croise le regard de tante Ida et baisse les yeux.

— Oh ! tante Ida, on est bien contents, même au mois de mai.

Ida sirote doucement son cidre, puis relève la tête.

— Je me disais autrefois que si j'étais riche, je ferais des cadeaux à tous ceux que j'aime. Mazérollas me reproche toujours de dépenser du bon argent pour des riens. Une nuit, il y a quinze jours, j'ai rêvé de cadeaux. Je me disais, dans mon rêve : « Ida, ces cadeaux, il faut les faire tout de suite ou tu le regretteras ! »

Elle finit son verre, va pour sortir. Tout le monde se regarde. Joseph sourit, s'avance vers Ida, l'embrasse sur les deux joues. Elle s'échappe dans le couloir, dévale l'escalier, perd son fichu, s'accroche aux rosiers du jardin.

Après son départ, Joseph jette le melon en haut d'un meuble.

— Je me demande bien ce qui lui a pris, à cette pauvre Ida !

Et Delphine marmonne en essuyant les verres.

— Grâce à Dieu, Monsieur Joseph ne mettra jamais ce chapeau ridicule. Vous, les filles, vous devriez y regarder à deux fois avant de vous servir de vos cadeaux. Une boîte à toilette, rien de tel pour gâter la tête des demoiselles !

Angéline a le cœur serré et le goût du sel dans la bouche.

« Pourquoi ceux que j'aime passent-ils leur temps à se déchirer ? À cause de ce sale or ? »

8.

Malgache, le cheval de grand Faustine, s'en va d'un pas nerveux sur la route de Châlus, tire bravement dans les côtes et trotterait dans les descentes si la grand ne le retenait d'une main ferme. C'est un alezan clair, aux extrémités noires, à l'œil vif, aux longues oreilles toujours pointées. Des essaims bruyants de mouches et de taons accompagnent les trois voyageuses et leur bête. C'est déjà presque l'été. La route serpente dans un chaos de crêtes et de vallées.

Le mont Puyconnieux, sur la droite, dresse sa cime ronde et verte à près de cinq cents mètres. Au-delà de Bussière-Galant quelques sommets frôlent les six cents, et on distingue parfois, au loin, du côté de la Corrèze et de la Creuse, le fameux mont Gargan, fréquenté par des pèlerins venus des trois départements.

Grand Faustine tient les guides à deux mains et s'en sert pour battre la mesure tout en fredonnant ses rengaines. Mélie réclame une histoire de Margot des bois. La grand fait claquer les guides.

— Vous n'avez plus l'âge des histoires de princesse !

Le voyage à Limoges se divise en trois étapes : Saint-Priest à Châlus, dans le cabriolet des Thouron, puis on laisse Malgache en pension chez un aubergiste de Châlus, et une patache conduit les voyageurs à la gare de Bussière, à huit ou neuf kilomètres de là. Le reste du trajet s'accomplit en une heure environ dans un wagon de troisième classe du chemin de fer d'Orléans.

Grand Faustine se tait un moment, puis tend les guides à Angéline et se passe longuement la main sur le front.

— Quand j'étais toute petite, ma mère me racontait des histoires de Margot des bois. Je m'en suis servi pour essayer d'expliquer ma vie à mes fils avant qu'ils aient l'âge de tout comprendre. Mais seul Marc m'a écoutée. Les autres ont eu honte de leur mère. Ils sont maintenant prêtres tous les trois ou sur le point de le devenir. Et ma fille, après son noviciat, va s'enfermer au Carmel pour toute la vie... Vous voyez, j'ai eu six enfants. L'aîné, Joseph, celui que j'ai le plus aimé, pense que je l'ai abandonné, trahi, et il me refuse toujours l'entrée de sa maison, qui aurait dû être la nôtre. Quatre ont choisi Dieu pour expier mes péchés... Un seul, Marc, reste près de moi, grâce à ton père, Angéline. En acceptant de recevoir Marc et de le payer pour vous faire l'école, il lui a donné le goût de la vie et de ce qu'on appelle le bonheur. Sans Joseph et vous deux, mes petites, Marc aurait suivi le chemin de ses frères. Soyez-en remerciés, tous. En ce moment, il est près de mes trois curés pour me défendre. J'espère qu'ils ne vont pas le convaincre de les rejoindre !

Le choc des sabots de Malgache sur la route dure ponctue le récit de grand Faustine. Angéline respire par bouffées son parfum de violette, et les senteurs vives des prés et des haies emportent l'odeur forte du cheval en sueur.

— Il est bien temps que je vous parle, dit soudain grand Faustine. Cet or... si vous saviez tout le mal qu'il m'a fait. Je ne voulais pas épouser Louis, qui avait quarante-huit ans, en 1868, quand j'en avais dix-sept. Alors, il s'est servi du magot pour m'acheter — oui, *acheter* est le mot — à mon grand-père maternel, qui me tenait pour une engeance parce que j'étais la fille du bandit Sénon, mais qui n'a pas été mécontent de toucher un paquet de louis. Je suis fautive aussi. Quand je suis partie, en 1875... Oh ! je ne regrette pas d'avoir fui. Si j'étais restée, je serais morte ou devenue folle pour de bon. La Marie Corrèze l'a bien compris. Elle a persuadé Louis de me laisser m'en aller... en me donnant un sac de pièces de son trésor. Oh ! il valait mieux pour moi et pour tout le monde que j'aille mendier mon pain ! Mais j'ai accepté une bourse pleine. Je me rappelais un peu le temps où je courais la campagne accrochée aux jupes de ma mère, le ventre vide et les mains gelées. J'ai pris l'argent, qui ne m'a guère porté chance.

« A Limoges, l'or m'a permis de fréquenter les mauvais lieux et de rencontrer des voyous et des filles. Je voulais recommencer ma vie et j'ai décidé de redevenir jeune fille en changeant de nom. Avec mon or, je n'ai eu aucun mal à trouver une petite gouape qui m'a vendu des faux certificats de baptême et de mariage. Il n'a pas voulu que je sois jeune fille mais veuve, il me disait que je serais plus libre et que ça aurait l'air plus vrai. Il me tenait en son pouvoir. Il m'a forcée à entrer dans une maison... une maison... où des jeunes femmes doivent se vendre aux hommes riches.

— Mon cousin Romain, dit Mélie, appelle ça un *bousbir* !

— Appelle-le comme tu voudras. J'ai passé six mois de ma vie dans cet endroit et je n'en serais peut-être jamais sortie, si je n'avais pas rencontré le juge Antoine Thouron de Nanthiat. Il avait quarante-cinq ans à l'époque et il était de santé faible, mais notre mariage l'a revigoré en le libérant de la tutelle de sa mère. Il s'est conduit avec moi comme un jeune homme jusqu'à sa mort, dix ans plus tard, en 1887. Aujourd'hui, tout s'est révélé, et sa famille m'accuse d'avoir trompé Antoine sur ma situation. Bien au contraire, j'ai commencé par lui raconter l'histoire de ma vie, et c'est pour cela qu'il m'a prise en pitié. Il a dit la vérité à sa mère, quelques années après notre mariage. Elle m'a protégée jusqu'à sa mort. Maintenant...

La grand interrompt ses confidences pour fredonner : *N'entendez-vous pas, là-bas dans la plaine / Chanter l'alouette auprès des buissons ?* Puis elle enchaîne :

— Nous voici presque à Châlus. Je ne vais pas vous gâcher le plaisir du voyage avec mes misères. On en parlera une autre fois.

Angéline lui caresse le bras à travers la soie de sa robe d'été.

— Comment faites-vous pour être si gaie, grand Faustine, avec tous les malheurs que vous avez eus dans votre vie ?

Grand Faustine lève les yeux, prend un air d'extase, promène les deux mains autour de sa figure, rit entre ses lèvres serrées.

— Ça, vois-tu, c'est mon côté princesse !

Une heure plus tard, la patache de Châlus débarque une dizaine de passagers devant la gare de Bussière-Galant, où s'alignent déjà de nombreuses carrioles, attelées aussi bien de fringants trotteurs que de chevaux de labour ou de mulets. Il y a même un âne qui brait sur un ton chagrin, en considérant un chardon qu'il ne peut attraper, de l'autre côté d'une barrière.

Angéline ne voit que lui. Elle pose son sac par terre, se précipite vers le baudet et lui caresse les naseaux. Il retrousse les babines, lève la queue, lâche un pet. Angéline trousse sa jupe, saute dans le pré en passant entre deux barres de bois. Elle tire son canif de sa poche, coupe le chardon sans se soucier des épines, le rapporte à l'âne qui le déguste aussitôt avec appétit.

Puis elle revient à petits pas, un peu gênée de s'être donnée en spectacle. Grand Faustine n'a cessé de la guetter, avec surprise d'abord, sourcils froncés, puis radoucie, sourire aux lèvres.

— Montre tes mains, ma chérie.

Angéline obéit, le front baissé. Quelques perles rouges tachent ses paumes et ses doigts. La grand prend un mouchoir de batiste dans son réticule et essuie le sang avec douceur, puis elle abandonne le mouchoir dans la main d'Angéline.

— Garde-le tant que ça saigne.

Mélie, elle, n'en mène pas large. Elle craint les escarbilles comme si c'était des balles japonaises ou prussiennes. Elle baisse le bord de son chapeau et tient sa main libre devant ses yeux.

— J'en ai senti une cogner sur ma capeline !

— C'était une crotte d'oiseau, dit Angéline.

Mélie, humiliée, se rebiffe.

— Des nèfles ! Va trouver ton âne ! C'est très mauvais, les escarbilles. Si ça te tape dans l'œil, tu peux être éborgnée !

Grand Faustine explique gentiment que les escarbilles sont des morceaux de charbon pas tout à fait brûlés qui se mêlent à la fumée et qu'on risque d'en attraper seulement par la fenêtre du train. Mélie n'a pas l'air convaincue.

Un panache de fumée grise s'élève du côté des tonnes à eau, une locomotive gronde et souffle à l'arrêt.

— Ce n'est pas le train, dit grand Faustine. C'est une locomotive haut-le-pied. Ça veut dire qu'elle n'est pas attelée.

Angéline guette les voyageurs qui attendent sur le quai et les employés du chemin de fer en casquette à galon et vareuse à boutons dorés, qui vont et viennent, affairés et bougons. Elle espère reconnaître quelqu'un parmi les voyageurs, pour montrer sa robe de velours vert, serrée à la taille : sa première vraie robe de jeune fille. Un frisson lui court le long du dos. « Penser que j'aurais pu la déchirer en passant sous la barrière pour attraper le chardon de cet imbécile d'âne ! »

Le ciel s'empanache de fumée sombre du côté de la Dordogne.

— Le voilà ! Le voilà !

Le train approche avec un bruit de tempête et de métal torturé. La fumée est de plus en plus noire à mesure qu'il ralentit. Elle l'enveloppe tandis qu'il rentre en gare, en faisant trembler les rails et les trottoirs du quai. Mélie n'a pas assez de mains pour se protéger les yeux, se pincer le nez et se boucher les oreilles.

La locomotive est plutôt petite, avec une bouille ronde de matou, à l'avant, sous la haute cheminée qui lui sert de chapeau. Les lanternes, au-dessous, lui donnent l'air d'avoir baissé ses lunettes sur son nez. Elle n'enflamme pas le rêve comme certaines machines qu'on voit dans *Lectures pour tous*, avec une cheminée en entonnoir de chai et une cabine en bois, ou avec une espèce de râteau pour déblayer les rails... C'est une locomotive ordinaire, avec des wagons ordinaires, et des gens ordinaires se bousculent pour monter dedans. Angéline respire l'haleine âcre de la chaudière. Le brouhaha, les bruits de vapeur et de ferraille lui remplissent la tête. Mélie a sorti la tabatière d'oncle Marc et se bourre le nez de tabac. Les gens la regardent, Angéline pouffe. Mélie, par contagion, ne peut s'empêcher de rire, s'étouffe, crache des brins de tabac, se réfugie contre Angéline, qui la prend aux épaules. « Dieu te bénisse ! » Mélie pleure pour de bon.

— Mais qu'est-ce que tu as, ma belle ?

Poussées par la foule bruyante et gaie, qui s'exclame en français et en patois, grand Faustine et les filles se hissent dans un wagon, s'assoient dans un compartiment, près d'un couple de paysans endimanchés. Angéline a soudain, sans savoir pourquoi, le cœur serré. Les larmes coulent encore sur les joues de Mélie, grand Faustine s'évente, le regard brillant sous ses longs cils. Angéline essaie de chasser le sanglot qui lui noue la poitrine.

« Est-ce le chemin de fer qui nous fait cet effet-là ? »

Épuisée par le trac et l'énervement, Mélie s'endort bientôt sur l'épaule de sa cousine, et le tapement régulier du train berce son sommeil. Angéline suffoque de tendresse. « Ma Mélie, ma petite Mélie chérie... je voudrais tant que tu sois heureuse ! »

Grand Faustine habite à un quart d'heure de la gare des Bénédictins. Angéline connaît déjà le petit appartement sur le bord de la Vienne, au deuxième étage, quatre pièces en comptant la cuisine, mais la vue est magnifique : d'un côté la cathédrale Saint-Étienne et le jardin de l'évêché et de l'autre la campagne, verte et riante, sur la rive opposée.

— Vous coucherez dans la chambre de Marc...

Grand Faustine regarde les filles avec un sourire moqueur.

— Et même dans son lit... Par chance, il est assez large !

Après la crise de larmes du départ, vient la crise de fou rire, en fin de soirée. Grand Faustine fait tourner le phonographe qui trône dans le salon, avec son énorme pavillon en aluminium et sa caisse en bois verni, portant la marque enluminée : Le Sublime. Elle lève les yeux au plafond, caresse la boîte de cylindres.

— Une folie... plus de cent francs, avec vingt cylindres de musique et de chansons ! Je ne suis pas riche, vous savez. Mon pauvre mari nous a laissé ce petit appartement et une rente juste suffisante pour vivre. J'avais quelques économies, mais je les ai dépensées pour les études de Marc... Mais je n'ai pas pu résister à l'envie de posséder ce merveilleux appareil... Écoutons *Le Barbier de Séville*, pour commencer.

Suivent *La Traviata, Carmen, Manon, Le Clairon* de Déroulède. Puis on vient aux monologues comiques, *Camus chez Grévin, Rigolard et Pleurnichard...* Bientôt, Mélie ne peut plus s'arrêter de rire. Ses larmes ruissellent de nouveau, les cheveux lui tombent à travers le nez, il faut la tenir pour l'empêcher de se rouler sur le plancher. Pour finir, elle se couche quand même sur le tapis, la figure entre les bras, secouée par le hoquet.

— C'est trop rigolo... trop rigolo !

Grand Faustine préfère sans doute l'opéra aux monologues de Polin. Elle balance entre l'inquiétude et la raillerie.

— C'est M. Polin qui t'amuse tant ?

— Oui, oui, hi, hi, hi ! Non, non, hi, hi, hi !

Voilà Mélie partie pour une nouvelle crise. Elle se tord, entre les pieds des meubles, jupe et jupon troussés jusqu'aux genoux. Angéline l'aide à se relever. Grand Faustine voudrait savoir le fin mot de l'histoire. « C'est oui ou c'est non ? » Il faut encore une minute à Mélie pour reprendre son souffle et s'expliquer.

— Oui, oui, M. Polin est bien rigolo. Mais... mais... mais...

Angéline lui tape dans le dos, grand Faustine lui bassine le front avec une main de toilette. Mélie n'est pas fâchée de s'exhiber, pourtant son agitation n'est pas feinte. Elle tremble de la tête aux pieds, hoquette, sanglote, s'étouffe la bouche ouverte.

— C'est de penser qu'on va dormir dans le lit de Monsieur Marc !

Grand Faustine et Angéline se regardent bouche bée.

— Je tombe de la lune ! s'exclame la grand.

Mélie se pavane, minaude, triomphante et pincée, et comme soûlée par sa frénésie.

— Oh ! la, la, je crois bien que j'en ai fait pipi dans ma culotte !

Le soir, en se déshabillant, elle se pique devant la glace, aux trois quarts nue, les cheveux dans le dos, mime un pas de danse.

— Elle me plaît cette chambre de célibataire, avec armoire à glace. Il ne manque qu'une lampe à électricité... Dommage que Marc ne soit pas là pour partager le lit !

Angéline bénit la pénombre qui dissimule sa rougeur. Pour ne pas avoir l'air bégueule, elle répond sur un ton plaisant :

— Tu penses, on ne tiendrait jamais à trois dans ce lit.

Mélie finit de se déshabiller et ne se presse pas d'enfiler sa chemise de nuit. Elle joue un moment à la danseuse nue.

— Et qui est-ce qui coucherait par terre ? Pas moi, en tout cas !

Angéline se cache sous le drap. « Je suppose que ça serait moi... » Mais elle se tait. Mélie la rejoint un moment après, prend ses aises et s'endort presque aussitôt. Angéline, le cœur battant des émotions du jour, l'esprit agité par mille pensées, ne peut trouver le sommeil.

L'odeur de Mélie, une odeur de peau ou de corps, assez forte et insolite, la gêne de plus en plus, la chemise de nuit de sa cousine ayant remonté par effet de hasard. Elle finit par s'endormir, mais se réveille à la première lueur de l'aube, filtrant par les persiennes. Elle se soulève sur un coude pour regarder Mélie, toujours plongée dans son sommeil d'enfant.

Comme elle est jolie, ses cheveux bruns étalés sur l'oreiller ! Ses yeux, clos, prennent encore plus de place dans son visage mince, au nez retroussé, au menton effilé. Sa bouche friponne esquisse un sourire qui n'est plus tout à fait enfantin. Ses traits ont dans l'inconscience une grâce idéale. Forcé par une pointe de jalousie, le cœur d'Angéline s'emballe dans sa poitrine. Soudain, les paupières de Mélie se mettent à battre vite, en roulant sur ses yeux, sans que filtre le regard. Son sourire à peine ébauché, s'agrandit, creuse des fossettes autour de sa bouche, gagne ses pommettes et dessine une expression de pur ravissement.

« Elle rêve, mon Dieu, elle rêve... »

Et le rêve de Mélie est un rêve de bonheur.

Le lendemain, grand Faustine regarde longuement les filles, le menton dans sa main.

— Je vous propose un choix. Ce n'est pas parce que j'ai un cheval et un phonographe que je suis riche. Je ne peux pas vous offrir tout ce que j'aimerais. J'avais pensé vous emmener au théâtre, mais outre qu'il n'y a rien en ce moment de bien intéressant pour des jeunes filles de votre âge, je crois qu'il vaut mieux aller chez ma couturière au nom prédestiné, Mme Couzeix. Elle fait de jolis vêtements très à la mode et pas chers. Il vous faut à chacune un bon manteau pour l'hiver prochain. On pourrait tirer au sort pour savoir qui aura le premier.

— La courte paille, décide Mélie.

— Il n'y a pas de paille en ville, dit Angéline. Pile ou face...

Mélie gagne, mais grogne, fait la lippe et boude.

— Je voulais la courte paille. Pile ou face, c'est trop bête !

— Elle a encore coiffé son bonnet de travers ! gémit la grand.

Pendant que la mère Couzeix prend les mesures de Mélie — elle a prévenu qu'il lui faudrait au moins une heure — grand Faustine et Angéline descendent dans la rue pour regarder les vitrines et essayer de voir de près une automobile. Elles connaissent de nom les De Dion-Bouton, De Dietrich, Amédée Bollée, Clément, Peugeot, Renault, Panhard et Levassor...

Angéline est curieuse de tout ce qu'on peut voir en ville.

Grand Faustine s'arrête soudain, serre le bras de sa petite-fille, tourne la tête, sourcils froncés.

— Dis-moi, ta cousine est toujours comme ça ? Ou est-ce le voyage qui l'a énervée ?

— Un peu les deux. Mais je crois...

Angéline s'interrompt, car elle sent la confusion lui chauffer les joues. Grand Faustine la fouille du regard, insiste.

— Tu crois qu'il y a quelque chose qui la chiffonne ?

Angéline lâche son secret à mi-voix, le rouge au front.

— Je crois qu'elle est amoureuse.

— À son âge ! Et de qui, selon toi ?

— De qui voulez-vous ? D'oncle Marc !

— De... de mon fils ? C'est fort de café !

Une averse fraîche s'abat soudain. Elles se réfugient sous l'auvent d'un marchand drapier. Elles sont de même taille et se mesurent d'instinct en riant, épaule contre épaule. Non, Angéline est un peu plus grande, et surtout plus épaisse.

— Grand Faustine, demande Angéline, mon père vous refuse vraiment l'entrée de la maison ?

L'eau d'une gouttière ruisselle sur le rebord des chapeaux. Angéline frissonne. Grand Faustine parle derrière son gant.

— Joseph attend que je le supplie. Je l'aime trop pour m'abaisser à ça. Comprends-tu ? Ça dure depuis bientôt dix ans. J'attendrai dix ans de plus, s'il faut. Ton père a été très bon avec nous. Il a accepté Marc, il l'a sauvé du séminaire. J'ai assez de trois fils prêtres. Si Marc avait choisi aussi le sacerdoce, je crois que j'en serais morte. Je ne veux rien faire qui puisse blesser Joseph. Quelque chose l'empêche de me laisser rentrer à Mauval, je sais bien quoi... Il faut attendre encore.

Angéline rend la pression de ses doigts à la grand.

— C'est le trésor, n'est-ce pas ?

Elles se taisent. La pluie martèle l'auvent.

Au retour, Malgache s'arrête plusieurs fois pour souffler dans la côte de Montbrun. La chaleur est lourde en cette fin d'après-midi, ciel couvert, horizon marbré par un nouvel orage. Grand Faustine desserre le col de sa robe, fredonne une chanson, puis un sourire triste aux lèvres, revient à ses soucis.

— Comme je vous disais en partant, la vieille dame qui me protégeait, malgré son grand âge, est morte depuis plusieurs mois. La famille Thouron veut me reprendre les petits biens que m'a laissés mon mari, disant que notre mariage n'a aucune valeur, puisque j'ai épousé Antoine sous un faux nom. Et, en plus, j'étais mariée à Louis Manin ! Étais-je folle ? Ils disent que j'ai volé mon héritage et voudraient me faire jeter en prison pour ça. Je ne crois pas qu'ils le puissent, car ça s'est passé il y a plus de vingt ans. Mais pour l'héritage, ils vont me mener la vie dure.

« Je ne sais pas ce qui va arriver. Tout dépend de mes fils prêtres. Ils ne m'aiment guère, Marc essaie de les persuader en ma faveur. S'ils penchent de mon côté, ce sera comme si l'Église m'accordait son pardon, la famille n'osera rien contre moi. Tout de même, je quitterai sans doute Limoges pour qu'ils m'oublient et je viendrai habiter Châlus ou Saint-Priest...

— Pourquoi pas Mauval ? dit Angéline.

— Et Monsieur Marc aussi ? demande Mélie en rougissant.

— Ma foi, Marc fera ce qu'il voudra, mais je ne serais pas

surprise qu'il choisisse de se fixer au canton. J'espère qu'il trouvera un emploi chez un notaire ou dans un bureau.

« Maintenant, vous comprenez pourquoi je suis revenue ? Je ne me sentais plus chez moi dans cette ville, dans cette maison que la famille me disputait déjà. Mes fils prêtres n'avaient aucune envie de me voir, ma fille n'en parlons pas, je n'existe plus pour elle. J'ai voulu essayer de créer un autre foyer pour Marc en prévision de ce qui va arriver. Vous et lui êtes ma famille, maintenant. Que les Thouron aillent tous au diable !

Le soir même, Angéline questionne son père. Joseph, par chance, n'a pas bu. Il se caresse la nuque, le front baissé, pensif.

— Loin de moi l'idée d'interdire ma maison à ta grand. Mais voilà, elle veut devenir la patronne à Mauval, et ça, Delphine ne le supporterait pas. Et puis...

Joseph se tait, le poing fermé sous l'oreille.

— Alors, il paraît que vous allez donner ce sale or au gouvernement ? Ça serait pas dommage !

Adrien Mesnieux tient son chapeau devant sa figure, une façon qu'il a de ménager les convenances et son estime de soi.

— On en parle, avoue Angéline. Et c'est tant mieux.

— Je suis content que tu le voies comme ça.

Adrien Mesnieux est passé à Mauval un dimanche après-midi, avec une corbeille de fraises des bois.

— Garde la corbeille, c'est une bohémienne qui me l'a donnée.

Angéline sourit. Les bohémiennes ne sont guère donneuses, la corbeille d'osier fin a dû coûter au moins dix sous à l'oncle Adrien. Il se mordille la moustache, baisse les yeux.

Au moment de partir, il se retourne.

— J'ai vu les gendarmes, l'autre jour, dans leur nouvelle tenue. Ils sont bien ridicules, avec cette espèce de képi relevé sur le derrière, au lieu du bicorne. Ça les empêche pas d'être toujours curieux et questionneurs. Moi, j'ai répondu : « Je suis qu'un pauvre journalier, je fais pas bien attention quand j'entends causer d'or. Et puis il s'en dit tellement ! »

La nouvelle se répand : les gendarmes en képi bleu ont commencé leur enquête sur le trésor de Mauval. Joseph tape du poing sur la table.

— Qu'ils viennent me parler au lieu de poser leurs questions à droite et à gauche. Je les attends !

Mais on dirait que la maréchaussée encercle Mauval sans oser l'attaquer. Tout le monde guette depuis les fenêtres les cavaliers coiffés de bleu, qui ne se montrent pas. Et les jours passent.

9.

Sulpice Lajarlaud est descendu à Mauval avec le cheval d'Exeïdious. Il n'a pas pu monter l'escalier. Debout au bord de la cour, sa canne posée contre le mur, une main sur les reins, l'autre sur l'estomac, il se plaint des maladies et infirmités qui accablent son vieil âge. Son vieil âge ? C'est vrai qu'il marche tout courbé. Il paraît bien plus que ses soixante et quelque.

Venu à sa rencontre, Joseph le réconforte avec des bourrades qui lui tirent maintes grimaces de douleur.

— Je ne peux même pas aider aux foins. Ah, la misère !

— Bah, les foins se sont toujours faits. Ça continuera.

— Tu en parles à ton aise, petit. C'est que je pourrai pas t'envoyer l'Apolline, vu que j'en ai besoin à la maison.

— On embauchera un journalier de plus.

— Tu sais bien qu'ils sont tous pris jusqu'à la fin des moissons.

— Je demanderai aux cagnards de me donner un coup de main.

— Dis-moi si tu as jamais vu un fainéant aux foins !

— Ne te soucie pas, dit Joseph. J'aviserai.

Sulpice crache entre ses pieds, se frotte la poitrine.

— Moi, je ne vaux plus rien. J'en viens à penser qu'il me faut mettre mon fonds en bon ordre, et comme ça, je me demande ce que tu comptes faire pour la fontaine des Hauts. Il y a un bon trois quarts de siècle que nous ramassons nos pièces d'or à la fontaine. Ç'a l'air que l'entente était dite pour ainsi entre ton grand-père et le mien, mais ces dernières années, la récolte n'a pas été bien lourde. Ma famille ne veut plus de cet arrangement quand je serai parti. Il y a l'Apolline, même, qui l'a mauvaise. « Je jette pas ma part aux chiens ! » comme elle dit. Et je me demande comment ça va être pour nous si tu laisses aller tout l'or aux gabelous, comme il s'en cause !

Joseph tape sur l'épaule de Sulpice, qui s'appuie au mur.

— Ah, Sulpice, tu n'es pas encore parti. On a le temps d'y penser. Et pour l'or, je croyais qu'on était d'accord, avec la dot de ton Amélie en guise de part.

Sulpice hoche la tête en grattant la terre de son bâton.

— On n'a point convenu de chiffre, l'Apolline m'en fait reproche. Et puis il se dit que les cognes font campagne à droite et à gauche en posant des questions, mine de rien, sur le trésor. Les bonnes gens taisent leur bec, mais, comme on dit, ce que le sobre tient au cœur est sur la langue du buveur... Si c'était que le gouvernement veut mettre la main sur l'or, il faudrait voir à s'entendre avant. Libre à toi de leur lâcher ce que tu veux, mais il y a la dot de notre Mélie et ce qui nous revient de par l'accord de la fontaine, à mettre à l'abri. M'est avis qu'on devrait pas aller à pied de plomb pour s'en occuper... C'est ce que je te voulais te dire, mon garçon. A toi de voir le quand et le comment.

Joseph fait face, bras croisés, mains serrées sur ses manches de chemise retroussées.

— Je vais voir, Sulpice, je vais voir.

Sulpice porte la main au bord de son chapeau, prend son bâton et tourne les talons, raide et lent.

— Il faut que je rentre, ça fait une heure que j'occupe le cheval.

— Sois tranquille, les gabelous ne trouveront pas notre or !

Après le départ de Sulpice, Joseph avise les filles.

— Je ne pense pas qu'on ait à craindre des gendarmes ou

des gabelous pour le moment. Mais si jamais ils viennent ici questionner, ou par les chemins, n'importe où, que personne ne se laisse prendre à dévider son peloton. Vous ne savez ni quoi ni qu'est-ce, jusqu'à amen. C'est bien compris ?

La même semaine, un dimanche matin, à la fin de juin, le ciel est rouge, les mulots courent en tous sens, les taupes sortent de sous la terre, les pigeons montent en chandelle, les hirondelles volent au ras des prés fauchés, les éperviers planent en hauteur au-dessus de la vallée, les insectes crissent avec rage, les guêpes piquent, les fourmis ailées infestent les maisons... Tout le monde en convient, l'orage est pour ce soir ou pour demain. Il faut rentrer au plus vite le foin sec.

Le pré des Hauts de la Plaine, au-dessous d'Exeïdious, est partagé entre les Manin et les Lajarlaud. Le terrain est assez plat pour faucher à la machine, une faucheuse McCormick que Sulpice et Joseph ont achetée en commun. Mais charger le foin sec sur les charrettes est un travail qui se fait à bras d'homme — et de femme. Les Lajarlaud ont rentré cinq ou six charrettes le samedi après-midi et deux le dimanche matin.

Roussine a le bec qui fume : sur ses deux journaliers, le meilleur est parti se louer chez le maire. Les Lajarlaud, comme l'a dit Sulpice, sont occupés à leur fenaison. Il faut mobiliser toute la famille, et ce n'est guère de monde.

Voilà que s'amènent, juste passé la grand-messe, l'Ida Mazérollas, traînant pour ainsi dire Adrien Mesnieux.

— Paraît que l'Apolline vous a fait faux bond ? dit Adrien. On a fini de *granger* à la nuit. Le patron m'a donné mon campo du dimanche et l'Ida m'a dit que vous étiez en peine...

— On est en peine, lance gaiement Joseph.

Le soleil au plus haut, les Manin, domestiques et voisins se retrouvent à huit au pré, sous un ciel plombé. On piétine les andains, fourches et râteaux en main. L'odeur capiteuse du foin chatouille les nez et remplit les têtes. Avant même que le travail soit commencé, la sueur vous mouille le cou, la figure, le dos.

Marc a rejoint la troupe en chemise de ville, un chapeau de paille emprunté ombre sa figure sans hâle. Les filles se sont habillées plus léger qu'il n'est permis, Ida a fait de même, ça se devine. Delphine est restée seule à la maison. « Elle garde le trésor ! » lâche Mélie en pouffant, le nez sur sa fiole d'eau rougie.

— Il faut quelqu'un à la maison pour préparer le repas, dit Angéline. Et ne commence pas à boire, tu vas te gonfler la panse.

— Je veux être devant les vaches, décide Mélie.

L'Ida se moque d'elle.

— Il n'y a pas besoin de quelqu'un devant les vaches. Elles sont tranquilles comme Baptiste, suffit de les faire avancer toutes les cinq minutes. C'est que tu n'as pas envie de tenir un manche !

Mais Joseph lui donne raison.

— Mélie chassera les taons aux bêtes pour qu'elles ne secouent pas la charrette quand on sera sur le foin.

Ida rigole. Mélie a eu gain de cause, une fois de plus. Angéline travaille au râteau, avec Marc et Ida. Tous les trois raclent les andains qui jonchent le pré en lignes sinueuses, en font des tas juste assez gros pour tenir au bout d'une fourche dressée au-dessus des ridelles. A mesure qu'on soulève le foin, la terre lâche des bouffées de chaleur. Une fine buée flotte dans l'air brûlant. Les débris d'herbe sèche piquent le nez. Les filles éternuent, le journalier se moque. Ida et Adrien font la charrette avec des fourches à dents de bois et manches courts. Oncle Adrien est habile à ce travail, il est aussi agile qu'une femme et ne pèse pas plus. Ida a relevé le bas de sa jupe et l'a accroché à sa ceinture, pour se mettre à l'aise. Elle travaille quasiment en jupon. Roussine et le journalier manient les fourches à trois brins de fer, plus solides que les fourches en bois, les enfoncent jusqu'au manche dans le foin, qu'ils enlèvent en paquets roulés et hissent à force d'épaule sur la charrette.

Le soleil jaunit, l'horizon prend une teinte violacée. Le

crissement dur des courtilières, ou taupes-grillons, scie les oreilles sensibles, les taons belliqueux volent autour des bêtes en essaims bourdonnants. Même les grenouilles du ruisseau se mettent à crier. Joseph commande à Mélie de faire avancer les vaches, de chasser les mouches et de se bouger un peu.

— Tâche quand même de pas t'endormir tout debout !

— J'ai perdu l'aiguillon. Et puis j'ai pas envie d'être paysanne !

Ida se campe sur la charrette.

— T'as le cul trop lourd, voilà ce que tu as !

Mélie lui tire la langue.

— Et toi, va frotter ton croupion à l'oignon, vieille toupie !

Adrien Mesnieux élève la voix.

— Calmez vos nerfs, les femmes. C'est pas des façons !

Mélie s'en va bouder à l'ombre. Joseph court de l'un à l'autre, promène la chopine, change de manche toutes les deux minutes et sue comme quatre. Il pose la fourche, ramasse l'aiguillon de Mélie et avance la charrette de trente mètres, à flanc de pente.

— Allons, allons, pour le coup de fion, les enfants !

Marc gratte son front d'artiste chatouillé par la poussière.

— On est au premier char, et la saucée nous pend au nez !

L'énervement croît tout au long de l'après-midi. On échange des mots aigres-doux. Les chiens jappent en l'air. Roussine et Joseph ont descendu la deuxième charrette à la grange. Mélie rejoint la troupe, prend un râteau, le laisse retomber avec un soupir, le traîne en remorque sur les andains. Marc éclate de rire. Mélie lui renvoie une grimace et lui tourne le dos.

— Je veux faire la charrette !

Aussitôt, Ida dégringole de son perchoir.

— Bonne idée, viens donc prendre ma place.

Elle laisse sa fourche en bois sur la charrette, saisit une fourche en fer piquée en terre à quelques pas. Marc et Angéline poussent Mélie qui grimpe par la roue et les ridelles.

Adrien Mesnieux profite de la pause pour passer sa chemise mouillée par-dessus sa tête, la rouler et la tordre. Elle s'égoutte dans le foin, à ses pieds. Il part d'un rire joyeux.

— Avisez un peu cette pissée !

Le tonnerre roule derrière les montagnes. Le vent se lève, portant des graines de pissenlit ou de chardon, courbe les têtes bleues des raiponces au bord du pré, rebrousse les frondaisons et glace la suée sur le dos des gens et des bêtes.

Angéline se repose à l'ombre de la charrette. Le sang bat dans sa tête, le paysage danse sous ses yeux. Elle lève la tête vers Exeïdious, observe la ligne drue des futaies qui frissonnent le long de la crête. Les premiers éclairs s'allument de ci, de là, sur le moutonnement des collines. Les nuages courent, éclatent, et le ciel s'assombrit entre deux coulées de lumière. Les oiseaux piaillent, les mouches piquent, les vaches balancent la queue. Les gens tirent leurs mouchoirs pour s'essuyer la figure.

Une femme dévale la pente, sa fourche sur l'épaule. Elle crie des mots que le vent emporte. Angéline reprend son râteau.

— L'Apolline vient nous aider.

Mélie fait un signe, depuis la charrette.

— Ma mère vient nous aider !

Ida recule en serrant le manche de sa fourche. Elle cherche quelqu'un du regard. Joseph n'est pas là. Elle tourne la tête vers Adrien Mesnieux, là-haut, sur la charrette.

— Hé, l'Adrien, qu'est-ce que je fais, à ton avis ?

Adrien Mesnieux enfile sa chemise. Marc répond à sa place.

— Restez donc, Ida, vous n'êtes pas de trop.

— Je ne veux pas me colleter avec cette carne !

Mais elle continue de *fourcheyer*. La mère de Mélie galope comme un cheval échappé dans le sentier d'Exeïdious à la Plaine. Les chiens aboient puis la reconnaissent et se taisent. En approchant, elle baisse sa fourche. Son chapeau s'envole, elle ne s'arrête pas. Un pressentiment serre la gorge d'Angéline. Grâce à Dieu, Joseph ramène l'autre charrette de la grange. Les essieux grincent avec un bruit lugubre dans la montée. « Mon père va savoir calmer les femmes... » Apolline se plante derrière Ida qui lui tourne le dos pour charger sa fourchée.

— Rentre chez toi, *voisine*. Tu n'as rien à faire ici.

Ida rabaisse sa fourche, Apolline s'appuie sur le manche de la sienne. Les deux sont à brins de fer. Les femmes croisent le regard. L'Ida relève un pan de jupe tombé, le noue à sa ceinture.

— Je t'empêche pas d'aider, *belle-sœur*, si tu sais te servir de ton outil.

— C'est des façons de se débrailler devant les hommes !

— Prends ta fourche et tais ton bec.

— On n'a pas de temps à perdre, Apolline, dit Marc.

Apolline se tourne vers lui.

— Vous, le feignant, montez sur la charrette à la place de ma fille ! Amélie, descends tout de suite de là-haut ! Cette catin va en profiter pour te piquer avec les dents de sa fourche ! Elle croit peut-être qu'elle aura ta dot si tu meurs d'un mauvais abcès !

Ida lâche sa fourchée de foin, s'avance vers sa belle-sœur, une main serrant le manche de son outil, l'autre brandie, les doigts écartés, toute rouge d'indignation.

— Dis que tu penses pas ça ! Dis-le devant le monde !

— Baisse ta robe, on veut pas savoir ce que tu as sur le cul !

Les femmes se défient du regard. Apolline, tête nue, retient ses cheveux. Ida enlève son chapeau, le jette sur l'herbe, de côté. Angéline pose son râteau, avance entre les deux belles-sœurs.

— S'il vous plaît, Apolline, dites que vous ne le pensez pas.

Mélie, entre-temps, est descendue de la charrette. Elle court vers Angéline, la saisit à bras-le-corps, la secoue.

— Laisse ma mère tranquille, laisse-la !

Angéline est plus forte que sa cousine. Mélie est tout en

nerfs et excitée par la rage. Angéline se débat. Mélie la pousse en arrière. Angéline roule sur l'herbe sans résister. Mélie se met à genoux sur sa poitrine, lui cloue les mains au sol. Angéline pousse un cri. Ida se précipite, oubliant de poser sa fourche.

— Lâche-la, sale bête ! Lâche-la !

Apolline croit sa fille menacée et court, sa fourche pointée.

— Je vais t'en donner, moi, de la sale bête !

Elle soulève le jupon d'Ida avec la pointe de sa fourche. Angéline se tord, essaie de ramper pour échapper à Mélie, qui la maintient couchée. Elle voit la scène la tête en bas, prend peur et crie : « Arrêtez ! Arrêtez ! » Apolline veut montrer à tout le monde qu'Ida ne porte rien sous son jupon. Ida balance sa fourche d'une main pour repousser Apolline. De l'autre, elle rabat son jupon comme elle peut. Soudain, le jupon s'envole au bout de la fourche. Apolline éclate de rire. Ida se baisse brusquement pour cacher sa nudité. Puis elle pousse un cri de douleur et glisse par terre. Apolline laisse tomber sa fourche.

Marc arrive en criant aussi. Mélie lâche Angéline qui saute sur ses pieds. Adrien Mesnieux descend de la charrette. Tous se rassemblent autour d'Ida, qui est à genoux et se tient le ventre.

Une tache rouge s'arrondit sur son jupon. Apolline se cache la figure entre ses mains.

— Mon Dieu, je jure que je l'ai pas voulu !

Ida geint doucement. La chienne Lola vient lui lécher les mains. Adrien Mesnieux s'accroupit derrière elle, lui dit de s'étendre et lui soutient la tête. Apolline tourne les talons et remonte vers Exeïdious en hoquetant. Joseph, qui a laissé les vaches et la première charrette à mi-côte, arrive en courant.

— Bon Dieu, qu'est-ce que vous avez fait ?

Il se penche sur Ida, blanche comme un linge et prête à tourner de l'œil. Angéline court tremper son mouchoir au ruisseau, sous le tonnerre grondant. Une pensée bat dans sa tête : « Encore ce sale or ! »

Enfin, la foudre s'abat sur un peuplier qui se fend avec un

claquement de métal. Les premières gouttes de pluie viennent laver la tache rouge sur le tablier d'Ida.

Une dent de la fourche a percé le ventre d'Ida. Le Dr Champsac, de Châlus, appelé le lundi matin, après l'orage, déclare la blessure sérieuse.

— Comment diable avez-vous fait ça ?

— Je suis tombée de la fenière sur une fourche.

— Et sur une fourche en fer, bien sûr. Ce n'est pas le premier accident de ce genre que je vois. Ça peut être grave.

Il n'est pas tout à fait dupe et tient à le faire savoir.

— Si par hasard quelqu'un de mal intentionné vous avait planté sa fourche dans le ventre, il faudrait le déclarer, vous savez ?

— La Sainte Vierge m'est témoin que je suis tombée !

L'Apolline, prise d'une forte fièvre, s'est mise au lit en même temps que sa belle-sœur. C'est le remords. La fièvre se calme, mais la mère de Mélie se cache, ne descend plus à Mauval. Elle marmonne toute seule et se tait dès qu'elle voit quelqu'un.

Sulpice déclare qu'il ne veut plus une seule fourche en fer dans sa maison, tant qu'il vivra.

L'état d'Ida ayant empiré la semaine suivante, le Dr Champsac demande qu'on transporte sa malade à l'hôpital de Limoges. Joseph sort la grande carriole à deux chevaux, plus lente mais plus confortable que la petite, et attelle les deux juments pour conduire la pauvre Ida au chemin de fer.

Pendant le voyage en carriole, de Saint-Priest à Buffière, Angéline est assise à l'arrière près de sa tante Ida, demi étendue, une bouteille d'eau et un flacon d'alcool de menthe à portée de la main. Ida souffre d'une forte fièvre, elle a le ventre gonflé et douloureux, la respiration sifflante. Elle laisse parfois échapper un gémissement aux secousses de la route.

Après avoir dormi un moment, elle s'éveille, serre le bras d'Angéline, et les mots se précipitent sur ses lèvres.

— Je suis contente que tu sois là, ma petite, bien contente...

Angéline lui pose un doigt sur la bouche.

— Ne parlez pas, tante Ida. Ça vous fait mal au ventre.

— Mais j'ai des choses à te dire.

— Plus tard. Reposez-vous.

Ida baisse la voix.

— Il faut que je te parle au cas où je ne te reverrais pas. Je me sens mal depuis quelques jours. Approche l'oreille, ton père n'a pas besoin d'entendre. L'Apolline a toujours cru que je voulais lui voler sa part de l'or, mais je te jure que je me fiche de cet or. Je le jure, ma petite !

— Je vous crois, tante Ida. Je m'en fiche aussi.

Ida serre la main d'Angéline dans sa paume brûlante.

— Quand même, promets-moi de faire ce que tu pourras pour que les gabelous ne l'aient pas tout. Il faut persuader ton père d'en mettre une part à l'abri, quelque part. Si je meurs...

— Mais vous n'allez pas mourir, tante Ida !

Ida ferme les yeux, laisse aller son souffle à petits coups.

— Il faut sauver vos dots à toutes les deux.

— Je ne veux pas de dot.

— Mais la pauvre Mélie aura besoin de la sienne. Et puis il faudrait garder un peu d'or pour le bien. Nous, les femmes, devons penser à la charité, au bonheur des enfants. C'est pour ça que ta grand Faustine voulait un Bon-Pasteur. Tant pis si on n'en a pas, on peut donner la bienfaisance avec ses mains... pourvu qu'elles soient pas tout à fait vides. Tu me promets...

Angéline presse les doigts moites de sa tante. Ida hausse le ton.

— Et le gouvernement... ce sont des mauvais ! Tu voudrais pas faire cadeau de tout l'or à des beaux messieurs qui chassent les congrégations et enlèvent le pain de la bouche de nos prêtres ?

Sa bouche se crispe de douleur. La sueur s'étale, grasse, sur son front, une larme ronde brille sous ses cils.

— Ça serait bon, tu crois pas, de jouer un pied de cochon à ces sacrés gabelous, s'ils viennent à Mauval ? Tu me promets...

Elle n'a pas la force de finir sa phrase. Angéline lui essuie le front avec son mouchoir.

— Ida chérie, je te promets de veiller sur l'or, de mon mieux, tant que je pourrai !

Le soir, Joseph conduit sa fille sous la tonnelle du jardin, où s'écrase le parfum lourd des roses.

— J'ai entendu tout ce que la pauvre Ida t'a raconté !

Angéline noue son bras à celui de son père.

— Ce n'est pas bien, papa. Ida avait la fièvre, elle parlait sans faire attention. Vous n'auriez pas dû l'écouter.

— Quand elle a élevé la voix, je n'ai pas pu m'empêcher de l'entendre. Et, tu vois, ce qu'elle a dit du gouvernement n'est pas si bête. La bande à Combes, Rouvier et les autres, persécute l'Église, jette les congrégations à la rue, affame les prêtres. Et ces gens ne sont pas capables de reprendre l'Alsace et la Lorraine. Je suis sûr qu'on n'aura pas la guerre avant 1930, peut-être, ou plus tard encore, et je serai trop vieux pour y aller !

Angéline pose la tête contre l'épaule de son père.

— Je vous en prie, ne nous quittez pas !

Joseph repousse Angéline à bout de bras et l'admire, dans la lumière du couchant qui dore ses longs cheveux blonds.

— Je ne veux pas déménager le trésor. Je n'ai trouvé aucune cache tout à fait sûre. Delphine m'a mis le soupçon en tête et j'en suis à croire que la moitié du canton nous guette. Heureusement, les caves de Mauval font peur à tout le monde, depuis toujours. L'or est en sûreté, pour le moment, là où il est... en attendant les gabelous. Tu vas me dire ce que tu penses d'une idée que j'ai eue... Ton arrière-grand-père qui avait trouvé le magot, avec l'aide de Charles Lajarlaud, a voulu que la plus grosse part soit réservée pour servir une cause patriotique. Il y en a une qui tient à cœur aux Français, l'Alsace-Lorraine. Et je m'étais dit que payer des canons pour reprendre nos provinces, c'était une bonne façon d'accomplir le vœu de mon grand-père. Mais je crois à présent que ce gouvernement n'a aucune envie de se battre pour reprendre nos terres. Alors, donner de l'or pour les grandes manœuvres une fois par an, non, ça ne me plaît pas.

« Aujourd'hui, avec la Séparation, la grande cause patriotique, c'est peut-être la défense de l'Église, et il va falloir beaucoup d'argent, beaucoup d'or pour ça. Ida a raison, il faut penser au bien avant de penser à la guerre. Pour le prix d'un Rimailho, on peut faire vivre un curé de campagne pendant cinquante ans !

« C'est ce qu'on fera peut-être : donner l'or à l'évêque, moins les deux dots et une poire pour la soif. Tant pis pour les canons, au bon Dieu de juger !

Angéline serre son père dans ses bras, tête contre épaule.

— Je pense que vous avez raison. Le bon Dieu nous aidera, les gabelous ne trouveront pas l'or. On en donnera la moitié à l'évêque et on gardera l'autre moitié pour nous !

10.

Ida souffre d'une mauvaise infection que le Dr Champsac appelle septicémie. Elle ne rentrera pas de sitôt. Ses enfants vont la voir à l'hôpital, les grands conduisant les petits. Les voisines se sont entendues pour s'occuper chacune son tour de sa maison et des drôles. Angéline et Mélie font leur part de tâche. Mélie se charge de la couture, et Angéline ne se laisse pas rebuter par les besognes les plus sales.

Grand Faustine les conduit à Limoges pour une visite. Mais la malade n'a plus ses sens, délire sous l'effet de la fièvre et ne reconnaît personne, ou bien elle s'endort les yeux ouverts et fixes. Les visiteuses ont tout juste le temps d'apercevoir son visage maigre, cireux, entre le traversin et le drap, son nez pincé, sa bouche exsangue. Mélie tourne la tête.

— Je l'aurais vue ailleurs, je l'aurais pas remise !

Angéline étouffe. La chaleur du plein été attise les relents de l'hôpital. Elle distingue soudain une vaste cornette blanche qui a l'air de planer au-dessus d'elle. La sœur l'empoigne par l'épaule.

— Hé, petite, tu ne vas pas tourner de l'œil !

Plus tard, un bras d'homme la soutient par la taille, une main en profite pour la tâter au passage. Elle s'en fiche bien. Elle a compris que la pauvre Ida allait mourir.

La honte de sa faiblesse s'ajoute à sa peine. Au retour, elle s'endort dans le train. Après Châlus, elle demande à grand

Faustine de lui prêter les guides de Malgache. Mais elle ne peut les tenir longtemps, ses mains tremblent trop. Elle se réfugie à l'arrière de la carriole, les bras croisés sur son ventre douloureux. Elle croit ressentir la souffrance d'Ida. Les pointes de la fourche lui percent les aines, elle se retient de gémir.

Une pensée la tourmente. Le bon Dieu a-t-il puni la pauvre Ida de s'être déshabillée pour faire les foins ? Pourtant, c'est si bon, d'être nue sous un jupon et un caraco pendant les gros travaux de l'été, quand la chaleur vous colle les dessous à la peau et que l'acidité de la sueur vous écorche les plis !

Joseph s'est mis en tête de porter pour l'enterrement le chapeau melon que la pauvre Ida lui avait donné en cadeau. Mais Delphine lui fait honte.

— Vous auriez l'air gandin et *des quelques-uns* de la famille le prendraient même en mauvaise part !

Joseph tourne le chapeau entre ses doigts, caresse le ruban.

— Y a pas de mal. Elle serait contente de me le voir sur la tête.

L'oncle Adrien a l'air encore amaigri et flotte toujours dans son vieux costume trop large. Ses cheveux gris, avec des mèches presque blanches, collent à sa tête osseuse. Il est un peu plus petit que les trois autres porteurs, et le poids du cercueil paraît lui écraser l'épaule. À l'église, son regard croise celui d'Angéline, il sourit tristement et baisse ses yeux rougis. C'est vrai qu'Ida comptait beaucoup pour lui. Elle le recevait le dimanche et lui donnait un semblant de famille. « Il est peut-être le seul, avec ses enfants, à la regretter de tout son cœur », se dit Angéline.

« *Seigneur infiniment bon, nous vous supplions d'avoir pitié de l'âme de votre servante, Ida, que vous avez enlevée aujourd'hui au siècle présent : ne la livrez pas, Seigneur, au pouvoir de l'ennemi, et ne l'oubliez pas à jamais. Daignez ordonner à vos saints anges de la recevoir et de l'introduire dans la céleste patrie...*

« *Libera me, Domine...* »

Grand Faustine presse la main d'Angéline.

— Aide-moi à sortir. Aujourd'hui, c'est moi qui me sens mal !

Cinquante regards intrigués, soucieux, gênés, les suivent un instant. Quelques chuchotements s'égrènent sur leur passage.

« La veuve Thouron *est malaise*, c'est la chaleur. — Si c'est que la chaleur ! — Ou son mauvais *for...* »

Angéline conduit sa grand derrière le mur du presbytère.

— Vous allez vomir, grand Faustine ? Je vous conduis aux marches. Vous pourrez vous asseoir.

— Si je n'étais pas revenue au pays, Ida serait encore vivante ! Que le Seigneur me punisse, je l'ai mérité !

— S'il vous plaît, ne dites pas ça, je ne vois pas le rapport.

— L'Apolline pensait qu'Ida et moi nous étions liguées contre elle et sa Mélie !

Grand Faustine s'assoit sur les marches. Un sourire bizarre lui tord la figure. Elle essaie d'ôter un de ses gants, mais il est collé par la sueur et adhère à sa peau. Elle ne réussit pas à l'arracher.

— Aide-moi, Angéline, les mains me brûlent ! Aide-moi !

Cette brûlure aux mains persiste les jours suivants. Les pommades de la pharmacie, Baume des Chartreux, Sulfurine Langlebert, Antidermatose Vincent..., restent sans effet. Les opiats et marmottines de Gustou la Graisse ne font pas mieux.

Un dépuratif de bonne femme, à base de pensée sauvage, de saponaire, de centaurée et de feuilles de noyer, déclaré souverain contre les maladies de peau, ne donne aucun résultat non plus. Idem pour l'eau de gratteron, les décoctions d'herbe à Robert ou de vigne sauvage. Grand Faustine décide d'aller voir la Léone Sans-homme aux Petits-Moulins.

Comme elle ne peut tenir les guides, Angéline conduira Malgache. Marc sera du voyage et soutiendra sa mère si elle se trouve mal de nouveau. Le jeune homme ressasse lui aussi un sentiment de faute depuis la mort de la pauvre Ida. Au pré, quand Mélie s'est jetée sur Angéline pour l'arrêter, il aurait pu agir à sa place, empêcher que leur querelle tourne au drame. Un ancien de la coloniale ou même un biffin, un homme, quoi, n'aurait pas hésité une seconde à séparer deux femmes en train de s'asticoter avec des fourches. Mais lui a fait son régiment au 12e secrétaires d'état-major, et maintenant il se demande s'il est un homme !

Assis à l'arrière, près de sa mère, il la prend de temps en temps par les épaules et lui parle sur un ton cérémonieux

— Mère, avez-vous soif? Mère, n'avez-vous pas trop chaud ? Mère, voulez-vous que je vous évente un peu ?

— Trop chaud ? répond grand Faustine. J'aurais plutôt froid !

Et elle réprime un frisson de fièvre. La carriole s'en va dans la lumière adoucie et blonde de la fin d'été, entre les prés creusés d'étangs miroitants, les futaies sombres et les enclaves dorées des chaumes. Marc relève son chapeau et s'essuie le front avec un mouchoir brodé.

— Ça me rappelle une aventure de Margot des bois.

Angéline fait claquer son fouet en l'air.

— Je n'ai pas envie d'entendre une histoire de Margot.

— S'il te plaît, Marc, dit grand Faustine. Angéline connaît la vérité sur Margot... Je leur ai avoué, à elle et à Mélie, que j'avais inventé Margot des bois pour te raconter ma propre histoire quand tu étais trop petit pour comprendre.

— C'est moi qui ai inventé Margot des bois, je vous le jure.

— Mais tu te trompes. Tu as oublié et...

— Oh ! mère, je vous en prie, laissez-moi Margot !

— Marc, à ton âge, il faut te détacher de ces futilités.

— Si j'étais parti à la coloniale...

— Tu sais bien que ta santé...

— Allez, dites que je suis en âge de me marier !

— C'est bien vrai.

— Mais avez-vous une candidate à me proposer ?

Marc trempe dans un arrosoir la serviette avec laquelle grand Faustine se rafraîchit les mains. Malgache pousse un petit trot. L'odeur de la paille coupée monte des chaumes, où s'appellent les cailles. Angéline serre les guides et replie ses poignets sur sa poitrine pour comprimer son cœur. « Pourvu qu'elle ne parle pas de Mélie ! » La grand se tait un long moment et soupire.

— Sais-tu que je connais une jeune fille parfaite à tous les points de vue, sauf un ? Vous feriez un couple bien à mon goût. Malheureusement, elle est ta nièce...

Marc éclate de rire.

— Angéline, ma blonde, je crois que c'est toi. Mais pour l'état civil, nous ne sommes même pas parents. Rien ne t'empêche d'épouser ton vieil oncle, à part qu'il sent le tabac et n'a pas de situation. Et avec ta dot en bon or, tu peux prétendre à mieux !

Angéline, le feu aux joues, est trop heureuse de détourner la conversation sur l'or de Mauval.

— A propos, savez-vous que mon père a une idée de cause patriotique pour le trésor ? Il dit que le patriotisme, aujourd'hui, c'est la défense de l'Église : « Pour le prix d'un seul Rimailho, on peut faire vivre un curé de campagne pendant cinquante ans... » C'est ce qu'il a dit. Et il a décidé de donner l'or à monseigneur l'évêque. Enfin, je ne suis pas sûre qu'il soit tout à fait décidé, mais il a cette idée. Qu'en pensez-vous, grand Faustine ?

Angéline ponctue sa question d'un coup de fouet qui passe loin au-dessus de la croupe du brave Malgache. La grand se met à chantonner : « *C'est pour la paix, dit-il, que je travaille/Loin des canons, je vis en liberté/Je façonne l'acier qui sert à la semaille/Et ne forge du fer que pour l'humanité...* »

Marc se claque les cuisses.

— J'ai cru entendre *Le Forgeron de la paix*... Voulez-vous dire que le nouveau projet de mon frère est à votre goût ?

— Pour répondre à Angéline et non à toi, il me semble que

ton père a dit des choses très sensées. Ça n'a pas toujours été le cas !

Angéline guide Malgache sur le chemin des Petits-Moulins, qui semble moins fréquenté qu'autrefois. Les ornières sont moins marquées, anciennes, le passage boueux, comblé avec des fagots, n'existe plus. Il est vrai que la pluie a été rare, cet été. Enfin, la petite maison au toit de chaume apparaît à un détour, vide, au milieu de la cour envahie par les hautes herbes.

Grand Faustine se cache la figure sous sa serviette mouillée.

— Mon Dieu, la Sans-homme n'habite plus là !

Après avoir tourné un moment dans les chemins creux, Angéline arrête Malgache devant une roulotte de bohémiens. Un homme assez jeune et bien vêtu, brun de peau, s'approche, la main à son chapeau et les salue en bon français. Marc pince le bras d'Angéline.

— Beau gosse, les filles, n'est-ce pas ?

Angéline, toute rouge, questionne le garçon.

— Connnaissez-vous la Sans-homme, la panseuse que nous cherchons ?

— La Sans-homme a fait un héritage, répond le bohémien sans hésiter. Elle habite maintenant une bourgeoise sur la route de Piégut. C'est une femme bien honnête et généreuse.

Les voilà repartis. Malgache lorgne sur un champ de trèfle. Angéline le rappelle à l'ordre sèchement. La bourgeoise est une maison étroite et haute, avec des tuiles rouges et des pignons. Plusieurs carrioles sont arrêtées dans le chemin qui la borde. Grand Faustine pose la main sur l'épaule d'Angéline.

— Attends ici. La Sans-homme s'est enrichie en galvaudant ses secrets. Je n'ai pas envie d'aller la voir dans sa maison neuve !

Angéline pose les guides.

— Alors, qu'est-ce que je fais, grand Faustine ?

— Laisse-moi réfléchir. Marc, penses-tu que tes frères accepteraient d'être commissionnaires auprès de Monseigneur pour la remise de l'or au diocèse ?

Marc sort d'une longue rêverie.

— Mes frères ? Oui, peut-être. Ils ont promis d'user de leur influence pour que la famille ne nous fasse pas d'ennuis...

— Ils sont prêtres avant tout, je crois qu'ils accepteraient.

Grand Faustine balance sa serviette mouillée sur le plancher de la carriole, agite les mains, se trémousse et rit, les yeux au ciel.

— Vous vous rendez compte quelle revanche ce serait pour nous, et quel atout dans la carrière ecclésiastique de tes frères ? Ah ! je suis sûre que le bon Dieu l'a voulu !

Marc met la main en cornet à son oreille.

— Excusez-moi, mère, les oiseaux piaillent si fort que je n'ai pas entendu le bon Dieu crier Sa volonté !

— Tu dis ça pour me faire enrager.

Angéline regrette déjà d'avoir trop parlé. Elle claque son fouet.

— Hue, Malgache !

La grand se démène, tape du pied, lui tire le bras.

— Mais où vas-tu ? Où vas-tu ? Chez la Sans-homme ? Non, non, non... Je n'ai plus mal aux mains. Je veux me préparer pour rentrer à Limoges dès demain, parler à mes garçons, commencer à poser des jalons pour notre affaire !

Angéline soupire, entame un demi-tour.

— Il vaudrait peut-être mieux en parler à mon père avant.

— Bah, nous allons mettre ton père devant le fait accompli !

— Mais vos mains, grand Faustine ?

— Je te dis qu'elles vont mieux. Marc me conduira au train !

— Et si je nous verse dans le fossé, dit Marc, c'est que le bon Dieu l'aura voulu !

Le soir, Angéline se glisse à l'étable pour parler à l'Étoile.

— Tu ne devinerais jamais ce que Marc m'a dit ? Il m'a dit que pour l'état civil, nous n'étions même pas parents et que nous pourrions très bien nous marier sans que personne n'y trouve à redire. L'état civil, ce sont bien les papiers du gouvernement ?

— Ma foi, ç'en a l'air. C'est bien vrai que ta grand s'est remariée sous un faux nom. Il n'y a donc pas de lien de parenté, dans les papiers, entre ton oncle Marc et toi...

— Il a dit aussi que je pourrais trouver mieux que lui, avec ma dot. Qu'en penses-tu, l'Étoile ?

— Tout ça ne veut pas dire qu'il est amoureux de toi.

— Je ne suis qu'une gamine pour lui. Et puis notre lien de parenté existe, même si le gouvernement ne le connaît pas... Quoique Marc est seulement le demi-frère de papa. Ce n'est pas plus près que d'être cousins germains, même moins !

L'Étoile arrête de ruminer et considère pensivement Angéline.

— Vous, les gens, êtes bien compliqués. Nous autres, bêtes, ne faisons pas grand cas de ces histoires de parenté. Un taureau est un taureau, une génisse une génisse !

— Tu n'as pas honte, l'Étoile ? Ça n'a rien à voir, rien, rien !

— Ah bon ? Nous n'avons pas dans les veines un bon sang rouge, presque pareil au vôtre ?

11.

Les leçons de français, d'orthographe, d'histoire et géographie continuent, mais plus personne ne parle du brevet ni de l'École normale. Marc s'interrompt souvent pour raconter son enfance, ses rêveries, ses voyages à Paris. Il n'en a fait que deux, en tout et pour tout, mais on se demande parfois si ce n'est pas dix ou cent. Il raconte des aventures de vieux loup de mer, où l'on croirait qu'il a passé sa vie au milieu des océans.

Angéline ne l'écoute que d'une oreille, mais elle guette Mélie, leurs échanges de sourires et d'œillades, en essayant de démêler moquerie et complicité, jeux d'enfants et vrai béguin.

En tout cas, Marc ne quitte plus guère Mauval, si ce n'est pour de longues marches dans les environs, surtout dans les bois et au bord des étangs. Il assure ses élèves qu'il a un goût romantique pour les endroits les plus sauvages.

— Je m'assois dans les roseaux, ou à l'orée d'un taillis épais, ou au milieu d'une clairière semée de buissons et de hautes herbes, ou bien sous un fourré sombre et presque impénétrable.

— Et alors ?

— Venez avec moi... Mais non, je préfère être seul. Je noue les bras autour de mes jambes, je pose le menton sur mes genoux. Je reste là, inerte comme une pierre...

— Et alors, vous fumez votre pipe ?

Angéline questionne par vraie curiosité, parce qu'elle

voudrait savoir pour de bon ce qu'il a dans le cœur et la tête. Mélie, elle, joue, coquette, provoque. En parlant, Marc regarde Angéline bien plus de la moitié du temps, un peu comme s'il la prenait à témoin. Mais quand il se tourne vers Mélie, qu'il la toise ou la guigne, ses regards, quoique brefs, sont toujours plus appuyés, querelleurs ou complices.

Il semble réfléchir à haute voix.

— Je n'emporte plus de livre dans les champs et je ne sors même pas ma pipe. Je perds le goût du tabac.

— Quel dommage ! s'écrie Mélie. J'aime tant l'odeur !

Flatteuse, va. « Et moi, est-ce que je l'aime, l'odeur de la pipe de Marc ? se demande Angéline. L'odeur de Marc, avec ou sans pipe ? » Comment savoir ? Elle n'a pas le nez très flatté, et pourtant le cœur lui bat.

Marc regarde le coin du ciel, tout en haut de la fenêtre.

— Je vais aussi à la clairière du cheval malet, et je cherche les traces des bohémiens quand ils sont passés. Mais si je les surprends de loin, je n'ose pas m'approcher, je me contente de les guetter en espérant un miracle. Ah ! partir sur la route au pas tranquille d'un cheval, être libre... Il y a quelques années, je me serais fait colporteur. Mais aujourd'hui, les gens lisent les réclames dans les journaux et les almanachs et ils commandent tout ce qu'ils veulent par la poste... Les gens du village me voient d'un mauvais œil tourner autour des bohémiens. Avouez que vous avez entendu des réflexions à ce sujet. N'est-ce pas, Mélie ?

Mélie entend toujours tout. Elle décoche à Marc son sourire malin et aguicheur. Marc lui renvoie une moue entendue.

— Il y a ceux qui me prennent pour un maniaque, obsédé par les belles gitanes. Et puis ceux qui pensent que je tripote avec les bonshommes, que je suis mêlé à Dieu sait quelles affaires louches... L'un vaut l'autre. Mesdemoiselles, ma mauvaise réputation vous fait du tort. Si je reste ici encore quelque temps, je vous empêcherai de trouver un mari !

Mélie bat des cils, rougit, baisse la tête. Angéline se retient de pouffer, et sent la chaleur lui sauter aux joues. « Moi aussi ? Suis-je bête ! Ah ! il nous met bien dans son sac ! Il nous fera tourner en bourriques toutes les deux, avant de partir ! »

Un soir, le repas fini, Joseph se renverse sur sa chaise, tête levée, les genoux sous la table, les bras croisés, l'air content.

— J'ai une nouvelle importante à vous annoncer. Ou plutôt deux... Voici la première. L'enquête du gouvernement sur notre or est désormais close, ou du moins, j'ai de bonnes raisons de le croire. Me Lafarge, le notaire, a reçu une demande de la préfecture, le priant d'évaluer notre fortune et d'en préciser si possible l'origine. Il m'a convoqué voici quelques jours. Il m'a exposé le cas, je lui ai raconté l'affaire des canons. Il m'a passé un savon, je ne vous dis que ça. « Mon pauvre Manin, vous vous êtes mis dans de beaux draps. Si vous avez dans vos caves de l'or enfoui, qui ne vous rapporte pas un sou, vous auriez dû me l'apporter il y a longtemps, et je vous l'aurais placé en excellents emprunts russes. Pensez-y, il n'est pas trop tard. Je sais de source sûre qu'il va y avoir un nouvel emprunt. En attendant, je vais, si vous voulez bien, répondre que vous avez chez moi environ cent mille francs, en rente 3 % et en obligations du Crédit foncier de France. Je ne serai pas très loin de la vérité, puisque le chiffre réel est d'environ quatre-vingt-quinze mille francs. Ainsi, ces messieurs du gouvernement pourront penser que vous avez les fonds nécessaires pour votre achat de canons — voilà bien une idée de vous ! — en vendant vos titres de la façon la plus légale. Mais si vous m'en croyez, vous devriez écrire au ministère pour dire que vous renoncez à votre projet. Voyez-vous, depuis la guerre des Boers, la France et l'Allemagne se sont beaucoup rapprochées. Des esprits distingués pensent que d'ici à dix ans, l'Alsace et la Lorraine nous serons rendues par traité, sans guerre. Il est aujourd'hui plus patriotique d'aider nos amis russes en souscrivant à leurs emprunts que d'acheter des canons qui ne serviront jamais ! » Et voilà la seconde nouvelle : j'ai écrit la lettre au ministère et je l'ai mise à la poste aujourd'hui même. C'est pourquoi vous voyez sur moi la satisfaction de l'homme qui a réglé au mieux une affaire délicate !

Il pose les mains sur la table, regarde tour à tour les filles, Marc, Delphine, qui se tient devant le buffet de la salle à manger, affairée et soupçonneuse. Marc se caresse le menton et gratte sa moustache d'une main, de l'autre il fait jouer la lumière du soleil couchant sur sa lame de couteau. « Hum, hum... » Joseph se tourne vers lui, sourcils froncés.

— Toi, bien sûr, tu vas trouver un inconvénient à ce que j'ai fait, comme toujours !

— Hum, hum, je crois que c'est une excellente démarche, mon frère, mais que vous avez, toutefois, attelé la charrue devant les bœufs. Le plus urgent est toujours, à mon avis, de mettre l'or à l'abri.

— Il est parfaitement à l'abri, là où il est, dit Joseph.

— Je n'en crois rien, dit Marc.

— Et où le cacherais-tu ?

— Là où personne n'ira le chercher : en ville.

— Tu veux dire chez le notaire ?

Marc fait la moue, balance la tête de droite à gauche.

— Ma foi, chez le notaire ou ailleurs... En tout cas, votre idée de donner à l'Église ce que vous ne souhaitez pas garder pour les dots des filles me paraît bonne et généreuse.

Joseph, à son tour, grimace, fronce les sourcils, soupire.

— Au vrai, je ne suis pas encore décidé. Je songe aussi à faire un don pour la médecine à l'Académie ou à l'Institut Pasteur.

— Ça me semble du gaspillage. Aujourd'hui, en médecine, comme dans tout ce qu'on appelle les sciences naturelles, il ne reste rien d'important à découvrir, à peine quelques procédés à perfectionner, comme les vaccinations. Dans dix ans, on saura prévenir ou guérir toutes les maladies, sauf peut-être la folie...

Outrée, Angéline se lève et sort discrètement pour ne pas

crier. « Et Ida, alors ? Et Ida, qu'on a laissé mourir pour une mauvaise infection ? Ah ! il ne reste rien à découvrir ! » Elle aime le Marc qui va s'asseoir au bord des étangs ou à l'orée des bois, pour rêver ou songer, ou celui qui guette les bohémiens dans la clairière du cheval malet. Mais elle déteste l'autre Marc, qui connaît le monde mieux qu'un notaire, qui pérore et tranche de tout. Oh celui-là, comme elle le maudit !

Et elle s'enfuit pour cacher ses larmes.

Septembre, mi-été, mi-automne, brumeux au matin, lumineux le soir comme un printemps roussi. La pomme et la prune au verger, la sorbe au bois rougissent et mûrissent. Les grives pillent les alisiers. *D'été bien chaud vient un automne/Durant lequel souvent il tonne*... Le dicton n'a pas menti.

Le vent souffle en rond, le ciel se brouille. Jetée à seaux par un dernier orage, la pluie lessive prés, terres, bois et chemins, chasse la poussière et l'odeur de la paille. On patauge dans la boue, sabots et roues creusent les ornières, les feuillages détrempés pendent jusqu'à terre. Les châtaigniers déjà roussis forment des taches claires entre les chênes et les sapins. Les cèpes et chanterelles jaillissent sous la mousse des bois, les feuilles mortes, le lierre, dans les fougères et les ajoncs, les fourrés, les buissons. Têtes noires et rondes ou fleurs de chair dorée...

Filles, à vos paniers. Les hommes ont trop à faire aux champs, à la vigne, au verger, sauf Marc qui attend toujours sa destinée, la pipe aux doigts et la paume douce.

Angéline et Mélie l'entraînent à la cueillette.

Delphine met en conserve le meilleur de la récolte. Une part est séchée à la ficelle, une part mise en caisse, crue, à la saumure, une autre enfin échaudée puis enfournée dans des bouteilles, que l'on ferme au fil de fer, que l'on emballe dans la toile de sac et fait bouillir une heure au bain-marie. Quand les filles partent au bois, Delphine leur fait toutes sortes de recommandations :

— Ne me rapportez que les beaux sujets. Et si vous êtes assez bêtes pour ramasser les champignons avec un couteau, tâchez de jamais marcher en le gardant ouvert. Je connais quelqu'un qui est tombé et s'est planté sa lame dans la rate... ou entre les côtes !

Mélie rit en douce.

— Oh ! personne ici n'est bête à ce point !

Angéline, qui est presque toujours seule pour la corvée de triage et de nettoyage au retour, ne part jamais sans son canif. Elle taille sur place le pied des champignons et évite ainsi de remplir son panier de terre, d'humus, de débris divers, qui se glissent entre les plis des chanterelles et dans le *foin* des bolets. Elle fait même, souvent, un premier triage dans le bois, assise sur une souche ou un talus, pour alléger son panier. A l'occasion, elle fignole un peu le nettoyage, de sorte qu'en arrivant à la maison, elle pourra fournir à Delphine des champignons prêts à cuire, à sécher ou à mettre en conserve.

Il est bien plus agréable de travailler ainsi au milieu d'une clairière, au creux d'une combe, au détour d'un sentier, à l'orée d'un taillis, que dans la cuisine de Mauval, enfumée, puant la graisse et la suie. Angéline s'absorbe complètement dans sa tâche pendant que Mélie et Marc courent de ci, de là, se piquent aux buissons, se fouettent aux branches, s'exclament, s'appellent, rient, garnissent leurs paniers de saletés autant que de bons cèpes ; heureux sont-ils de ne pas ramasser en s'amusant un bolet immangeable ou une oronge ciguë capable de tuer une famille entière !

Elle les guette de temps en temps, pour s'assurer qu'ils ne s'éloignent pas trop. Toute seule, Mélie pourrait se perdre et errer des heures à quelques pas du chemin. Marc connaît mieux les bois, mais il est si distrait en ce moment qu'on se demande s'il marche sur la mousse ou sur les nuages.

Au bout d'un moment, elle les rappelle pour comparer les cueillettes et reprendre ensemble la battue. Enfin, quand elle n'oublie pas... On est si bien dans la douceur paisible des bois.

Le soleil, filtré par les hautes branches, jette sous les feuillages mille abeilles de lumière dansante. Mille rumeurs jouent entre ciel et terre. Angéline respire le parfum âcre qui monte de la terre humide et lui tourne la tête.

Elle a fini son triage et peut-être rêvé un peu. Elle se réveille. « Mon Dieu, où sont passés les autres ? » Elle se sent en faute. Mélie ! Marc ! Une honte la retient de héler à pleine voix, comme le font les gens de la ville. Tant pis pour eux, elle repart, mi-cherchant, mi-guettant les bruits. Où ont-ils pu passer ? Ils ont dû marcher n'importe où et se retrouver dans quelque combe inconnue, très loin de là. Ou ils sont revenus près de la maison, par hasard, et ils sont rentrés sans s'occuper d'elle... Voilà qui leur ressemblerait bien.

Ils riraient s'ils l'entendaient crier. Alors, elle se tait. Elle tombe sur une belle potée de cèpes noirs, elle s'agenouille pour les cueillir, ôte avec soin les grains de terre et les brins de mousse. Avec soin, avec calme... un peu trop de calme. « Mais où sont-ils donc passés ? » Une petite tête ronde, veloutée, luisante et noire accroche son regard plus loin, en haut d'un talus. Et une autre, et une autre, sous les fougères, entre deux branches mortes, dans une souche creuse ou un nid de mousse... Toute une colonie. Elle laisse son panier au pied d'un arbre et s'engage prudemment dans la pente, qui est plantée de petits chênes et assez escarpée. De jolis cèpes fermes, parfaits pour les conserves de Delphine, jalonnent le dévers. Elle a mis son canif dans sa poche en se souvenant du conseil de la servante, elle cueille les champignons à la main et les glisse dans son tablier. Les fougères ployées se relèvent doucement derrière elle.

Plus elle avance, plus elle domine de haut le creux du bois au-dessous. Elle gagne ainsi, en rampant sur les genoux, une espèce de petite corniche, envahie par un fourré de buissons, de genêts et de fougères sèches, où pointent encore quelques cèpes aventureux. Elle s'aperçoit qu'elle a découvert un coin secret, impossible à deviner depuis le haut du talus ni depuis le bas.

Quel hasard miraculeux l'a donc menée ici ? Tout à coup, elle croit entendre, juste au-dessous, un rire et des chuchotements.

« Est-ce que je rêve ? » Sans se lever, en s'appuyant sur les mains, elle passe la tête entre les fougères et regarde en bas, par-dessus le rebord de la corniche.

Ils sont là, clapis entre le talus et son rebord, qui les cache d'en haut, et une touffe de noisetiers et de merisiers mêlés, qui les cache d'en bas. Pourtant, Angéline est encore mieux mussée qu'eux. La différence, c'est qu'ils l'ont fait exprès !

Elle respire, elle attend que son cœur s'apaise, puis elle avance un peu plus le cou et les épaules, elle s'accroche d'une main à un pied de genêt. « Pourvu qu'il tienne ! » Elle penche la tête. Ils ne peuvent pas la voir. Ils ne peuvent deviner qu'elle les espionne. Ah ! un faisan dérangé s'envole en poussant un cri aigre et plaintif et passe au-dessus d'eux, avant de disparaître dans les hautes frondaisons... Marc et Mélie ne lèvent même pas la tête. Ils sont assis sur un tapis d'herbe et de mousse, tout près l'un de l'autre. Assis et même couchés plus qu'à moitié... Marc a tombé son gilet, déboutonné sa chemise. Mélie a perdu le ruban de satin rouge qui attachait ses cheveux. Ils se tiennent l'un contre l'autre. Tout contre, tout contre !

Angéline a honte, mais elle ne bouge pas. Ils vont s'embrasser. Ils s'embrassent. Seigneur, ils se sont embrassés pour de bon !

— Oui, ma vieille, ils se sont embrassés sur la bouche, là, presque devant moi, et je les voyais comme je te vois !

Avant de répondre, l'Étoile prend le temps de remuer longuement ses mâchoires toujours en action.

— Tu trouves ça extraordinaire, toi ? Tu savais bien qu'elle était amoureuse de Marc, puisque tu l'avais dit à grand Faustine !

— Oh ! je le savais, mais c'est autre chose de les voir se

tenir la main et se sucer la pomme. La tête me tournait, tu sais, je voyais tout noir. J'ai failli tomber. Ils auraient bien rigolé si j'avais dégringolé à leurs pieds, les jupes autour du cou !

— Ils auraient eu aussi peur que toi. Mais tu as tenu bon ?

— Je ne sais pas comment j'ai fait. La colère m'a aidée, je crois. Marc, ce petit saint en bois, cet attrape-minon, tu aurais cru ça de lui, toi ? Moi, je lui aurais donné le bon Dieu sans confession !

— Qu'est-ce qu'il a fait de si terrible ? Mélie est une jolie fille, et ton Marc est un homme, quoi, enfin !

— Qu'est-ce que tu sais des hommes, toi, la vache ? N'essaie pas de me raconter encore des saletés ou je m'en vais tout de suite. Il a dix ans de plus qu'elle et même presque douze ! Et quand il s'en allait tout seul pour avoir la paix — n'est-ce pas, c'est ce qu'il disait — était-elle avec lui la moitié du temps ? Et quand il parlait des bohémiens : « Ah ! partir sur la route au pas tranquille d'un cheval, être libre... j'aurais voulu me faire colporteur ! » C'était de la poudre aux yeux ? Des craques pour brider la bécasse !

— Il ne te doit pas de comptes. Avoue que tu es jalouse !

— Tu raisonnes comme une vache, ma pauvre Étoile. Je ne peux pas être jalouse de Mélie, puisque Marc est mon oncle. Et elle... ma foi, elle ne lui est rien. Il peut l'épouser, s'il veut !

— Quand même, ça t'embête un peu.

— Si jamais ils se mariaient et qu'ils veuillent habiter à Mauval, ce qui ne m'étonnerait pas, je serais obligée d'être leur bonne ?

— Comme je te connais, tu leur porterais le petit déjeuner au lit tous les dimanches, et même le lundi, et tu leur dirais merci.

— Ça ne se passera pas comme ça !

— Ils iront peut-être habiter en ville, à Paris. Et tu ne verras plus jamais Marc. Tu ne préférerais pas qu'ils restent ici ?

— Maintenant, je comprends pourquoi il tient tant à ce

qu'on mette à l'abri l'or de Mauval. Il a peur de perdre la dot de Mélie !

Angéline pose le doigt sous son œil, écrase une larme qu'elle porte à sa bouche pour la sucer. Mon Dieu, comme sa peine est salée !

Octobre. Matin et soir, la brume s'enfonce dans les poches du relief. Une odeur de pomme écrasée flotte derrière les maisons. Le vent d'ouest mouillé abat les glands, les châtaignes, les feuilles mortes. Mille pièces d'or se balancent avec un bruit de crécelle aux branches des peupliers. Des pièces d'or, des pièces d'or qui écrasent le cœur d'Angéline.

Devant elle, Marc et Mélie surveillent leurs gestes et leurs regards. Mais elle, pendant les leçons, ne peut plus s'appliquer à son travail. Elle se met à faire cinq ou dix fautes par dictée.

Une dispute éclate à propos de *L'Incendie de Moscou*, de Ph. de Ségur, où elle en a eu onze. « Frontons », deux t, « épouvantable », un e à la place du a, « resplendissants, dorés d'argent », pour « resplendissants d'or et d'argent ». Marc se fâche tout rouge, lève la main pour la gifler.

— Ha, ha, dorés d'argent ! Tu me feras une belle institutrice !

Angéline se dresse, le feu aux joues.

— Je ne serai jamais institutrice. Je n'irai jamais à l'École normale, je ne partirai jamais d'ici. Et vous... et vous... vous ne serez pas *dorés d'argent* quand vous aurez la dot de Mélie ?

Elle sent les doigts de Marc frôler ses cheveux, son oreille. La gifle est passée près ! Elle referme violemment son cahier.

— C'est fini, j'en ai assez de vos dictées à la flan !

Elle court à la porte. « Ne comptez plus sur moi... » Marc la poursuit dans le couloir, la rattrape par l'épaule, elle se débat. « Vos dictées à la flan, à la mie de pain ! » Il la supplie.

— Je t'en prie, n'abandonne pas. Qu'est-ce que je deviendrais ?

Elle se tait, suffoquée, se laisse ramener à la table de travail, tête basse. « C'est vrai, qu'est-ce qu'il deviendra, lui, si j'abandonne? Il n'aura qu'à épouser Mélie et dépenser sa dot! »

Le bruit court que les gendarmes battent de nouveau les chemins, en quête du trésor. Ils ont questionné des enfants qui allaient à l'école. On les a vus. Il y avait un civil en chapeau melon avec eux, sans doute un gabelou...

— En chapeau melon? Oui, c'est sûrement un gabelou!

Qui les a vus? La moitié de la commune ou presque. Ils ont même traversé le village pour aller chez le curé...

— L'homme au chapeau melon est allé aussi chez le curé?

— Ma foi, oui, on croit bien.

Mais les avis sont partagés. Bien des gens ont aperçu les deux gendarmes dans leur tenue nouvelle, avec ce képi ridicule, relevé en arrière comme la queue d'un canard qui fait des grâces. Quelques-uns ont un doute au sujet du civil en chapeau melon. Des deux cagnards présents au village, seul Martin Chaise l'a vu.

— Comme je vous vois, pauvre cheval! Même qu'il avait un grand sac en cuir vide accroché à sa selle. C'était à coup sûr pour emporter tout l'or qu'il pourrait mettre la main dessus!

— Ah! commerce! s'écrie Ponot Barbeloup. Je devais être rond comme une futaille. J'ai bien vu ces képis bossus, qu'on dirait qu'un troupeau de vaches s'y a tapé les sabots, mais pas la queue d'un chapeau melon!

A Mauval, les rumeurs arrivent par des messagers de tout acabit, jeunes Lajarlaud, journaliers, cagnards... Il est bien sûr que les gendarmes sont allés chez le curé. Delphine est indignée.

— On dit que le gouvernement s'en va expulser les curés de leur cure. Pourquoi pas le bon Dieu des saints lieux?

Joseph marche de long en large, les mains aux poches.

— Je crains que les gabelous viennent demander des

comptes à l'abbé, rapport aux quelques pièces que nous lui avons données. J'espère qu'il les a changées en argent de la république !

— Sans vous commander, Monsieur Joseph, vous devriez aller vous-même aux nouvelles.

— Tu crois ? Je me demande s'il est bon de me faire voir !

Il se décide quand même et part vers le bourg, en fauchant les têtes des herbes folles avec son bâton.

Tandis que Mélie court de Mauval à Exeïdious, de Garenno aux premières maisons du village, à l'écoute des ragots et des cancans, Angéline vaque à ses occupations tout le jour, comme si de rien n'était.

Grand Faustine est à Limoges, et il est quasi sûr qu'elle est allée voir ses fils prêtres pour leur parler de l'or. Elle a sans doute un arrangement en tête. Peut-être l'évêque accepterait-il, contre un don important, de reconnaître son mariage avec Pierre Thouron, et ses enfants seraient alors légitimes...

Marc a peut-être accompagné sa mère, ou bien il est parti dans la campagne pour songer, tirer un plan, guetter les bohémiens. Qui sait s'il n'a pas donné rendez-vous à Mélie tout près !

A la tombée de la nuit, grand Faustine arrête sa voiture dans le chemin, devant la maison. Malgache hennit pour appeler les juments. Marc saute par terre, sa casquette à la main.

Mélie le rejoint, précédant Angéline de dix pas. Il l'embrasse sur les deux joues, en visant près de la bouche. Angéline se voit infliger le même becquetage. Elle a le temps de sentir le souffle de Marc sur ses lèvres, de respirer son odeur de tabac et de lotion, puis elle fait un bond en arrière. « Non. Il te faut choisir, tu ne nous auras pas toutes les deux ! » Mais Marc a d'autres soucis en tête. Il se campe, les pognes aux revers de sa veste.

— J'en apprends de belles, les enfants !

Mélie se pend à son bras.

— Les gendarmes et les gabelous sont venus chercher l'or !

Delphine arrive, les mains nouées dans la poche de son tablier.

— Personne d'âge et de confiance n'a vu les gabelous de visu.

Grand Faustine noue ses guides à un fer et penche la tête.

— Ils ne viendront pas ce soir. Mais il faudrait profiter de la nuit pour mettre l'or à l'abri ! Où est Joseph ?

Joseph arrive sur ces entrefaites.

— Je n'ai pas changé d'avis. L'or est bien à l'abri dans la cave et la rivière. Où voulez-vous donc le mettre ?

Marc pose ses mains ouvertes sur sa poitrine, comme pour une protestation d'innocence.

— Il faudrait en faire plusieurs parts. Une qui resterait dans les caves et que vous pourriez montrer aux gabelous. Et nous, nous pourrions prendre la part de l'Église et la mettre en sûreté à Limoges. Les gabelous ne viendront pas fouiller chez nous !

Joseph tourne en rond, les mains derrière le dos, un poignet serré dans sa main, les épaules avancées, les yeux baissés.

— Je n'ai encore rien décidé, pour l'Église ni pour personne. Et je me demande si l'or serait bien plus en sûreté chez vous qu'ici !

Grand Faustine reprend les guides, fouette Malgache et s'en va. La brume avance en rouleaux sur les prés. Le crépuscule monte, épais, noir, le long des murs et des arbres. Marc fixe Joseph, retourne ses mains, paumes en l'air, bras écartés.

— Je reste. On fera ce que *tu* voudras. Je suis à *ton* service.

A-t-il tutoyé son frère à dessein ou par distraction ? Ses gestes, qui veulent à toute force exprimer la sincérité, ont plutôt l'effet contraire aux yeux de qui doute déjà en son cœur.

Le lendemain matin, Marc et les filles se retrouvent dans la salle d'étude, les yeux rougis par l'insomnie.

— Personne n'a dormi, hein ?

Marc tient sa pipe par le fourneau, s'enfonce le bec au coin des lèvres, le retire aussitôt, car sa bouche tremble.

— Moi, j'ai veillé jusqu'à deux ou trois heures, en attendant que Joseph m'appelle. Mais il n'a rien fait. Je ne sais pas s'il croit l'or en sûreté là où il est ou s'il n'a pas confiance en nous !

Son costume a des plis aux manches, des poches aux genoux. Il a dormi tout habillé. Grand Faustine a dû veiller aussi dans sa chambre du Bœuf limousin. Peut-être a-t-elle gardé Malgache attelé toute la nuit, prêt à emporter l'or à Limoges...

Mélie prend une prise de tabac, renifle, puis tend un bonbon à Angéline. Marc avance la main.

— Donnez-m'en un, s'il vous plaît.

Ses doigts tremblent si fort qu'il a peine à saisir le bonbon que Mélie s'amuse à lui faire manquer. Il le fourre dans sa bouche, le mâche en creusant les joues. Sa pomme d'Adam monte et descend très fort. Il prend son souffle, regarde Angéline dans les yeux.

— Qu'est-ce qu'on fait, ce matin, ma belle ?

— Une dictée, bien sûr. C'est facile pour celui qui dicte !

— Ah bon ? Tu veux dire que, moi, je ne sers à rien !

Angéline baisse le nez sur ses cahiers. Marc rougit, caresse sa moustache.

— Tu préfères parler de l'or, hein ? Ton père est persuadé que ma proposition de mettre une partie du trésor en sûreté chez nous était une friponnerie, n'est-ce pas, ma petite Angéline ?

— Quoi ? Qu'est-ce que ça veut dire ? Je vous répète que je me fiche de l'or comme de colin-tampon ! Je m'en bats l'œil !

Et soudain, elle s'aperçoit que ce n'est plus vrai. Elle a promis à la pauvre Ida de veiller sur l'or. Le dépriser serait faire affront à la morte. Elle fixe Marc, le rouge au front, les poings serrés.

— S'il vous plaît, oncle Marc, la dictée !

Marc respire, les narines pincées, les yeux injectés de sang.

— Non, non. Il faut crever l'abcès ! As-tu, oui ou non, confiance en moi ? Tu ne réponds pas ? La question s'adresse aussi à toi, Amélie. Je veux savoir si on a confiance en moi dans cette maison. Vous entendez, toutes les deux ? Je veux savoir !

Il croise les bras, et ses yeux flambent.

— Vous pensez peut-être, vous aussi, que ma mère a voulu mettre la main sur le magot, avec mon aide ? Hein ? Dites quelque chose ! Toi, Amélie ?

Sous le regard de Marc, mi-impérieux, mi-suppliant, Mélie baisse la tête, guigne Angéline à travers ses cils mais se tait.

Marc tourne vers sa nièce son visage décomposé et blême. Une mèche raide tombe sur son front, jusqu'à ses yeux. Ses pommettes blanchissent, comme prêtes à percer la peau de ses joues. Un petit muscle se met à frémir, entre sa bouche et la pointe de son menton. Il parle enfin sur un ton radouci.

— Toi, Angéline, tu as confiance en moi ?

Angéline n'ose pas le regarder en face. A-t-elle confiance en lui ? Elle ne sait plus. « Ah ! partir sur la route au pas tranquille d'un cheval, être libre... j'aurais voulu me faire colporteur ! » Est-ce le même homme qui a prononcé ces mots et qui s'est caché au fond du bois pour embrasser et tripoter Mélie ? Elle revoit cette scène, elle se sent encore trahie, elle ne pense pas à l'or. Qu'ils le prennent pour l'Église ou pour n'importe qui, elle s'en fout. Mais la confiance... la confiance a tiré sa révérence !

Une chanson leste que chantait naguère Mélie se met à lui tourner dans la tête. *J'ai rencontré des Italiennes / Des négresses, des Madrilènes / De tendres almées, de brunes houris / Et des cocottes de*

Paris... Et encore une réflexion de Mélie : « Tu ne pourrais pas sauter par-dessus une paire de bottines ! » Marc a bien ri quand Mélie a dit qu'elle était grasse... Tant pis pour lui !

Elle résiste à la tentation de se venger. La honte et la colère lui brûlent les joues. Si Marc se levait, venait la prendre par les épaules, se penchait à son oreille et lui demandait pardon... alors, oui, elle donnerait sa confiance... jusqu'à la prochaine trahison. Or il ne bouge pas et la scrute sans tendresse.

— Non, dit-elle froidement.

Elle ne reconnaît pas sa voix. « Est-ce moi qui ai pu parler sur ce ton ? » Marc regarde à droite, à gauche, de tous côtés, comme un animal traqué, son visage se défait un peu plus.

Il lâche son souffle.

— Passez muscade !

Il se lève avec effort, en s'appuyant des mains sur la table. Angéline a une seconde d'espoir. S'il venait vers elle, s'il se penchait... Non, il lui tourne le dos, il s'en va. Il sort en laissant la porte ouverte derrière lui, il a l'air d'hésiter dans le couloir, il se décide. Il prend l'escalier.

Les filles l'entendent monter, elles se regardent. Mélie hausse les épaules, referme son cahier.

— Il va dans sa chambre.

Angéline approuve d'un signe de tête. Elle sent qu'elle a fait quelque chose de mal. Un vif dégoût d'elle-même lui prend le cœur. Mélie la guette. Elle voudrait être seule.

Elle range ses livres et ses cahiers, pour la dernière fois peut-être, sous le regard de sa cousine. Puis elle s'en va. Elle descend au jardin, passe devant les étables, dans l'espoir de croiser son père, mais ne le voit pas. Elle ne tient plus sur ses jambes.

Elle s'assoit sur le banc de la tonnelle, où fanent les dernières roses. Elle regarde le vent d'automne emporter les feuilles mortes par-dessus le mur, suit un vol d'oies sauvages filant au plafond du ciel, écoute tomber les appels rauques des oiseaux.

Mélie descend l'escalier à petits pas, en regardant ses pieds.

— Marc n'est pas dans sa chambre. Je... je vais voir...

Elle s'arrête devant la porte qui donne sur le chemin.

— Je vais le chercher. Je ne voudrais pas qu'il fasse une bêtise !

Angéline se lève, puis réfrène son impulsion de suivre Mélie. Elle n'a pas entendu Marc redescendre l'escalier. S'il est resté à l'étage, où peut-il être ? Intriguée, elle rentre. Au pied de l'escalier, elle entend une porte battre sous l'expir. On dirait la porte du grenier... Que peut-il faire au grenier ? Elle monte.

Elle s'arrête sur le palier du premier étage pour écouter. Qu'a dit Mélie en sortant ? « Je ne voudrais pas qu'il fasse une bêtise... » Mon Dieu, elle est folle ! Une bêtise, Marc ?

La porte du grenier bat de nouveau. « De toute façon, il faut que j'aille la fermer. » Angéline monte en s'accrochant à la rampe qui grince. La porte du grenier est grande ouverte. Elle la pousse, va pour s'éloigner. Le bruit... Oh ! ce n'est qu'un chat. Mais il vaut mieux regarder de près, pour en avoir le cœur net.

Elle tire la porte et avance dans une clarté grise, coupée de rayons obliques. Le grenier est divisé en deux pièces. Elle traverse la première, éclairée par des lucarnes qu'on a bouchées avec des morceaux de sac en jute, pour arrêter les oiseaux de nuit, tout en laissant passer l'air de l'expir. La deuxième pièce est plus claire, un des sacs a été arraché, ce qui fait une tache de lumière. La lucarne donne sur l'arrière de la maison, et une haute branche, balancée par le vent, vient fouetter à petits coups le cadre nu. La lumière papillonne sur le plancher, autour d'une casquette tombée. Angéline cligne des yeux. Marc ? Elle voit soudain cet imbécile campé sur une vieille malle recouverte en peau de sanglier, sous la poutre maîtresse, et il gesticule, un nœud coulant passé autour du cou.

— Marc, qu'est-ce que vous faites, au nom de Dieu ?

Dressé sur la pointe des pieds, les mains levées, il essaie

d'attacher le bout de la corde à un chevron. En voyant Angéline, il pousse un cri ridicule. Est-il fou ou seulement bête à pleurer ?

Elle se précipite pour le gifler. Voilà tout ce qu'il mérite.

Il saute à pieds joints sur le plancher et court vers la lucarne où il passe la tête et les épaules, comme s'il voulait sauter. « Mais, idiot, c'est assez haut pour te tuer ! » Elle le rejoint et le tire par le bras. « Non, non, va-t'en ! » Sa veste glisse et le gêne, Angéline le retient par son col de chemise. Il se débat encore.

— Tu m'étouffes !

— Tu es fou, Marc. *Tu es fou* !

Il sort de la lucarne, se relève, suant et poussiéreux. Elle est debout contre lui, ils se regardent, il la serre dans ses bras. Elle le repousse. Il l'embrasse sur les deux joues.

— Merci d'être venue.

— Laissez-moi !

Elle s'entend prononcer les mots et pense le contraire. Marc enfile sa veste, s'essuie la figure avec son mouchoir.

— Je suis un âne, dit-il avec conviction.

Angéline tremble, la réaction lui vient, elle voudrait se retenir à Marc, il s'écarte, secoue sa veste, recule vers la porte.

— Je rentre chez moi. Il est bien temps !

Elle vacille, s'appuie au mur.

— Ne partez pas, Marc. Je vous...

Elle a voulu dire : « Je vous crois, j'ai confiance en vous... » Ou autre chose, elle ne sait pas. Elle le poursuit dans le grenier.

— Attendez-moi, s'il vous plaît.

Elle se cogne le front à une poutre, tombe à quatre pattes. Elle entend Marc dévaler l'escalier et s'évanouit.

12.

Mélie range avec soin ses livres et ses cahiers.

— Il est parti, et après ? Bon débarras !

Angéline regarde sa cousine bouche bée.

— Mais tu... tu ne l'aimais pas ?

— Je ne l'aimais pas comme une fille aime un garçon, si c'est ce que tu veux dire. Il est bien trop vieux pour moi et, puis ce n'est qu'un gringalet, ton petit tonton. Moi, j'aime les hommes grands et forts, comme mon cousin Romain Lajarlaud, tiens !

— Et les études, c'est fini, on arrête ?

Mélie a une moue de mépris.

— Oh ! ma *blonde*, les études, ce n'était plus qu'un semblant. Tiens, ton père va économiser cinq cents francs par mois. C'est ce qu'il donnait à Marc, hein ? Si on lui en demandait la moitié chacune ? On est assez vieilles pour avoir des sous de poche !

Angéline s'enferme dans sa chambre, se regarde longuement à la glace. « Je ne suis pas vilaine, mais je ne peux sauter les barrières que dans mes rêves... Et à côté de la jolie et accorte Mélie, je fais un peu bonne femme. Hein, ma *blonde* ? Tu ne vas pas jouer à croire que Marc avait le béguin pour toi ! Il lui faut une fille piquante, facile, jolie comme un cœur et pourrie de chic. Une Madrilène, une Italienne, une tendre almée ou, bien sûr, une cocotte de Paris ! »

Grand Faustine est partie à Limoges en hâte. Delphine se frotte les mains. Elle se voit patronne de Mauval pour longtemps.

Joseph se tait, errant dans la maison, le goût à rien. Angéline croise son regard triste, il baisse les yeux, l'air de dire : « Tout est de ma faute. » Elle lui prend le bras, lui caresse la joue.

— Pas de nouvelles des gabelous ?

Il soupire, hoche la tête.

— Oh ! les gabelous, c'était une rumeur, un racontar, une malice. Ce qu'il y a de sûr, c'est que les gendarmes sont allés voir le curé au sujet d'un vagabond qu'ils poursuivaient et qui avait peut-être passé une nuit à la cure. Voilà tout.

— Alors, ils ne cherchent plus l'or ?

— S'ils l'ont jamais cherché... Je crois bien qu'on a lancé cette rumeur pour nous pousser à sortir le trésor de nos caves !

— Vous soupçonnez...

— Je soupçonne les gens, le notaire. Tout le monde et son père !

Quelques jours plus tard, arrive une lettre de Limoges.

« À Monsieur Joseph Manin et Mesdemoiselles Angéline et Amélie... » Les filles ont tout de suite reconnu l'écriture de Marc.

Je vous remercie, cher Joseph, chères nièces, pour ces belles, si belles années, passées près de vous. Je m'en souviendrai avec joie et reconnaissance quand je serai prêtre. Il fallait bien que je me choisisse un état, n'est-ce pas, à mon âge, et sans savoir rien faire de mes dix doigts ! J'ai décidé de rejoindre les autres, *après avoir longtemps, trop longtemps hésité entre l'amour humain et l'amour de Jésus-Christ. Mes frères m'ont accueilli avec bonté, ils ont pour notre mère les sentiments de charité les plus chrétiens. Ensemble, nous la protègerons. Et comme je viens de le lui dire, elle n'a plus de soucis à avoir pour son avenir.*

A vous, mes très chers, je demande pardon du mal que j'ai pu vous faire...

Un jour de pluie, fin octobre, quelques minutes avant midi, grand Faustine arrête Malgache dans le chemin, descend de voiture, un parapluie à une main, un grand sac noir à l'autre, pousse la porte du jardin et appelle les filles. Les chiens aboient, les oies cacardent, le cou levé. Angéline sort sous l'auvent. Elle aperçoit sa grand-mère au pied de l'escalier et lui crie de monter.

La grand pose son sac dans une flaque, balance son parapluie.

— Non, je ne monterai pas une seule marche sans la permission de ton père. Va le chercher !

Angéline alerte Delphine, Mélie, Roussine. Tout le monde court après Joseph qui est introuvable. Grand Faustine attend toujours, sous la pluie battante. Angéline la supplie de monter à l'abri de l'auvent. Mais la grand reste au pied de l'escalier.

— Pas une marche, tu entends ? Pas une marche !

Elle drogue là, stoïque, un long moment. La pluie tambourine sur les tuiles et ruisselle sur les pavés de grès qui bordent la cour. Les feuillages des ormeaux s'égouttent pesamment.

Joseph remonte de la cave, les filles et la servante lui cornent la nouvelle aux oreilles. Il hoche la tête, lève une main.

— Calmez-vous toutes. Y a pas de mal !

Il descend à la rencontre de sa mère, sa casquette sur les yeux.

— Alors, vous êtes revenue ?

— Je suis venue te demander s'il y a une place pour moi dans ta maison. Je ne veux rien de plus : une place.

— Venez toujours vous mettre à l'abri. On parlera.

— Je ne veux pas me mettre à l'abri. Je veux savoir si je peux vivre avec vous, maintenant que Marc a rejoint ses frères.

Joseph essaie de l'entraîner dans l'escalier, elle résiste.

— Ma mère aurait peut-être mieux fait de me conduire au camp des bohémiens plutôt que dans cette maison ! Mais le mal est fait. Va discuter avec ta servante et ta fille. Va... Je t'attends.

Joseph remonte. Les filles et Delphine l'attendent à la porte.

— La grand veut revenir habiter avec nous ?

Delphine tire sur le nœud de son tablier.

— Je pars tout de suite, si vous voulez.

— Ne te fâche pas, on peut s'entendre. Amélie, Angéline...

— Moi, je m'en fous, dit Mélie. Un jour, je partirai aussi.

Angéline se tait. Cette fois, c'est à elle de régler l'affaire. Elle ne sait trop si son père veut seulement son avis ou s'il souhaite se défausser sur elle d'une résolution qu'il n'est pas capable de prendre. Elle regarde Delphine. La servante serre les poings dans la poche de son *devantier*.

— J'obéirai jamais à cette femme !

— C'est promis. Tu obéiras à mon père, puis à moi quand j'aurai seize ans. Tu veux bien ?

Elle a parlé avec une assurance toute nouvelle. Sa cousine la regarde, sourcils froncés, et Delphine baisse les yeux en grommelant. Angéline se tourne vers son père.

— Qu'elle vienne. Elle a sa place avec nous.

Joseph approuve d'un signe. Il appelle sa mère depuis l'auvent. Elle lève la tête, son parapluie à demi retourné, giflée par la pluie, sa robe ruisselante. Elle tape du pied dans la boue, mais refuse de bouger. Angéline bouscule son père et descend, coiffée d'un chapeau de feutre d'homme, rejoint sa grand sous l'averse ruisselante et lui prend le bras fermement.

— Montez, grand Faustine. Je suis contente que vous soyez revenue. Vous êtes chez vous ici.

La grand résiste.

— Ne me bouscule pas, ma fille. Trente ans que je suis partie ! Mon Dieu, est-ce que la source souffle toujours ?

Angéline baisse le bord de son chapeau sur son front.

— Oui, elle souffle toujours.

— L'expir... Angéline, je veux une promesse avant de rentrer dans cette maison !

— Quelle promesse ?

— Si un jour je te gêne, quand tu seras grande, tu me chasseras.

Angéline serre plus fort le bras de sa grand, empoigne son sac.

— Alors, vous irez chez les bohémiens ? Promis, je vous vendrai au chef des romanos pour une poignée de pièces. En attendant, venez vous sécher et puis vous nous en chanterez une !

L'appel des grues, invisibles dans le ciel bouché, tombe de loin en loin, grêle, assourdi, mystérieux, complainte de l'hiver qui vient. La grand se retourne une seconde, lève la tête et frissonne.

Elle a cinquante-cinq ans. On lui en donnerait cinquante aussi bien que soixante-cinq... Elle marche à petits pas silencieux, sans but et sans hâte, dans les couloirs, dans le jardin ou les sentiers autour de la maison. Elle fredonne de vieilles scies. Elle cherche la lumière, le soleil, mais se réfugie dans l'ombre dès qu'elle se sent observée. Toujours droite, toujours mince, elle s'habille de laine grise ou bleu marine, ne porte plus aucun bijou, même pas une bague, mais elle sort souvent une montre en or de la poche de sa robe ou de son manteau, et la regarde d'un air absent. Ses cheveux gris disparaissent plus qu'aux trois quarts sous un fichu, qu'elle noue à son menton. Elle porte désormais les mêmes vêtements, le même châle, jusqu'au plein été.

Elle participe peu aux travaux du ménage, mais s'occupe complètement de sa chambre où elle seule pénètre. Et quand Delphine et Angéline, avec parfois l'aide de Mélie, entament ce qu'elles appellent un « grand nettoyage », traquant la poussière avec un plumeau et les araignées avec une tête-de-loup, elle les accompagne et les aide en évitant de se pencher. Elle donne quelquefois à manger aux poules, va lever les œufs au poulailler. Elle se tient droite sans fléchir les reins. On ne la voit plus jamais se pencher. Elle a, depuis l'entrée de Marc au séminaire, une grave raideur de la colonne vertébrale.

Elle arrive à la salle à manger à l'heure dite, car on ne déjeune plus à la cuisine, et elle a appris l'exactitude à l'insouciante et indolente Mélie. Elle approche un instant son dos souffrant du foyer ou du poêle, même quand il n'y a pas de feu, puis elle s'assoit à sa place, et sa raideur lui donne un air solennel. Elle regarde chacun des autres avec un petit sourire triste puis elle tire gravement sa serviette du rond.

Sa vie va se dérouler ainsi, pendant vingt ans, en rituels et gestes immuables. Elle ne se met un tout petit peu en frais que pour l'abbé Peytahout et parle avec lui des affaires de l'Église, du sacerdoce, de la Séparation.

— Il est bien plaisant de pouvoir causer, de temps en temps, dit-elle, avec un jeune homme cultivé et instruit, comme vous.

L'abbé Peytahout n'est plus jeune et il n'est guère instruit, mais il rougit chaque fois de plaisir à ce compliment immérité. Et il frotte l'une contre l'autre ses grosses mains oisives, faites pour le manchon de la charrue.

Parfois, grand Faustine adresse un signe de complicité à une des filles, plus souvent Mélie qu'Angéline, comme si elles partageaient un vieux et doux secret. Elle les scrute longuement avec un sourire mélancolique et tendre.

— Joseph, dit-elle à son fils, soyez indulgents pour ces enfants.

C'est beaucoup plus tard, pendant la guerre et après, qu'elle racontera par bribes, longuement, sa jeunesse et toute sa vie à sa petite-fille, devenue jeune femme.

Dans tous les domaines qui échappent à Delphine, l'autorité d'Angéline grandit. Par paresse, Mélie a choisi de garder ses avantages de petite fille et se mêle rarement de commander ou de décider. Elle règne à sa façon, par piques, moqueries, n'en fait jamais qu'à sa tête.

Angéline supporte sans broncher les enfantillages de sa cousine et l'oblige, à force de patience, au sérieux et à l'effort. Elle veille sur son père pour l'empêcher de boire, et, après six mois d'attention constante, elle peut chanter victoire : Joseph a presque cessé de fréquenter le Bœuf limousin et on ne le voit plus jamais ivre. Il se rengorge naïvement de sa sobriété.

— Je me garde à carreau, bon pied, bon œil, pour entrer dans l'artillerie quand la guerre éclatera !

Angéline le cajole comme un enfant.

— Vous serez officier, je le sens. Mais rien ne presse.

Elle se fâche pourtant quand les hommes parlent de vendre l'Étoile au boucher. Sa vache est vieille, maintenant, quinze ans peut-être. Elle a perdu l'habitude de porter le joug, son dernier veau était si malingre et mal nourri qu'il a presque fallu le donner. C'est une bouche de trop à l'étable. Joseph n'est pas chiche, mais Roussine le pousse.

— Cette pauvre bête a fait son temps, en plus qu'elle a jamais rien valu. Si on tarde un peu, on n'en tirera pas cent francs.

Delphine, qui ne manque guère une occasion de contrarier son mari, prévient Angéline, l'air de rien.

— Pauvre petite, je crois bien que Roussine veut donner ton Étoile au boucher. Et Monsieur Joseph ne dit pas le contraire !

Le soir, à la fin du repas, pour imiter son père, Angéline repousse son assiette et joint les mains sur le rebord de la table.

— J'ai décidé qu'on garderait l'Étoile jusqu'à sa belle mort !

Elle a rougi, craignant une algarade. Mais elle souhaite en secret que son père résiste, s'oppose, se fâche un peu. Elle pourrait mieux entraîner ses jeunes forces... Mélie pouffe derrière sa main. Joseph ne résiste pas, ne s'oppose ni ne se fâche. Il hoche la tête d'un air pensif.

— J'ai acheté l'Étoile pour toi, ma douce. Si je la vendais, j'aurais bien trop peur que tu partes !

Angéline se tait. Elle ne peut savourer cette facile victoire, qui lui laisse un goût amer au fond de la bouche.

Depuis des mois, on ne parle plus de l'or. Les gendarmes ne sont pas venus à Mauval, les gabelous encore moins. Y a-t-il eu seulement une enquête de la préfecture ? Pourtant, Joseph paraît toujours inquiet. Angéline le voit souvent descendre à la cave avec son gros falot. Elle le suit une fois pour s'assurer qu'il ne boit pas en cachette. Il a acheté une paire de bottes cuissardes, qu'il enfile pour patauger dans le bassin et à la rivière. Il a repris l'inventaire du trésor. Angéline s'attend dès lors à l'annonce d'un nouveau projet.

Qu'il fasse joujou avec son or, elle ne s'en mêlera pas.

Un soir, il considère les filles l'une après l'autre, une drôle de flamme dans les yeux.

— J'ai découvert un nouveau renfoncement de la source, une espèce de trou rempli de *cailloux* presque à ras bord !

Mélie le scrute, sourcils froncés.

— Rempli de cailloux ?

Joseph éclate de rire.

— Je crois qu'il y a un bon quintal d'or, d'argent et de pièces. Un quintal métrique, cent kilos... grosso modo. Mère, si on reparlait de votre idée d'un don à l'Église ?

La grand émiette un morceau de pain.

— Ce n'est pas mon idée, mais la tienne. L'Église m'a pris cinq de mes six enfants. Je préférerais te voir jeter l'or sur les chemins que d'en faire cadeau à l'évêque !

Joseph appuie son menton sur ses mains jointes.

— Bien. Ils n'auront pas une pièce. Et le Bon-Pasteur ?

La grand hausse les épaules.

— Je n'y songe plus. Les filles perdues n'ont qu'à courir !

— Angéline ? Mélie ?

Mélie regarde Joseph dans les yeux, rougit, bat des cils.

— Si vous gardez tout le trésor, on aura une plus grosse dot ?

— Pourquoi pas ? Mais je dois respecter le vœu de mon grand-père et de Charles Lajarlaud. Une part du trésor sera toujours réservée à une bonne cause, je n'en démordrai pas.

Mélie prend son air d'ingénue.

— L'emprunt russe, c'est une bonne cause ?

Joseph se pince le nez entre le pouce et l'index.

— On peut le dire. S'ils sont assez forts, nos amis russes nous aideront à reprendre l'Alsace et la Lorraine. Angéline ?

Angéline réfléchit. Depuis la promesse faite à Ida, elle s'est attachée au trésor et à la source qui l'abrite.

— Placer l'or au notaire, ça serait comme arracher les pierres des murs pour les vendre à un maçon !

L'émotion lui serre la gorge. Les autres la regardent, interdits, les yeux ronds. Elle frotte doucement ses lèvres.

— Mais le jour où il se passera quelque chose de grave...

Elle baisse la tête, la langue nouée, et se force pour finir.

— Je crois qu'on pourra tout prendre !

La voix de Mélie, pointue et acide, coupe le silence.

— Ma dot, on pourra la prendre ?

— Trouve vite un fiancé et tu verras !

Joseph frappe du poing sur la table.

— Elle a raison, bon Dieu. Le notaire n'aura pas notre or !

CINQUIÈME PARTIE

1.

Angéline Manin au père Marc Thouron
Mission française, Bangui. Afrique-Équatoriale.

Mauval, samedi saint 11 avril 1914.

Mon père et cher Marc,

Ou dois-je dire oncle Marc? Comme j'ai été heureuse quand j'ai appris votre départ, il y a maintenant presque deux ans. Vous savoir si loin me serrait un peu le cœur, mais je ne vous voyais pas en curé de campagne dans un village du Limousin ! Les colonies, vous auriez aimé les visiter, je me souviens, pendant votre régiment. Vous avez pris votre revanche en vous fixant dans une des régions les plus sauvages d'Afrique, au bord de cette rivière encore si mystérieuse, l'Oubangui...

J'espère que vous êtes en bonne santé et heureux.

Je ne sais pas ce que votre mère vous a raconté de notre vie. Je la vois souvent vous écrire, mais elle ne poste guère de courrier. Tant pis, je vais vous résumer à ma façon les derniers événements, j'ai le temps aujourd'hui, ça m'arrive bien rarement. Ce n'est pas que Mélie travaillait beaucoup, mais le peu qu'elle faisait m'incombe maintenant, et Delphine commence à se faire vieille. Enfin, et surtout, il y a le bébé !

Mais que je commence par le commencement !

Les fiançailles de Mélie avec son cousin Romain Lajarlaud ne nous ont pas trop surpris. Romain est parti chercher fortune à Paris, dans le commerce, sitôt après son régiment. Il revenait à Exeïdious, et à Mauval, au moins une fois par an, et même deux. Il n'oubliait pas la jolie petite

Mélie... Pourtant, nous avons eu une période terrible, de deux ans et demi, 1908 à 1910, où on ne l'a pour ainsi dire plus revu. Mélie allait sur ses vingt ans, elle était folle. Elle s'est mise à chercher un autre galant, mais les paysans ne voulaient pas d'une demoiselle aux mains blanches, et le notaire ne lui proposait que des vieux riches. Même les coureurs de dot ne croyaient pas à l'or de Mauval. Enfin, Romain est rentré un beau jour avec un costume de bourgeois. Il a abordé mon père toutes affaires cessantes en ajustant sa cravate. « Je suis venu vous demander la main de Mélie ! — A moi ? Mais je ne suis pas son père. — Tant pis, vous me la donnez ? — De grand cœur. — Merci bien, mais je vous préviens, je ne veux pas de sa dot. Gardez votre or, je n'en démordrai pas ! » Mélie enrageait. Elle y tenait, à sa dot, elle. Mais elle tenait encore plus à son cousin...

Et puis mon père lui a joliment garni sa bourse quand les jeunes mariés sont repartis pour Paris. Il lui a même remis (je vous le dis en confidence) un titre de rente de dix mille francs, signé du notaire, et donnant trois cents francs par an, tout ça à l'insu de son mari, qui serait monté sur ses grands chevaux s'il l'avait appris.

Je me disais : Paris, la grande ville avec ses spectacles, ses plaisirs, le commerce et tout, on n'est pas près de les revoir à Saint-Priest. Je me trompais. Ils se sont mariés à la fin de 1910. Mélie est revenue à Mauval en juin 1911, étant grosse, pour avoir son bébé ici. Le nouveau docteur de Châlus n'est pas venu moins de quatre fois jusqu'à la naissance de l'enfant, qui est un gros et beau garçon, nommé Simon.

Quand il a eu deux mois, sa mère est repartie avec lui, parce que Romain se caillait le sang, tout seul à Paris. Je me suis dit : regarde bien ce petit, tu ne le verras plus avant sa communion. Je me trompais encore. Dès le printemps 1912, ils ont débarqué chez nous, la mère et l'enfant, parce que le père n'avait pas le temps à cause de son commerce café-charbon. Mélie était toujours aussi jolie, mais beaucoup mieux habillée, trop bien habillée, même, pour la campagne. Un peu « cocotte de Paris », quoi, sauf votre respect. Elle est restée deux jours et m'a demandé si je pouvais lui garder Simon quelques semaines. Ou enfin quelques mois... Elle n'avait pas le temps de s'en occuper et guère confiance dans les bonnes d'enfants qu'on trouve à Paris. J'ai accepté tout de suite. J'aime ce bébé comme si c'était le mien, et, vous savez, c'est sans doute le seul que j'aurai jamais. Je crois que Mélie avait un plan et, si c'est bien ce que je pense, il m'agrée tout à fait. Elle est persuadée que je ne me marierai pas. Je vais bientôt coiffer sainte Catherine, et j'ai mieux à faire que de prendre époux... Elle m'a donc confié son aîné pour qu'il soit l'héritier de Mauval. Dommage qu'il s'appelle Lajarlaud et pas Manin. Mais si j'avais eu un fils de mon mari, il ne s'appellerait pas Manin non plus.

N'importe. Le petit Simon est près de moi, je ne suis plus seule, et j'espère bien que Mélie me le laissera pour toujours. Il tourne maintenant autour de la table où j'écris. « Quoi t'écris, tantine ? » Je suis pour lui « tantine Lili », comme la pauvre Ida était pour moi « tante Ida ». J'ai hérité de l'emploi !

Je suppose que grand Faustine vous parle d'elle dans ses lettres. Elle s'occupe fort bien de gagner son paradis. Elle est parfaite, au point qu'on l'oublie. Moi, je regrette quand même le temps où elle nous chantait Paimpol et sa falaise. Enfin, il me semble qu'elle est en bonne santé, et c'est l'essentiel. Mon père va bien aussi, il est sobre comme un chameau d'Oubangui (non, les chameaux, c'est plus au nord, au Sahara, ou en Asie ?). Il arpente douze ou quinze kilomètres tous les jours, à travers champs et bois, pour fortifier sa trempe. Il songe à s'engager dans l'infanterie de marine, son ancien corps, si la guerre éclate. Mais il a quarante-cinq ans, si la guerre tarde encore, il sera trop vieux. Et même si elle éclatait bientôt, elle serait très brève, et il n'aurait pas le temps de rejoindre les jeunes !

Vous ne me demandez pas des nouvelles du trésor ? Je vous rassure, il n'a pas bougé de la cave, il attend la grande cause patriotique qui finira bien par se présenter un jour !

Priez pour nous, mon père, et que Dieu vous garde.

Angéline Manin au père Marc Thouron
Douala. Cameroun français.

Mauval, le 10 août 1922.

Mon père et cher Marc,

Comme vous savez, papa est resté presque aveugle à la suite de sa blessure à la tête, en juillet 1918. Il a donc fait toute la guerre, à quatre mois près, bien qu'il ait eu aussi un poumon abîmé par les gaz, en juin 1916. Il ne peut pas conduire le cheval, ni même marcher seul. Heureusement, il a Simon, son « petit-fils », comme il l'appelle, qui lui sert de guide et de cocher. Ils sont partis tous les deux avec Malgache (qui n'est pas, bien sûr, le Malgache de votre mère, pris à la réquisition en 1914). Vous me croirez si vous voulez, ils vont au pèlerinage annuel du mont Gargan, qui a lieu dimanche prochain ! Ils comptent faire les cent kilomètres en trois jours. Pour mon petit Simon, c'est une grande aventure, et je crois qu'il s'en tirera bien. Il est adroit, sérieux, malin : bientôt, ce sera lui l'homme de la maison. Papa va faire ses dévotions à Notre-Dame de Bon-Secours et boire l'eau de la bonne-fontaine, réputée pour les maladies des yeux. Il profitera du voyage pour raconter une nouvelle fois la guerre à son « petit-fils » !

Votre mère est toujours solide comme un roc, à soixante et onze ans. Plus solide même que Delphine, qui en a cinquante-neuf et qui est bien fatiguée. Comme votre mère a dû vous le dire, Roussine nous a quittés l'an dernier. Il était malade depuis plusieurs années, et la grippe espagnole, qu'il avait contractée en 1919, l'a encore affaibli. C'est Adrien Mesnieux, pas jeune lui non plus (il a largement passé la cinquantaine), qui est notre maître valet, depuis les premiers mois de la guerre. Il n'a pas été mobilisé, vu son âge, et il est venu nous proposer ses services dès le départ de papa. Je ne sais pas comment nous nous serions débrouillées pendant la guerre sans son aide. Il paraît toujours souffreteux, si vous vous souvenez, et près de tomber sous le poids de l'âge et des misères, mais il tient bon et il abat le travail d'un homme de trente ans, et même un peu plus. J'espère qu'il gardera force et santé quelques années encore, jusqu'à ce que notre Simon prenne la relève.

Encore des nouvelles de la famille (pas très bonnes, celles-là). Après la mort de son mari (le sergent Romain Lajarlaud a été tué aux Éparges en 1915), Mélie a cessé de venir à Mauval. Nous ne connaissons même pas sa fille, née en 1913. Pendant la guerre, ça se comprenait un peu, elle remplaçait son mari comme bien des femmes, elle n'avait pas le temps de voyager, et les transports n'étaient pas faciles. Je lui ai même écrit, en 1916, pour lui proposer de prendre sa petite pour quelque temps. Elle ne m'a jamais répondu, elle n'a peut-être pas reçu ma lettre. Par des permissionnaires, nous avons eu de mauvais renseignements sur sa conduite, mais nous n'y croyions qu'à moitié. Les gens sont si méchants. Cette affaire n'a pas arrangé la santé d'esprit de sa mère. La pauvre Apolline est maintenant tout à fait dérangée, et c'est à peine si elle peut se suffire. Et puis cette année, on a eu confirmation, de source sûre, que Mélie a jeté son bonnet par-dessus les moulins, qu'elle fait la noce et mène une vie de bâton de chaise. Elle est en ménage avec un mauvais garçon, et ils tiennent ensemble, à Paris, une espèce de vilain boui-boui (qui gagne beaucoup d'argent). Je crois qu'elle a toujours eu l'intention de faire la vie et qu'elle nous a laissé Simon pour cette raison. Je me réjouis pour notre garçon, qui aura une existence saine et qui sera riche, puisqu'il recevra la dot de sa mère et la mienne et qu'il héritera de la maison et du domaine.

Le trésor est intact. Bien entendu, nous en garderons la moitié pour une cause patriotique, ainsi que mon arrière-grand-père l'a voulu. Au tout début de la guerre, pendant la bataille de la Marne, mon père nous a écrit une lettre qu'il a fait poster à Paris, pour éviter le vaguemestre et la censure. Il disait ceci : « Notre gouvernement est parti à Bordeaux, les Allemands vont envahir la plus grande partie de la France, mais les patriotes continueront la guerre dans le Massif central, les Alpes et les Pyrénées. L'argent manquera pour les vivres et les munitions. Si je ne reviens pas, vous donnerez la moitié de notre or à un chef militaire important, au moins colonel, ou alors un préfet, contre reçu du Comité de salut public. » Rien de tout cela n'est arrivé, grâce à Dieu. En permission, papa a quand même insisté. « La France n'est pas à l'abri d'un grand malheur, je n'ai aucune confiance dans le gouvernement ni en nos généraux. Ne rendez jamais l'or à aucune réquisition, sauf dans le cas que je vous ai dit... » Maintenant, la France est victorieuse, c'est à l'Allemagne de payer, et il n'y aura plus jamais la guerre. C'est peut-être aux colonies qu'on trouverait le meilleur usage patriotique de l'or. Je vous pose la question, vous êtes bien placé pour savoir. Par exemple, des grands travaux, un chemin de fer, un hôpital pour les nègres...

En attendant, l'or reste dans nos caves et il faut le garder. On voit encore plus qu'avant-guerre des trimardeurs, des boit-sans-soif, des gouapes de tout acabit. Nous avons trois chiens et des armes. J'ai fait une folie : je me suis payé à la Manufacture de Saint-Étienne une carabine

Rival de quatre cents francs, cinq balles de 8 mm, portée utile trois cents mètres. C'est une arme pour chasser les grands fauves. Je voulais me rassurer, maintenant c'est la carabine qui me fait peur! Comme dit Simon, il vaudrait mieux pour défendre le trésor un pistolet de poche à répétition automatique! Je ne me servirai jamais de la carabine, Simon lorgne dessus, mais il est trop jeune, et c'est une arme trop dangereuse. Si vous acceptez, je serais heureuse de vous l'offrir et je vous l'enverrais pour vous défendre contre les lions, les crocodiles et les rhinocéros, quand vous allez dans la brousse ou la forêt vierge.

Je joins à cette lettre une photographie où je suis avec Simon, vous verrez quel beau garçon c'est. Je n'ai pas de photo de lui tout seul, mais j'en ferai faire une pour sa communion, l'an prochain et je vous l'enverrai. J'ajoute, parce que ça ne se voit pas sur la photo, qu'il est brun aux yeux bleus. Il ressemble tant à sa mère. Priez pour elle, et pour lui, s'il vous plaît, mon père.

P. S. J'ai trente-deux ans, je suppose que ça se voit!

Père Marc Thouron à Angéline Manin

Franceville (Congo français), le 15.10.22.

Chère Angéline,

Ton offre m'a touché. C'est avec joie que j'accepte la carabine Rival : une arme très appréciée ici par les colons et les chasseurs. Comme tu vois, j'ai quitté le Cameroun et la côte. Je me trouve maintenant assez profondément dans l'intérieur du Congo. Ce n'est pas le pays des lions, mais les fauves ne manquent pas, non plus que les crocodiles et les serpents. Il y a aussi les sauvages, qui ne reconnaissent ni le Seigneur ni la France, sans parler de ton serviteur. Il m'arrive de regretter les paisibles bois d'Exeïdious et Mauval, la clairière des bohémiens et les prés de la Plaine. Mon service dans les secrétaires d'état-major ne m'avait pas préparé à cette vie, mais j'ai eu le temps de m'aguerrir, au sens vrai du mot, pendant quatre ans, comme aumônier au 5e chasseurs d'Afrique. Tout cela pour dire que ta carabine sera la bienvenue et que je saurai m'en servir, prudemment et, j'espère, sans trop de maladresse.

Que puis-je te répondre pour l'or de Mauval? On construit des chemins de fer en Afrique-Équatoriale, beaucoup même. Et il faut dire que bien des malheureux nègres laissent leur santé ou leur vie sur ces terribles chantiers. En tout cas, les capitaux abondent, et je ne crois pas qu'il vaille la peine de sacrifier une seule pièce d'or à l'idole Locomotive !

L'hôpital pour les nègres est une idée belle et généreuse. On n'en a jamais assez. Toutefois, je me demande comment cela pourrait se faire, en pratique. Je crois qu'il faudrait passer sous les fourches Caudines de l'administration ou de l'Église — et peut-être les deux. Il faudrait aussi que ton père en soit d'accord. Je vais me renseigner du côté des Missions. L'idéal serait que tu viennes voir sur place comment organiser l'affaire. Peut-être le pourras-tu quand Simon sera un homme ? A ce moment, il assurera la garde de l'or et la conduite du domaine. Tu seras libre et il ne faudra pas hésiter à dépenser une (petite) partie de tes richesses pour un voyage en Afrique. Je serais heureux, ma chère nièce, de t'accueillir à Brazzaville, capitale de l'A.-É. F.

C'est vrai que Simon est un bien beau gars. On se rend compte sur la photo qu'il ressemble à sa maman. Tu es aussi, Angéline, une fort belle femme.

Angéline Manin au père Marc Thouron
Franceville, Congo.

Mauval, le 2 juin 1927.

Mon père et cher Marc,

J'ai le terrible devoir de vous faire connaître le décès de votre mère, ma très chère grand, décédée avant-hier, le 31 mai 1927, de mort subite. Ses dernières paroles ont été pour vous.

Elle espérait tant vous revoir.

Angéline Manin au père Marc Thouron
Fort-Lamy, Territoire du Tchad.

Mauval, le 22 mai 1931

Mon père et cher Marc,

Je vous fais part de la mort de papa, survenue à la suite d'une courte et douloureuse maladie, le 10 mai 1931.

Comme ces dernières années nous avons perdu les Roussine, l'un après l'autre, nous ne sommes plus que trois à Mauval, Simon, Adrien Mesnieux et moi. Adrien Mesnieux a soixante et onze ans, il est en pleine force, et il travaille avec les journaliers. Mais c'est un vieil homme taciturne et guère une compagnie pour moi. Simon va partir au régiment, je serai quasiment seule pour de longs mois. Je ne veux pas prendre une servante à demeure, on ne sait jamais sur qui on tombe, et l'or est toujours dans nos caves. J'ai aussi près de deux cents volailles à la basse-cour. Une fille Lajarlaud vient m'aider trois jours par semaine.

N'envisagez-vous pas de passer quelques mois en France, pour votre santé ? Si oui, n'omettez pas de me rendre visite. Je peux vous héberger quelque temps. Quand je pense que vous n'êtes jamais revenu à Mauval depuis cette terrible journée de 1906 !

Angéline Manin au père Marc Thouron
Fort-Lamy, Territoire du Tchad.

Mauval, le 4 janvier 1936

Mon père et cher Marc,

Il y a bien longtemps que je ne vous ai donné de mes nouvelles, ni que je n'ai eu des vôtres. C'est que nous vieillissons. J'aurai bientôt quarante-six ans, et vous devez approcher cinquante-sept. Je suppose que vous rentrerez en France pour votre retraite. Pourquoi ne viendriez-vous pas habiter ici ? Il y a de la place pour quatre, et même cinq quand Simon se mariera. Et puis nous ferons des travaux.

Simon a vingt-cinq ans. L'adulte tient les promesses de l'enfant et du jeune homme. Il est en bonne santé, très fort physiquement, et d'une rare intelligence. Je n'ajoute même pas qu'il est bon avec moi. Nous nous entendons à merveille. Il restera à Mauval avec sa femme et ses enfants. Mais il est très jeune et pas pressé de se marier.

Je suis aussi heureuse qu'on puisse l'être en ce bas monde. Je crois que nous avons eu, vous et moi, chacun de son côté, la meilleure vie possible. Ce serait bon de se retrouver enfin, après si longtemps, pour se raconter tout ce qu'on a vécu !

Père Marc Thouron à Angéline Manin
Brazzaville (Congo français), le 10 décembre 1938.

Ma chère Angéline,

Pardonne-moi de n'avoir pas répondu à ta dernière lettre, qui contenait l'aimable proposition de m'accueillir à Mauval pour ma retraite. Oui, je vais avoir soixante ans, et il me faut bien commencer à songer au retour... Mais les nouvelles d'Europe sont si mauvaises, et je suis tellement attaché à l'Afrique ! D'un autre côté, je voudrais bien revoir la France, mon Limousin, ton Mauval. Comme tu dis, il serait si bon de se retrouver une dernière fois pour se raconter souvenirs et regrets !

Mais peut-être vaut-il mieux ne pas trop remuer le passé. J'ai toujours cette photo de toi, avec Simon enfant, datant de 1922. Tu apparais dans tout l'éclat de ta maturité — la femme de trente ans, chère à Balzac... — et c'est ainsi que je te verrai jusqu'à la fin de ma vie. C'est l'image de toi que j'emporterai.

Angéline, je suis maintenant un vieil homme, marqué par l'âge, la fatigue, le climat et tant d'espérances déçues. Je n'aimerais pas que tu me voies ainsi.

2.

Angéline Manin au père Marc Thouron.
Brazzaville.

Mauval, le 10 juin 1940.

Mon père et cher Marc,

Je n'ai plus que vous à qui confier ma peine, mon angoisse. Je vous écris ce mot en hâte. Je vous supplie de prier pour Simon, dont je suis sans nouvelles depuis un mois et demi. Oh, priez, priez, je suis sûre que Dieu vous entendra, et qu'il me reviendra bientôt !

Angéline Manin au père Marc Thouron.
Brazzaville.

Mauval, le 2 septembre 1940

Mon père et cher Marc,

Simon est prisonnier... Merci, mon Dieu, j'ai eu si peur ! On nous a promis que les prisonniers, au moins les agriculteurs, rentreraient avant la fin de l'année. Ma reconnaissance est acquise au Maréchal pour l'éternité.

Angéline Manin au père Marc Thouron.
Brazzaville.

Mauval, le 24 décembre 1941.

Mon père et cher Marc,

Je veux partager mon bonheur de Noël avec vous ! Il est là. *Il est arrivé un soir, sans avertir. Il a tiré la cloche à la porte du jardin, les chiens lui ont fait fête. Il m'a embrassée sans un mot, puis il a serré*

Adrien Mesnieux dans ses bras. « Je me suis dépêché pour te voir, Adrien. Si je t'avais su aussi solide, je serais resté encore quelque temps là-bas, j'étais si bien ! » Il n'a pas changé ! Amaigri, mais en bonne santé... Quelques jours après, il m'a demandé si le trésor était toujours là. « Parce que je crois qu'il pourrait servir bientôt ! »

Angéline Manin au père Marc Thouron.

Mauval, le 24 décembre 1942.

Mon père et cher Marc,

Trop tard pour vous souhaiter un joyeux Noël, et même pour la bonne année, c'est un peu juste. Je sais que le courrier ordinaire passe difficilement vers l'A.-É.F., et je vous envoie cette lettre par une filière spéciale. On dit que vous êtes tous gaullistes à Brazzaville... mais je ne parlerai pas de politique, une lettre peut toujours tomber en de mauvaises mains.

Depuis l'invasion de la zone libre, nous nous inquiétons pour nos quelques pièces d'or... Vous voyez ce que je veux dire. Mais la « grande cause » attendue depuis si longtemps est peut-être en vue. Si vous pouvez m'écrire, dites-moi ce que vous en pensez.

J'espère que la guerre finira bientôt et que vous nous rejoindrez dès la libération, pour votre retraite ou de longues, longues vacances. Je veux vous revoir, Marc. Je le désire plus que tout au monde. Je me fiche complètement que vous soyez un « vieil homme marqué par l'âge, la fatigue », etc. Il y a belle lurette que je ne suis plus une jeune femme. Et puis je serais si heureuse que vous connaissiez Simon. Je vous dis : à bientôt. Priez pour nous, mon père, et pour nos petits pensionnaires. *Je ne vous en dis pas plus.*

Père Marc Thouron à Angéline Manin
Brazzaville (Congo français), le 6 février 1943.

Ma chère Angéline,

Tu me demandes mon avis sur la « grande cause » qui se dessine. Évariste Manin et Charles Lajarlaud (vive Charles !), qui vous voient de là-haut, ne peuvent que se réjouir. Et moi, je vous approuve, bien sûr. Je regrette seulement que ton père ne soit plus parmi vous pour vivre ce grand moment. Il aurait soixante-quatorze ans, ce qui ne nous rajeunit pas !

Je prie pour vos petits pensionnaires. Je pense que leur exil s'achèvera bientôt. Je te promets de venir à Mauval après la guerre, si Dieu me prête vie. Mais je te préviens : tu verras un bien pauvre homme. A la grâce de Dieu !

3.

Mars 1943. Une couche argentée recouvre encore les champs. Mais les bois se fardent de vert, les ruisseaux gonflés emportent la crasse hivernale des collines. C'est un printemps d'espoir.

A genoux devant le foyer, à la cuisine, Angéline cuit des tranches de lard sur la braise. Elle se repose en s'asseyant sur ses talons. Elle a gardé ce matin-là le béret bleu qu'elle coiffe pour s'occuper des bêtes dans le froid de l'aube et qui protège aussi son indéfrisable de la paille et des toiles d'araignée. L'or de sa chevelure cerne le bleu vif du drap.

Elle a cinquante-trois ans et pas un cheveu blanc. Elle est vêtue d'une épaisse robe de laine grise, chaude mais informe. La jupe recouvre ses jambes et dissimule ses formes, mais n'enlève rien à sa féminité. Beauté mûre, sans âge, éternelle.

Simon s'approche et tend un morceau de pain pour recevoir sa ration de lard. L'odeur de la couenne frite est si appétissante qu'elle lui coupe le souffle. Préoccupé, il fixe sa tante avec un sourire, sans s'apercevoir qu'elle a déjà posé une portion de lard frit sur sa tranche de pain bis. Leurs regards se croisent.

La lueur grise du matin éclaire la cuisine de Mauval. Simon se replie vers la table avec son pain et son lard, s'assoit et mange. La nourriture a une saveur étrange, l'air brûle ses poumons. Il guette le sang qui coule dans ses veines et lui chauffe la peau.

Le fidèle courant d'air de Mauval monte de la cave, enfle, lâche une plainte brève et joue un instant. Angéline vient s'asseoir au coin de la table et regarde Simon manger en taillant son pain et son lard avec un couteau de poche à lame fine.

Ils se sourient.

Simon est un solide garçon, mince d'apparence, mais musclé et fort comme un vrai paysan. Pourtant, son visage ovale, ses cheveux un peu longs, comme ses cils, ses grands yeux doux lui donnent toujours un air de fille. Sa gouaille et son naturel primesautier, qu'il tient sûrement de sa mère, n'enlèvent rien à sa pondération, à sa générosité, ni à son sens de la décision qu'Angéline admire tant. En ce moment, il est grave, plus grave qu'elle ne l'a vu depuis des mois. Elle ne peut s'empêcher de triturer la croix suspendue à une chaîne, sous le col de sa robe.

— Tu veux me parler, Simon ?

— Oui.

— Je sais. J'attendais.

Elle paraît réfléchir une seconde.

— Tu penses que le moment est venu, n'est-ce-pas ?

— Il fallait d'abord évacuer nos pensionnaires. Tout le monde ou presque savait que nous avions des enfants juifs à Mauval, je ne pouvais prendre aucun risque.

— Et tu crois qu'ils n'auraient pas été en sécurité à Exeïdious ?

— Trop près. Je sais que tu étais très attachée à ces gosses et que ce sera dur pour toi de ne plus les voir.

Elle le guette, les paupières demi-baissées, le souffle retenu.

— Tu as fait pour le mieux. Maintenant...

Sur le visage d'Angéline, et dans son regard, se reflètent toutes les vertus que Simon lui connaît : son courage et sa douceur, sa soif de vivre et sa bonté, avec quelque chose de farouche qui l'effrayait enfant. Il n'oubliera jamais ce moment.

Sur ses traits à lui, la détermination efface toute marque d'ironie ou de fantaisie. Les sourcils froncés, les mâchoires crispées, la peau tendue sur les pommettes, il scrute Angéline.

— C'est bien ce que tu voulais ?

Elle incline la tête, une petite flamme dans les yeux.

— J'attendais ce moment depuis toujours !

— J'ai trouvé une filière pour liquider l'or. Ne te fais pas d'illusions : nous en tirerons à peine la moitié de sa valeur réelle.

— Ça sera quand même beaucoup d'argent, n'est-ce pas ?

— Je crois. Au moins assez pour nourrir et équiper cinquante à cent réfractaires pendant un an ou deux.

— Et acheter des armes ?

Simon se renverse contre le dossier de sa chaise, noue les mains derrière sa nuque, fixe le plafond.

— Les armes, c'est très difficile, tu le sais. mais j'en trouverai quelques-unes. Il reste une question... tu devines laquelle ?

Elle empoigne le bord de la table, regarde le ciel par la fenêtre.

— Tout ! Vends tout si tu peux... A moins que tu préfères en garder une partie pour t'installer, après la guerre.

— Après la guerre, on verra, si on est encore là. Je vais tout vendre, en plusieurs fois, par prudence. Et je vais répartir le stock dans plusieurs caches. Enfin, dès que possible, j'attaquerai le mur de la rivière avec deux ou trois réfractaires et un maçon du pays, pour rouvrir le passage souterrain qui a été bouché par l'explosion, il y a... — tu le sais mieux que moi. Mais ça doit être possible. Et si, un jour, on était cernés, on pourrait fuir par là.

Angéline pâlit.

— Tu veux dire...

— Il faut tout prévoir. Nous allons faire la guerre.

Angéline Manin au père Marc Thouron.

Mauval, le 20 mai 1943.

Mon père et cher Marc,

Merci pour votre réponse. Je vous attends en 1944, au plus tard. Simon se réjouit de vous connaître enfin.

Eh bien, ça y est, j'ai jeté mon bonnet par-dessus les moulins et mangé ma dot, et la dot de Mélie, et tout le reste. Je suis pauvre comme Job et heureuse comme une reine.

Merci de penser à mon pauvre papa. Il serait tellement heureux lui aussi. Vive les Rimailho !

4.

Au cours du printemps et de l'été 1943, Simon rassemble une centaine d'hommes, pour la plupart réfractaires au travail obligatoire. Il les nourrit, les habille et les installe dans les granges, les maisons abandonnées et les bois. La grange de la Plaine sera occupée à un moment par quinze maquisards.

La totalité du trésor de Mauval est vendue entre avril 1943 et janvier 1944 — bradée, en fait, à des trafiquants pour la moitié ou le quart de sa valeur. Simon, devenu capitaine Mathurin dans la Résistance, encaissera à peu près un million cinq cent mille francs, ce qui donnera à son groupe une prospérité exceptionnelle jusqu'aux grands parachutages de l'hiver 43-44.

Le percement de la rivière souterraine commence dès le mois d'avril 1943 et s'achève au milieu de l'été. Le souterrain est rouvert, une issue dégagée derrière une haie, dans le chemin d'Exeïdious, à un peu plus de cent mètres de Mauval, et une seconde beaucoup plus loin, dans la clairière des bohémiens. L'expir de la source s'éteint définitivement.

18 juin 1944.

C'est un dimanche. Angéline rentre de la messe dans ses beaux atours et trouve Adrien Mesnieux en train de manger deux œufs brouillés, à même la poêle. Ils sont seuls à Mauval.

Adrien a maintenant quatre-vingt-cinq ans. La peau sur

les os, le visage fripé, mais l'œil vif et la jambe leste. Il ne prend pour ainsi dire jamais de repos et vaut bien un journalier de trente ans — mais des journaliers de trente ans, on n'en trouve guère. Il déclare parfois, à qui veut l'entendre, qu'il tiendra jusqu'au retour des prisonniers. « Après, il faudra que je me dépêche de rejoindre ma pauvre Justine. Si je tarde encore longtemps, je serai trop vieux, elle ne me reconnaîtra plus ! »

Il essuie soigneusement la poêle avec un croûton de pain dur, se tourne vers Angéline qui s'apprête à sortir de la cuisine pour aller se changer.

— Tu connais la nouvelle ?

Angéline pâlit, noue ses mains sur son ventre, un geste qui lui est devenu familier, à l'âge mûr. Huit jours plus tôt, le village d'Oradour-sur-Glane, à soixante kilomètres de Saint-Priest, a été brûlé par les SS, et la population, hommes, femmes, enfants, anéantie. On sait désormais que les nazis ne font pas de quartier.

Sans bouger de sa place, Adrien Mesnieux lève la tête et fixe gravement Angéline. Elle se mord la lèvre, puis sourit, au bord des larmes. À certains moments, ainsi, elle n'en peut plus. Elle doit se tenir à quatre pour ne pas se mettre à sangloter. Mais elle se reprend toujours très vite. Elle se force à sourire.

— Les miliciens ? Les boches ?

— Les boches. Une colonne avec des automitrailleuses sur la route nationale. Elle se serait séparée en deux à La Coquille. Ceux de La Coquille auraient été arrêtés par les FTP au Montibus. Ils auraient rebroussé chemin vers Pensol...

Angéline referme doucement la porte, va s'asseoir à la table.

— Si c'est vrai, ils se rapprochent de nous. Dans ce cas... s'ils doivent venir... je ne me change pas !

— Tu veux être en dimanche pour recevoir ces messieurs ? Sûr que ça va les impressionner. Ils te prendront pour une comtesse et te feront le baise-main, *belou bé*, peut-être bien !

— Ne te moque pas de moi.

— Je crois que tu devrais te changer tout de suite et prendre tes meilleures chaussures, pour filer dans les bois. J'ai envoyé le petit Popaul Lajarlaud prévenir Simon, au cas où il ne saurait pas déjà que les boches sont dans le coin.

— Il va venir chercher les armes à la cave. Je l'attends.

— Tu ferais mieux de partir tout de suite. Moi je resterai l'attendre... et attendre aussi les boches. Au cas où ils viendraient, vaut mieux qu'ils trouvent pas la maison sans personne. Ça aurait pas l'air catholique.

— Oncle Adrien, tu es trop...

— Je suis trop vieux ? Ça se pourrait, *que* si je tarde encore un peu, ma pauvre Justine me reconnaîtra plus !

— Ce n'est pas ce que je voulais dire.

— Je vais mettre de l'ordre à la cave, et commencer à emporter des choses, au cas où Simon serait empêché de venir. Tu devrais faire ta valise tout de suite.

— Je vais manger d'abord.

— Il y a un demi-poulet au garde-manger, emporte-le.

— Je n'ai pas envie d'aller dans les bois.

Adrien Mesnieux soupire, hausse les épaules, puis se lève, renonçant à prêcher Angéline.

— Bon, moi je vais à la cave. Si le petit vient, il passera sûrement par le souterrain et on se retrouvera en bas.

Angéline monte peut-être dans sa chambre et peut-être se regarde-t-elle dans sa glace, longuement. Elle porte avec élégance une jupe noire et un corsage à fleurs, les deux joliment plissés. Elle est coiffée d'une indéfrisable blond-roux. Visage ovale et long, à peine marqué de rides autour des grands yeux marron, un air de douceur et de calme dans le regard et sur le traits, plutôt grande, bien en chair sans être dodue... Elle paraît la bonne quarantaine — mettons quarante-cinq ans — plus par la force de la maturité que par le poids de l'âge, et rien en elle ne révèle la *vieille fille* qu'une femme de la campagne devient forcément quand elle a passé une fois et demie vingt ans.

Elle a exactement cinquante-quatre ans.

Elle redescend à la cuisine, casse deux œufs dans la poêle où Adrien Mesnieux a pris son repas, elle les brouille, mange lentement, boit un verre de cidre.

Elle s'enfonce dans ses souvenirs un moment, puis elle sort de son corsage la dernière lettre de Marc, la relit mot par mot, s'arrête sur la fin. « Je te promets de venir à Mauval après la guerre, si Dieu me prête vie. Mais je te préviens : tu verras un bien pauvre homme. A la grâce de Dieu ! » Après la guerre, c'est-à-dire en 1945, au plus tôt. Marc aura soixante-six ans. Mieux vaudrait sans doute qu'ils ne se revoient jamais.

Le temps passe. Un pas précipité dans l'escalier de la cave la tire de sa rêverie. Simon ! Il se tient en face d'elle, les deux mains appuyées sur la table, il la regarde dans les yeux.

— Tu n'as plus le temps de te changer. Viens comme tu es. On s'en va par le souterrain, il est peut-être déjà trop tard pour sortir par la porte. Vite !

Angéline regarde avec tendresse le jeune homme qu'elle a toujours considéré comme son fils. Il est grand, tous les Lajarlaud sont grands. Très brun, le visage bronzé, buriné, les traits tendus, il donne une impression de solidité, de maturité. Il est vêtu d'une chemise bleue à pattes d'épaules, qui doit venir des chantiers de jeunesse, et d'un pantalon de velours noir qu'elle lui a offert l'an dernier avec ses points textile. L'ensemble n'a pas grand-chose d'un uniforme et, pourtant, alors que trois ou quatre de ses hommes, plus ou moins déguisés en soldats, l'entourent et le pressent, on voit sans aucun doute possible qu'il est le chef.

Sans se lever de sa chaise, sans un geste, elle lui sourit, pour la dernière fois peut-être.

— Allez-vous-en !

Il s'approche d'elle, pose la main sur son épaule.

— Hé, pas de ça. Tu viens avec nous. Tant pis pour ta robe !

— *Non.*

Elle a prononcé le mot terrible avec une fermeté sans

appel. Simon fait signe à ses hommes de filer. On les entend une seconde dévaler l'escalier de la cave. Puis l'écho d'une rafale lointaine — pas si lointaine... — tombe dans la cuisine de Mauval.

— Écoute !

Angéline incline la tête.

— Je crois que c'est pour nous, cette fois.

Dans les hautes branches des ormeaux, non loin de la fenêtre, un loriot s'égosille : « Compè' lo'io ! Compè' lo'io ! » Un souffle d'air pousse dans la pièce une odeur de fumée grasse. Les Allemands brûlent une maison, peut-être un village !

— Naturellement, on a été dénoncés, dit Simon.

— Il fallait s'y attendre. Embrasse-moi avant de partir.

Elle se lève, il la serre dans ses bras.

— Je ne peux pas te laisser.

— Tu dois. Tu n'as pas le choix. Maintenant, va, mon chéri.

Ils sont face à face. Simon voit dans les yeux sombres d'Angéline une lumière qui l'oblige à baisser les siens. L'emmener de force, la traîner dans l'escalier, puis dans le souterrain ? La sauver contre son gré ? Elle ne le lui pardonnera jamais. Tant pis, le risque est trop grand que les Allemands la tuent ou l'emmènent.

— *Angéline*, je te supplie de me suivre.

— Va-t'en vite à la clairière. Tu risques ta vie, maintenant !

Il s'avance, elle le chasse d'un geste sec.

— Bonne chance, Simon. Ne m'oublie pas !

Il la prend par les épaules. Elle lui échappe vivement. Il lui agrippe le coude. C'est la première fois de sa vie qu'il pose les mains sur elle en un geste qui ne soit pas de tendresse filiale. Il évite son regard. Ses doigts glissent sur la rayonne du corsage, mais il ne lâche pas le bras d'Angéline. Elle résiste. Il enserre ses hanches. Elle lutte, ça devient une vraie mêlée, silencieuse et farouche. La jupe d'Angéline remonte sur ses genoux, elle donne des coups de pied, griffe le poignet de Simon. Il la soulève pour la porter vers le couloir. Elle se débat comme une folle. Son beau corsage blanc craque et se déchire. Elle s'accroche à une chaise qui roule dans leurs jambes. Ils tombent ensemble.

Simon se retrouve à genoux face à Angéline, étalée sur les carreaux de la cuisine, la chevelure défaite, les vêtements chiffonnés. Leurs regards se croisent, se joignent, se troublent. Un obscur émoi flotte dans leur cœur. Simon tend la main à Angéline, qui s'appuie au coin de la table et refuse son aide.

— Ne me touche pas.

Maintenant, il ne peut plus rien pour elle. Il s'en va, les épaules basses. Il se retourne à la porte du couloir. Angéline s'est approchée de la fenêtre et regarde au-dehors. Elle ne le voit pas.

Elle écoute son pas décroître. Elle est seule.

Elle guette les bruits du dehors, le ronflement des moteurs, de temps en temps une rafale, puis une autre.

Épilogue

J'ai rencontré pour la première fois Simon Lajarlaud en 1982. Il avait soixante et onze ans. Nous avons parlé assez longuement de la guerre et de l'histoire des Manin et des Lajarlaud.

Un an plus tard, j'ai commencé à recueillir son récit, et nous nous sommes vus presque tous les jours, pendant dix-huit mois.

Simon a traversé alors une mauvaise période, avec bronchite et rhumatismes, le tout dû selon lui à l'humidité de Mauval « bien pire qu'autrefois, depuis que l'expir de la source a été coupé ». Il a fait obstruer le souterrain qu'il avait lui même rouvert en 1943 — mais en vain. L'expir n'a jamais voulu revenir...

— Comme s'il ne reconnaissait pas le nouveau Mauval !

La maison, brûlée par les Allemands le 18 juin 1944, a été reconstruite après la guerre, en respectant autant que possible le plan d'origine. Nous avons visité le bâtiment tout entier. Le vieil homme ne cessait de guetter souffles et murmures.

— J'ai beau faire, je n'arrive pas à garder la maison aérée comme autrefois. Par bonheur, mes enfants et petits-enfants n'y viennent que l'été. Et ils apprécient sa fraîcheur !

En juin 1986, il m'a demandé de passer pour « mettre le point final ». Un appel que j'attendais depuis des mois, car son récit s'était arrêté le 18 juin 1944 en début d'après-midi, à l'instant où Adrien Mesnieux a rejoint Angéline à la cuisine de Mauval.

Une petite enquête dans les environs m'avait permis de connaître la suite des événements, mais il me restait encore quelques questions à lui poser.

— Des questions, je m'en doute. Mais laissez-moi vous dire une chose tout de suite. Pendant vingt ans, je me suis réveillé toutes les nuits en me rappelant les dernières minutes que j'ai passées avec Angéline. Et j'essayais de retrouver la lueur de ses yeux. Et je me disais chaque nuit : « Tu aurais pu l'empoigner, la traîner par les cheveux dans l'escalier, la *sauver*... » Oui, j'aurais pu le faire. Mais je suis sûr maintenant que je n'en avais pas le droit. Elle avait choisi. Elle m'aurait haï pour toujours si je l'avais emmenée de force. Elle a voulu ce qui est arrivé, de toute son âme, et je vais vous dire pourquoi.

« Le père Marc Thouron m'a remis ses lettres après la guerre. Vous les avez lues. Il avait aussi copié ses propres réponses sur un carnet. Vous connaissez leur correspondance... Je crois qu'il y a une lettre d'Angéline que le père a gardée, mais peu importe.

« Longtemps, elle a espéré le revoir... jusqu'en 1943, il me semble. Elle poursuivait un rêve impossible. Et puis quand on a senti approcher la fin de la guerre, mettons au printemps 44, elle a été obligée de regarder la vérité en face. Elle a compris qu'une rencontre entre eux quarante ans après serait plus que décevante, cruelle, funeste, et elle a renoncé.

« Elle me parlait souvent de la vie qu'elle avait vécue, pleine et heureuse. Oui, pleine et heureuse, je le crois, mais quand même terne, étroite, sans éclat. Avant la guerre, elle avait failli partir en Afrique, comme le père Marc Thouron le lui proposait déjà en 1922. En 1934, j'étais revenu du service, j'avais vingt-trois ans, je pouvais m'occuper de la propriété, son père était mort, elle était libre. Elle avait quarante-quatre ans, c'était sa dernière chance. Il s'en est manqué de peu qu'elle tente l'aventure. Elle n'a pas voulu me laisser seul, elle a remis le projet d'année en année, jusqu'à ce qu'il soit trop tard.

« Je ne dirai pas qu'elle a manqué sa vie. Quelque chose avait manqué *à sa vie*. Un mari ? Un amant ? Peut-être, mais je ne crois pas que ç'aurait suffi à la combler. Puis elle m'a aidé dans mon action de résistant, elle aurait pris facilement des risques, je devais souvent la contenir. Je crois qu'elle a commencé à rêver d'une mort éclatante qui couronnerait sa vie et lui donnerait un sens. Une mort qui compenserait d'un coup ce qu'elle n'avait jamais connu, le voyage, l'aventure, l'amour.

« Si j'avais senti ça plus tôt, je l'aurais lancée dans la résistance active, au lieu de la protéger et de la confiner à Mauval. Peut-être aurait-elle pu s'accomplir ainsi... Mais le 18 juin, quand nous nous sommes séparés, dans la cuisine de Mauval, il était trop tard — encore une fois trop tard — et je ne pouvais plus rien.

« Je crois qu'elle a eu une vie assez heureuse, malgré ses rêves étouffés. Mais je pense que sa mort a été plus heureuse encore, parce qu'elle l'a vengée de tout. »

J'ai fait le compte des questions que j'avais en tête. Simon venait de répondre à la plupart, mais il n'avait presque rien dit sur le drame du 18 juin. Ses commentaires éclairaient pour moi, totalement, l'attitude d'Angéline. Je sentais bien qu'il ne tenait pas trop à revenir sur les faits. J'ai pris un biais pour l'interroger.

— Angéline et Adrien Mesnieux sont morts tous les deux, à quelques minutes d'intervalle, n'est-ce pas ? Comment avez-vous reconstitué les événements, si vous l'avez fait ?

Il croise les bras et regarde le ciel par la fenêtre. On a toujours à Mauval la tentation d'échapper à l'emprise de la maison en guettant les nuages au-dessus des collines. Il répond enfin.

— Grâce aux prisonniers. Nous avons capturé trois des Allemands qui avaient participé à l'opération. On voulait les fusiller, j'ai subi des pressions. Mais je les ai sauvés — pour

Angéline. Elle n'aurait pas aimé qu'on tue ces hommes, je le sais.

« Adrien Mesnieux ne nous a pas suivis, il l'a rejointe, pour attendre les Allemands avec elle. Mais il a voulu lui donner encore une chance de fuir. Les Allemands ont cerné la maison et envahi le jardin. Un officier, qui ne manquait pas de courage, a monté l'escalier, revolver au poing. Adrien Mesnieux l'a rejoint sous l'auvent, l'a insulté et menacé. Angéline était à l'intérieur. L'officier a tiré, à bout portant, deux balles. Adrien Mesnieux a sans doute été tué sur le coup. Il espérait de toute évidence qu'Angéline comprendrait en entendant les coups de feu, qu'elle se réveillerait, qu'elle aurait peur et s'enfuirait par les caves et le souterrain...

« Elle avait peut-être le temps, de justesse. Ce qui s'est passé alors prouve qu'elle avait bien choisi de mourir. Elle a fui, non vers la cave, mais vers le grenier. Elle a essayé de se jeter dans la cour par la lucarne... la même lucarne que Marc Thouron quarante ans plus tôt. Les Allemands sont arrivés et lui ont tiré dessus depuis la porte. Elle avait déjà la tête et les épaules à l'extérieur, ils l'ont seulement blessée et l'ont ramenée dans le grenier par les pieds. Ils l'ont achevée là. Ç'a été très vite, je pense qu'elle a eu à peine le temps d'avoir peur et de souffrir.

« Les Allemands ont fouillé Mauval, puis ont mis le feu moins d'une heure après leur arrivée. Les étages ont brûlé complètement, le corps d'Angéline a été en grande partie consumé, ses restes sont tombés au rez-de-chaussée, où je les ai retrouvés. On a dit qu'elle avait été brûlée vive dans l'incendie de Mauval, c'est une légende qui court encore. Les gens avaient envie de le croire. Même Marc Thouron... »

Il se tait. Je répète le nom de Marc. Simon enchaîne.

— Il est venu en août 1945. Je rentrais moi-même d'Allemagne, où j'avais rejoint l'armée de De Lattre. Nous avons visité les ruines de Mauval. Il a fallu que je le soutienne, que je le porte plus qu'à moitié. Il avait soixante-six ans et il paraissait plus vieux qu'Adrien Mesnieux à quatre-vingts ans. Il était très diminué, rongé par les maladies coloniales. Peu après, on l'a hospitalisé à Limoges, où je suis allé le voir plusieurs fois. C'est là qu'il m'a remis les lettres d'Angéline et les pages de son carnet. Il me recevait en se cachant de ses frères, qui l'ont finalement conduit dans une clinique catholique où on ne m'a plus permis de le voir.

« Il est mort en décembre 1945, la veille de Noël, je crois. Il n'a donc survécu à Angéline que d'un an et demi. J'espère qu'ils ont fini par se rencontrer là-haut ! »

Le point final est mis. Avant de partir, je voudrais pourtant poser une dernière question, sur le passé.

— Vraiment la dernière, dis-je. En vous écoutant, tout au long de votre récit, je n'ai cessé de me demander, comme Joseph, comme Angéline, pourquoi — ou plutôt *pour quoi* — la grand Faustine était revenue à Saint-Priest après son veuvage. Pour le trésor ou pour son fils ? Je suppose que vous y avez réfléchi ?

Simon sourit rêveusement.

— Oui, Faustine est revenue pour l'or... cet or qui fascinait tout le monde. Non par cupidité, je ne crois pas. Elle est venue tourner autour du trésor comme un insecte autour de la lumière. Et c'est pour l'or aussi, pour accomplir la mission de gardienne du trésor qu'elle s'était fixée, que notre Angéline est restée à Mauval et qu'elle y est morte.

— Les Gris-Manteaux ?

— J'en ai beaucoup entendu parler. Je n'ai jamais eu la moindre preuve de leur existence. Mais c'est une belle légende.

— Le cheval malet ? Qu'est-il devenu après sa capture ?

— Il s'est échappé au bout d'un mois. Il court encore, cent ans plus tard. Des touristes anglais l'ont encore aperçu dans les bois, à l'automne. C'est notre meilleur lien avec le passé...

Simon me raccompagne dans le chemin. Au moment de nous séparer, il me prend le bras.

— Angéline portait sur elle, au moment de sa mort, la dernière lettre du père Marc Thouron. Ce bout de papier a résisté au feu, on ne saura jamais comment. Je l'ai découvert presque intact sur son corps, alors que ses vêtements avaient entièrement brûlé !

Il met la main à la poche intérieure de sa veste, me tend la feuille, noircie sur les bords, rongée aux quatre coins. Je prends d'une main un peu tremblante la lettre échappée au feu et je lis au hasard, quelques lignes d'une écriture penchée et vive : « *Tu me demandes mon avis sur la « grande cause »... Je prie pour vos petits pensionnaires... leur exil s'achèvera bientôt ...* »

— C'est un miracle, répète Simon Lajarlaud. Un miracle...

Une tache brun acajou, légèrement brillante couvre le « ma » de « Ma chère Angéline ». Sans aucun doute, une tache de sang. Et je lis une fois... deux... dix, jusqu'à ce que les mots tremblent devant mes yeux : « chère Angéline ».

Chère Angéline !

Achevé d'imprimer en mars 1994
sur presse CAMERON
dans les ateliers de B.C.A
à Saint-Amand-Montrond (Cher)
pour le compte des éditions Robert Laffont
24, avenue Marceau, 75008 Paris

N° d'édition : 35256. N° d'impression : 323-94/061.
Dépôt légal : mars 1994.

Imprimé en France